EL DESAFÍO

de

BECCA

Lena Valenti

EL DESAFÍO
de
BECCA

El diván de Becca 2

PLAZA JANÉS

Primera edición: julio, 2015

© 2015, Lena Valenti
© 2015, Penguin Random House Grupo Editorial, S. A. U.
Travessera de Gràcia, 47-49. 08021 Barcelona

Printed in Spain – Impreso en España

ISBN: 978-84-01-01555-7
Depósito legal: B-12.048-2015

Compuesto en Revertext, S. L.
Impreso en Unigraf
Móstoles (Madrid)

L 015557

Penguin
Random House
Grupo Editorial

*A mis pilares. A esas personas especiales e importantes
que están conmigo día a día.
Muy especialmente se lo dedico a mi equipo Vanir.
Al niño Valen, por todos los proyectos e ideas que hemos
sabido compartir, y por todas las risas que nos hemos echado
imaginando escenas de este libro.
A la niña Esme, una confidente y amiga que cuida
muchísimo de mí y que adoro.
A la niña Aida, la Reina de las Maras, porque siempre está ahí
dispuesta a todo y porque es la persona ideal para vivir
las aventuras locas que mi mente propone.
Y a mi familia, que quiero con todo mi corazón,
y que siempre me hacen sentir «en casa».
Os quiero mucho. Gracias, mijitos.*

1

 @nikitanipone #eldivandeBecca Becca, mi marido tiene fobia a gastar. En veinte años no me ha comprado nada, y dice que es porque no tengo nada que vender. #Beccarias

Supongo que estas cosas pasan.

Y no me refiero a nacer con el aspecto de Brave la princesa valiente, y el pelo de Nina en pleno auge de Eurovisión, que es un estigma que soporto con toda la dignidad de la que soy capaz. No, no me refiero a eso. Me refiero al hecho de que nuestra vida dé un vuelco de golpe, tan repentino que ni siquiera lo hayas visto venir. Como el vuelco que ha dado la mía.

Si me pongo en situación, hace un tiempo, me dejó mi novio de toda la vida, David, justo la misma noche en que me ofrecían un programa de televisión sobre fobias. A pesar del varapalo y de que mi ánimo no estaba para tirar cohetes, acepté y me agarré a la oportunidad que me brindaba Fede como si fuera el bote salvavidas que me sacaría de la tristeza y la depresión que provoca que te rompan el corazón.

Me ha costado levantar cabeza, y lo he hecho a mi manera, aunque haya sido una de esas maneras totalmente descerebradas y suicidas. Por el camino me ha atacado un perro, me he tirado de un avión, me han electrocutado y me he acostado con el hombre más guapo de todos los tiempos.

No tengo remedio. En el proceso de ayudar a Francisco, Óscar y Fayna, me he enamorado barra obsesionado de él, del cámara de televisión más endemoniadamente guapo y borde del mundo. Sí. Ha sido así.

Axel.

Y en esta misma travesía, ese diablo de ojos verdes me ha cerrado la bocaza que tengo al demostrarme que él era mucho más de lo que yo veía, más incluso de lo que podía haber imaginado, hasta el punto de que arriesgó su vida por mí.

Por eso estoy ahora en este hospital, después de que un acosador con el rostro cubierto por una máscara de Vendetta me arrollara con su Renault blanco en Santa Cruz de Tenerife y provocara que mi coche y yo nos precipitáramos por un puente.

Caí al agua, apresada por el cinturón de seguridad… Y pensé que iba a morir.

Aún me duele la sensación de ver pasar toda mi vida por delante de mis ojos, y de saber que el único rostro que vería antes de cerrarlos para siempre sería el de Axel, tan asustado por mí como yo lo estaba.

Sé que antes de despertar en este hospital de Barcelona donde me han trasladado, soñaba, sumida en mi inconsciencia, con el agua fría del río o de lo que hubiera debajo del puente… No recuerdo si era un acueducto. Y revivía con increíble claridad el rescate de Axel.

Él me salvó. Él me ha salvado de muchas cosas de las que aún no soy consciente, y sé que me irán golpeando, como un mazo de la verdad, a medida que me vaya recuperando.

Dios. Recuerdo la sensación de tragar agua. El ardor de mis pulmones, la horrible agonía de no poder coger aire… Y recuerdo la imagen de un hombre sirena buceando como un poseso hacia mí, los dos igual de espantados.

Demostrando una valentía fuera de lo común y una capacidad pulmonar descomunal, Axel metió su cuerpo por mi ventana, que había dejado abierta para poder insultar al infractor del Renault. La misma ventana por la que se colaba el agua a mansalva y que me dejaba apresada igual que un pez en una pecera. Desabrochó mi cinturón y me sacó como pudo… Tirando de mí, arrastrándome con él, con su boca abierta en la mía para darme el oxígeno que me faltaba.

Recuerdo sus labios sobre los míos, y por un momento pensé, tonta de mí, que era una manera muy romántica de morir. Que no estaba tan mal. Pero en algún momento perdí el conocimiento. Cuando el coche cayó al agua, me di un fuerte golpe en la cabeza y perdí mucha sangre… Por eso desfallecí. Pero lo hice en brazos de mi salvador. Un salvador, por cierto, que había removido cielo y tierra para trasladarme a un hospital de Barcelona para que me cuidaran y para que mi familia pudiera estar junto a mí. Un salvador que, para mi sorpresa, es el hermano de mi jefe. Axel no solo era el cámara huraño de *El diván de Becca*. Axel era, para mi estupefacción, el hermano pequeño del Súper.

Y aquí estoy yo, con Fede, recién despertada de mi inconsciencia de tres días, intentando encajar las piezas de este rompecabezas.

Fede me mira incómodo como nunca lo había visto. No es un tema del que le guste hablar. Parece delicado. Mira, en eso sí se asemeja a Axel: no cuenta nada de su vida, a no ser que esté encerrado en una sala con su terapeuta.

Es increíble. No hay una sola característica de su físico que me recuerde a él; Fede parece diez años mayor que Axel. Tiene el pelo casi blanco, y eso le hace atractivo, un madurito a lo Richard Gere. Pero me asegura que son hermanos por parte de padre y yo quiero que me lo explique todo si eso me va a ayudar a comprender a Axel. Quiero saber toda la verdad, porque Axel me tiene el seso sorbido y es un personaje con muchas incógnitas y sombras, de esas que no me dejan dormir.

Bueno, no sé a quién quiero engañar. No son sus sombras ni sus secretos los que me tienen así. No es su halo de Rey Misterio. Es todo él. Y si Fede puede arrojar algo de luz sobre mi héroe taciturno particular, seré toda oídos.

Una vez que la enfermera y el doctor de mi caso me han explorado, hecho las preguntas pertinentes y realizado todos los controles, nos han dejado solos de nuevo. Sé que debería estar convaleciente, desorientada y perdida, y con unas ganas infinitas de dormir, eso es lo que me ha dicho el doctor. Sin embargo, aparte de la migraña que tengo, no me duele nada más, y la revelación de Fede ha sido como un chute de Red Bull.

—Tengo poco tiempo hasta que vengan tu madre y tu hermana en estampida… Tendrán muchas ganas de hablar contigo, y yo no quiero cansarte.

Me muero de ganas de verlas, pero la curiosidad me mata.

—¿Qué hay de Ingrid y Bruno? ¿Dónde están?

—Bruno tuvo que regresar a Madrid por asuntos familiares. Ingrid no deja de llamarme para saber cómo estás. Los dos estaban realmente preocupados.

—Me imagino, pobres…

—Tengo poco tiempo para poder explicarte…

—Ya, ya. Entonces, date prisa y cuéntamelo todo, Fede —le pido con premura.

—Tal vez sea mejor que te deje descansar ahora, Becca… —Se levanta con la intención de irse, mientras se mesa el pelo canoso repeinado hacia atrás—. Acabas de despertar y…

—Fede —mi voz suena dura y desesperada—, como te largues, te mato. Te lo juro.

—Pero, Becca…

—Pero nada. No me toques las narices. Han estado a punto de matarme, y el hombre que me ha rescatado no está aquí. Tú, sí. Necesito que me digas todo lo que sabes. —Mis ojos azules no dejan de mirarlo ni una sola vez. No voy a permitir que me deje con la miel en los labios. Soy la Reina de las Maras, ¿recordáis?

Él parece recapacitar y vuelve a tomar asiento en el sillón.

—¿Qué te ha explicado Axel?

—¿De qué? —pregunto.

—En general.

—¿En general? —repito, sarcástica—. Nada en absoluto. —Ni siquiera se atrevió a decirme que ya me había conocido ebria en la Caja del Amor—. No habla de sus cosas. No dice nada.

—Sí, es cierto —reconoce chasqueando la lengua—. Es muy reservado.

—No. He conocido a muertos más reservados que él. Él es…, es… inaccesible emocionalmente. Impermeable.

—Ya —admite como si lamentara reconocerlo—. Axel no es un tipo fácil.

—¿Quieres decir? —ironizo.

—Lo que te voy a contar, Becca, no puede salir de aquí. —Levanta la mirada y me traspasa con su determinación—. ¿Entendido? Te lo cuento en calidad de paciente.

—Nunca diría nada. Soy experta en guardar confidencias.

—Sí, ya lo sé. —Vuelve a pasarse la mano por el pelo, que sigue igual de tieso que antes—. ¿Por dónde empiezo?

—Si quieres, te hago yo las preguntas y tú respondes a las que puedas. —Con la mano sana juego con la sábana que cubre mis piernas. Yo también estoy inquieta.

—Dispara.

—Empieza por lo de que Axel y tú sois hermanos.

—Bueno, yo nací como hijo único. Soy un Montes —se reafirma, vanidoso— Mi padre, Alejandro, siempre ha sido un magnate de las comunicaciones, un auténtico capo de la industria. Pero lo que tenía de capo en los negocios, lo tenía de capullo con las mujeres —admite.

—Claro —asiento atando cabos—. Alejandro. Alexander. Axel me dijo que su madre se lo puso en honor a su padre.

—Sí, así fue. Alexander Gael.

—Sí. —Sonrío con tristeza—. Tu padre es un *capollo*, ¿sabes?

—¿Qué? —Me mira extrañado.

—*Capollo*… Es —muevo los brazos nerviosa—, es la unión de capo y capullo… Es un juego de palabras, un compuesto. —Ante la cara de loco de Fede, pongo los ojos en blanco y me rindo. No le hace gracia—. Da igual.

—¿De dónde coño sacas esas paridas, Becca?

—Ha debido de ser el golpe en la cabeza. Continúa.

—Bien. —Me mira raro y prosigue—: Mi padre ha tenido a su disposición un amplio abanico de mujeres. Muchas.

—De tal palo tal astilla, ¿eh, campeón?

—Yo solo busco el amor —se defiende.

—A ti el amor se te rompe rápido de tanto usarlo.

—No es verdad. Es solo que creo que lo encuentro y después resulta que no es así. A mi padre le pasa lo mismo.

—Sí, me imagino. Es curioso que busquéis el amor en mujeres de entre veinte y veinticinco años, con unas medidas particulares tanto de cerebro como de pechos.

—No nos juzgues por eso. Somos hombres. Es lo que nos gusta.

—Espero que no a todos.

—A casi todos —admite—. Aunque sea una combinación que no funcione. Yo tengo a mis espaldas varios matrimonios fallidos, y mi padre cuadruplica mis fracasos.

—¿Y Axel también es así? —pregunto, interesada.

Fede niega con la cabeza.

—Axel es fruto de una aventura que tuvo mi padre con una belga. La única mujer que mi padre admite haber querido de verdad.

Arqueo las cejas con asombro.

—Por tanto, ¿Alejandro estaba enamorado de la madre de Axel?

—Sí. Y recuerdo muy bien esa etapa. Yo tenía diez u once años, no estoy seguro… Pero sí me acuerdo de mi madre histérica por sus escarceos y por la poca discreción de mi padre. Mi madre Claudia la llamaba la «amante gitana».

—¿La amante gitana?

—Sí… Vi una foto suya en la cartera de mi padre. Era una morena de ojos muy verdes y grandes. Como una cíngara especial. Muy guapa.

«Como Axel», pienso enternecida.

—Al parecer, mi madre revisó la agenda de mi padre, o sus cartas… O contrató a un detective privado. Vete a saber. El caso es que descubrió que tenía un lío con otra mujer. No es que antes no supiera que mi padre le era infiel con otras mujeres. Siempre lo ha sabido. Y ella lo ha aceptado a cambio de la vida que tiene. Pero mamá se preocupó cuando se dio cuenta de que la gitana no solo era un capricho. Era mucho más. No sé cuánto tiempo duró su aventura, pero sí sé que mi madre lo amenazó con decir toda la verdad sobre él y hundir su reputación. Le obligó a que abandonara a la gitana.

—Y tu padre la abandonó.

—Sí. —Fede mueve la cabeza afirmativamente, sin escrúpulos—. Pasaron los años, mi padre se divorció de mi madre, porque nunca le perdonó que no le permitiera seguir con su gitana ni que le hiciera chantaje.

—Vaya por Dios… —murmuro con sarcasmo. ¿Quién podía culpar a Claudia? Una mujer despechada puede ser muy vengativa—. ¿Cómo fue capaz tu madre?

—Sé lo que estás pensando… No es que mi padre no quisiera a mi madre. Sí lo hacía…, a su manera.

—Hay muchos hombres con una manera extraña de querer.

—Pero a quien amó verdaderamente mi padre fue a la belga. Él no tuvo la culpa de casarse con la mujer que no tocaba.

—Ah, no, claro… No es culpa suya meterse en la cama de cualquiera que no sea su mujer. Tampoco era culpa de tu madre, ¿verdad? No me vengas con esas tonterías, Fede, porque provengo de una familia disfuncional con un padre al que le encanta adornar con cuernos las cabezas de su harén de mujeres.

—¿Qué puedo decir?

—Nada.

—En todo caso, es mi padre. —Sonríe disculpándole—. Él es así. Hay hombres infieles por naturaleza. —Se encoge de hombros—. No vamos a colgarlo por eso, ¿no? Hay cosas peores.

Resoplo y me recoloco sobre la cama.

—Continúa. Pasaron los años ¿y…?

—Diez años después, mi padre recibió una llamada de la gitana. Se moría y no tenía a nadie con quien dejar a su hijo, un hijo que era de él. Mi padre se trajo al pequeño Alexander Gael a nuestro domicilio, a vivir con nosotros. Mi madre no lo soportó. Consiguió un divorcio millonario y se fue de casa. —Fede sonríe presa de sus recuerdos—. Cuando Axel entró en nuestro palacete, era tan poca cosa… Muy delgado, muy moreno, con ojos de animal receloso… Sabía muy poco español, solo el que le había enseñado su madre. Pero hablaba inglés y belga, señal de que se habían esmerado en educarlo.

No me gusta imaginarme a Axel desvalido. Esa visión nada tiene que ver con quien es ahora. Tan duro como una roca y tan frío como un iceberg. Aunque a veces queme como el fuego.

Me lo imagino entrando en una casa completamente desconocida, con un padre que nunca estuvo a su lado y un hermano que, en cambio, sí lo reconoció. No debió de resultarle fácil darse cuenta de que no fue un niño deseado. Eso es en lo que pensaría. O, al menos, eso pensaría yo.

—¿Qué pensaste tú cuando lo viste llegar?

Fede se encoge de hombros.

—Yo pensé que Axel sería el primero de una larga lista de hijos por descubrir. Y me pareció divertido y entretenido tener un hermano. Fue muy aburrido crecer solo.

—Lo adoptaste como un juguete personal.

—No, no… Axel conectó conmigo y yo me convertí en su protector. Resultó así de sencillo. La simpatía entre ambos fue fulminante. Tal vez porque sabía que los dos éramos unos desgraciados y nos reconocimos el uno al otro en nuestra desgracia.

—¿Crees que Axel necesitaba protección?

—Buf… Tener un padre como el nuestro no es fácil. Mi padre iba a ignorar al pobre chiquillo, y yo solo me encargué de que no se sintiera tan desamparado. Le protegí.

—¿Cómo fue la relación de Axel con su padre?

—Distante. Fría. Rezumaba indiferencia. Pero nunca nos faltó de nada. Siempre tuvimos lo mejor, incluso ahora, que somos tan mayores, mi padre sigue dándonos todo lo que le pedimos.

—¿Axel pide?

—Bueno, está bien, rectifico: todo lo que yo le pido. ¿Qué le voy a hacer? Soy un yuppie caprichoso y mimado.

—Materialista, es la palabra.

Fede me ignora.

—Y mi hermano y yo somos los dos únicos propietarios de Telecomunicaciones Montes y Zeppelin. El monstruo de los medios —dice con voz pragmática.

—¿Y eso te hace feliz?

—A mí, sí. Pero puede que al bueno de Axel le importen bien poco las propiedades y las acciones. De hecho, nunca ha tocado nada de lo que mi padre le dio y puso a su disposición. Tiene un rollo muy alternativo.

Que un hijo diga de su padre que su relación fue lejana y helada solo significa que les hizo falta lo más importante: calor humano. ¿Eso sería suficiente para explicar la distancia que Axel se empeñó en marcar desde el primer momento conmigo?

—Fede.

—¿Qué?

—Antes has dicho que sabías que yo podía romper la coraza de Axel y que ha sido la primera vez en mucho tiempo que lo has visto realmente preocupado por alguien.

—Ajá.

Muevo rápidamente las pestañas antes de clavarlo en su sitio con mi mirada depredadora.

—¿Acaso forzaste que Axel y yo trabajáramos juntos?

Oh, maldita sea. Por el modo que tiene de esquivar mi mirada y de sonreír nerviosamente juraría que la respuesta es afirmativa.

—Hiciste un gran trabajo conmigo, con mi terapia. Me ayudaste. Yo estoy tarado y pudiste arreglarme, así que pensé que si Axel te conocía, dado que tenías experiencia y buena mano con los Montes, también podías arreglarlo a él.

—No me lo puedo creer… —Dejo caer la cabeza y me presiono el tabique nasal. Siento que me van a estallar los ojos—. Ceporro descerebrado y manipulador…

—Becca, no te enfades. Te diste un golpe fuerte en la cabeza y aún se te puede reventar una vena…

—¿Me ofreciste *El diván* solo por eso, Fede? No entiendo nada. ¿Creíste que yo le quitaría el mal rollo a tu hermano? ¿Qué hay de mi profesionalidad?

—No, joder. Te lo ofrecí porque eres la mejor especialista en lo tuyo. Y precisamente por eso necesitaba que Axel trabajara contigo. Porque… Porque eres especial. Conectas con la gente como un puto enchufe, pelirroja. Y sabía que Axel y tú harías contacto. Porque él es un puto suicida que no le tiene miedo a nada. Ya lo habrás comprobado.

—Mi relación con Axel ha sido como un maldito cortocircuito, Fede —le recrimino—. No la puedo entender. Por poco me vuelvo loca. ¿Sabes lo que has hecho?

—Pero le has ayudado.

—¿Ah, sí? ¿A qué? No he solucionado sus problemas vinculantes con tu padre. Él nunca me habló de eso. Así que dime en qué le he ayudado, además de cabrearlo por desobedecerle y de hacer que se juegue el cuello por mí. Y no solo eso: por alguna razón, Axel piensa que todas las mujeres somos unas guarras, menos su madre, claro, que en paz descanse. ¿Tienen algo que ver las novias y las mujeres de tu padre en su conclusión?

Fede entrelaza los dedos pensativo y se inclina hacia delante, como si fuera a hacerme una confidencia.

—Bueno, mi hermano es un tipo que ha vivido mucho… Yo me he corrido unas cuantas juergas que han quemado más de la mitad de las neuronas de las que disponía. Y él ha vivido de otra manera. Por eso es así.

—No pienso jugar al *Quién es Quién* contigo, Fede —le advierto, enfadada—. No me gustan las vacilaciones. Ni me gusta que me ataquen ni que me persigan… Y resulta que me ha pasado todo esto desde que estoy con *El diván*. La pregunta es: si no llega a ser por Axel, ¿dónde narices estaría yo ahora?

—En la morgue.

Fede siempre tan directo. Me asquea pensar que tiene razón,

pero está en lo cierto. Y eso hace que ronde otra pregunta por mi cabeza.

—¿Y de dónde ha sacado Axel todas esas habilidades de superhéroe?

Fede juega con su sello de M. A., el anillo de casado de su último matrimonio con una despampanante modelo sueca, mientras piensa en la respuesta.

—Mi hermano eligió una vida muy diferente a la que mi padre le ofrecía. Una vida opuesta a la mía.

—Pero está metido en el negocio audiovisual, ¿no?

—No es ejecutivo de producción ni director como yo. Él es solo el jefe de edición y un operador de cámara realmente bueno. Pero no hace mucho que lo es.

—¿Y qué era antes de meterse en este negocio? ¿Y por qué se metió?

Fede sonríe y se recuesta en el respaldo del sofá de mi habitación.

—Te aseguro que peleé mucho con él para que hiciera algo con su vida. A Axel le han pasado muchas cosas. Unas le han marcado más que otras. Y la suma de todas es el resultado de quien es hoy.

—¿Y qué le pasó?

—Eso no me corresponde a mí decírtelo, Becca.

—No me jodas. ¡No me has contado nada!

—Sí. —Se levanta y suspira como si se hubiera sacado un peso de encima—. Sabes más que nadie sobre él.

—No es verdad. Tú lo sabes todo.

—Pero yo no puedo hacer una mierda por él a pesar de todo lo que sé. Tú, sí.

—¿Cómo? Si ha desaparecido, si ni siquiera sé dónde está… —digo, aturdida. El cretino se ha largado y me ha dejado con las ganas.

—Conociéndolo, no tardará en aparecer. Tu agresor sigue suelto, y Axel va tras sus pasos.

—Pero ¿por qué motivo no deja de hacer de policía?

—Porque Axel no deja en manos de nadie lo que él puede solucionar por sí mismo. Venga —da una palmada—, ahora ya te dejo en paz. Tengo que irme y…

—Fede. —Intento incorporarme, pero me duelen hasta las pestañas—. No te vayas… Espera.

—Ya sabes lo que tenías que saber. Ahora, descansa.

—Pero… ¡si no me has contado nada! ¿Y mi recuperación? ¿Y *El diván*?

Él niega con esa cabeza de pelo blanco que tiene. Yo creo incluso que se lo tiñe a propósito.

—Tómate el tiempo que necesites. Hemos cubierto el primer trimestre con tus tres pacientes. Tú ocúpate de ponerte bien cuanto antes para volver a hacerte cargo de *El diván*. —Me guiña un ojo—. Hay tiempo, no tengas prisa por recuperarte. Mientras tanto, sigues cobrando y tienes todo pagado, Becca.

—Ven aquí y sigue contándome —digo a modo de advertencia—. *Sit! Sit!* O voy a exigir una indemnización por lo que he pasado.

—Adorable —dice, incrédulo y sonriente—. Descansa, preciosa.

Maldito. ¿Tan poco lo intimido? Pues sí que estoy mal.

—Al menos dime cómo localizar a Axel. ¿Dónde está? Quiero hablar con él.

—Nadie lo sabe. Ni siquiera yo.

—Pero tú tienes localizados todos los teléfonos de los trabajadores, ¿no?

—Axel ha desconectado el suyo. Le habrá quitado el localizador. —Se encoge de hombros—. Tendrás que esperar a que sea él quien contacte contigo, si realmente desea hacerlo. Hasta que no cace a tu acosador, no descansará. Lo conozco.

—Axel no es Batman. No puede tomarse la justicia por su mano.

—Tú no le conoces. No sabes lo que es capaz de hacer. Él… Él siempre ha sido así. Da la cara por los más débiles —afirma sin titubear.

Eso me hace sentir bien. La sensación de estar protegida, de que le importas lo suficiente a alguien como para que quiera vengarte, me reconforta.

Preferiría mil veces que fuera Axel quien estuviera conmigo, en vez de su hermano con complejo de Peter Pan. Así le daría las gracias como quiero dárselas y… lo abrazaría. Porque no quiero volver a ver la expresión en su rostro como la que puso cuando me vio caer con el coche; como si ya no hubiera esperanza ni para él ni para nadie. Y le diría: «Te dejo que seas mi héroe».

Fede ha cerrado la puerta tras él y me ha dejado sola en la habitación.

La soledad, en mi estado, hace que me sienta incómoda, débil y desubicada.

Dios. Cierro los ojos para serenarme, pero cuando lo hago, solo veo la máscara de Vendetta, y después, el rostro de Axel contorsionado por el dolor y el miedo de ver cómo mi coche se despeñaba…

No. Ni hablar. Los mantendré bien abiertos.

Y me imaginaré que la persona que pica de nuevo a la puerta de mi habitación es Axel, con un ramo de rosas y una mirada de estar loco por mí que me deja sin sentido.

Sin embargo, no es su cabeza la que aparece tras la puerta.

Es la cabeza de mi hermana Carla, con su pelo lacio y negro y su cara de modelo italiana, y después aparece la de mi madre, con sus rizos blancos y caobas y sus ojos verdes y grandes llenos de lágrimas, seguida de la de mi amiga Eli, que tiene su pelo rubio recogido en una coleta alta y sus ojos negros llenos de lágrimas.

No espero nada más.

Sonrío, abro los brazos como puedo y deseo que ellas entren y se abalancen sobre mí. Y me doy cuenta de que su amor y su cariño hacen que me sienta completa y afortunada.

En este preciso momento, no necesito nada más para sanar todas mis heridas.

2

 @guarriorjart #eldivandeBecca #Beccarias Mi pareja tiene un desorden a nivel general. Mi casa está patas para arriba, no recoge nada. Y cuando se lo señalo me dice que es arte abstracto. ¿? #noentiendonada

Dos días después

Podría haber elegido irme a mi casa. Yo vivo en Sant Andreu, igual que mi madre. Y mi loft de dos plantas es grande, muy luminoso y es mi hogar. Allí me sentiría segura, con mis cosas, mis libros, mis distracciones, mis series... Mi pequeño búnker antiheridas.

Pero no quiero estar sola. Necesito el calor de los míos, los abrazos de mi sobrino Iván, sus regalos pokémon, los consejos de mi madre y la cháchara —la mayor parte sin sentido— de mi hermana Carla. El silencio, ahora, me pone nerviosa.

En realidad, no dejan que haga nada. Están pendientes de mí continuamente.

Tengo el brazo izquierdo en cabestrillo. No está roto, pero sufrí una pequeña luxación en la muñeca cuando el coche de mi acosador impactó contra el mío, y tengo una contusión muy fea en el antebrazo que hace que esté completamente negro. Debo estar unos días con el brazo inmóvil. Por suerte, ya no me duele la cabeza ni sufro mareos.

Pero sí tengo pesadillas, pesadillas en las que Axel me riñe y en las que el hombre Vendetta me persigue.

Sé que me voy a recuperar del todo; lo que no sé es si me va a quedar alguna secuela psicológica de esto. Por ahora no soy muy consciente… La idea de que alguien quiera hacerme daño o acabar conmigo no es fácil de asumir, menos aún cuando no soy una persona que se granjee enemigos.

Pero no importa cuál pueda ser la secuela, ni tampoco el miedo que me atenace, porque trabajaré en ello.

Ahora estamos las tres sentadas en el balancín; mi hermana y mi madre me flanquean como si fueran mis querubines protectores.

Hemos salido al jardín de la terraza para que nos dé el aire, para que yo tenga una falsa sensación de libertad, y vea la calle y esas cosas… Escuchamos cacarear a Edurne, rodeadas del aroma de las flores que copan las paredes y las barandillas, y del olor a césped. Mi madre tiene césped natural en el suelo de la terraza, moteado por piedras lisas de color gris. Le encantan los espacios feng shui.

Nos cobijamos bajo una manta polar de cuadros rojos y negros y tomamos una tacita de chocolate con bizcochos, intentando disfrutar de esa tranquilidad y del recogimiento de estar con mi familia. En mi barrio. En mi ciudad.

Carla balancea el balancín con la punta de sus pies, cubiertos por unas manoletinas negras, y da sorbos a su chocolate, pensativa, con la mirada al frente.

Me gusta verla. Contemplo su perfil y admiro lo guapa que es; tanto, que da rabia. Pero cómo la quiero a la condenada.

Las tres meditamos sobre nuestras cosas, y creo que todas esas cosas tienen que ver conmigo. Lo sé por el silencio que domina el ambiente. Porque cuando algo nos preocupa, nos callamos. Y en estos momentos no somos capaces de decir una palabra.

—¿Sabes algo de Axel? —me pregunta Carla, de golpe.

Vale. Carla sí puede.

Niego con la cabeza. Me entristece saber que Axel me ha abandonado, que no ha venido a verme ni una vez al hospital, ni tampoco me ha llamado. Me siento de nuevo como una muñeca vieja, usada, tirada... Y ni siquiera sé si tengo derecho a sentirme así. Es decepcionante sentir lo que sea que siento por él, y que sea incapaz de dar una miserable muestra de interés.

—Me gustaría conocer a ese Axel —dice mi madre—. Él te salvó.

—Sí. Me salvó, mamá —afirmo sin rodeos.

—¿No es increíble? Yo pensaba que los héroes no existían.

Sí, yo también pensaba lo mismo. Pero Axel me dejó sin argumentos.

—Es un héroe un poco esquivo —señalo ácidamente—. Ni siquiera sé dónde está... Fede cree que ha ido a buscar a mi acosador. —Centro mi atención en el poso de chocolate—. Está loco. ¿Qué piensa hacer con él si lo encuentra?

—Yo sí sé lo que haría —afirma Carla sin rodeos—. Haría que se tragara sus propios huevos.

—Otra como Axel... —protesto—. No se puede ir por la vida así, Carla. —No debo regañarla, pero este tema me pone de los nervios—. Existe la ley, la policía y otros organismos para estos casos. Ese es su trabajo.

—También existen sicarios. —Carla me mira de reojo y un brillo de desafío ilumina sus pupilas mientras da un nuevo sorbo al chocolate—. Mi hermana no se toca —dice llanamente.

Yo sonrío, y el ceño de mi frente se relaja. Le paso un brazo por encima y le doy un beso en la cabeza.

—No sé quiénes os habéis creído que sois. Pero gracias.

—De nada.

—Yo también te quiero —le digo en un suspiro, algo derrengada por el panorama. Carla nos mece con más fuerza, y yo dejo caer la cabeza hacia atrás, disfrutando del vaivén—. Maldito Axel... ¿Dónde estará?

Carla vuelve la cabeza hacia mí y me estudia con muchísima atención. Sus largas pestañas se mueven arriba y abajo, y entonces abre la boca con asombro y me señala.

—¡¿Te lo has follado?!

Así. De golpe. Sin anestesia.

Mi madre ha estado a punto de escupir el chocolate, y yo ni me inmuto, ni siquiera me sonrojo. Ni tampoco lo desmiento.

Aunque debo aclarar que yo no me lo he follado. Él me ha follado a mí, como un animal, durante horas…, en dos días distintos. Muchas veces. Y me ha dejado una marca perenne en el cuerpo, y también en un rincón de mi alma.

Madre del amor hermoso… Pensar en todo lo que hizo con mi cuerpo, aún convaleciente, hace que se me despierte la *patatona*.

—Ha habido algo entre nosotros —admito mientras jugueteo con mi pokémon del amor entre los dedos. Es y será para siempre mi amuleto—. Pero aún no sé el qué. Aunque, visto el desinterés que parece tener por mí, creo que no ha sido nada del otro mundo para él. No ha dado señales de vida.

—¿Y para ti? —pregunta Carla. Entonces sonríe—. Uy, tienes esa cara…

—¿Qué cara?

—Una que nunca te había visto. La cara de: «No es amor lo que yo siento. Es obsesión».

—No digas tonterías.

—Esa cara te delata. —Ríe—. A ti te gusta. Normal, por otra parte. —Ya está. Mi hermana embalada—. Ese hombre está para envolverlo con un lazo de regalo todos los días. Es tan guapo, mamá, que duele verlo… —Se lleva una mano teatral al corazón—. Yo me hago guarradas viendo su foto.

—¡Carla! —exclamamos mi madre y yo, ofendidas.

Ella se echa a reír y niega con la cabeza.

—Qué aburridas sois. Era una broma. Ya sé que es tuyo, hermanita…

—No, no es mío —reculo—. Yo no poseo a las personas. Nadie posee a nadie.

—Discrepo —apunta mi hermana—. Cuando deseas y quieres a alguien, sientes que ese alguien forma parte de ti, que te pertenece. Tal vez tú no conozcas aún esa sensación porque no has sentido nada parecido todavía.

—¿Y David? —me pregunta mi madre, evaluándome, cortando de golpe la conversación sobre Axel.

—Venga, mamá. —Carla abre los brazos como si no diera crédito—. David la dejó por FaceTime, la abandonó. Ni lo nombres a ese…, ese… panolis de tres al…

—David me llamó —digo entre dientes. Me parece justo explicar que él hizo el intento de hablar conmigo. Demasiado tarde, pero lo hizo—. Quería saber cómo estaba…

—Un mes después y con el morenazo siguiéndote a todos lados, ¿cómo ibas a estar? ¡De puta madre! —suelta Carla—. Se lo dijiste, ¿no?

—¿El qué?

—Que estabas de puta madre y que ahora otro hombre ronda tus sueños.

—No le dije nada de eso. Fue una conversación sin importancia. No tuvo relevancia. —Bueno, la tuvo porque me cogí un berrinche que me llevó directamente a los brazos de Axel, pero voy a obviar ese detalle—. David y yo hemos acabado —asumo. Es curioso, porque ya no me duele como antes. Me da pena, pero no me deja hecha polvo y con ganas de cortarme las venas.

Mi madre carraspea.

—Pues… Verás, Becca…

Cuando mi madre empieza a hablar con titubeos, con las gafas resbalándole por el puente de la nariz y los ojos fijos en el suelo, sé que está a punto de decir algo que no me va a gustar nada. Y la temo.

La temo mucho.

—Puede que no te guste lo que voy a decirte.

Blanco y en botella.

—¿Qué has hecho, mamá? —Me vuelvo hacia ella, expectante y un tanto preocupada. Espero que no sea lo que me imagino.

—Cuando te ingresaron, recibí una llamada de David.

Trago saliva. Se me ha quedado la boca seca.

—¿David te llamó?

—Sí.

—Si él nunca, jamás, te llama.

—Ya.

—¿Y?

—Me dijo que había hablado contigo y que quería volver a llamarte pero que no le cogías el teléfono. Estaba un poco desesperado, se le veía ansioso… y yo estaba nerviosa porque te acababan de trasladar al Hospital Clínic de Barcelona y… Bueno… Yo…

—¿Tú qué? ¿Le dijiste lo que me pasó, mamá?

Mi madre se muerde el labio inferior, me mira por encima de la montura de sus lentes y asiente con aire culpable.

—Sí. Se lo dije, Becca. Lo siento mucho.

—No, mamá. —Me apoyo en mis rodillas y suspiro agotada, llevándome la mano a la frente—. No tenía que saberlo. ¿Qué dijo?

—Él… se quedó muy callado. Lo único que contestó fue: «Estoy allí inmediatamente». Y me colgó.

—¿Cómo que estaba aquí inmediatamente? ¿Qué quiere decir eso?

—Pues que venía hacia Barcelona. Que… —Sabe que va a vacilar, que está indecisa, por eso se calla de golpe para poder soltarlo todo sin filtros—. David llegó ayer a Barna. No sé dónde se hospeda…, pero me dijo que ya estaba aquí. Y que quiere verte.

—Pero aquí… ¿dónde? ¿Acaso habéis vuelto a hablar? —Me levanto del balancín indignada.

—Sí. Él me llamó ayer de nuevo y le dije que estabas en mi casa, pero que hablaría contigo antes para saber si lo querías ver. Que dependiendo de cómo estés y de lo que tú decidas, yo le avisaría.

—¡Mamá!

—Becca, entiéndeme, no pude colgarle el teléfono… —dice intentando defenderse. Ganarse a mi madre es muy fácil. Le pones una voz temblorosa y arrepentida y te da un vaso de leche caliente.

David está aquí. El hombre que yo quería como compañero de vida, y el mismo que me dejó, que me abandonó sin más, ha venido a Barcelona para verme. David tiene en alta estima su trabajo, y me sorprende que haya hecho las maletas tan rápido para estar a mi lado. No es propio de él.

No me lo puedo creer.

—Mamá, la has liado parda —le hace saber Carla negando con la cabeza—. David ya estaba fuera de la ecuación. Nos ha costado mucho sacarlo de su cabeza. No es hombre para Becca.

—Calla ya, Carla —la reprende—. ¿Tú qué sabrás lo que necesita tu hermana? Solo lo sabe ella. Nadie más.

—Mamá, hazme caso. Becca no tiene ni idea de lo que es el amor. Sabe lo que es la comodidad, el conformismo, el cariño y la complacencia. Adora la seguridad por encima de todo, porque es lo que tenía con David. Nada más. Pero eso no es amor.

—¿Y acaso tú lo sabes? Tú tampoco es que tengas mucho éxito con los hombres.

—Eso es porque no hay ninguno demasiado bueno para mí. —Levanta la barbilla con dignidad.

—Callad ya las dos. —La cabeza me va a estallar—. No... No sé qué hacer.

—No tienes que hacer nada —contesta mi hermana—. David es tu ex. Si no quieres, no tienes por qué verlo.

—No puedo tratarle así. Ha hecho un viaje muy largo para verme... Estará preocupado. —Soy una persona empática, y mi empatía despierta para lo bueno y para lo malo. Incluso cuando sé que algo me puede afectar más de la cuenta. Como encontrarme con David.

—No vas a ir a verle, Becca. —Carla se incorpora y su altura me sobrepasa por unos pocos dedos—. No pienso dejar que lo hagas. Te conozco.

—Solo voy a verle.

—He dicho que te conozco —repite, enfadada—. Eres débil. Como la mama. Si David te llora, cederás. Y si cedes, volverás a cagarla. Te ha costado abrir los ojos y darte cuenta de que él no es el hombre de tu vida…

—No sigas —le pido—. Hasta la fecha, lo ha sido. Mi vida ha cambiado, me han pasado muchas cosas, pero le quiero, le tengo mucho cariño. Y aunque ya no estemos juntos, le debo eso. No puedo cerrarle la puerta en las narices.

Carla deja caer los hombros y hace una mueca con sus labios de loba.

—Es increíble. Qué tonta eres… —Se deja caer de nuevo en el balancín—. Haz lo que te dé la gana. Allá tú. Pero no cuentes conmigo. No pienso llevarte.

—No te lo iba a pedir —le aseguro, enfurruñada—. Llamaré a un taxi.

—No puedes salir sin compañía. Y mi madre tampoco va a ir, ¿a que no, mamá? —Carla es una nazi—. Tiene que hacer de canguro de Iván. Hoy debo adelantar trabajo en el despacho, tengo que preparar un caso muy importante. Y el niño se queda aquí a dormir.

Mi madre asiente y emite una leve disculpa para conmigo. Carla es especialista en poner a todos entre la espada y la pared.

—Llamaré a Eli. Ella me ayudará. Es un poco más comprensiva.

Carla se encoge de hombros y mira hacia otro lado.

—¡Ja! Eli no te llevará. Piensa como yo. Está conmigo en esto.

—No lo creo. Eli es más sensible que tú. Y es psicóloga. Sabrá lo que tiene que hacer.

—No estés tan segura… Eli tiene tantas neuras como tú —dice por lo bajini.

Yo hago como que no la oigo. Las peleas con mi hermana son siempre muy infantiles, hasta que sube el tono y las pullas se vuelven más directas e hirientes… Son discusiones *in crescendo*.

—La voy a llamar.

—A Eli déjala, ¿vale? —suelta Carla—. Está muy liada, tiene mucho trabajo ahora mismo... No podrá quedar contigo.

—¿Eli? —Los juegos mentales de mi hermana diabólica no podrán conmigo—. Eli nunca me fallaría en esto. Si se lo pido, no me dejará sola.

Dicho esto, abandono la terraza como una reina lesionada, ondeando imaginariamente mi capa tras mi espalda como una buena matriarca.

Aunque, realmente, ya no siento que tenga ningún poder.

Es curioso cómo cambian los gustos de las personas. Mi habitación en casa de mi madre tiene toques muy míos, destellos de mi personalidad. Pero dicen que, con el tiempo, una madura y se recicla. No sé si yo habré madurado mucho.

Mientras me siento en mi sillón favorito de lectura, pienso en todo lo que rodea ese habitáculo que durante tanto tiempo regenté, y en todos los objetos que lo decoran y que yo misma elegí. Por ejemplo, el teléfono de mi habitación es un gato Garfield. Cuando lo descuelgas, abre los ojos, y cuando cuelgas, los cierra. Y me sigue gustando. Me encantaba este teléfono.

Los murales realistas de mi habitación siguen siendo los mismos. Simulan un bosque al atardecer. Y debo decir que en mi loft tengo murales igualmente realistas. Uno es el *skyline* de San Francisco, otro es una vista panorámica de la muralla china, y el otro es una preciosa callecita de la Toscana. En eso tampoco he cambiado demasiado.

Mi madre nunca entendió por qué no empapelaba la pared de pósters de tíos buenorros, como hacían las chicas de mi edad, o como hacía Carla, que su habitación era un harén de macizos en calzoncillos. Hasta que comprendió que yo era distinta y dejó de insistir.

Mi librería, por ejemplo: toda llena de libros de ensayo o de novelas tipo *Momo*, *Las amistades peligrosas*, *El esqueleto de la ballena*... Me encantaban. La de mi hermana, en cambio, era como un quiosco, llena de fascículos de la *Súper Pop*, del *Qué me dices* y de novelitas de Corín Tellado. Recuerdo la primera vez que leí un fragmento de esos libros al azar, y salió algo parecido a «le dio la vuelta, la colocó sobre el colchón y la penetró con todo su ímpetu». Mi cara era un poema, mientras mi hermana se partía de la risa y me llamaba «mojigata». Y era cierto. Porque yo era muy pava. Me gustaban los chicos, pero no estaba para tonterías. Era un poco como David, pero en chica. Centrada en otras cosas antes que agenciarme un novio.

Sin embargo, Carla nunca tuvo problemas en hacer las dos cosas a la vez. Incluso tres. No sería la primera vez que la golfa de mi hermana juega a tres bandas. Y me pregunto si el tiempo también ha intentado cambiarla a ella. Es madre soltera, trabajadora, un tiburón de la abogacía, pero... sigue sola, devorando hombres como solo ella sabe hacer.

Igual que Eli, a la que voy a llamar de inmediato. Cuando Eli y Carla se conocieron, hicieron buenas migas, aunque la una se convirtió involuntariamente en la competencia directa de la otra. Y empezaron a enzarzarse en un juego muy peligroso: a ver quién ligaba más de las dos. Parecía una competición.

Y yo estaba ahí en medio, entre ellas, un poco perdida, viéndolas venir y comiéndome casi las sobras. Ya sabéis: ¿el amigo feo del tío bueno?, pues ese era casi siempre para mí. Nunca me liaba con ellos, porque no estaba tan desesperada, pero se convertían en mis amigos. Muchos de ellos ya están casados y algunos me han invitado a sus bodas y todo. Por supuesto, no he ido a ninguna. Hay que tener dignidad.

Me levanto del sillón y me tumbo en la cama arrastrando el teléfono de Garfield conmigo. Marco el teléfono de Eli y escucho pacientemente los tonos. Hasta que lo descuelga.

—¿Sí?
—Eli.
—¿Becca?
—Eres una sinvergüenza.
—Vaya, gracias.

32

—Desde que estoy en casa de mi madre, herida y convaleciente, no has venido a verme ni una sola vez, *chingona* —digo adoptando mi tono Reina de las Maras.

—Perdóname, *lisensiada*, pero tengo… unos días muy ocupados. Muy malos. ¿Cómo estás, *mijita*?

—Bien, pero tienes que venir a verme. Es una orden. Ven a comer o a cenar.

—En cuanto pueda, voy. A ver si mañana, después de las sesiones que tengo, me puedo pasar. En serio, estoy con el caso de una pareja que ha decidido hacer intercambio para reavivar sus relaciones sexuales, y ahora ella está embarazada y el marido se cree que es del otro… Un drama, vamos. Y estoy intentando apagar el incendio.

—A ti te encantan los dramas.

—Sí —sonríe con tristeza—, pero cada vez menos.

Noto algo en Eli. No sé lo que es. Lo percibí ya cuando tuve la conversación a tres en Tenerife y hablamos de Axel… Es como si estuviera distante, o como si algo le pesara demasiado. Y lo siento. Lo siento como si me pasara a mí, y no porque sea empática, sino porque Eli es mi mejor amiga.

—Eli, ¿te puedo pedir algo? Te necesito.

—Lo que tú quieras. Dime.

Sonrío. Ella es tan solícita y buena… Siempre hemos estado ahí, la una para la otra.

—Tal vez no te guste demasiado, pero tienes que pensar que lo que haces, lo haces por mí y por mi bien.

—Uy, no me gusta ese tono…

—Necesito que me lleves a un sitio para encontrarme con alguien.

—¿Para encontrarte con alguien? ¿Con quién?

Me quedo en silencio y juego con el cable del teléfono.

—¿Becca?

—David está aquí y quiere verme. —Toma. Ya lo he dicho.

—¿David? ¿Qué David?

Supongo que es tan increíble que él haya hecho eso que ni siquiera Eli lo pone en el contexto.

—Mi ex.

Esta vez es Eli quien guarda silencio durante bastantes segundos.

—¿Quién le ha avisado?

No es demasiado comprensiva, que digamos.

—Llamó a mi madre al ver que mi teléfono no respondía. Y mi madre, pobre, con todo el estado de nervios en el que se encontraba, le dijo lo que había pasado. Y ahora él ha venido a verme.

—¿Y tú quieres verle?

—Sí.

—¿Estás tonta?

—Eli, por favor…

—No, Becca. Pídeme otra cosa, pero eso no. ¿Qué ha dicho Carla?

—Lo mismo que tú —me enfurruño.

—A ver, tú sabes lo que él quiere, ¿verdad?

—No quiere eso.

—No me vengas con esas, *lisensiada*. David te conoce, sabe cómo tratarte… Te hará caras, te llorará, y tú, que eres más buena que el pan, le perdonarás. Y más ahora, que estás sensible. Él quiere venir para que te apoyes en él, para que veas que te quiere cuidar y que se preocupa por ti… Porque sabe que, como tú, no va a encontrar a otra. Es un listo. El problema es que lo ha sabido después de dejarte. Y tú… Tú no puedes volver con él, Becca.

—Pero ¿por qué os ponéis todas así? —Quiero aplastarle la cabeza—. Ha hecho un viaje muy largo… Solo quiero que vea que estoy bien, que deje de preocuparse y ya está.

—¿Qué hay del dios de la piscina? ¿De tu salvador?

—Nada. No hay nada. Ha desaparecido.

—Volverá. Ese tío tiene que volver… —susurra para sí.

—Eli, solo voy a ver a mi ex, al hombre que ha significado todo durante muchos años. No tiene que pasar nada más.

—No es verdad. Si le das la mano ahora, si le abres la puerta, volverá a entrar, y no encontrará ningún impedimento en ti, porque necesitas sentirte cómoda y segura, y con él lo estás.

—¡Y dale con la seguridad y la comodidad! No soy una vendedora de colchones.

—Sabes que es tu profesión frustrada.

Me está pinchando, la maligna.

—Cometerás un grave error, Becca. Pensaba que ya lo habías superado.

—¡Que no voy a volver con él, joder!

—Espero y deseo que no lo hagas. Te mereces una historia de amor desgarradora, aunque te hagas caquita y te asuste.

—Yo no me hago caquita por nada.

—Eso no te lo crees ni tú. Para ti no quiero el libro de punto de cruz que tienes con David. Y no pienso ser cómplice de eso.

—Vale. —Pongo los ojos en blanco—. ¿Cuál es tu respuesta, entonces?

—No voy a llevarte.

—De acuerdo. Adiós. —Cuelgo ofendida y agraviada por su poca fe en mí.

Me imagino el rostro de Eli, rojo de la ira. Odia que le cuelguen el teléfono y la dejen con la palabra en la boca.

Nadie me cree. No quiero volver con David. Solo quiero verle y explicarle lo sucedido. Que sepa que estoy bien. Y yo, verlo bien. Y poder cerrar esta historia, aunque sea triste y dolorosa para mí.

Pero nadie me quiere acompañar, y yo no puedo salir de mi casa sin escolta, sin nadie que me acompañe.

¿Dónde se hospedará? Una intuición asoma a mi mente, y aunque intento desecharla por lo loca que es, la idea persiste en mi cabeza.

¿Será capaz?

Me medio incorporo y mi cerebro se ilumina. Puedo comprobar si lo que pienso es cierto o no. Puedo hacerlo porque, aunque no tengo mi móvil, en mi iPad sí tengo grabadas todas mis aplicaciones, las mismas que tenía en mi iPhone.

Eso quiere decir que puedo comprobar si mis desvaríos son reales. Es más, ¿cómo no he caído antes? En mi iPad lo tengo todo. Desde mis informes sobre mis pacientes de *El diván* hasta mi agenda telefónica al completo. Incluso el Whatsapp. Y todo se me sincroniza a diario. Dios, mi mundo se llena de posibilidades de repente.

No estoy tan incomunicada como pensaba.

Descarto abrir el mail. No quiero recibir sorpresas desagradables, y de hecho, en el hospital, Fede me pidió que siguiera sus instrucciones. Que no accediera a ninguno de los dispositivos que mi agresor pueda utilizar para contactar conmigo. Hemos decidido mantener el asunto en secreto y no levantar una polémica ni alrededor de mí ni del programa. Los hashtags van viento en popa, la popularidad del programa crece día a día. No es bueno darle mala prensa con lo que me ha pasado.

Me levanto de la cama y voy a por la maleta, la misma maleta que Ingrid se encargó de recoger de mi habitación de hotel en Tenerife y de enviar a Barcelona. Mi Ingrid piensa en todo. Es tan competente. Y yo lo lamento tanto que lo esté pasando mal por culpa de Bruno... Sé que a ella le gustaba mucho. Sé que su historia no tenía futuro. Puede que igual que la mía con Axel.

Sin embargo, las mujeres somos así de cazurras, supongo.

No he hablado con ella aún. No he hablado con nadie de *El diván*. He intentado recuperarme y mantenerme en mi búnker, aislada, sin teléfono, incomunicada. Pero no había caído en que no estoy incomunicada del todo.

En mi iPad está todo. Y con el wifi de casa de mi madre puedo entrar en contacto con quien quiera, y ver, como me dispongo a hacer, si mis divagaciones sobre el paradero de David son reales.

Todavía le leo la mente. A pesar de nuestra ruptura, le conozco tan bien como si lo hubiera parido. Y creo saber dónde está.

Abro mi maleta y saco mi iPad de la funda negra del teclado. Ahí está toda mi ropa sin desdoblar. No he pensado en mi maleta para nada, por eso no está deshecha.

Cojo el cargador, lo enchufo y enciendo el iPad. Pongo mi clave y espero a que todas las aplicaciones aparezcan en la pantalla.

El hecho de que me encante la tecnología me convierte en una compradora compulsiva de accesorios y aplicaciones para todo lo que tenga que ver con Apple. Soy así de consumista, y nadie lo puede remediar.

La cuestión es que compré unas cámaras de Philips InSight y las coloqué por toda mi casa. Se conectan a mi iPhone y a mi iPad, y desde mis dispositivos puedo ver en tiempo real todo lo que ocurre en el loft.

El motivo por el que quiero ver si en mi casa está todo ok es porque tengo la intuición de que, como ya he dicho, creo saber dónde está David.

Enciendo la aplicación y la imagen me muestra el salón. Mi sofá blanco con cojines de colores y búhos estampados, y mi chaise longue de piel blanca que hace masajes. El sofá está ocupado. Hay un hombre sentado en él, mirando mi pedazo de tele, que es la culpable de que me esté quedando cegata.

Ese hombre está observando todo lo que tiene a su alrededor. El pelo rubio le hace ondas en su nuca. Tiene el rostro, cincelado y clásico, un tanto ojeroso. Parece nervioso e inseguro.

Y me sorprende verlo así. Porque David nunca fue un tipo inseguro.

Y ahora parece perdido en la casa que ambos compartimos, como si ese no fuese su lugar después de haberlo sido durante años.

Y a pesar de eso, me sorprende lo bien que queda en esa estampa, en ese hogar que forjamos juntos y que ahora es solo mío.

Se me llenan los ojos de lágrimas al comprender que él sigue teniendo llaves de mi casa, que se ha atrevido a ir directamente allí, como si tuviera pleno derecho. Cuando ya no lo tiene. Porque a pesar de lo mucho que lo quiero, él ha perdido sus privilegios.

Y con más ganas y con más razón, necesito ir a verlo y decírselo a la cara.

Trago saliva y me seco las lágrimas de la cara.

Abro el Whatsapp. Podría ponérselo fácil a David y escribirle. Podría decirle que le estoy viendo, y podría suavizar la situación empezando a hablar por este medio. Pero no me apetece. No es así como deben ser las cosas. Ya es suficiente.

Me doy cuenta de que entre todos los mensajes que no he abierto estos días, entre los cuales hay algunos de Ingrid y de Bruno, busco uno solo. Un solo mensaje, no pido más, de la persona que sí quisiera ver y sí quisiera saber de ella.

Pero Axel no ha escrito nada. No se ha puesto en contacto conmigo.

Es como cuando abres el horno y el bizcocho aún no está hecho, y entonces se desinfla. Así me quedo yo. Desinflada.

Pero no me voy a quedar parada. No señor. Axel me ha hecho algo, ha hecho algo conmigo, y no hablo del sexo... Me ha tocado de un modo extraño y que aún intento desentrañar. ¿Cómo puedo estar loca por un hombre que apenas conozco?

De Becca:
Estoy bien, gracias por preguntar.

De Becca:
Quiero que me vengas a ver. ¿Dónde demonios estás, Axel?

De Becca:
Joder, Axel. ¿No me vas a contestar? Deja lo que estás haciendo y vuelve.
Quiero hablar contigo. Olvidas que tengo el pelo así porque soy bruja.
Te voy a poner una vela negra.

De Becca:
Muy bien. Como quieras. Capullo.

Oye, pues por Whatsapp parezco realmente convincente, con un par lleno de autoridad y poderío. Espero unos minutos más para ver si me contesta.

Pero nada. Nada de nada. No sé si está en línea o no. Supongo que si quisiera saber de mí, ya lo habría hecho, ¿no?

Dios, con lo controlador que es, debe de estar realmente cabreado conmigo por lo que hice. Desobedecerle no estuvo bien.

Y en ese momento de derrota y autocompasión, recibo un nuevo mensaje, que puede rescatarme del hoyo momentáneo en el que me encuentro.

De FaynaFujitsu:
Becca, mueve el culo. Estoy en Barcelona.
Envíame localización que quiero ir a verte. Y te callas.

Me echo a reír y me da un subidón de alegría.

Fayna, mi recién descubierta amiga de Tenerife, viene a salvarme del ostracismo y de mi cautiverio.

Es como un rayo de luz entre tanta oscuridad.

Y voy a abusar de él.

3

 @garfielderanaranja #eldivandeBecca #Beccarias
¿Creéis que la irascibilidad es un trastorno?
Mi ex marido me dice que estoy llena de odio.
Ay... Esas ganas de acariciarle la cara con las ruedas
de un tractor...

Mi madre y Carla observan a Fayna a caballo entre la sorpresa y la curiosidad.

Fayna está en la entrada de la casa, con una mochila colgada a la espalda. Lleva su collar eléctrico de perro al cuello. Se ha peinado con una cola alta que marca más sus facciones redonditas y guapas. Muestra una sonrisa enorme y radiante, y se ha vestido con lo poco que tiene de manga larga.

—¿Qué haces aquí? —le pregunto, feliz.

—Venir a verte, prenda. Chacha, ¡qué frío hace aquí! Ahora mismo me acompañas a comprarme bufandas y guantes de esos que usáis la gente normal. —Es lo primero que me dice antes de abrir los brazos y cobijarme entre ellos, tratándome con todo el cuidado que puede—. Becca, amiga, no me puedo creer que te pasara eso. En cuanto Axel me lo dijo, saqué dinero de donde no tenía para coger mi primer avión y venirme a tu tierra. Ha sido culpa mía. Todo. Me siento muy mal —asegura, afectada.

—Pero ¿qué dices? —replico yo apartándome—. No tuviste nada que ver.

—Yo te pedí que fueras a ver a mi amiga y…

—Fue un accidente. —Miro de reojo a mi madre y a mi hermana para que no metan la pata y no expliquen lo que saben.

Nadie más puede saber lo sucedido—. La carretera era muy estrecha y yo perdí el control.

—¿De qué mierda hablas? —replica Fayna mirándome fijamente a los ojos—. No tuviste un accidente. ¿El golpe te afectó a la cabeza?

—¿Qué?

—Te sacaron de la carretera, loquera. Un lunático obsesionado contigo lo hizo. No me engañes.

Tengo una aplicación en mi móvil. Se llama MomentCam. Dispone de cientos de emoticonos y caras en movimiento para enviar por mensaje. En este momento, mi cara es como la del emoticono con los ojos colgando y la mandíbula desencajada.

—Pero… ¿qué? ¿Cómo sabes tú eso?

—Me lo dijo Axel después de llamarle treinta veces en menos de media hora, preocupada por ti. Lo cansé —me guiña un ojo—, y él me lo contó todo. Fue escueto, pero contundente. —Fayna mira alrededor y sonríe a mi madre—. ¿Es tu madre?

—Sí, perdón. —No tengo tiempo de sentirme avergonzada por no presentar a mi familia. Pero estoy en estado de shock. Axel habla más con Fayna que conmigo. Lo voy a freír a whatsapps desde mi iPad hasta que me conteste—. Mamá, Carla. Esta es Fayna. La traté de su narcolepsia. Fayna, estas son mi madre y mi hermana.

—Oh —Carla arquea las cejas negras y sonríe divertida—, ¿te… dormías de pie?

Fayna deja ir una carcajada y bizquea.

—De pie, sentada, de rodillas, a cuatro patas, jugando a los bolos… Me dormía de todas las maneras, maricón.

Carla parpadea, se echa a reír y dice nerviosa:

—Ah… ¿Me has llamado «maricón»?

—No, no… Es una expresión de las islas. Al parecer, somos más africanos de lo que creemos. Nadie nos comprende.

Mi madre le da dos besos, sin poder ocultar su consternación.

—Pero ¿ahora estás bien? —pregunta mi hermana—. Es decir, ¿Becca te ayudó? ¿Mi hermana puede tratar también esas patologías?

—Becca me electrocutó y me puso un collar de perro al cuello. Solucionó el problema en un abrir y cerrar de ojos.

—Dios mío. Cariño… —susurra mi madre mirándome como si me viera por primera vez.

—No fue así… La idea no fue mía en realidad. —Intento explicarles que fue Axel quien pensó en el dispositivo, pero no me dejan.

—Ah, pero no se preocupe —intenta calmarla Fayna—. No me duele. Solo impide que me duerma, hace que me vuelen los zapatos y me muerda la lengua como si mis dientes fueran una grapadora. Ya está.

—Igual lo llevas a demasiada potencia… —murmuro entre dientes mientras la invito a entrar en mi casa.

—No. Está bien así. Me gusta. Hace que abra los ojos de golpe. Ahora duermo solo por las noches. Cuando toca. —Fayna deja su mochila y se estira, haciendo crujir los huesos de su espalda—. Me gusta tu casa. Pero me tienes que ayudar a encontrar un hotel por aquí, Becca.

—¿Hotel? —pregunta mi madre—. No vas a buscarte ningún hotel. Puedes quedarte aquí.

—No, muchas gracias. No quiero molestar. Solo me quedaré esta noche —asegura con humildad—. Quería asegurarme de que esta mujer llena de rizos —me señala con el pulgar— estaba bien. Puedo quedarme en algún hostal o…

—No, ni hablar. Tú conoces a Axel, ¿verdad? —pregunta mi hermana, muy interesada.

—¿Que si conozco al hombre follable? Bah… ¿Por qué? ¿Acaso ustedes no?

—No en persona.

—Ese hombre es pura dinamita, morena.

Mi madre y Carla se miran y sonríen con malicia.

—Definitivamente, tú te vas a quedar aquí.

Mi familia es como la *Cosa Nostra.* Consiguen todo lo que

quieren. Las dos están ávidas de información, y resulta que Fayna es un caudal incontinente de revelaciones.

Aun así, no voy a darles tiempo para que comiencen a interrogarla, porque me voy a llevar a Fay de compras por Barcelona, y, de paso, ella me acompañará a mi loft.

Tengo un encuentro que consumar y alguien tiene que venir conmigo.

La Maquinista. El paraíso de cualquier persona caprichosa.

Tengo la suerte de que ese centro comercial está en el mismo Sant Andreu y es una máquina de hacer dinero, con un montón de ocio, restaurantes y tiendas de todo tipo.

A mí me encanta ir de compras, que conste. Y eso es justamente lo que he hecho. Me he comprado un iPhone 5C verde, que necesito con urgencia después de que el otro se hundiera en el río. Lo conectaré a mi ordenador y pasaré la última copia de la sincronización del iPad al equipo. Así tendré mi nuevo teléfono exactamente igual a como tenía el otro. Jobs fue un visionario que sabía que el mundo estaba lleno de torpes como yo que perderían su teléfono tantas veces como la acosaran. Fayna por poco se hace el haraquiri al ver lo que vale un aparatito de esos. Ella sigue con su Blackberry rosa, y de ahí no la sacan.

Después de recoger una nueva tarjeta micro, he comprado calzado y ropa. Supongo que necesito gastar dinero para sentirme mejor en estos momentos. Todas las mujeres lo hacemos. O casi todas.

Me he dado el gustazo de hacerle un par de regalos a Fayna y le he comprado un abrigo con capucha de esquimal, que necesitará con este frío que empieza a asolar Barcelona, aunque solo sea para un día.

Ella, en cambio, se ha comprado guantes de lana negros, y un gorro marrón con unas orejas de oso. No entiendo cómo se ha comprado eso, de verdad que no comprendo esos gustos. Pero ella estaba superfeliz con su nueva adquisición, y parecía una niña contemplando su reflejo en el espejo, así que no he querido decirle nada.

Después se ha vuelto loca, y ha hecho que nos paremos en un Burger King para llenar su combustible de hidratos y grasas saturadas. Adoro esa comida basura, así que la he acompañado con un Big King XXL y un brownie con nata, que no quemaré ni en un mes. Pero me da igual, porque estoy nerviosa por mi encuentro con David, y muy triste y decepcionada por no saber nada de Axel. Comer me irá bien. No tengo intención de convertirme en una ballena, pero a veces el cerebro necesita azúcar, y yo estoy bajo mínimos.

Después de varios menús, cogemos un taxi para dirigirnos a mi loft. Fayna apura su segundo Long Chicken y bebe de su Coca-Cola normal sin dejar de interrogarme, porque está claro que puede hacerlo todo a la vez.

—¿Y dices que vamos a tu loft para...?

—Nada. Solo quiero recoger ropa interior que tengo ahí.

Ella me mira de soslayo y rebaña con la punta de su lengua una gota de mayonesa que reposaba en la comisura de sus labios.

—Prueba otra vez. Mientes muy mal, pelirroja.

Fayna parece salida del mundo *Harry Potter*. Es de esas personas que te hacen creer que viven en su propia realidad, que conviven con la sociedad ajena a casi todo, al margen del sistema. Pero me equivoco mucho si pienso eso, porque es una fachada. Una fachada que hace que pase inadvertida y que nadie la tenga en cuenta, para así, con esa discreción, enterarse de todo. Joder, debería haberse dedicado al espionaje o algo de eso...

—No miento.

—No, claro que no. —Su rostro es una careta de incredulidad—. Algo te incomoda mucho. No dejas de pensar en ello. Estás como ida. Una parte de tus hemisferios está conmigo, feliz de que te acompañe y de verme aquí. La otra... La otra está en Narnia. ¿De qué se trata? No le has dicho a tu madre ni a tu hermana que te ibas a pasar por el loft. Las has convencido de que nos íbamos de compras y después regresaríamos a vuestra morada, pequeña Padawan. ¿Por qué? Es mejor que me lo digas, porque no pienso dejarte sola ni a sol ni a sombra.

Increíble. Esta mujer con aspecto de soñadora incorregible psicoanaliza a las personas mejor que algunos psicoterapeutas que conozco.

—David está allí.

—¿David? ¿Quién es David? —pregunta con interés, prestándome toda su enérgica atención.

Aprovecho el trayecto en taxi para contarle toda la historia entre David y yo. Nuestra vida juntos, su traslado a Estados Unidos, nuestra relación a distancia y la ruptura de nuestra historia de amor.

Fayna frunce el ceño y no da crédito a lo que oye. Pero cuando acabo de narrarle todo, lo único que me suelta es:

—¿Y Axel?

—¿Qué pasa con él?

—Tú te mueres por los huesos de ese hombre… ¿Para qué vas a hablar ahora con tu ex? ¿Por qué quieres verle? ¿No irás a volver con él?

Me irrita que todos crean eso, que me vean capaz de olvidar lo que me hizo en el momento más importante de mi carrera. No puedo ignorar el hecho de que tiró los años más bonitos de mi vida por la borda.

—Ha hecho un largo viaje para verme. No hemos acabado mal —aclaro—, y tampoco es mi enemigo. Puedo hablar con él de forma civilizada, para que vea que me estoy recuperando y que no tiene que preocuparse de nada y… Y acabaremos como amigos.

—¿Y qué narices hace en tu casa? ¿Le permites que entre así como así? ¿Aún tiene llaves?

—No me riñas.

—No te riño. Pero —chasquea los dedos frente a mi cara— ¡despierta! David es tu ex. Es un hombre. Los hombres son primitivos.

46

—David no es primitivo —respondo en su defensa—, es educado y él no entiende de esos instintos cavernícolas.

—Mira, te voy a decir lo que le pasa: se dio cuenta de que la cagó al dejarte, te llamó y se enteró de que estabas en una discoteca pasándotelo bien… Se puso celoso, su radar antimoscones se encendió y barajó la posibilidad de que tú estuvieras con otro hombre. Como así fue… —Arquea las cejas—. Y ahora ha venido a marcar territorio en tus horas más bajas. Quiere que veas que se preocupa por ti y que tú vuelvas a contar con él.

—¡No! Él no es así… Tuvimos una bonita relación. No nos separamos porque nos llevásemos mal o porque no nos quisiéramos. Me dejó porque estaba cansado de no verme. —Sigo defendiéndole, a pesar de todo—. Él no es de marcar territorio ni nada de eso…

—Poca sangre tendrá en las venas, entonces.

—No, te equivocas. No es su estilo.

—Su estilo es tener los pocos pantalones de dejarte tirada por FaceTime, ¿verdad?

—No seas injusta. No es mala persona.

—Y tú no seas tonta, Becca. —Me mira con condescendencia—. La distancia que dices que fue la culpable de lo vuestro puede romper solo aquellas relaciones que no son vinculantes ni verdaderas. Para él, lo vuestro no lo fue. Además, teniendo al moreno de ojos verdes tan preocupado por ti…

—¡Ja! ¿Preocupado? —Siento inquina hacia él, a pesar de que me salvó la vida. Y lo noto. Lo noto por el veneno en la punta de mi lengua—. Tú sí estabas preocupada. Por eso, en cuanto has podido, has venido a verme. Para Axel no soy nada. Solo un par de buenos polvos. Eso son las mujeres para él. No me vino a ver al hospital ni una sola vez, ni siquiera me ha llamado, ni me ha escrito… —Incluso diciéndolo en voz alta, me duele pensar eso. Me lastima saber que no quiere saber nada de mí. Si estuviera tan preocupado, habría leído los mensajes y me habría contestado, ¿no? Pero ni eso. Maldito esquivo.

—Vale, tranquila, Hermione. No me pareció eso. Te miraba

como si fueras comestible… —Su voz se vuelve más ronca—. Era… tan, tan intenso —parece que sus ojos se cierran; vuelve a beber de su Coca-Cola hasta que se la acaba—. Mira, es pensar en él y… —Se señala las piernas, que se le abren ligeramente—. ¡Zas!

Yo me echo a reír. Es una guarrilla.

—Uish… Ahí viene, amiga… Que viene… —me avisa; antes de que sus cuerdas vocales se relajen y empiece el primer ronquido, coloca su mano sobre mi rodilla, para agarrarse.

—¿El qué? ¿Qué viene? —pregunto, preocupada.

Fayna aguanta la respiración, echa la cabeza hacia atrás y cierra un ojo. El otro se le voltea. Aprieta los dientes y da tres espasmos como la niña del *Exorcista*.

El ruido sordo del motor del collar se detiene.

Acaba de recibir una descarga eléctrica dentro del taxi. Y no se ha desmayado. Increíble.

—¡Chaaasss! ¡Hija de puta, la tacones! —exclama cogiendo aire otra vez y echándose a reír—. ¡Esto es tan bueno!

Yo la miro horrorizada. No será como un orgasmo, ¿o sí? Para ella parece que sí. Y lo más asombroso es que ha aprendido a controlarlo.

—En serio, yo creo que tienes ese trasto muy fuerte… ¿Y si te da una embolia? Quizá deberías bajarlo.

—Antes me arranco la lengua a cachos —asegura totalmente despierta, con las mejillas rojas por el subidón de adrenalina—. Además, no está al máximo de su potencia. Estoy bien. No te preocupes.

—Ya hemos llegado —nos interrumpe el taxista.

Miro a través de la ventana y me fijo en la fachada de mi loft.

No voy a mentiros. Tengo miedo y tristeza. Sé que cuando vea a David, las sensaciones no serán las mismas que cuando estábamos juntos.

Mi pasado está ahí. El hombre que más he querido en mi vida está ahí. Voy a verle con la convicción de dejarle las cosas claras. Y después le pediré que me devuelva las llaves de mi casa.

Ese es mi hogar ahora. Ya no es el suyo.

Le pido al taxista que me espere lo que vaya a tardar en entrar y salir. Y a Fayna le digo que se quede dentro del coche.

—No. Voy a ir contigo —me dice haciendo el ademán de bajarse del taxi.

—No. Por favor.

—Soy tu guardaespaldas.

—No va a pasar nada. Es solo mi ex. Vamos a hablar y ya está. Quédate aquí, por favor.

Fayna refunfuña y se cruza de brazos, contrariada por mi decisión.

—No tardes.

—No —respondo, y cierro la puerta del coche.

Camino con decisión hasta la entrada de mi casa, y juego nerviosa con las llaves.

Es el momento de acabar con esto, con la tensión, con la inseguridad y con la esperanza de que alguna vez pudiéramos volver a estar juntos.

Porque es imposible. Porque él me dejó. Me decepcionó y rompió la única realidad que yo conocía: la de que íbamos a estar juntos para siempre y que uno era el alma gemela del otro.

Las promesas se las lleva el viento.

Hace mucho que no piso mi casa.

Y ahora que entro en el rellano y huelo el olor a bosque, producto de los ambientadores sistemáticos que tengo en todas las salas, ahora que veo el color lila de las paredes del amplio hall y que piso la alfombra de IKEA de «*Ola k ase, ¿entra o ke ase?*», los recuerdos, la melancolía y la verdad de mi situación me golpean como una bofetada realista. No regresé al loft después de que David me dejara porque no me veía capaz de vivir allí sabiendo que él ya no iba a volver.

El techo se me habría caído encima.

Porque ese hogar se ha convertido en una caja de grajeas amargas. Porque cada pastillita que saco de ella guarda un momento con David, esconde mi vida en pareja con él; una vida en la que yo era feliz.

Y duele mucho cortar con eso. Pero es lo justo para los dos.

Abro la puerta que conecta el recibidor con el salón, y le huelo antes de verlo. David sigue usando un perfume de Miyake que siempre me ha gustado mucho.

Cierro los ojos y me puede la congoja. Creo que puedo con esto, pero la verdad es que no lo hago muy bien. Porque nadie manda en la mente y en el corazón. Y hay apegos demasiado fuertes y dependientes.

Ni siquiera le odio cuando lo veo, de pie, frente al sofá.

Su rostro angelical está ahora lleno de inseguridad y tormento. Tiene el cabello rubio un poco alborotado. Él nunca lo lleva así, excepto cuando se levanta. David tiene una buena mata de pelo, pero siempre lo lleva engominado.

Yo sé que no llevo mis mejores galas; solo unos leggings ajustados, unas Air Max azules, mi jersey blanco de punto y una chaqueta Biker de piel color azul claro, con hombros estructurados y detalles guateados.

Me retiro el pelo de la cara y lo dejo hecho una maraña loca sobre mi cabeza. Tengo la boca seca y una bola de pena en mi garganta que no me deja tragar ni respirar.

David abre los brazos y los deja caer. Sus ojos almendrados me miran con intensidad y sonríen, algo acharados y retraídos, como si le diera vergüenza estar ante mí.

Y me duele verle y contemplar el rostro que tanto quise, y que tanto daño me hizo. Me dejó de lado. Me abandonó. Cortó con todo. Se fue.

¿Cómo espera que reaccione ahora?

—Ha sido un atrevimiento venir aquí, ¿verdad? —me dice con voz pesada.

Yo me relamo los labios y miro alrededor. David está ahí, como un mueble más, pero no ha tocado nada, no ha dejado huella en mis cosas.

Sí en mi vida.

—Sí, un poco sí —contesto, afligida. Si supiera cómo me entristece no poder sonreírle y abrazarle ni preguntarle cómo está.

—¿Cómo estás, cabecita loca?

Hago un puchero e intento ser fuerte. Él siempre me cuidó, a su manera, pero me cuidó. Y yo siento que ahora no cuento con ese apoyo. Es tan contradictorio. Una parte de mí quisiera ser dura como Carla o Eli. La otra parte es muy como mi madre. Tiene compasión y valora más lo bueno que lo malo. Esas son las desventajas de haber querido tanto a una persona.

Me encojo de hombros.

—Voy tirando. —Carraspeo y esta vez sí, clavo mis ojos claros en los suyos acaramelados.

—¿Cómo sabías que estaba aquí?

—Tengo cámaras. —Las señalo con mi índice. Tengo cámaras en las estanterías, ocultas, y en todas partes. Están activadas. Y cuando algo se mueve dentro de mi casa, me manda una alerta con un vídeo, para que vea lo que pasa. Pero sin mi teléfono no he podido recibir ninguna alerta. Menos mal que tenía el iPad.

David sonríe y asiente con la cabeza.

—Me hiciste caso. Al final las pusiste.

—Sí.

Debo admitir que él me dijo que las pusiera, que iba a vivir sola y que una mujer como yo no podía estar sin vigilancia. Estaba obsesionado. Al principio de irse a Estados Unidos tenía fobia a que yo me quedara sola. Se pensaba que alguien me iba a violar o a hacerme cualquier cosa. Según él, yo era demasiado guapa, debía tomar precauciones por mi propio bien. Según yo, él sabía que era un caos y un despiste con piernas, y se imaginaba que un día de estos podía dejarme la casa abierta con las llaves dentro.

David no deja de mirarme la cara. Sé que estudia mis rasguños y mis moratones, el cabestrillo y mis dedos casi azules por el hematoma. Tengo la apariencia de alguien a quien han apalizado.

Y entonces David dice algo en voz baja, exhala con rabia, acorta la distancia conmigo y me aplasta contra él, abrazándome con una fuerza y una necesidad que jamás sentí antes en su compañía.

Me quedo muy quieta.

Intento asociar esa demanda con lo que él era antes, y no lo consigo. Huelo en su ropa la colonia y su aroma personal, siempre a limpio.

No me doy cuenta de que exhalo por la boca y de que acabo abrazándolo también, como si acabara de hacer un *home run*.

—Becca… Por poco me muero del susto cuando tu madre me dijo lo que te había pasado —murmura sobre mi cabeza, abrazándome como si no quisiera soltarme nunca.

Yo no sé por qué, pero arranco a llorar. Bueno, sí sé por qué. David era para mí una especie de refugio, y supongo que el hecho de verle de nuevo, y de que esté ahí, ha liberado todas mis reservas y mis defensas se han ido a pique.

Hundo la cara en su pecho y mancho toda su camisa blanca con el rímel. A él no parece importarle, y a mí menos. Necesito desahogarme.

Necesito…

David me acuna el rostro entre sus manos. Conozco esas manos; siempre fueron suaves conmigo. Entonces me besa en la boca. Y mi cabeza reconoce ese beso. Lo recuerda. Y todo se engrana para que vuelva a sentir lo mismo que hace un tiempo. Para que acepte ese beso y para que vuelva a unos meses atrás, cuando sabía lo que quería y estaba conforme con mi vida, con mi pareja, con mi tranquilidad.

Sin embargo, en la transición de esos recuerdos, algo choca con mi yo actual. No es eso lo que quiero sentir, porque ya no va conmigo, no encaja con quien soy ahora. Ese beso no hace que casi deje de respirar y que mi cabeza dé vueltas. No es así como quiero sentirme cuando me besan. Me bastaba antes, antes de mi *impasse*, antes de *El diván* y de mi viaje a Tenerife… Me bastaba antes de Axel.

Ahora no. Ahora, esa adoración que me profesa David, esa pasión calmada y amable, no despierta nada en mí. Solo viejos recuerdos que no hace falta reavivar. Porque esos recuerdos, esa Becca, esa relación, a él no le parecieron suficientes una vez, y por eso me dejó.

Cuando me doy cuenta de lo que pienso, advierto que estoy apoyada en la barra americana de la cocina office y que él no deja de besarme, que tengo su lengua en mi boca y que me extraño al sentirla contra la mía.

Decido cortar el beso colocando mi mano sana en su camisa y apartándolo. Retiro la cara y lo miro consternada, pero manteniendo la calma.

—¿A qué ha venido eso? —le pregunto, incómoda.

—A que te echo de menos, y a que estoy arrepentido por lo que te hice —responde pegando su frente a la mía—. No quiero volver a perderte. Quiero que vuelvas conmigo. Eres lo más importante para mí... Quiero recuperarte.

—Vale, para. —Levanto un dedo y lo hago callar, alejándome de él y saliendo del improvisado ring, donde me había arrinconado contra las cuerdas—. No necesito escuchar esto ahora...

—Pero yo necesitaba decírtelo —me asegura, angustiado.

Nunca le había visto así. En los cinco años que estuvimos juntos, nunca lo vi tan perdido y desesperado por demostrar su verdad.

Doy media vuelta, cojo un vaso de cristal del armario y lo lleno de agua, a falta de whisky..., que es lo que de verdad me apetecería tomar. Un ardiente lingotazo que arrasara con mis remordimientos y mi estupefacción.

¿Qué se han creído los hombres? ¿Que pueden apartar y recogerla a una como si se tratara de basura? No. *Serdo.*

Una vez, cuando mi sobrino Iván era pequeño y aún no controlaba el castellano y dominaba mejor el catalán, Carla se propuso enseñarle inglés. Un día le preguntó: «Cariñi, ¿cómo se dice "cerdo" en inglés?». Iván, con todo el popurrí de idiomas que tenía en el coco, le soltó: «*Ssserdo*». No dejamos de reír en toda la noche.

Los hombres, muchos, son unos *serdos*.

David no puede hacer esto conmigo. Conmigo no. Lo peor es que me da pena verlo así. Me gustaría que estuviera bien y que no pasara tragos amargos como los que yo he pasado. Porque se pasa realmente mal. Y no quiero lo mismo para él.

Sin embargo, se han girado las tornas. Es él quien viene a buscarme hoy. Y yo la que decide que no quiere estar con él.

—David. —Consigo beberme todo el vaso y lo dejo en la pica—. Ha pasado tiempo desde que me dejaste…

—¿Tiempo? Un mes y medio es una mierda, Becca.

—¿Un mes y medio sin saber de ti? Créeme, da para mucho —le aseguro con amargura—. Para lo que no da es para que me beses y creas que podemos estar juntos otra vez.

—Me sigues queriendo. No puedes haber olvidado todo lo nuestro en tan poco tiempo.

—Tú lo olvidaste en una sesión de FaceTime, ¿verdad? —Punto para mí—. No puedes pretender venir a mi casa, sin mi permiso, y recuperarme así como así.

—No… Lo sé. —Se pasa la mano por la nuca, atribulado—. Créeme si te digo que el primero que se sorprende por actuar así soy yo. No suelo hacer estas cosas. Pero, Becca… —Vuelve a acercarse a mí—. No estoy bien. Quiero volver contigo. Quiero que me perdones por lo que te dije. Sé que ahora es pronto… Que necesitas tiempo.

—No. No necesito tiempo.

—No lo decidas ahora tan rápido —protesta con la confianza de alguien que me conoce a la perfección—. Sé que te hice daño y que estás ofendida. Pero romper contigo fue una decisión desastrosa. La he cagado. Y quiero enmendarlo.

Cierro los ojos y suspiro. No es así de fácil. Los palos lastiman, y agreden la confianza. La traición de alguien a quien se quiere tanto es lo peor que puede experimentar una persona. Y yo lo he experimentado.

—David, ¿por qué lo hiciste? —susurro—. ¿Por qué así? ¿Por qué me diste tan poca importancia como para echarme de tu vida a través de una pantalla de ordenador? ¿Tan poco me merecía? Tú no solo eras mi compañero, eras mi mejor amigo. Me dejaste tan rota…

Él hace un mohín, a punto de perder el control, pero se recompone rápidamente.

—No quería esa vida ni para ti ni para mí. Quería que estuviéramos juntos. Vivir separados el uno del otro es como morir, Becca. Y pasaba el tiempo y nuestra situación no cambiaba… Yo… supongo que olvidé las razones por las que te quería tanto.

El olvido. Maldito asesino.

—Pues ha cambiado ahora más que nunca —le aseguro—. Para mí, la distancia no era un problema porque, por encima de todo, creía en el amor que te tenía. Pero me diste un buen mazazo. Está claro que yo te quería más que tú a mí.

—No hagas comparaciones. Tú no puedes medir cómo son mis sentimientos.

—Pero sí puedo medir tus acciones. Y una acción vale más que mil palabras. Dime y sé sincero.

—¿Qué? —Se sostiene en la barra americana.

—¿Ha habido otra mujer? ¿Es por eso? Dímelo, David, porque prefiero esa verdad a seguir perdida preguntándome qué mierda te pasó.

Él levanta la cabeza de golpe y niega con vehemencia.

—¡No! ¡¿Cómo puedes pensar eso?!

—Bueno, no me mires así. Me parecía imposible que me dejaras, y lo hiciste. Mi pregunta es muy normal.

—No ha habido nadie. Solo yo, y mi soledad. Eso es lo que ha acabado conmigo —reconoce intentando acercarse a mí de nuevo.

—No —lo detengo extendiendo la mano—, quédate donde estás.

Él me hace caso.

Es hermoso. David es un tipo atractivo aunque esa cara de preocupación no le favorece.

—Becca… Quiero estar contigo —me dice con voz dulce y suplicante—. Deja que te cuide. Vente conmigo a Estados Unidos y recupérate allí de tus lesiones. Retomemos lo nuestro. Yo… te necesito. No quiero volver a dejarte ir. He pensado mucho todo este tiempo. He tardado demasiado en reaccionar, pero pensé muchísimo sobre lo nuestro.

Ir a Estados Unidos con él. La cuestión se resume en olvidarme de todo, pasar un tiempo allí y después volver y continuar con la misma relación, hasta que uno de los dos se movilice de nuevo, o hasta que alguno de los dos se canse.

—Volveríamos a lo mismo.

—Estaríamos juntos. Separados por un océano —sonríe melancólico—, pero juntos. Hablaríamos todos los días. Hasta que cree mi propia sucursal aquí en Barcelona y por fin podamos vivir juntos como queremos.

—Es el mismo proyecto de antaño. Esperar a que te den las riendas y puedas montar una empresa donde te dé la gana, siendo tú tu propio jefe… Pero, mientras tanto, todo seguirá igual —asumo, sometida por la situación—. Y eso sin considerar que en algún momento te gires de nuevo y decidas dejarme otra vez hecha polvo, sin alma. —Niego con la cabeza, más segura que nunca de mi decisión—. No, David. No quiero esto. Por tu bien y por el mío, esto se ha acabado.

Me saco una espina que me deja herida y me duele. Pero sanará.

—No se ha acabado —dice, apasionado. Sus ojos se oscurecen y me atraviesan con su furor—. Acepto que me des calabazas ahora, Becca. Entiendo tus reticencias y que sientas antipatía por mí ahora mismo…

—No, David. Te quiero, de verdad. No siento antipatía. Jamás podría sentir antipatía por ti. Pero precisamente porque te quiero, no me gustaría que nos hiciéramos más daño luchando por algo que no es posible. Me decepcionaste. De un día para otro me sacaste de tu vida, así como así. Y no puedo borrar esa sensación ni de mi cabeza ni de mi corazón. No puedo luchar contra eso. Y quiero que te vayas.

—Está bien. —No, no lo está. Su pose indica que seguirá peleando—. No me importa. Me voy ahora. Pero esperaré. Te juro que esperaré. Eres la mujer de mi vida, y no quiero estar con nadie más. —Se da la vuelta y recoge la chaqueta que había dejado colgada en el perchero de la entrada—. Te amo, Becca. Solo quiero que lo sepas.

—David, por favor. —Dejo caer la cabeza, agotada.

—Puede que me vuelva a Estados Unidos con las manos vacías, pero no voy a retirarme. Voy a estar ahí para ti. Y cuando decidas volver, te abriré las puertas. No quiero a otra. Solo a ti. Te estaré esperando.

David se abrocha la cremallera de la cazadora mientras camina hacia mí. Se detiene justo delante y me levanta la barbilla con suavidad.

—No tienes por qué irte —le digo con mi mejor tono—. Puedes pasar la noche aquí, y mañana mirar el vuelo de vuelta con calma.

—¿Pasaríamos la noche juntos?

Yo me quedo un rato callada, mirándolo incrédula. ¿Es que no ha escuchado nada de lo que le he dicho?

—No, David. Yo duermo en casa de mi madre.

Él me dirige una sonrisa que encubre mi mismo pesar. A veces nos equivocamos y hacemos las cosas mal, pero toda acción conlleva una reacción, y el perdón absoluto y el olvido nunca están garantizados.

Yo le perdono, pero no olvido lo que me hizo, y eso me preserva para que no me haga daño una segunda vez.

—Yo tampoco puedo pasar la noche aquí sin ti.

—No seas tonto.

—Tú no vives aquí por lo mismo, Becca. Los recuerdos hacen daño, ¿verdad?

No digo ni que sí ni que no, pero le devuelvo la mirada.

—Dame un beso de despedida, cabecita loca.

Me duele el corazón, me aflige que esto acabe, pero no puedo agarrarme a él solo porque es lo bueno conocido. Porque sería fácil volver a quererle como antes. Eso lo tengo muy claro.

Pero he cambiado. Estos días me han cambiado. Me he dado cuenta de que no quiero esto. No sé lo que quiero, pero esto no.

Levanto la cabeza y accedo a ese beso. Un beso de agradecimiento y cariño sincero por todo lo vivido, por todo lo que le quise.

David se recrea más que yo, pero yo ya no le sigo el juego.

—Anda, vete —le digo volviendo el rostro.

—Esperaré lo que haga falta. No me olvides, Becca.

Me besa la frente por última vez, mira a su alrededor y sale de mi casa con paso firme, aunque no es eso lo que de verdad querría. Lo que de verdad querría es quedarse, pasar la noche conmigo y, al despertarnos juntos, que todo siguiera como antes.

Pero eso ya es imposible.

Porque mi corazón ya no es el mismo.

El hombre tornado ha pasado por él y lo ha dejado colgando de un hilo.

Y necesito aclarar con Axel si soy yo la única que está así.

4

 @Beccarias #eldivandeBecca Cuqui, soy tu picha. ¿Te casas conmigo?

Mi madre adora preparar cenorrios.

Y mi hermana es una trolera.

Por eso me ha sorprendido verla sentada a la mesa para cenar, escuchando atentamente a Iván, mi sobrino adorable, cuando ella misma me había dicho que tenía mucho trabajo en el bufete y que iba a pasar toda la noche ahí, que por eso no venía conmigo hasta el loft para encontrarme con mi ex, motivo por el cual mi madre tampoco podía hacerlo, pues debía encargarse de Iván.

Así que yo, para vengarme, no les he contado nada de mi escena con David, y he obligado a Fayna a que guarde silencio sobre lo ocurrido, o de lo contrario le subiría por la noche la potencia del collar y la dejaría chamuscadita.

Mi madre es muy exagerada para las comidas y las cenas. Eli, al principio de venir a casa a comer o a cenar, decía que creía que mi madre lo que quería era cebarla para luego cocinarla. Tardó en acostumbrarse a sus menús, pero cuando lo hizo, ya nunca más quiso comer otra cosa. Sus platos tienen ese efecto: luego siempre quieres más.

Fayna está ayudando a mi madre a servir los platos, que va trayendo uno a uno al salón, comiéndose la mitad por el camino. Contemplo la mesa con agrado, porque luce mucho. Ha puesto

la panera, las copas grandes de vino, mucho pica pica, unas ser-
villetas de colores que compró en IKEA, sus sangrías marca re-
gistrada, y ha horneado un pan italiano que solo ella sabe hacer
y que más de un vecino ha venido a preguntar por la receta. Y la
muy perra no se la da a nadie.

Y eso me encanta.

Me distraigo con el móvil y vuelvo a abrir los mensajes, a
ver si por casualidad Axel se ha equivocado y me ha escrito.
Pero no. No caerá esa breva. Así que abro el MomentCam y
con mi rostro monto un emoticono de mí misma, taladrando un
culo con una Black and Decker.

Algo parecido a esto:

De Becca:
Seguro que si te hiciera esto sí contestarías.
Cuando te vea no habrá ni saludo.
Voy a taladrarte el esfínter.

No sé ni por qué me esfuerzo en hablar con Axel. No le
interesa hablar conmigo. Soy como un ente invisible para él.

Y lo único que yo quiero es que me conteste y me diga que
está bien. Me da igual si ha encontrado o no al tipo que me
hizo esto; solo me interesa saber que a él no le ha pasado nada.
Parezco paranoica y desesperada. Lo sé.

El timbre de mi casa hace que dé un respingo. Mi cuerpo y
mi mente siguen alerta, vigilando mi entorno, sin acabar de encontrar la paz que me robaron en Tenerife. Son los síntomas de
haber sufrido una agresión como la de hace unos días.

Y lo comprendo. Comprendo mis mecanismos de defensa.
Solo tengo que dejar que pase el tiempo para que el miedo desaparezca. Aunque me costará.

Carla se da cuenta y me mira de reojo.

—Es Eli. Le he dicho que venga a cenar —me explica con cara de disculpa.

Cuando pasa por detrás de mí, me coloca la mano en la espalda y me besa la cabeza.

—No seas tonta, tata —me susurra—. Aquí nadie te hará daño.

Su ternura hace que me emocione. Carla tiene esos puntos: puede ser una borde y una egocéntrica, pero sabe ser cariñosa y protectora; al menos, conmigo.

Eli entra en el comedor como una bala, mientras Carla le grita desde la puerta: «¡Hola a ti también, eh!», con ese tonito insufrible que gasta.

Eli me abraza por detrás con todo su cariño. Ella es cálida, tierna y afectuosa, y es un caudal de buena energía, calma y mansa. Me besa en la mejilla y me dice:

—¿Cómo estás, Debo?

—Pues aquí, Vane —contesto—, aguantando a la Jessi y al Joshua.

Ella sonríe, pero me suelta de golpe y se da la vuelta cuando escucha la voz de Fayna.

—Chacha... Aquí todas son altas y delgadas. Dan asco —murmura dejando los últimos platos sobre la mesa.

Eli nos mira a la una y a la otra como si siguiera la pelota durante un partido de tenis.

—¿Hola? ¿Quién eres? —pregunta, sorprendida.

—Soy la Fay. —Le da dos besos y coge una hogaza de pan italiano mientras la mira de arriba abajo—. ¿Tú eres la psicóloga del sexo?

—No... Bueno, soy terapeuta de parejas.

—Lo que digo: más follar y menos dialogar. —Mastica con los ojos semicerrados por el placer—. Ese es el problema de las relaciones actuales, que se olvidan de darle al tema y anteponen sus propias satisfacciones a las de la pareja.

Carla se sienta sonriente a la mesa y añade:

—Qué lista es esta chica.

—Tita Eli, ¿qué es follar? —pregunta Iván mientras da un sorbo a su zumo de frutas.

Carla mira al crío con preocupación, pero es Eli quien sale al paso. Iván la adora y ella a él.

—Nada, cariño. Poner en orden el follaje de los árboles... Las hojas que se caen al suelo y eso...

—Entonces, ¿los basureros de las calles están todo el día follando?

—Pasapalabra —murmura, divertida, Carla, que ahora mira fijamente a Eli.

Yo no lo puedo aguantar y me echo a reír. Eli pone los ojos en blanco y niega con la cabeza, y Fayna nos mira como si estuviéramos grilladas, que más o menos es justo como estamos.

Mi madre acerca las sangrías al paso de:

—Creo que me he pasado con la ginebra.

Fay se sienta a su lado, frunce el ceño y sé que está pensando: «Pero ¿qué clase de sangrías hace esta mujer?».

En cambio, se sirve el primer vaso y susurra, feliz:

—Me encanta esta familia.

Bueno, es que mi familia es así.

Disfuncional, adorable, simpatiquísima y está fatal de la cabeza.

Durante la cena me han preguntado directamente si me he encontrado con David. Por supuesto, ese y Axel han sido los temas estrella de la velada.

Yo he toreado la cuestión como mejor he podido.

Los han comparado a los dos. Axel ha ganado por goleada, aunque Fayna ha puesto la nota de humor cuando ha dicho:

—Axel es Dios, pero cuando yo vi a David salir de la casa de Becca, pensé que también estaba para hacerle un favor detrás de otro.

Y ahí se revolucionó todo. Fayna lo había soltado. Tuve que aguantar el chaparrón de mi hermana y de Eli: que por qué había ido a verlo, que qué hacía David en mi casa, que si me había devuelto las llaves, que eso no podía ser, que quién se había creído que era… Y que yo era una mema.

Mi madre me miró en todo momento con gesto comprensivo. Sabe que no es fácil romper una relación de tanto tiempo y creo que se siente orgullosa de mí, de que al menos haya ido a hablar con él.

Gracias a Dios, la suposición de mi madre sobre la ginebra era acertada; en efecto, se le fue la mano, y eso provocó que pronto estuvieran todas fuera de juego.

Fayna se fue a dormir a la habitación de invitados, la que mejor insonorización tiene de toda la casa. Y menos mal, porque ronca como una condenada. Antes de acostarse, me aseguré de quitarle el collar para dormir, porque con lo que le ha subido el alcohol, ella no iba a ser capaz, y no quería que muriese de una sobrecarga eléctrica.

Mi madre se retiró a su dormitorio, y Carla y Eli se fueron a dormir a la habitación de mi hermana, porque tiene una cama de matrimonio más grande y porque a Eli le daba miedo dormir conmigo, no fuera a ser que me hiciera daño sin querer, porque se mueve mucho cuando está en los brazos de Morfeo y yo aún tengo cardenales.

—No te preocupes, tata —me había dicho mi hermana antes de cerrar la puerta de mi habitación—. Si Eli me da un golpe, yo se lo devuelvo. —Me guiñó un ojo y me dejó a oscuras.

A lo que Eli contestó:

—Cállate ya.

Y aquí estoy, en plena noche, a solas en mi cuarto, actualizando mi teléfono por fin, y conectándome con el mundo. La pantalla del móvil alumbra con su luz mi rostro fantasmagórico, mientras repaso todos mis contactos y leo y releo todos los mensajes de Whatsapp que he recibido.

¿Y qué creéis que ha pasado? ¿Que me ha contestado Axel? Pues claro que no.

Quiero llamarle la atención, y dudo entre decirle o no que

Fede me ha contado muchas cosas sobre su vida mientras estaba en el hospital. Pero no sé si eso lo alejaría de mí definitivamente. Porque es increíblemente reservado, y él se siente seguro mientras siga siendo una incógnita para los demás.

Pero ya no lo es para mí. Sé que hay claroscuros en su vida que Fede no me ha querido contar. Del mismo modo, sé que no quiero perderme ni un detalle más de él, y me encantaría conocerlo de los pies a la cabeza, en profundidad, cuan largo y ancho es.

Por el amor de Dios, este hombre me tiene sorbido el seso, hasta el punto de que pienso más en él que en mi acosador. En él y en su manera de hablarme, de mirarme sin perder un solo detalle de mi rostro, de tocarme como si no hubiera un mañana, de besarme como si quisiera alimentarse de mi boca. Es tan sensual. Tan sexual. Tan… irresistiblemente sucio e intenso en la cama, que es un mundo nuevo para mí. Y deseo explorarlo.

Me muero de ganas de volverlo a ver, porque estoy absoluta e irrevocablemente loca por él. Y es una barbaridad, creedme. Porque, ¿quién se enamora hoy en día tan perdidamente de una persona que no conoce demasiado y que sabe que le puede atropellar el corazón? ¿Qué tiene Axel que me ha enamorado? Su belleza es un punto a favor, por supuesto. Pero eso no lo hace todo. Entonces, ¿qué despierta tal magnetismo en mí? Su halo misterioso, su presencia oscura y vengativa, su sonrisa de depredador, su voz rasgada… Hay una larga lista de puntos que me llaman la atención en él.

Sin embargo, creo que precisamente son los puntos que no muestra, esos detalles que guarda cerrados a cal y canto, los que me tienen más intrigada y los que provocan que quiera acercarme a él como una polilla a una bombilla, aun a riesgo de que me queme los ojos y las alas.

Necesito volverlo a ver para descubrirlo. Es preciso que hablemos. Pero para eso, él también tiene que querer verme a mí, y con los siguientes capítulos de *El diván* aún por rodar, y el hecho de que se supone que ha desaparecido para ir en busca de mi acosador, creo que tenemos muchas cosas que decirnos como para no volver a vernos. Él no puede lanzar una bomba de la invisibilidad y borrarse de mi vida así de fácil. Además, ¿qué fue lo que vivimos él y yo en Tenerife? ¿Solo varios polvos y ya está? Yo no lo siento así, pero como él me diga lo contrario, me hundirá en la miseria.

Mientras elimino todos los mails que han ido a parar a la bandeja de entrada de mi correo, uno nueva entra de repente.

Fijo mis ojos en el nombre del remitente. No hay nombre.

Un correo totalmente en blanco.

Algo sube por mi columna vertebral y eriza el vello de mi nuca. Y reconozco esa sensación: es el miedo. Está de más decir que me considero una mujer valiente, y que las últimas experiencias vividas, a pesar de que han resquebrajado un poco esa armadura brava que creo llevar conmigo, no han menguado mi arrojo para enfrentarme a todo tipo de situaciones. Para ayudar a enfrentar las fobias a los demás, mi empatía y yo hemos tenido que conocer muchos miedos, y muy variopintos, algunos irracionales, unos más complicados que otros.

Pero este miedo que siento ahora tiene una razón de ser. Mi intuicion no me engaña.

Mi dedo tembloroso hace clic para abrir el correo. No debería haberlo hecho. Debería haberlo guardado y que lo abriera Axel cuando regresase…, si es que regresa. Pero no he podido aguantar la curiosidad. Soy como ese personaje de una peli de miedo que se separa del grupo y que sabes que la va a palmar por listo.

Yo no voy a morir por abrir un mail, pero las consecuencias pueden ser nefastas para mi actual estado emocional. ¿Y eso me importa? ¡Pues claro que sí! De todos modos, lo voy a abrir.

La pantalla de mi ordenador se queda en negro. Y entonces aparece él. El desconocido con la máscara de Vendetta. Está mirando al frente; me mira a mí directamente. Inclina la cabeza hacia un lado y, de repente, se oye una risa diabólica, y tanto ese gesto como sus carcajadas se convierten en un bucle insoportable que no tengo paciencia ni estómago para sobrellevar.

Se me hiela la sangre y cierro la tapa de mi portátil de un golpe seco.

Me agarro las piernas y me hago un ovillo, sentada encima de la cama. Hundo la cara entre mis rodillas, sin poder detener mis temblores, y me echo a llorar.

Mi habitación está a oscuras, casi como mi alma.

No sé quién es esa persona que intenta hacerme daño. ¿Por qué me escribe a mi correo personal? ¿Lo conoce todo sobre mí? Nunca he tenido problemas con nadie. ¿Por qué alguien querría acabar con mi vida? ¿Qué le he hecho?

Sea como sea, estoy aterrorizada. No dejo de pensar en mi familia. ¿Y si el psicópata intenta hacerles daño? Tal vez no es buena idea quedarme en casa de mi madre. Puede que lo mejor sea irme a la mía. O volver a Madrid.

No… Lo que necesito es ponerme a trabajar inmediatamente, intentar recuperar la normalidad perdida. El trabajo mantendrá mi mente ocupada, ayudará a que me centre en los problemas de los demás en vez de en los míos. Eso no quiere decir que desaparezcan, claro está. Pero así, con tanto miedo e inseguridad, no puedo continuar. No sirvo para esconderme.

Mañana sin falta llamaré a Fede y le diré que prepare al equipo para empezar a grabar los siguientes episodios. O me pongo con *El diván* en breve, o la que se va a volver fóbica e hipocondríaca seré yo.

Lo que no pienso permitir es que un correo me amargue la existencia.

Al día siguiente

Fayna y yo hemos sido las últimas en levantarnos. Carla y Eli tenían que madrugar para ir a trabajar, y mi madre ha tenido que llevar al pequeño Iván a la escuela.

Fay y su viaje relámpago para venir a verme acaban hoy. Y le estaré eternamente agradecida por ello, porque verla me ha ayudado. Es un torrente de energía positiva, y de eso necesito a raudales.

Su avión sale al mediodía, así que he decidido que mi madre, ella y yo nos vayamos a desayunar juntas a Cup & Cake, un café superespecial en la calle Enric Granados, con tonos blancos y suelo de madera, lámparas de diseño y un ambiente chic y muy tranquilo. Sus muebles envejecidos le dan un aspecto vintage, y no hay esquina ni jarrón floreado que no tenga al lado un expositor escalonado o un plato lleno de cupcakes para todo tipo de paladares, ya sean dulces o salados. Es un paraíso.

Mi madre y yo, con lo golosas que somos, hemos ido varias veces. Es un sitio que nos encanta. Y como hoy se va la tinerfeña, creo que antes de subirse al avión tiene que probar esas magdalenas llenas de crema y tintadas de mil colores diferentes. Se va a volver loca.

Hemos cogido mi coche, y puedo admitir, sacando pecho, que conduzco yo. No he nombrado para nada el mail de la noche anterior, ni pienso hacerlo, por eso de que si no lo menciono, parece menos real.

Por ahora no he tenido ninguna crisis, ni me ha venido a la cabeza la imagen de un loco disfrazado sacándome de la cuneta de nuevo. Aunque eso no quita que al tocar el volante no haya revivido la secuencia y un leve sudor frío no haya perlado mi mente. Sin embargo, todo ha desaparecido cuando he pisado el acelerador. Solo tengo que centrarme en conducir, en mi carril y en todos los estímulos que despierten en mí las señales de tráfico. Con ello consigo apartar de mi mente todo lo demás; la clave está en mantenerla ocupada.

He dejado el cabestrillo en casa y me he colocado una muñequera rígida ergonómica de color azul oscuro y que consiguió mi hermana nada más salir del hospital. Al menos siento que tengo más libertad en los dos brazos, y que aunque sigo teniendo moratones, mi aspecto mejora y no parezco tan impedida.

Hace un frío de mil demonios. Ayer por la noche, para ahondar todavía más mi psicosis nocturna, hubo tormenta y granizó.

Cuando hemos bajado del coche, las tres teníamos las mejillas rojas por el viento cortante que yermaba las adorables vías de Barna. Fayna se ha puesto su gorro de oso con orejas y su abrigo nuevo, y va más feliz que unas pascuas. Yo llevo un gorro de lana negro y un abrigo Hilfiger del mismo color con capucha de esquimal.

Nada más llegar al Cup & Cake, Fay ha abierto los ojos igual que una niña pequeña, mirándolo todo como si estuviera en Disneyland.

—He muerto y estoy en el cielo —susurra haciendo reír a mi madre.

—Yo también pensé lo mismo al entrar aquí por primera vez —le cuenta ella.

—Ustedes deben de verme en los huesos para traerme a este lugar —murmura mientras me sigue para coger una mesa.

Después de tomar asiento y ver la carta de muffins y demás, hemos pedido un combinado de todo. Me muero de ganas de hincarle el diente a esos icings y glaseados deliciosos. Espero que su dulzura y su melosa textura acaben por enterrar la amargura que tengo por no saber nada del demonio. Ya sabéis quién es; ese cuyo nombre no quiero nombrar. Dicen que si pronuncias su nombre tres veces frente a un espejo, se te aparece y te hace las de Caín. Y a mí ya me ha hecho una gorda: ignorarme cuando más lo necesitaba. Por eso no lo nombraré. Lo juro.

Nos han traído los cupcakes y los han acompañado con un café con leche decorado con una hoja de helecho, o eso me parece a mí. Entre nosotras se ha instaurado un silencio provocado por el éxtasis de probar esos pedazos de cielo divinos. Yo he cogido dos de oreo y los estoy degustando como si cada mordisco fuera una inyección de vida.

—Es una pena —digo rompiendo el momento, hablando con la boca llena— que esto tan rico engorde tanto y colapse las arterias.

—A mí no —dice Fay degustando su tercera magdalena. Y no será la última; le quedan dos más.

68

—¿A ti no qué? —pregunto sorbiendo del café con leche.

—A mí no me engordan —asegura, muy convencida.

Frunzo el ceño y acabo de tragar lo que me queda en la boca. No puede hablar en serio cuando pesa unos noventa kilos y no mide más de uno cincuenta.

—¿Ah, no?

—No. Es genética —afirma, complacida consigo misma, con las comisuras moteadas por azúcar glas—. Puedo comer lo que me dé la gana, que a mí no me engorda. Soy afortunada.

Mi madre está a punto de decirle algo, pero es una mujer sabia, así que me mira de reojo y le da la razón como a los locos, aunque se sienta más descolocada que un pingüino en un desierto.

Puede que Fayna no tenga complejos y se encuentre maravillosamente bien. Y si esa es su realidad, mucho mejor para ella.

La tinerfeña ataca el cuarto cupcake y me mira fijamente.

—¿Sabes algo de Axel? —pregunta con verdadero interés.

No pronuncies su nombre... No lo pronuncies...

—No. No sé nada de él.

—No sé por qué no te llama —murmujea para sí misma—. Ayer le dije que hiciera el favor de decirte algo, que...

—¿Cómo has dicho?

Todo lo que me rodea desaparece de inmediato. Mis ojos y mis oídos focalizan solo las palabras que acaban de salir de la boca de Fayna. ¿Me está insinuando que Axel ha hablado con ella? ¿Con ella sí y conmigo no? ¿Cómo funciona esto?

—¿Hablas con Axel?

—¿Te enfadarás si te digo que sí?

—No —miento como una bellaca.

—Ya. Pues no hablo con él —dice a la defensiva—. Ayer probé suerte, le escribí y le dije que estaba en tu casa para ver cómo te encontrabas.

Me inclino hacia delante y la miro como si fuera el lobo disfrazado de abuelita. Me extraña que ella no me diga «qué ojos tan grandes tienes».

—¿Él te contestó?

—Solo me preguntó si estabas bien. Le envié una foto que nos hicimos en La Locomotora.

—La Maquinista —la corrijo.

—Eso. En La Maquinista, delante de los cines.

—¿Le enviaste una foto nuestra? —Sé que mi tono no es amable. ¿Qué foto le envió de todas las que nos hicimos? Espero que no fuera ninguna con mi aspecto *curly girl* en todo lo alto.

—Sí. ¿Te has enfadado?

—No, Fay. —Vale, miento más que pestañeo, pero no estoy enfadada con ella; lo que estoy es muy cabreada con él: me ofende que pase de mi cara así, y que a Fay se digne a contestarle—. ¿Y te dijo algo más?

—No. Ya sabes cómo es… Parco en palabras.

Sí. Sí sé cómo es. Bueno, en realidad no sé muy bien cómo es. Por ahora, conozco una parte de él, muy a fondo, en posición horizontal y contra la pared, pero son aspectos superficiales, sin importancia. Para ser honesta, aún no sé quién es Axel, pero intento comprenderlo y conocerlo, aunque él no me lo permita.

—Solo le envié la foto y le dije que estabas mejorando. Le pregunté cuándo pensaba ir a verte, y pasó una bola del desierto. —Mueve las manos simulando el vuelo de una mosca—. Ya sabes… *Fiu, fiu*. Me quedé sola.

Esto no va a quedar así. No pienso rendirme.

Tal vez Axel no sepa cuándo venir a verme, tal vez no quiera venir a verme, pero yo sí sé cómo atraerle. Y puede que no lo conozca en profundidad y que sea un perfecto desconocido para mí en muchas facetas. Sin embargo, lo que sí sé, y en esto no me equivoco, es que es un controlador más que un protector, y no soportaría que nadie le arrebatara el mando de algo.

Si lo pongo bajo presión, ¿actuará como espero de él?

Lo veremos.

5

 @controbrujalola #eldivandeBecca #Beccarias #sabesquetienesunproblemacontroladorcuando Abro el Whatsapp. Veo mi último mensaje: 22.45 h. Veo su última conexión 23.59 h. Afilar la catana.

Me cuesta despedirme de mi simpática amiga tinerfeña. En poco tiempo he creado un vínculo muy fuerte con ella, y prueba de ello es que, sin tener apenas dinero, se ha esforzado y ha hecho un viaje exprés solo para interesarse por mí y asegurarse de que estoy bien. Y eso dice mucho de ella, sobre todo que le importo.

Es lo que estoy comentando ahora con mi madre en el coche, de vuelta a nuestra casa. A veces no necesitas pasar años con alguien para que esa persona haga un clic contigo, una conexión especial. En ocasiones, solo basta una mirada o una sonrisa que toque algo en tu interior, que presione un botón que te coligue para siempre. Y eso me ha pasado en poco tiempo con dos personas.

Me pasó con Axel nada más verlo. Me quedé clavada en sus ojos y dije: «Aléjate, porque aquí hay problemas». Y no he errado. Y con Fayna me pasó igual, aunque la impresión que me dio fue muy distinta, pensé: «Atenta, porque aquí viene alguien especial». Y así ha sido también.

—Recuerda que insonorice la habitación para cuando venga otra vez Fay.

Mi madre está sentada a mi lado. Con ese gesto sereno, de sonrisa imperecedera, limpia sus gafas con una toallita morada, como si ya estuviera de vuelta de todo, y espera a que yo le pregunte por qué, aunque sé a qué responde el comentario.

A mí me encanta satisfacerla y darle bola.

—¿Por qué?

—Porque ronca como un oso con sinusitis. Menos mal que no vive nadie encima de nosotras.

Me muero de la risa. Es cierto, los ronquidos de Fayna esta noche han sido espectaculares. De haber tenido vecinos, posiblemente habrían llamado a la estación de sismología para comprobar si en Sant Andreu había un terremoto. Claro está que para dormir no utiliza el collar. Es el único momento del día en el que se lo quita. Haga ruido o no por las noches, me alegra saber que la hemos ayudado tanto y que le hemos echado un capote para que su vida regrese a la normalidad.

—Es una chica muy buena —añade mi madre.

Yo asiento orgullosa y me detengo en un semáforo.

—Lo es.

—Eli y Carla piensan lo mismo.

—Lo sé. Sabía que les iba a gustar.

—Hablando de ellas… —dice como quien no quiere la cosa. Mi madre es perra vieja y no engaña a nadie—. ¿Tú sabes si les ha pasado algo?

Ese comentario me pilla desprevenida.

—¿Si les ha pasado algo? ¿Algo como qué?

—No sé… Están raras. Como si se hubieran peleado.

—¿Pelearse Eli y Carla? —Finjo sorpresa—. Menuda novedad.

La Vane y la Jessi se quieren mucho, pero por alguna razón decidieron hacerse la competencia en todo la una a la otra. Es una competitividad sana, no como la que dicen que siente CR7 hacia D10S.

—Se habrán peleado por haberse comprado los mismos zapatos, o ligado al mismo chico —murmuro pensando en ello—. Son como el perro y el gato: territoriales, aunque no pueden vivir la una sin la otra.

—No sé… Yo las veo raras. Si se han peleado, esta vez lo han hecho de verdad —sentencia.

En este momento es cuando me doy cuenta de que estoy más centrada en mi recuperación y en mis paranoias que en lo que me rodea, porque si no me he dado cuenta de lo que les pasa a mis dos chicas favoritas es porque he tenido que estar muy ensimismada con mis historias.

—¿Tú cómo estás, cariño? ¿Fue duro lo de David?

En fin, esa es mi madre. Hace que pases de un tema a otro con la misma rapidez con que le pasan los pantallazos a Mercedes Milá en las galas. Así está la pobre, que a veces tiene que hacer malabarismos para leerlo todo.

—Sí. —Creo que un «sí» contundente es mucho más locuaz que una charla íntima sobre cómo me siento.

—Una nunca se acaba de reponer de una gran decepción. Después, se intenta recuperar la normalidad, se lucha por que todo sea igual que antes.., pero nunca lo es. Una vez te rompen, es muy difícil recomponer todos los pedazos. Siempre hay algún cacho que se pierde en la refriega. Y por ahí, por esos vacíos que dejan esos pedazos —confirma pasándose el cacao por los labios—, se fugan todos los rencores y las discusiones. Todo se puede volver a agrietar. Todo se echa en cara.

—Tú nunca perdonaste a papá.

—No. No pude. Aunque lo tuyo y lo mío son casos muy diferentes. Yo sabía que si el polla loca de tu padre me engañó con una mujer tantas veces, sin mala conciencia ni remordimientos, podía hacerlo muchas veces más, como quisiera. Y aunque me doliera, y a pesar de cuánto lo quería, no podía permitirme el lujo de vivir como una cornuda, porque no daría para marcos de puertas. ¿Y sabes qué es lo peor?

—¿Qué?

—Que tu padre mantiene que yo soy la única mujer que ha amado. El problema es que aunque me ame, para él todo conejo es follable, ¿entiendes? Me quiere a mí, pero desea a muchas.

73

—Es triste.

—Lo es. Jorgito tiene una enfermedad fatal. —Me mira por debajo de sus gafas—. Es una fobia. Y tú sabes mucho de eso. ¿Adivinas cuál es?

—Claro. Tiene miedo a hacerse mayor y morir de un infarto por la viagra… —Mi madre se ríe pero no me quita la razón—. No quiere envejecer. Por eso siente esa necesidad de estar con tantas, y la mayoría, más jóvenes que él. Les pasa a muchos.

—En realidad, muchos hombres son infieles. Aunque sea de mente. —Mira por el retrovisor y niega con la cabeza—. He perdido la fe en ellos.

—Pues líate con una mujer, mamá. Nunca se sabe.

—No, creo que no me interesa —dice ella, muy sincera—. No me hace falta compañía. Estoy bien como estoy. Tengo a mis hijas, a mi nieto, mi casa, una familia que adoro… No me siento sola ni necesitada de alguien a mi lado para que me complemente, porque mi gente me hace sentir completa. Además, una mujer puede ser mucho más complicada que un hombre. Demasiada progesterona. Demasiada emotividad.

—Cierto.

—Pero tú… Tú eres muy joven aún para encerrarte en ti misma, Becca. —Posa una mano sobre la mía, la que agarra el cambio de marchas.

—¿Quieres que me líe con una mujer? —pregunto, asombrada, tomándole el pelo.

—No. Que si lo haces, es tu decisión, tú verás… Pero tienes tiempo para decidir lo que quieres y para dar mil oportunidades. Aunque esa idea romántica del amor y de la pareja eterna se haya esfumado de tu cabeza por culpa del desengaño, no es definitivo. Puede que esa alma gemela no fuera tu primera pareja. Solo eso. Tal vez pusiste un listón muy alto. Tenías la idea de que acertarías a la primera y que no errarías.

Yo me remuevo en el asiento, algo incómoda por la observación.

—Sea como sea, era mi listón.

—Lo era. Pasado. El listón cambia cada día en función de los acontecimientos que sorteamos. Pero tienes que estar dispuesta y accesible para que te vean y te encuentren, Becca. Tienes que darte tiempo y darles cancha a los demás para que te conozcan. Porque tú, hija mía, brillas mucho. —Se inclina un poco hacia mí y me sonríe con compasión—. Pero también tienes una fobia.

—¿En serio?

—Ya lo creo que sí. Eres especialista en ayudar a los demás a reconocerlas y a aceptarlas, y en cambio no ves tus propios miedos.

—Eso no es verdad. Sí los veo —respondo, un poco presionada.

—No los ves. Eres fuerte y ocultas tu debilidad con una capa de fortaleza y seguridad en ti misma.

—¿Eres psicóloga ahora? —replico pisando el acelerador más de la cuenta. Esta conversación me pone nerviosa.

—No. Peor. Soy tu madre. Y ya estás desacelerando, jovencita.

Vale. Levanto levemente el pie del pedal.

—¿Y qué fobia tengo, según tú?

—Ah, una muy normal. El matrimonio de tu padre y mío ha provocado daños colaterales en Carla y en ti. Y lo lamento mucho. A Carla le generó unas ansias increíbles de ser querida y de encontrar una pareja, una figura masculina que le hiciera creer en los cuentos de hadas, pero puso manos a la obra a lo loco, sin medir las consecuencias, sin pensar. Y acabó con un manta sin un gramo de amor en su cuerpo. Se dejó llevar demasiado. Es muy impulsiva, y aunque ahora está madurando, se ha estrellado muchas veces. Por eso ahora utiliza a los hombres como bastoncillos de las orejas y huye de las relaciones largas y serias.

—Vale, me parece una buena observación. ¿Y qué me provocó a mí vivir vuestra separación y tener un padre que se cree el dueño de *Playboy*?

—¿A ti? Fácil. Te convirtió en una mujer que iría siempre a lo seguro. Que nunca se dejaría llevar tanto como lo hice yo, que vería el amor con pragmatismo y como una necesidad, no como un sentimiento real. Así te protegerías siempre de acabar como tu madre.

—Te equivocas —niego muy seria—. Yo quería a David. Muchísimo. E igualmente he acabado muy mal.

—No digo que no, pero a veces nos convencemos de algo porque es lo que creemos que necesitamos, porque decidimos que eso es lo mejor para nosotros. Pero ¿sabes qué, cielo?

—¿Qué?

—Que el amor no se decide. No se planea. No se contiene. El amor de verdad arrasa —sentencia sin margen de error—, te abofetea y, cuando te das cuenta, te hace descender unos rápidos sin chaleco salvavidas. Tragas agua, te ahogas, sufres, gritas, te diviertes… Es totalmente incontrolable. Te expone a la mayor de las decepciones y a la más cruel de las agonías. Y es a eso a lo que tú más temes.

—¿A agonizar?

—No. Temes perder el control. Lamento mucho ver que sufres por David, porque sé que sentías que lo amabas, porque te convenciste de ello y ya te iba bien así. Pero hasta que alguien no te empuje lo suficiente como para soltar todas las riendas que sujetan al caballo que hay en ti, nunca, y me apena mucho decir esto, nunca conocerás el regalo más grande de esta vida: el agridulce del amor.

Que conste que he leído muchos ensayos sobre el Amor y sus dependencias. Que soy fan de *El diario de Noah*, *Un paseo por las nubes* y *Ghost*. ¿Y quién no? ¿Quién no ha llorado con esas películas? ¿Quién no ha fantaseado con esas historias? Cualquier mujer quiere soñar con vivir algo así. Bueno, menos en *Ghost*, claro está. Nadie quiere que el amor de su vida la palme, aunque luego se te presente como un fantasma.

Pero mi madre es mucho más convincente hablando de amor que cualquiera de los libros que he leído o de los largometrajes que he visto. ¿Por qué? Pues porque es sabia.

Ahora bien, ¿tiene razón cuando señala sin tapujos que tengo una tara emocional? Carla y Eli siempre me lo han echado en cara, con un tono mucho más brusco y menos «maternalista» que ella. Pero, en el fondo, decían lo mismo.

Si supieran cómo me siento respecto a Axel, lo mucho que llegué a descontrolarme con él en las islas, y las huellas, emocionales y físicas, que dejó en mí, ¿pensarían que sigo siendo tan controladora? Y lo peor es que tampoco me gusta que los demás crean que estoy totalmente abducida por alguien. ¿Por qué? ¿Por qué no me he abierto a mi madre y le he contado toda la verdad? ¿Por qué no lo he hecho con Eli y Carla sabiendo que me harían la ola al descubrir que me he rebozado en noches de sudor y sexo con Axel? Me habrían aplaudido y, tal vez, animado a seguir adelante.

Si tengo que ser honesta, sé la respuesta. Es porque me da miedo hablarles de Axel en estos términos cuando él sigue tan lejos de mí, tan despegado, tan indiferente... Porque si yo me ilusiono y me vuelvo majara, como creo que me estoy volviendo, y él me rechaza, serían dos desplantes muy serios en poco tiempo. Y una tiene un orgullo y una dignidad y cosas de esas, y no me gusta verme en una posición débil. Cada una tiene sus taras, oye.

Sea como sea, lo cierto es que, aunque aborrezco sentirme como me siento, perdida y muy desorientada respecto a mi vida, Axel me ha hecho algo. Me ha obsesionado. Duermo pensando en él. Esto es muy grave. Nunca me había dormido imaginando situaciones con un hombre como las que me he imaginado con él. Reencuentros tórridos, lacrimógenos, agresivos y llenos de desdén. Secuencias fantasiosas, cabalgando los dos a lomos de un caballo, trotando por las orillas de una playa paradisíaca, a cámara lenta, acompañados de la música de «Si no estás», de Belén Arjona; copiando la escena de *El diario de Noah* en la que salen de su paseo en barca, cae el diluvio universal y se enzarzan a hacer el amor.

Parezco una quinceañera. Esto es tan absurdo… Y tan nuevo.

Soy como una perra posesiva que cree que tiene derechos sobre él, cuando yo odio la posesividad. Nadie posee a nadie. ¿Qué chorrada es esa? ¿Por qué endemoniada razón no pongo en práctica mis credos con Axel?

Pues porque no surten ningún efecto. Algo hierve en el centro de mi pecho cuando me digo que esto solo ha sido sexo, un rollo, unos intercambios fogosos sin ningún otro vínculo que no sea el de satisfacerse el uno al otro. Me revelo contra esa idea, porque no me reconozco en ella, porque quiero conocer al Axel del que me habló Fede, un tío multimillonario, que lo tiene todo y que renuncia a toda esa comodidad. Quiero conocer al niño que se crió con su madre belga, al defensor de los más débiles, al protector.

Y el desgraciado no es capaz ni de mandarme un mensaje.

Así que, con toda mi frustración acumulada, he hecho algo que no debería haber hecho… Sí. Me estoy convirtiendo en la mujer de los «no debería haber…». Esa es mi nueva identidad, y estoy adoptando el papel de la lerda de las pelis que siempre muere primero. Soy una suicida.

El caso es que he dejado a mi madre en casa, hablando por teléfono con una amiga suya con la que va mucho al «teatro del bueno» que hay en Cataluña, y me he ido a dar una vuelta, a ver si desconecto un poco.

He cargado con mi pala de pádel y mi bolsa y me he fugado cual tránsfuga hasta mi club de Badalona. Necesito coger ritmo, comprobar que aunque mi zurda esté magullada, mi diestra sigue en forma, y puedo hacer vida normal. Y quiero corroborar que voy bien de reflejos y de rapidez. Que mi cabeza está en orden.

Y aquí estoy, en el Badalona Pádel Club, aparcando mi Mini precioso y discretamente amarillo en el parking que hay fuera de las instalaciones. Justo debajo de las pistas de pádel hay un supermercado Spar, y me va perfecto porque quiero llenar el congelador de helados de vanilla y cookies y nueces de macadamia, a pesar del frío invierno.

Salgo del coche y cierro con el mando automático. Me cuelgo el paletero al hombro y entro en el club.

Genial, ahí están Mario y Sandra, que me saludan con los brazos abiertos. Quiero que me metan en algún partido y ver si así puedo desahogarme a gusto. Y además quiero que me pongan con hombres. No busco condescendencia, necesito mucha caña.

Apago el móvil, lo guardo en el bolsillo pequeño de la bolsa y me preocupo solo de jugar. Y por un momento fantaseo con que mi vida es, en realidad, todo lo sencilla que parece ser.

Al acabar el partido y despedirme de mis amigos del club, me voy de allí sin ducharme. No me apetece entretenerme en el vestuario y salir demasiado tarde, porque tampoco quiero preocupar a mi madre. Suficiente he hecho ya con irme sin avisar. Raro será que no hayan llamado a la policía.

Al menos, ahora me siento mucho mejor, más desahogada, más descansada. La verdad es que se han empleado conmigo y me han agotado.

Me abrigo bien para no enfriarme. A las seis de la tarde ya anochece en noviembre, y ahora son las siete y media. Alrededor de los faros del parking hay un halo de humedad. Sale vaho de mi boca cuando respiro, y acabo estornudando.

—Jesús.

Me quedo completamente helada.

Y en ese momento, alguien cubre mi boca y me tira hacia atrás, escondiéndome en la calle de detrás del club, donde nadie nos puede ver, donde nadie podrá oírme gritar.

No oigo nada.

Me está diciendo algo al oído pero tengo toda la sangre en las orejas y en la cabeza y soy incapaz de prestarle atención. Pero es su olor el que me aparta del arredramiento y el pavor. Entre la espesa neblina del miedo y de la sensación de ser nuevamente asediada, oigo su voz y me dejo envolver por esa esencia especial.

No solo huele a Axel.

Es Axel.

—... loca por salir sola cuando ordené que te acompañaran a todas partes... Insensata... ¡Estúpida! ¡Deja de darme patadas!

Eso, encima de que me ha dado un susto de muerte, el cretino va y me insulta. Aprovecho para morderle uno de sus dedos con fuerza, como si fuera Aquiles con la salchicha de Francisco.

Axel sisea y me aparta de golpe, empujándome hacia delante.

Me doy la vuelta cuando recupero el equilibrio y lo miro, perpleja.

Él está parapetado tras la oscuridad, su alta y ancha figura me deja inmóvil. Es intimidante y aún no le he visto la cara. Si avanzara un paso, la luz de la farola lo alumbraría y yo podría ver su rostro por fin.

—Me has asusta... ¡Joder! ¡Qué co...! —exclamo con voz débil—. ¿Cómo...? ¿Cuándo has llegado...? ¿Por qué...? ¿Cómo sabes que...? —Las palabras salen atropelladas de mi boca.

—Cállate —me ordena de repente, señalándome inquisitivamente—. No tienes derecho a hablar. Te dije que no podías salir sola. —Me mira de arriba abajo y noto cómo clava sus ojos en mis piernas descubiertas—. No me jodas, Becca. ¿Y vas así? ¿Con esa minifalda?

Hijoputation. Esto es el colmo.

—¿Eso es todo lo que tienes que decirme? —Recupero el aplomo y la compostura. Me ha dado tanto miedo que tengo ganas de echarme a llorar. Y encima no ha pronunciado ni una palabra amable. Nada que indique que ha estado pensando en mí—. Me dejas sola en el hospital, no hablas conmigo desde hace días... —lo señalo con el dedo—, y ahora me sorprendes por la espalda para decirme que qué hago con minifalda. ¿Tú eres idiota?

—¿Que si yo soy...? —gruñe.

Esta vez sí. Axel da un paso al frente y deja que por fin la luz de la farola enfoque sus facciones. Qué atrevidas, las luces. A mí se me cae todo al suelo, porque, aunque parece que me odia y que no muestra un resquicio de simpatía por mí, cosa que puedo entender pero que me sienta verdaderamente mal, su guapura, su masculinidad descarada y desafiante, corta mi respiración y anula cualquier argumento en mi defensa que se le ocurra a mi cabeza.

Y es que sé que Axel me tiene el seso sorbido por todo lo que me oculta; pero es ese rostro que me muestra, el que puedo ver con facilidad, lo que me encoge por dentro y me convierte en puré, en una pasta blanda y trémula que languidece al hervir demasiado. Yo hiervo con él, de furia y de deseo. Y, al mismo tiempo, me irrita y me fastidia de todas las maneras habidas y por haber.

Axel me agarra por la parte superior de los brazos y me sacude, juntando su cara a la mía, hablándome entre sus blancos dientes apretados. Huelo su aliento mentolado y fijo mis ojos azules en los de él, tan verdes y tan anhelados que me hiere verlos de nuevo.

Soy estúpida de verdad. No sé qué me pasa. Él aquí, echándome una bronca de padre y muy señor mío, y yo pensando en sus ojos... Necesito terapia. Pero ya.

No consigo sintetizar lo que ocurre, excepto su contacto con mi piel. Sus dedos marcan mi carne igual que hierros candentes. Es como si me tocara por todas partes.

—¿Me llamas idiota a mí, que tuve que sacarte del fondo de un río porque te fuiste sin mi permiso? —Me agita con fuerza y mi cola alta da bandazos adelante y atrás—. ¿Y me insultas cuando no creías que alguien pretendía hacerte daño y te reías de mis suposiciones? ¡Estúpida niñata ególatra! ¡Por poco la diñas, cabeza de chorlito, y todo por tus ansias de salirte siempre con la tuya!

No alza la voz, pero escupe las palabras con tanta furia y tiene las venas del cuello tan hinchadas que no hace falta que me dé a entender que me está gritando con todo su corazón. Como las mayúsculas en los foros y los blogs. Pues Axel hace lo mismo, pero entre dientes.

Ahora ya me está haciendo daño, seguro que me salen moretones… Pero me importa un pimiento. Él está aquí. Me ha seguido, no sé cómo ni cuándo… Ni entiendo cómo demonios sabía dónde estaba. Joder, ¿cómo lo ha sabido?

—¿Te lo has pasado bien estos días? Apuesto a que has hecho todo lo que no te dejé hacer, rizos.

Me ofendo porque esta es su manera de interesarse por mí: tratándome mal.

—No seas cromañón. ¡Solo he estado con mi familia! ¡Mi madre y mi hermana han hecho de guardianas! ¡Te he hecho caso en todo, para mi deshonra!

Lo empujo con fuerza por el pecho, y nada. Soy como Sansón cuando le cortaron el pelo y quiso tirar las columnas del templo de Salomón, que dijo: «Si eso, ya os caéis vosotras». Pues, si eso, ya se moverá Axel.

—¿Que me has hecho caso, dices? ¡¿Como ahora?! ¡¿Pasándote mis recomendaciones por el arco del triunfo?! ¡¿Y por qué te han dejado salir sola?!

—No rices el rizo, Axel. Ellas no sabían que había decidido ir a entrenar un poco… ¿Y tú cómo sabías dónde estaba? —pregunto intentando mantener la calma—. Me estás haciendo daño. Suéltame. —No rehúyo su mirada.

Entonces me suelta, como si el contacto conmigo le repugnara.

—Tengo mis propios métodos.

—Me imagino, estás llenito de misterios… ¿Cómo lo sabías? Me merezco una explicación —le exijo mientras me froto los brazos.

Lo miro de arriba abajo. Viste con su estilo característico: entre sport y casual. Da igual, tampoco sabría definir cómo viste. La cuestión es que con esa sudadera polo negra, sus tejanos y sus zapatillas Converse de piel está demasiado bueno.

Y yo sigo demasiado cabreada con él. Y, también, feliz por verle.

Qué mierda ser bipolar. Me encanta.

—¿Te mereces una explicación? ¿Tú? ¿Por qué?

Sonríe con desdén. Y no me gusta, porque vuelve a tratarme tan despectivamente como al principio, como si no hubiéramos compartido nada en Tenerife.

Me desinflo rápidamente, y lo que siento me da miedo. Está muy disgustado y creo que me odia mucho.

—Axel... No me hables así. Pensé que vendrías a verme al hospital, al menos una vez. —Intento suavizarlo—. Yo... quería hablar contigo. Pregunté por ti nada más despertarme... Quería verte. Y Fede me dijo que te habías ido a buscar al tipo que me hizo eso. Y no me lo podía creer.

—Sí. Créetelo.

—Hay gente que se puede encargar de eso —le regaño.

—No si lo que quieres es discreción.

—Podría haberte hecho daño, Axel —digo señalándole el pecho, preocupada—. No eres mi guardaespaldas, ¿no lo entiendes?

Él se envara.

—O podría haberle hecho daño yo a él. ¿Tan poca fe tienes en mis posibilidades, rizos?

Suelto un bufido de frustración.

—Solo me preocupo por ti. Odiaría que te hicieran daño por mi culpa.

—Demasiado tarde —dice en voz baja.

—Ah... ¿Y... bien? —Mi voz sale como un pitido frágil—. ¿Has encontrado a Vendetta?

—No. Es escurridizo.

No me cuenta nada más, aunque sabe que me muero de ganas de recibir información. Es muy difícil hablar con alguien que te estudia como si cada palabra que sale de tu boca fuese mentira. Me incomoda ser el centro de atención de tanta hostilidad.

—¿Por qué lo pensaste, Becca? —pregunta abruptamente.

—¿Eh? ¿El qué?

—Que iría a verte al hospital.

—¿Có...? ¿Cómo que por qué, zopenco? Porque... —No puedo fingir que me duele que borre lo nuestro y que le dé tan poca importancia, pero por mi honor que lo voy a hacer—. Porque... me salvaste, y... somos amigos, ¿no? Los amigos se preocupan por los suyos.

—¿Eres mi amiga, Becca?

—¿Es una pregunta? Yo creía que sí —contesto de puntillas—. ¿No?

—No sé. Tenemos conceptos diferentes de la amistad. Los amigos se respetan —camina a mi alrededor como un felino dispuesto a devorarme— y no hacen nada que vaya en contra del otro, ¿me equivoco?

—Sé dónde quieres ir a parar —protesto—. No soy tonta, soy psicoterapeuta. —Voy a ponerle los puntos sobre las íes. No me gusta que jueguen conmigo—. No me vas a poner nerviosa. Estás enfadado porque crees que me reí de ti cuando decidí marcharme para ver a la amiga de Fayna. Pensé que sería un momento, que...

—Te dije que si me desobedecías, o si hacías algo que no debías, me enfadaría y las cosas cambiarían.

—¡Sí, lo sé! —Abro los brazos y hago aspavientos—. Pero no podía fallar a Fayna. Me iba al día siguiente, creía que podía hacer un viaje rápido, visitarla y ya está...

—¿Y ya está? ¿Y qué fue lo que no te quedó claro de «tienes un acosador pisándote los talones»?

Vale. No tengo disculpa. Él me avisó y yo le fallé. Agacho la cabeza y acepto mi veredicto, señalada con total evidencia. Es mi culpa.

—Tienes razón. Fue culpa mía —le concedo—. Debí reunirme contigo en el hotel y no ir a Santa Cruz sola… Debí hacerte caso. ¿Contento?

—No.

—¿No? ¿No aceptas mis disculpas? Perdóname, Axel. Lo siento mucho.

Axel deja caer la cabeza hacia atrás y se presiona la frente con fuerza.

—¿Me estás tomando el pelo? ¡¿Y qué coño haces sola otra vez?! ¿Te gusta coquetear con el peligro, Becca? ¿O quieres matarme de un disgusto? ¿Y por qué estás jugando a pádel? ¿No estás lesionada?

—¡No me agobies! Yo… ¡no sé lidiar con esto! ¡¿Vale?! Odio estar encerrada, odio no tener liberad… ¡No quiero vivir así! —me defiendo como puedo.

—Y no tendrás que hacerlo cuando hayamos cogido al tipo que te acosa, Becca. Pero, mientras tanto, no puedes hacer lo que te venga en gana, ¡joder! —Se desespera—. Tienes que hacerme caso, ¿entendido? No queremos que los medios sepan lo que pasa, lo hemos encubierto todo para que *El diván* esté protegido y siga con su éxito, por eso me encargo yo de todo…

—¿Y quién eres tú? ¿Eh? ¿Me vas a contestar a eso? ¿Por qué un jefe de cámara quiere hacer de superhéroe? Deja a los profesionales que se encarguen.

—Si yo te contara, rizos…

—Hay cosas que no hace falta que me las cuentes porque ya me las ha contado tu hermano —admito con algo de veneno resabiado.

Axel se queda de piedra, como una figura de hielo, fría y consternada. Siento ser tan brusca, pero con personas como él hay que ir muy de frente. No quiero tener que andar de puntillas con alguien que ha estado enterrado tan adentro de mi cuerpo que aún lo siento detrás del ombligo. No tiene ningún sentido para mí.

—Fede no tenía derecho… —susurra, decepcionado—. Le dije que no se metiera.

Se asombraría de lo metido que está Fede en lo nuestro.

—Pero ¿qué más da? ¿Qué crees que voy a hacer yo con esa información, Axel? —Doy un paso adelante e ignoro todas las señales de peligro que emanan de su cuerpo tenso. Pongo una mano sobre su mejilla y noto que está caliente en contraste con mi mano helada—. Me hubiera encantado que fueras tú quien hablara conmigo y me contara todas esas cosas. Creo que te he demostrado que soy buena confidente. ¿Por qué no confías en mí?

Axel levanta una mano, me coge de la muñeca y, sin sonreír ni cambiar su tono, me dice:

—Tienes las manos heladas. Estás pasando frío. —Aun así, se preocupa por mí.

—Claro que estoy pasando frío. Estamos a ocho grados y voy en falda corta.

—¿Quieres volver a tu casa? ¿Te llevo?

—¿Eh?

Sus ojos nacidos en el Caribe me traspasan y de repente adquieren un tono lleno de ardor.

—Que si tienes prisa por volver a tu casa, rizos.

—¿Es que… hay otra opción? —pregunto tanteándolo emocionada.

Él parpadea y siento cómo su cerebro se pone a trabajar.

—Tú ganas. Dile a tu madre que estás conmigo.

—Uy, sí… Seguro que eso la tranquilizará mucho —ironizo.

—Díselo. Y acompáñame a mi hotel. Allí hablaremos de lo que tú quieras. Aquí no.

—¿A tu hotel?

—Sí.

—¿Y… me contarás todo lo que yo quiero saber?

Él asiente con serenidad.

—De acuerdo, entonces.

Cedo con la esperanza de que él se abra a mí, y de que ambos compartamos tiempo juntos. Creo que lo necesitamos.

Dejo que Axel me acompañe hasta mi coche, que está a pocos pasos de nosotros, y por el retrovisor, todavía incrédula por saber que voy a pasar la noche con él en Barcelona, hablando por fin y abriéndose a mí, observo cómo se sube a un jeep Renegade negro de cristales tintados.

Dios, cómo le pega ese todoterreno. Él pasa por delante del Mini y yo arranco y le sigo.

Bueno, parece que después de muchos días de estar en la inopia, finalmente hago algo que tiene sentido para mí, algo que realmente quiero hacer.

Conocer a Axel.

El hombre que monopoliza mis pensamientos.

Mi salvador.

6

 @bullshit #eldivandeBecca En mi oficina dicen que tengo TDA. Yo creo que hay momentos en los que estoy lo suficientemente aburrido como para pensar a quién va a matar el ventilador del techo.

Menos mal que iba sola en el coche, porque me habría dado vergüenza que alguien hubiese escuchado el primer grado al que me sometieron mi madre y mi hermana (esta, de lejos y a grito pelado). Mi madre estaba preocupada por mi seguridad, porque no entendía la razón por la que no llevaba a Axel a casa a cenar, cabreada porque me había ido sin avisar y por una larga lista de contras que no vienen al caso y que tienen que ver con los genes de mi padre. Y mi hermana... Bueno, Carla solo estaba preocupada por si llevaba o no condones. Mi hermana mayor tiene ideas unidireccionales y se centran en lo mismo: el sexo.

Acabamos de dejar el coche en el aparcamiento de la zona de Can Dragó, en el mismo Sant Andreu, justo donde hay una enorme piscina municipal, unas pistas de atletismo y un gimnasio, y un campo de golf urbano. Buena zona esa.

Yo alucino todavía. Axel ha venido aquí, a verme, y no se ha dignado a decirme nada en todo este tiempo. ¿Por qué?

Se hospeda en el hotel Ibis del Heron City, una zona de ocio muy conocida, cuya estructura metálica iluminada con leds de color azul y rojo se puede ver desde varios puntos de Barcelona.

Subimos a su habitación directamente desde el ascensor del garaje, y lo hacemos en silencio. Me abrazo los hombros porque tengo frío. La sudadera que llevo no abriga demasiado, el top deportivo y la camiseta de tirantes negra los llevo húmedos por el sudor, y la piel de las piernas la tengo de gallina. También noto los pezones erizados; dando las largas, vamos. Y no es solo por lo destemplada que estoy; eso me lo provoca él. El único hombre que provoca esos estímulos físicos en mis zonas erógenas sin tocarme, tan solo con una mirada, está ante mí, invitándome a su habitación.

Todo es extraño y excitante a la vez. Y no puedo remediar sentirme así, como si viviera en una aventura. Así me siento cuando estoy con él.

Su habitación está en la tercera planta. Salimos del ascensor y me guía hasta el número 310, una habitación muy moderna y totalmente equipada. Solo para él. Mi radar antizorras se cuida de que no huela a perfume de mujer y que no haya braguitas tiradas por el suelo. Eso significaría que no se ha traído a ninguna de sus groupies a su alcoba.

—¿Cuándo has llegado a Barcelona? —pregunto mientras entro en la habitación, insegura.

Lo oigo a mis espaldas cerrando la puerta. No escucho sus pasos, así que me doy la vuelta y lo veo apoyado en ella, cruzado de brazos, con los ojos entornados, taladrándome.

—¿Cuándo te instalaste aquí? —insisto.

—¿Acaso importa? Lo que importa es que estoy aquí, ¿no?

—Bueno, a mí me importa, Axel. Llevo días sin saber nada de ti; ni un mensaje, ni una llamada… —Me encojo de hombros—. Nada. En cambio, sí has hablado con Fayna…

—Esta mujer… —sonríe sin ganas— es una bocachanclas. ¿Y qué pasa si hablé con ella?

—¿Hablas con ella y conmigo no? —pregunto, un tanto enfadada.

—Por supuesto que sí.

—¿Perdona…?

—Ella no me ha decepcionado ni me ha desobedecido.

Toma corte.

—Axel…, te repito que lo lamento. —Lo digo sin segundas intenciones; es que es verdad, estoy muy arrepentida por no haberle hecho caso y haberme ido a ver a la amiga de Fay sin avisarle—. Lo siento muchísimo. Profundamente. —Madre mía, me está poniendo muy nerviosa.

—Sigo muy cabreado contigo, Becca.

—Me imagino. Yo también me enfadé conmigo misma por no creerte y no haberme tomado a mi acosador en serio.

Es su pose, la de medio villano y medio sargento de hierro, la que me pone los nervios de punta. Estoy convencida de que le encantaría azotarme por mi error, o torturarme… Axel es de esos que no perdonan las afrentas. Si supiera qué mal me siento por ello, tal vez rebajaría mi condena.

—¿Y ahora sí te tomas en serio a tu acosador? —me pregunta descruzándose de brazos.

—Sí.

—¿Y me vas a contar a partir de ahora todo lo que no encaje y todo lo que sepas de él?

Trago saliva.

—Sí, Axel. Te lo voy a contar todo.

¿Por qué tiene la habilidad de hacerme sentir como una niña pequeña? Me estudia con atención; ni un músculo se mueve en su rostro.

—Dime, entonces… —Alza la barbilla con un gesto soberbio—. ¿Hay algo que deba saber?

—No.

Se aparta de la puerta y camina hacia mí, como un tigre en pos de su presa paralizada.

—¿Te ha pasado algo estos días que pueda interesarme?

Cuando lo tengo tan cerca, como ahora, con sus intensos ojos sobre los míos, enmarcados por sus tupidas pestañas, soy incapaz de pensar en nada. Mi cabeza pierde la capacidad de unir palabras y crear frases con contexto.

No me ha pasado nada que le deba comentar. Nada que le pueda interesar.

Niego con la cabeza.

Axel pronuncia la comisura de esos labios que me apetece besar. Quisiera comérmelo a besos y borrar esa expresión tensa y desconfiada.

¿Por qué no me abraza? ¿Por qué no me dice que se alegra de verme?

Su silencio me hace sentir insegura y muy deprimida. Demasiado.

—Axel… ¿Por qué no me cuentas tú todo lo que quiero saber…?

—Calla, Becca.

Entonces, toma mi cara con una de sus manos y la levanta por la barbilla. Me observa con toda la atención y añade:

—Date la vuelta.

—¿Qué?

—Que te des la vuelta y te quedes de espaldas.

Frunzo el ceño y sonrío nerviosa.

—¿Por qué? ¿Para qué?

—Haces demasiadas preguntas. ¿Confías en mí?

Claro que sí. Pero le digo:

—No más que tú en mí.

Es extraño que este tipo tan duro y distante se haya ganado toda mi confianza. Y, por otra parte, es muy normal, porque se jugó la vida por salvar la mía, y eso voy a tenerlo en cuenta siempre.

—Pues deberías confiar en mí —me sugiere—. Date la vuelta.

Le obedezco.

—Bien. —Se pega a mi espalda—. Cierra los ojos y deja que te guíe. —Yo obedezco porque tengo el cuerpo alerta y en tensión, una tensión repentinamente muy sexual—. ¿Sabes por qué te he traído aquí?

—No lo sé.

Siento su aliento caliente en mi oreja. Sus siguientes palabras me atraviesan como un rayo, acariciando todas mis terminaciones:

—¿Quieres que te lo diga?

—Sí —susurro.

—Porque llevo días pensando en follarte otra vez. No puedo pensar en nada más.

Quiero darme la vuelta para ver si se atreve a decirme eso mismo a la cara. Pero me lo impide y me agarra por los hombros.

—Mira al frente. —Camina conmigo hasta el cristal de cuerpo entero que da a la parte trasera del centro comercial. Huele mi pelo y roza mi garganta con su nariz—. Me muero de ganas de follarte, Becca. ¿Eso es bueno o malo?

—Bueno... —siseo.

Axel guía mis manos hasta apoyarlas en el cristal.

—¿Tú crees que es bueno? —vuelve a preguntarme—. Porque yo creo que no es sano... Te quise follar incluso cuando pensaba que eras una estirada... Incluso después —me palpa el trasero con sus manazas—, cuando pensé que habías tenido un lío con Fede... ¿Llevas bragas debajo del short?

—Sí.

Axel me baja la falda Black Crown negra y las bragas al mismo tiempo, y lo hace con un movimiento lánguido que parece no terminar nunca. Pasa una mano por mi culo desnudo y frío y lo amasa con los dedos.

—Tu cuerpo hace que me pregunte muchas cosas... Qué has hecho con él, con quién...

—No seas tan curioso —digo temblorosa, a pesar de que está puesta la calefacción.

Si se ha tensado o no, no lo he percibido. Lo tiene todo bajo control, sobre todo sus emociones. Me ha desnudado sin esfuerzo, sin yo oponer resistencia. Axel debe de tener un don, porque no soy nada fácil. Lo que creo es que soy hipersensible a sus necesidades.

—Un cuerpo así —murmura como si se muriera del gusto— se debe venerar.

—Venéralo, entonces.

—Luego, tal vez —susurra—. Ahora necesito estar dentro de ti inmediatamente.

Escucho el sonido de su cremallera deslizándose hacia abajo. Y también el contacto de los dedos con su carne.

No puede hacérmelo así; aún no estoy preparada.

Pero entonces desliza sus dedos por mi vagina y noto cómo resbalan, suaves, sin encontrar resistencia en el camino que han elegido.

¿Cómo es posible que esté tan excitada sin apenas tocarme? Y, por otra parte, ¿cómo no iba a estarlo? Axel despierta mi loba interior y hace que aúlle, provocándola, animándola a que se restriegue contra él.

Rodea mi vientre desnudo y lleva su mano hacia mi clítoris, que está hinchado y alerta. Lo acaricia mientras me abre las piernas con su rodilla.

—Apóyate bien en el cristal y no cierres las piernas. Voy a meterme tan adentro que vas a pensar que estás a punto de explotar.

—Dios… Espera…

—No tengas miedo.

Me lo ha ordenado. No lo ha suplicado. Para él es imperativo que yo me relaje y que no dude de nada de lo que quiere hacerme.

—Estás yendo muy rápido… Ni siquiera hemos hablado de…

—Chis… Becca, no puedo pensar en otra cosa que no sea hacértelo, así… —Restriega su ancho y aterciopelado prepucio entre mis pliegues—. No quiero hablar ahora.

Ay, ay… Que siento como si fuera a correrme ya.

—Así… —Empuja hacia delante, sostiene mis caderas para que no me mueva ni me aparte, y entonces abre mi agujero tenso y me penetra hasta lo más hondo. Estoy tan mojada que llega hasta la empuñadura, y yo grito de la impresión—. ¡Joder! —exclama, muerto de gusto—. Joder… —susurra como si quisiera repetir ese mantra para tranquilizarse, sosteniéndose a mi espalda—. Te va a gustar, preciosa… Ya verás.

No lo dudo. No lo dudo.

Apoya su frente contra mi hombro, y yo siento que empiezo a temblar. Lo recordaba poderoso y potente, pero no tan grueso. Me parece increíble que haya entrado tan adentro.

—Axel… —suplico con la frente pegada al cristal—. Ten cuidado.

—Sí…

—Tócame… Por favor… —Sostengo su mano contra mi sexo con fuerza—. Acaríciame… Sí… —Exhalo cuando noto sus dedos relajantes frotar ese botón hinchado de placer—. Así…

Axel es inclemente en el sexo. Seguro que lo es también en muchos aspectos de su vida, pero en la intimidad, desde luego, es arrogante y abusón. Y me pone a mil. Una es así de pervertida, qué le voy a hacer.

Sin embargo, hay algo en su actitud, en su manera de tocarme, incluso en el tono de su voz, que me indica que está siendo demasiado dominante. Levanta la otra mano, me agarra de la coleta y tira mi pelo hacia atrás, con fuerza contenida.

Ese gesto brusco me sorprende y lo miro de reojo, todo lo que la posición de mi cabeza me permite.

—¿Cómo es posible que, a pesar de todo lo que me cabreas, siga teniendo ganas de marcarte como a un jodido animal? —murmura, disgustado.

Vale, sí. Está claro que está molesto. Los tirones en mi cuero cabelludo lanzan pinchazos de placer por todo mi cuerpo, al tiempo que la inmensa verga me llena como nada, rozándome por dentro hasta casi alcanzar mi alma, hasta hacer que mi carne arda, con envites potentes, vivos, duros.

Está siendo muy duro.

—Axel… Más flojo…

—Venga, tú puedes con esto y con más…

—Pero ¿de qué hablas?

—¿Cómo es posible —continúa él— que incluso después de follarte, tenga más ganas de hacértelo? ¿Cómo es posible —me la clava muy al fondo y se queda quieto, justo ahí donde mi cuerpo marca el límite— que después de irte y dejarme con un susto de muerte en Tenerife, todavía tenga deseos de desnudarte? —Tira con fuerza de mi cabeza y rota sus caderas de manera abusiva.

Estoy a punto de correrme. No le hace falta mucho para que logre alcanzar el orgasmo. Es un mago del toque, un sabio de mi cuerpo, un erudito del sexo… Me muerdo el labio inferior con fuerza y dejo escapar un gemido de placer al tiempo que abro más las piernas.

—¿Eh, Becca? ¿Cómo es posible?

—No… No lo sé… No seas tan bruto, por favor —le pido porque me duele. Me duele tanto que me da gusto. Dios, me está dando tanto placer que me va a matar.

Siempre me he imaginado cómo sería un polvo por despecho, cómo sería hacerlo con un tío descontrolado que quiere castigarme. Ahora lo estoy descubriendo.

—¿No lo sabes? —Pega sus labios a mi oreja y frota un punto muy adentro—. ¿Y tampoco sabes por qué incluso a pesar de que ayer te vieras con David en tu casa y os besarais, a mí me sigue apeteciendo echarte un polvo? Yo sí lo sé.

Cierro los ojos y disfruto del orgasmo que me recorre al compás de sus acometidas. Me incinera y me eleva, e intento aguantarme apoyada en el cristal, a esa ventana empañada de cuerpo entero a través de la que todo el mundo nos puede ver fornicar como si no hubiera un mañana.

Pero en ese momento mi cerebro analiza sus palabras, y en mi conciencia se enciende la luz roja de alarma y aúllan todas las sirenas. Aún me estoy corriendo, con él en mi interior, cuando miro por encima del hombro y me doy cuenta de que no hay ni un gesto de simpatía hacia mí en el rostro de Axel. Acabo de entender lo que ha dicho. Ahora ya sé de qué va toda esa pantomima.

La furia ha oscurecido sus ojos verdes, y su barbilla está tan tensa que no entiendo cómo no se le ha salido del sitio.

Y al fin advierto, dejando a un lado mis esperanzas y mis castillos en el aire, que él... Dios mío, me odia.

Quiero apartarme, humillada por sus palabras y por su reacción posesiva, pero él me clava en mi sitio agarrándome de las caderas.

—Yo sí sé por qué me licuas la cabeza. Es porque me pones cachondo, y eres una calientapollas.

—¡Axel! ¡Para! —Es injusto que él me diga estas cosas cuando me estoy corriendo con él aún dentro de mí.

—¿Notas el orgasmo? Porque esto te lo provoco yo, no David —me recuerda con dureza.

Siento tanta rabia que me visualizo como Tormenta, lanzando rayos por todas partes. Pero no soy la heroína de Marvel, solo soy una humana con pelo Minimoy y cuerpo de gelatina por culpa del polvazo lleno de desdén que me acaban de echar.

Cuando todo acaba y estoy a punto de deslizarme por el cristal, las rodillas son la única parte de mi cuerpo con algo de orgullo que sostiene mi amor propio hecho pedazos.

Todo está en silencio. Él no habla, pero sé que fija sus ojos en mi nuca desnuda, acusándome de cosas, en parte, ciertas y, en parte, no.

—Suéltame, Axel. —Sorbo por la nariz.

—No. Espérate a que acabes de correrte... Todavía me estás drenando, nena. Disfruta de mí.

—¡Axel! ¡Suéltame! —Me aparto de él como puedo y suelto un manotazo en sus manos, que aún quieren retenerme contra la ventana—. ¡Eres un cretino! ¡No me toques! —Lo miro como si fuera un monstruo.

—Cuánta dignidad pareces tener ahora... —susurra, dañino—. No vi que te apartaras así de David en tu casa...

—¿Cómo...? —Siento una bola de congoja y estupefacción en la garganta que me impide hablar con serenidad—. ¿C-cómo sabes t-tú eso?

—No lo niegas, ¿verdad? —Se vuelve a meter su miembro húmedo en los pantalones y me lanza la falda, la maldita falda que me he dejado quitar, a la cara, como si no valiera una mierda—. Sé que te viste con él. Vístete.

—¡Que me digas cómo sabes tú eso! —le exijo, aún desorientada.

—Porque tengo un programa de clonación de móviles, Becca. Te dije que cuidaría de ti y te vigilaría. Cloné el tuyo y conseguí todas tus aplicaciones, incluso la de las cámaras. Tengo las alertas activadas de tu casa, en previsión de que el acosador pudiera ir hacia allí y así poder grabarlo y pillarlo con las manos en la masa. Pero, en vez de eso, me encuentro a ese tío regresando a tu loft y creyéndose el dueño y señor de tu vida. ¿No te había dejado?

—¿Lo has estado controlando? ¿Me... me has estado controlando a mí? —A medida que voy hablando y que por fin reacciono, empiezo a alzar la voz. Estoy asustada y decepcionada—. ¡Pedazo de psicópata, enfermo mental! ¡¿Has clonado mi teléfono?! Tío, acabas de cruzar la línea roja. ¡Voy a demandarte por acoso!

—¿Ahora yo soy tu acosador? —pregunta con gesto altivo—. No me hagas reír. Yo no intento matarte.

—¡No me hagas llorar tú a mí, capullo! ¡Me has manipulado! ¡¿Este numerito que has montado ha sido para darme una lección?! Eres un... —lo miro incrédula— cabronazo de los grandes.

—Ha sido para demostrarte que eres igual que las demás, tanto que hablabas... Pensaba que eras diferente, pero resulta que no eras más que una zorra mentirosa que se fue con su ex, arrastrándose, a la que él le tocó un poco la almeja. Menos mal que te dejé claro que no quería líos contigo. Por poco me engañas... —Chasquea con la lengua—. Pero follas muy bien. Tal vez podamos seguir teniendo...

¡Hijo de puta!

Doy dos pasos automáticos, sin pensar, y le planto una bofetada que me duele más a mí que a él. El dolor va desde la muñeca hasta el codo, y eso que se la he dado con la mano buena.

Lo miro desafiante, los puños apretados, clavándome las uñas en la palma para aguantar el impacto en la articulación, esperando a que él me la devuelva si tiene narices. Pero Axel se recupera del bofetón y me mira sabiendo que nunca pegaría a una mujer.

Y yo… En fin, le he dejado una buena marca en la mejilla. Y no me arrepiento.

Tengo ganas de llorar; se me llenan los ojos de lágrimas porque no sé controlarme. Soy patética. Debería aguantar y derrumbarme solo cuando saliera de esa habitación.

—Eres un cerdo… Te estoy agradecida por haberme salvado, Axel. Pero a partir de ahora no quiero saber nada más de ti. Te has reído de mí cuando más vulnerable estaba…

—Eso mismo te digo yo —contesta él riéndose de mí y sentándose en la cama, como si sus piernas estuvieran agotadas de sostener tanta estupidez.

—No me creo tu papel. Si estás molesto es porque te importo.

—Prueba otra vez.

—¿Sabes? Me intriga saber cómo actuaste… ¿Qué hiciste, pirata de tres al cuarto? —le provoco—. ¿Te quedaste mirando el vídeo y cuando él me besó apagaste la aplicación? —La pregunta lleva suficiente carga de rabia como para poder mirarle a la cara—. ¿Me imaginaste desnudándome para él, comiéndomelo a él? ¿Tanto coraje te dio?

—Fue bastante evidente, no hizo falta ver nada más. Si quiero porno, me lo pongo y punto.

—Quieres ser desagradable, pero finges muy bien.

—Ya, seguro. Ahora vete a llorarle a David y acuéstate con él. A mí, déjame en paz.

—Eres tan tonto… Debiste ver el vídeo entero.

—¿Para qué? ¿Para seguir viendo cómo os comíais la boca el uno al otro?

Sonrío y niego con la cabeza.

—Tienes tantos problemas, Axel… Tienes tanto miedo.

—No me vengas con tus jueguecitos de psicóloga…

—No. —Me pongo la falda indignada con él, y también con el forro cosido que lleva y que siempre me cuesta colocar. Me la subo de golpe y ni siquiera presto atención a lo húmeda que voy—. No voy a psicoanalizarte. No hace falta… Eres gilipollas. No hay más que analizar.

—Y tú, una putilla mentirosa.

—Si vuelves a insultarme… —digo entre dientes, como la Reina de las Maras que soy—, te rebano la garganta.

—Qué miedo.

—¡Debiste ver el vídeo hasta el final y no actuar como un voyeur cobarde! Si tanto miedo tenías de verme follar con otro, ¡haberte quedado a verlo! ¡Así exorcizabas tus demonios! ¡Y ponías por fin a todas las mujeres, incluso a mí, en ese podio misógino que tanto valoras!

—Me la diste bien. Me hiciste creer que no eras así.

—Ya ves. Supéralo. —Necesito molestarle y hacerle daño, como el que me ha hecho a mí.

Axel se levanta de golpe y se encara conmigo, el muy gallito, intentando intimidarme con su corpulencia y su testosterona.

—¡¿Así que no lo niegas?!

—Ah, no… Tú has juzgado todo demasiado a la ligera. ¡¿Quieres creer que me acosté con él?! Entonces, envenénate pensando en ello.

—¡Sé que lo hiciste! ¡Sé que le besaste! ¡No apartaste la cara! ¡Igual que sé que recibes mails anónimos de tu acosador y ni siquiera lo has mencionado! ¿Y luego dices que me tomas en serio? ¡Vete a la mierda, Becca! Y si te pasa algo, luego no vengas llorando, ¡porque tal vez ya no tengas más posibilidades!

Yo me callo de golpe y recuerdo el mail que tanto me preocupó la noche anterior. No pensé en decirle nada. Ni siquiera entré a valorar si era o no era una información válida para alguien como Axel.

—No me acordé de mencionarlo. No lo he hecho a propósito. —¿Y todo por qué? Porque estaba tan nerviosa y excitada por volver a ver a Axel que todo lo demás dejó de importar. Incluso facilitarle ese dato me pareció algo secundario.

—Muy propio de ti. No te acuerdas de una mierda cuando se trata de tu seguridad… Así nadie puede protegerte.

—No —digo agotando mi paciencia. Solo quiero salir de ahí y correr hasta casa de mi madre para quemar algo, o llorar por esta desagradable experiencia con Axel—. Así eres tú quien no va a protegerme. Se acabó tu papel de Kevin Costner frustrado y paranoico. —Me doy la vuelta y salgo de la habitación como alma que lleva el diablo. Y en un gesto muy dramático, cierro de un portazo y le grito—: ¡Capullo!

7

 @#eldivandeBecca #Beccarias Becca, le he dicho a mi novio que en el barrio todos creen que está obsesionado con Luis Fonsi. Y me ha soltado: ¿Quién te dijo eeeeeeeso? #tuvidaunacanción

Creo que sé fingir muy bien si no tengo otro remedio.

No soportaría llegar de nuevo a casa con la cara hecha un Cristo, llorosa y al borde de un ataque de nervios por lo que me ha vuelto a hacer un hombre. Ocurrió eso mismo cuando lo de David. No puedo volver igual de apaleada por culpa de Axel, aunque el dolor es más profundo, si cabe. No puedo permitir que sepan lo débil que he sido con él.

Ni siquiera lo sé explicar. Me ha hecho tanto daño, me he sentido tan sucia, tan poca cosa…, que le odio. Nunca fui capaz de poder odiar a alguien; pero a él…, a él le odio.

No puedo perdonar que en ese momento de intimidad y entrega total me insultara de ese modo y se riera de mí. Lo tenía todo planeado, el muy cínico. Quería follarme de un modo sucio, sin besos, sin caricias, directo al tema, y yo me he dejado porque creía que era todo impulsivo y carnal, porque desconozco cómo funcionan esos instintos. Nunca he estado con nadie así. Pensaba que bajo esos toques existía una necesidad, un reclamo… Algo más importante que solo sexo, territorialidad y posesión.

Pero me equivoqué.

Y me ha dado una lección. Me ha tratado como a una furcia, ¡a mí, que me he acostado con menos hombres que dedos tiene mi mano derecha! Se ha reído de cualquier cosa que yo pueda empezar a sentir por él, y me ha ofendido tanto…, tantísimo, que a pesar de haberme duchado y puesto el pijama, sigo sentada sobre mi cama, con el cuerpo tembloroso y una congoja que no puedo con ella.

Vamos a ver, ¡debería estar furiosa con él! ¡Que me ha controlado en todo momento! ¡Mi casa, a la que nunca ha ido, la ha visto a través de los monitores! ¡Tiene acceso a mis mails! ¡A mi vida! ¡A mi móvil! Y yo sin saberlo, pensando en él, en si estaba bien, en si podría venir a verme para al menos agradecerle lo que hizo por mí. ¡Seré tonta!

Pensaba que un hombre no salva a una mujer para luego pretender destruirla como él ha intentado hacer conmigo, ni mucho menos para darle lecciones. Ya veo que Axel es capaz de eso y de más. ¡¿Estamos locos o qué?!

Y lo peor de todo es que es muy poco listo. Se enervó tanto cuando me vio besar a David que no quiso ver más, y ahora el lerdo se cree que me lo he montado con él.

Valiente imbécil. Lo único que me tranquiliza de todo esto es entender que, si Axel se ha puesto así, es porque le ha molestado mucho verme con David. Y eso solo puede significar una cosa: o bien su ego no le permite que otro hombre pase por encima de él, o bien está celoso.

Y si es esto último, es un celoso hiriente y cruel.

Me levanto porque no puedo quedarme quieta. Se ha liado un buen berenjenal con mi madre y mi hermana cuando he llegado, y yo he soportado el chaparrón como buenamente he podido, sin hacer pucheros, sin desmoronarme, dándoles la razón para hacerlas callar.

He cenado con ellas, casi sin decirnos nada, porque a las dos aún les duraba el mosqueo por haberme ido sola. Y después he entrado en mi habitación, me he duchado y no he vuelto a salir.

Las Ferrer no son tontas: saben que me he visto con Axel y se han sorprendido tanto como yo al ver que he vuelto de su hotel para dormir en mi casa, cuando en realidad tenía la oportunidad perfecta de pasar la noche con él, entre sus brazos. Solo ha habido una pregunta tímida que he contestado, y la ha hecho mi hermana:

—¿Cómo está Axel?

—De maravilla.

En cuanto he respondido, serena y encogiéndome de hombros, Carla ha seguido comiendo de su ensalada y no ha vuelto a preguntarme nada más.

Y ahí no ha pasado nada. Esa era la impresión.

Ahora, al escuchar cómo golpean los nudillos de Carla contra mi puerta cerrada, entiendo que mi impresión era equivocada.

Mi hermana no va a descansar hasta tirar la puerta abajo. Que la conozco, la muy bruta. Por eso me levanto de la cama, después de haberme secado el pelo con el secador; ya os podéis imaginar cómo lo tengo, no hay ni un rizo en su sitio, pero no me importa, porque en estos momentos soy un ente sin ninguna dignidad, y con un acusado sentido de culpabilidad y vergüenza, y además me siento como una mujer apaleada, usada.

Cuando abro la puerta, me encuentro a Carla apoyada en el marco blanco, con una mano en la cintura y sus dedos tamborileando sobre sus caderas. No tiene ni pizca de maquillaje, solo crema hidratante nocturna, y su cutis es tan suave y limpio como el culito de un bebé. Lleva el pelo lacio y negro recogido en lo alto de la cabeza, y me obsequia con la mirada de «ya me estás contando lo que ha pasado». Por eso la dejo entrar y la contemplo mientras se estira en mi cama.

—¿Sabes qué, hermanita?

—¿Qué? —pregunto sabiendo de antemano lo que me va a decir.

—Tienes la misma cara con la que dejo a los hombres con los que me he acostado. —Dios, esta mujer no tiene filtro—. Ya sabes… —continúa moviendo su mano en círculos.

—Pues no. No sé.

—Es la cara que se les queda cuando la realidad les golpea.

Cuando saben que esa maravillosa noche de sexo y descontrol que les he dado no se repetirá. Cuando saben que los he usado, e irremediablemente les he dañado un poquito ese ego enorme que tienen.

Lo sabe. Sabe lo que he hecho.

La verdad es esta: yo tengo un radar antizorras muy afinado, y mi hermana es una pitonisa en lo que a relaciones y sexo se refiere, huele las feromonas a distancia. Tenemos dones muy desarrollados. Se puede decir que somos rarezas sobrenaturales.

—Solo estoy cansada. He hablado con Axel de cómo están las cosas y…

—Y te ha empotrado. No digas más.

—¿Perdona? —La cara se me desencaja.

—Que sí, que te ha empotrado, que te ha puesto mirando al Tibidabo —insiste clavando los ojos en el techo—, porque Axel es un empotrador nato. Un bruto que no tiene en consideración las emociones de nadie —susurra con cara de soñadora.

Abro y cierro la boca, como si no supiera si hablar o no. Y la verdad es que no lo sé, porque me incomoda mucho volver a tener este papel de mujer rechazada.

—¿Y bien? —me pregunta.

—Y bien ¿qué? —le digo mientras voy como alma en pena hasta la cama y me tumbo a su lado.

—¿Tengo razón?

—Sí.

—Lo sabía. —Alza el puño, victoriosa—. Sé identificar esa cara de perro apaleado.

—Tú no tienes corazón, ¿verdad?

—Ya. Entonces, ¿qué ha pasado? Cuéntame.

Cojo aire y noto que me duele el pecho por la pena contenida. Axel ha sido injusto. Yo también me he equivocado al ocultarle las cosas, pero ya hemos quedado en que él es el Rey Misterio.

Me parece increíble y sórdido lo sucedido en la habitación de su hotel; tanto, que hasta me cuesta hablar de ello.

Aun así, una vez empiezo, a pesar de mis reticencias iniciales, me doy cuenta de que no puedo contener mi vómito de palabras, que soy un caudal de rencor, despecho y agonía por culpa del demonio de ojos verdes.

Empiezo desde el principio, desde nuestras diferencias palpables, hasta nuestro acercamiento en Asturias, y los encuentros íntimos que tuvimos en Tenerife. Hasta que llego a la desagradable vivencia experimentada aquí, en el Ibis del Heron City.

Mi hermana disfruta como un bebé de mi narración, aunque mis lágrimas de mujer herida mantienen sus comentarios sarcásticos a raya. Y menos mal, porque no tengo humor para soportarlos.

Carla me abraza por la cintura y se acopla a mí, a modo cuchara. Como cuando éramos pequeñas y yo le decía que me daban miedo las tormentas, y ella me contestaba que me durmiera, que ella no iba a dejar que me pasara nada.

—Entiendo que no estás acostumbrada a que te traten así —dice sobre mi cabeza.

—¿Cómo alguien va a acostumbrarse a que la traten así, Carla? A que se la tiren mientras le insinúan que es una guarrilla. Es de locos. —Me seco las lágrimas con la colcha.

—No, no… Eso ha estado mal. Yo me refiero a que no estás acostumbrada a ese tipo de carácter de hombre. De macho alfa.

—Eso no es ser un macho alfa, eso es ser un gilipollas.

—Entonces, bienvenida al mundo real de los hombres. Tú… A ver, Becca, a ti David te trató siempre muy bien, con mucha delicadeza, con mucha educación… Nunca discutisteis ni tuvisteis un polvo de reconciliación porque no tuvisteis broncas de celos. Estabais tan seguros el uno del otro, tan en zona complaciente y sin riesgos, que jamás dejasteis que vuestros instintos más primitivos explotaran.

—Lo pintas como si fuera aburrido.

—Era un maldito cuento de hadas insípido, Becca —suelta sin la menor delicadeza—. Y, de repente, te encuentras al toro bravo este, con la testosterona por las nubes y su tatuaje de macho alfa en los huevos. Y te dice que no le gusta un pelo que te rías de él, y que odia que otro te haya besado. Y va y te castiga y se pelea contigo... —Sonríe, complaciente.

Dios. En serio, ya oigo a Carla cómo aplaude a Axel en su mente. Definitivamente, tiene una tara.

Me doy la vuelta como una croqueta y me pongo cara a cara con mi hermana.

—Pero ¿es que acaso te parece bien lo que ha hecho?

Carla sonríe y se encoge de hombros.

—Creo que Axel es el mundo nuevo que necesitabas. Es borde, autoritario, protector y está para ponértelo de póster en la habitación. Y es celoso y territorial como los perros. Creo, hermanita..., que por fin tienes un macho metido en tus bragas. Y vas a tener que aprender a lidiar con él porque este es un mundo completamente nuevo.

—Es un maleducado y un déspota. Un tirano que me utilizó cuando...

—Cuando estabas en medio de un orgasmo apoteósico. —Levanta una ceja perfectamente perfilada de color negro ébano—. Igual te crees que me das pena...

—Carla, de verdad —la contemplo como si fuera un hombre—, a veces me sorprende que tengas vagina.

—Becca, espabila. —Se ríe y me pellizca los mofletes húmedos de mi llorera—. Esta puede ser tu historia desgarradora de amor. La que un día te tiene oliendo flores, y al otro te pone mirando cara a la pared, balanceándote hacia delante y hacia atrás como una pirada. ¿De verdad crees que un tío que te salvó la vida, a riesgo de perder la suya, no vale la pena? Vale, tiene muy mal carácter, y se ha pasado. Pero no me digas que ese aire de hombre primitivo no te pone un poco. Lo máximo que habría hecho el padre de Iván por mí habría sido defenderme en el WarCraft, y seguro que me habría vendido por unos cuantos hechizos... Ríñele. Riñe a Axel por cómo se portó contigo. Pero no le odies...

—¡Si lo peor es que no le odio! —protesto sintiéndome

como una incomprendida—. Me siento mal porque creo que la he cagado al ocultarle esas cosas. ¡Soy yo la que se siente mal! Fui yo la que falló al dejarlo de lado en Tenerife. Y por mucho que su comportamiento de esta noche me haya hecho daño, en el fondo, muy en el fondo, puedo llegar a entenderlo. Y eso es lo que más miedo me da. Que sea capaz de comprender eso.

—Ah, entonces perfecto. Lo que te pasa es que odias ser tú la que se equivoca, y no quieres que por tu culpa eches a perder lo que sea que tienes con él.

—¡Sí!

—Pues solo tienes que ganarte su confianza de nuevo. Demostrarle que la única guarrilla Ferrer que existe soy yo. —Levanta la barbilla orgullosa de ello. Bendita loca… Luego se reincorpora hasta quedarse de pie frente a mi cama—. Axel me gusta. Apuesto por él.

—No le conoces, y no sé en qué lugar te coloca lo que acabas de decir cuando ves a tu hermana desvalida en pleno ataque melodramático por su culpa.

—Pues qué lugar va a ser, ricitos… —Se agacha, me coge de la cara y me da un besito en la nariz—. El de una hermana que no solo se llevó la belleza genética de los papas, sino que, además, se hizo con toda la inteligencia de mamá. —Me guiña un ojo y se da un cachete en el culo. Con sus andares de modelo, Carla se dirige a la puerta—. Intenta descansar esta noche —me aconseja—, o prepara una táctica de ataque para recuperar el respeto de Axel. Pero no le dejes pasar, o lo único que provocará eso será que él crea que tiene razón respecto a ti. Ya sabes que quien calla, otorga. Ah, y si se sigue portando mal…

—¿Qué? ¿Te lo quedas tú?

—No.

—¿Porque no te gusta?

—No. Le cortaré la cabeza. Porque nadie se mete con mi hermana.

Manda un beso al aire y a mí se me queda una sonrisa tonta y agradecida en los labios. Luego cierra la puerta y me deja a oscuras, pensativa, sumida en sus palabras. Y me doy cuenta de que es la primera vez que un consejo de Carla no me ha parecido ni la mitad de frívolo de los otros a los que me tenía acostumbrada.

¿Será que de verdad está madurando?

La decisión está tomada.

Soy completamente incapaz de permanecer en mi casa cuando tengo hiperactividad mental y un cargo de conciencia muy acentuado. No he dormido nada dándole vueltas a mi siguiente encuentro con Axel: si me haré la fría o le ignoraré, o correré a intentar convencerle y demostrarle que entre David y yo no pasó nada más allá del beso.

No puedo seguir aquí calentándome la cabeza, fantaseando si mi acosador se atreverá a asomar la nariz por aquí o no; barajando la posibilidad de que Axel no quiera volver a hablar conmigo, e imaginando que soy incapaz de volver a presentar un programa sobre fobias si yo misma estoy cagada de la vida y muerta de miedo.

Así no puedo continuar. Por esa razón, estoy llamando a Fede para que me dé carta blanca, que ponga a Bruno e Ingrid en marcha (porque los quiero a ellos, quiero al mismo equipo) y convenza a Axel de que soy una buena apuesta, y si no, al menos que le diga que tiene que cumplir el contrato con *El diván* o la multa que tendrá que afrontar será de órdago. Voy a ponerme en marcha, porque solo ayudando a los demás podré olvidarme de mis miserias y de mi tragedia personal.

Al tercer pitido descuelga Fede, sinceramente feliz por volver a escucharme.

—¿Becca?

—Hola, Fede.

—¿Cómo estás?

—Con ganas de empezar a trabajar de nuevo. —Es mejor decir las cosas sin rodeos.

—¿Cómo que empezar a trabajar de nuevo? Te dije que te tomases tu tiempo, y no ha pasado ni una semana.

—Créeme, una semana es suficiente para que me dé cuenta de que tengo que estar activa y que debo dejar atrás mi estado convaleciente.

—Pero aún no estás bien —contesta, dubitativo—, ¿no?

—Ya apenas se me ven los moretones. La mano izquierda cada vez va a mejor, pero como es la zurda y no la uso para nada, tampoco cuenta demasiado. La cuestión es que quiero continuar con *El diván*, y quiero que sea ya, o me voy a volver loca con tanta vigilancia familiar.

—No sé, Becca... Tal vez sería mejor que dejaras pasar unos días más. Ya te dije que no corría prisa, que con lo que habíais grabado de los primeros episodios ya hay para el primer trimestre.

—Y me alegro. Pero no creo que deba cortarse el ritmo de un programa así. Quiero seguir —me reafirmo en mi decisión—. Me encuentro bien y fuerte.

—¿Estás segura?

—Sí, Fede. Llama a Ingrid y a Bruno a que formen filas. Y ordena a Axel a que se reúna con nosotros para empezar a grabar.

—Axel habló conmigo —dice con voz seria.

Vaya noticia. Conmigo hizo más que hablar, pero si se cree que esto va a quedar así, es que no ha intuido ni por asomo el tipo de mujer que soy.

—También hablé con él ayer.

—No ha encontrado al tipo que te hizo eso y está muy preocupado.

—Bueno, hazme caso: no es lo único por lo que está preocupado. ¿Consideras que es legal que clone mi móvil y que me espíe?

Escucho a Fede resoplar angustiado.

—Aunque no lo sea, ¿crees que si le dices que no lo haga te va a hacer caso? Él hace lo que cree necesario para proteger a su equipo. Ya habíamos hablado de que era un controlador de tomo y lomo.

—Sí, sí… Pero, además, tiene un problema con eso de la intimidad de las personas… —murmuro. No le voy a contar todos los detalles—. Creo que debe hacer terapia.

—Pues nadie mejor que tú para tratarle.

No pienso decirle a Fede que me apetece tratar a su hermano como la Inquisición trataba a las brujas.

—En fin, sea como sea, sigo queriendo a Axel como primer cámara y jefe de edición. Con él salen los tiempos a la perfección; no hay otro tan competente. —Por eso, por supuesto, y porque si no tenemos que volvernos a ver o si tenemos que acabar así, que sea al menos habiéndome dado la posibilidad de explicarme. Odio salir tan mal parada.

—En eso te doy la razón. Axel es el mejor.

—Profesionalmente, sí. En lo personal…

—Bueno, todos tenemos nuestras taras.

—Vale, que sí —zanjo el tema rápido—. Como jefe, te pido, por favor, que le llames la atención y que seas tú quien le diga que se reúna con nosotros. Porque si se lo pido yo, creo que me va a mandar a coser.

—Axel se ha involucrado contigo más que con nadie en estos últimos años. No te va a mandar a coser. Si os habéis enfadado, solucionadlo. Pero él estará ahí contigo. No te va a dejar sola.

—¿Estás seguro de eso?

—Sí, lo estoy. Es mi hermano pequeño, y aunque se ha encerrado demasiado, sigo conociendo parte de sí mismo que él no quiere mostrar. Yo le veo.

Ojalá pudiera ver yo esas partes que tan celosamente se preocupa de ocultar al mundo. Porque lo increíble es que, habiéndome mostrado más acero que seda, me tiene loca. ¿Qué pasará si descubro que en él hay más luz que oscuridad? Definitivamente, perderé la chaveta.

—¿Cuándo quieres empezar a trabajar?

—Mi idea es estar en Madrid mañana mismo. ¿Crees que podrás reunir al equipo para entonces? Me gustaría empezar cuanto antes.

—¿Mañana ya?

—Si puede ser, sí. Voy a revisar las fichas de los pacientes de *El diván* y a estudiar si había algún caso cerca de Madrid. Cuando vi las fichas, recuerdo el informe de un tal Eugenio... Espera un momento. —Me levanto de la silla de mi escritorio y recojo el iPad que tengo cargando. Lo abro y enciendo la aplicación de *El diván* donde organicé y pasé una a una todas las fichas de los pacientes que querían ser tratados por el programa. Tecleo en el buscador la palabra «Madrid» para que localice los casos posibles—. Míralo, aquí está —digo con tono triunfador—. Eugenio San Ignacio, de Cercedilla. No recuerdo lo que le sucedía, pero aquí pone algo relacionado con una fobia social muy aguda, unida a brotes de agorafobia. Este hombre tiene que vivir como un ermitaño. Vamos a ponernos con él. ¿Contactas tú con Ingrid o contacto yo para que se ponga en marcha?

—No, tú preocúpate de tus cosas y de organizar tu maleta y demás... Ya hablo yo con Ingrid para que lo prepare todo. Incluso tu viaje a Madrid.

—Prefiero el Ave; así gano tiempo estudiando todos los informes de camino.

—Está bien.

—Genial —digo, más animada. Blanco y en botella, si me centro en mi trabajo, todo lo demás puede pasar a un segundo plano—. Seguro que mañana podríamos visitar a Eugenio. Si tengo que viajar hoy mismo, entonces viajaré. ¿Vas a hablar con Axel? Él no puede fallar.

—No fallará. Su cláusula se lo impide. O tendría que indemnizarme con muchísimo dinero, de ese que no quiere tocar.

—Perfecto.

—Te veo decidida.

—Lo estoy.

—Entonces, no hay más que hablar. Cuelga para que pueda

programar la maquinaria y mañana estés ya grabando con tu equipo.

—Bien. Adiós, y... gracias.

—De nada. Una cosa, Becca.

—¿Qué?

—No sé qué pasó entre vosotros, pero, sea lo que sea, tuviste que cabrearlo bien. Axel no es un perro ladrador poco mordedor. Él muerde de verdad.

—Lo sé. —No se me olvida cómo me ha tratado.

—¿Y entonces?

—No preguntes.

Cuelgo el teléfono con una sonrisa de oreja a oreja. Fijo la mirada en mi armario y en la maleta que aún no he deshecho. Está llena de ropa de verano. En Madrid hará un frío de mil demonios, y más en la Sierra, así que voy a prepararme un vestuario más adecuado, y a cargar y guardar todos mis dispositivos. Sobre todo el espray de pimienta que me regaló Fayna. Es poca cosa, pero hará que me sienta un poco más protegida.

Con la esperanza de verlos a todos mañana y de poder encontrarme con Axel después de reconstruir todos los pedazos de mí que dejó en el hotel, me pongo en marcha para mis nuevos viajes.

Sea una temeridad o no, *El diván de Becca* debe continuar.

8

@leoluegoescribes #eldivandeBecca #Beccarias
Tengo un trastorno del sueño. No es justo que los
koalas duerman 22 horas al día, y yo lleve dos
semanas yendo a una clínica del sueño.

Al día siguiente

Vuelvo al trabajo. Por fin.

Los miembros del grupo de *El diván* mantenemos una agenda en común en nuestros dispositivos. Salta en nuestras pantallas como una alarma, y ahora que estoy llegando a la estación de Atocha con el Ave, me doy cuenta de que, además, han creado un grupo de Whatsapp del programa. En él, Ingrid ha escrito para decirnos que nos espera a todos afuera de la famosa estación con la caravana preparada para partir. Salí de Barcelona a las doce del mediodía, y tres horas después ya estoy en Madrid.

Siento un hormigueo inestable y nervioso por la emoción de embarcarme de nuevo en la aventura; pero, sobre todo, por ver a Axel otra vez.

No quiero que vuelva a tratarme como al principio, por mucho que él esté convencido de que soy como se imaginaba entonces. Creo ser capaz de poder sentarme con él para hablar y aclarar nuestras diferencias. Nos lo debemos. Yo sentí algo en Tenerife, una conexión especial con él; es imposible que la quiera negar y que lo consiga con tanta facilidad.

Salgo de la estación con un gorro de lana negro Lacoste en la cabeza, abrigada de arriba abajo, con una bolsa colgada a la espalda y la maleta de ruedas patinando por la cera, emitiendo ese ruido tan molesto.

A lo lejos, veo la caravana de *El diván*, tan bonita y llamativa como siempre. Muchos coches se paran para fotografiarla con sus móviles; algunos incluso se hacen selfies. Esto hace que piense en lo fácil que le resulta al tío que me acosa descubrir dónde estoy en cada momento. Es como ponerme una diana en el culo.

Sin embargo, ni puedo ni quiero esconderme. Es mi vida, mi trabajo, y voy a ir con pies de plomo a partir de ahora. Aun así, no pienso vivir como vive Eugenio —el paciente al que vamos a ver hoy mismo—: asustado de todo y de todos, y sin salir a la calle solo por no sufrir.

No puedo. La vida es para los valientes. Y los valientes no somos los que no sentimos miedo, somos los que, aun estando aterrados, encontramos las fuerzas para seguir adelante y enfrentarnos a aquello que nos da pavor.

Llego a la caravana y, de repente, Ingrid abre la puerta y me mira de arriba abajo, sonriente y feliz de verme. Olvidaba lo increíblemente guapa que es, a pesar de su cara de cansada. Ni siquiera las ojeras que tiene borran un ápice de su belleza. Cierra la puerta detrás de mí y cuando me ayuda a subir mi equipaje, se da la vuelta y me da un abrazo fuerte y lleno de energía. Yo se lo devuelvo y me echo a reír.

—Me diste un susto de muerte —me dice al oído—. ¡Me alegra tantísimo que estés bien!

—Y a mí —replico.

—Estuve dos días en el hospital, en Barcelona, esperando a que abrieras los ojos… Pero tuve que regresar a Madrid para firmar unos papeles de Hacienda y…

—Ingrid, por favor —le pido poniéndole las manos encima de los hombros—. No me des explicaciones. Sé que estuviste ahí, sé cuánto os preocupé —le aseguro, algo emocionada—, y estoy muy contenta de volver a trabajar contigo. Lo importante ahora es que estoy bien.

—Sí. —Me mira e inspecciona las marcas que apenas se ven en mi cara—. Con un poco de maquillaje desaparecerán.

—Lo sé, tus manos hacen magia. ¿Y cómo estás tú? ¿Sabes si va a venir Bruno?

—No me hables de él, no me apetece sacarlo en la conversación —dice mirando incómoda hacia otro lado—. Me ha decepcionado muchísimo.

Sí. Ya lo sabía. Axel me dejó claro que la relación entre ellos dos era una tragedia más que cantada. Pero esperaba que su destino fuera diferente. Y no ha sido así.

Sé por qué la ha decepcionado tanto. Porque las mujeres, cuando nos enamoramos, creemos que nuestra relación será de una manera, que pasará todo como queremos que pase. Buscamos la historia de *El diario de Noah* y de repente nos encontramos con un *Torrente* casero.

Ingrid se había enamorado perdidamente de Bruno. Fue fulminante. Yo vi cada paso de esa relación. Pero el problema era que Bruno venía de un mundo de casta muy diferente al de ella. Sus padres, medio de sangre azul, serán quienes elijan a su esposa, como ocurre en las películas antiguas de príncipes y princesas. Y, lamentablemente, Ingrid no está en esa lista, aunque puede que sí lo esté en su corazón.

Y es una pena, porque si los padres de Bruno hubiesen visto lo feliz que era él con esa chica, tal vez le habrían permitido elegir al amor de su vida. En vez de eso, los han destrozado a ambos.

Ingrid está mal. Pero tampoco creo que Bruno esté contento tal y como ha ido todo.

—¿Vais a trabajar bien juntos? —pregunto, preocupada.

—Como tú y Axel, supongo —contesta la morena encogiéndose de hombros—. Intentando ignorar que os morís de ganas de arrancaros los ojos y después mataros a besos.

Arqueo las cejas, sorprendida. Qué chica más lista.

—Habrá que hacer de tripas corazón, supongo —argumenta—. Mi futuro y mi ambición profesional pasan por no perder la oportunidad que me ofrece este trabajo. Nuestra relación será estrictamente laboral. No voy a jugármela. Además —sus larguísimas pestañas aletean—, él ya ha elegido.

—Pues menuda suerte tenemos tú y yo —murmuro—. Al menos, Bruno no ha dejado *El diván*. Sigue aquí.

—Ni lo hará. Le gusta este trabajo y lo aprovechará al máximo hasta que sus papaítos le corten el grifo y le obliguen a hacer carrera política. Ya sabes, los de sangre azul no pueden permitir que su hijo haga algo tan mundano como dedicarse a las audiovisuales. Ellos tienen que controlar el mundo —bromea ácidamente—. Pero ya es agua pasada. —Da una palmada para despabilarse—. Vamos a esperar a que lleguen estos, y conduciremos hasta Cercedilla. Está a poco más de cincuenta minutos de aquí.

Alguien golpea la puerta con fuerza. Ingrid y yo nos damos la vuelta, y cuando vemos que es Axel quien llega, casi tan abrigado como yo, la maquilladora le abre para que entre.

Me parece altísimo cuando sube a la caravana, y ancho, eso lo sé de primera mano. Me doy cuenta de que soy una privilegiada al saber que lo que insinúan sus capas de ropa es cierto: Axel es un tipo corpulento y está fibrado.

Saluda a Ingrid con dos besos. Y cuando se detiene frente a mí, fija esos ojazos, que el demonio le ha dado para atormentarme, en mi cara, en mis marcas, y después los desliza a mi mano izquierda, que sigue con la muñequera ortopédica.

No le gusta nada lo que ve.

Es increíble cómo sus recriminaciones veladas, en vez de hacerme arder, me congelan y me dejan en el sitio paralizada. Ni siquiera soy capaz de articular palabra.

Axel se mete la mano en el bolsillo y yo capto el movimiento como a cámara lenta. Saca de su cazadora plumón un aparatito negro con una especie de led roja. Busca algo alrededor de mi cuello y encuentra el colgante con mi bola del amor.

—Quítatelo —me ordena.

Ingrid carraspea y se da la vuelta para sentarse en el asiento del conductor y hacer como que reorienta los retrovisores.

—Hola a ti también —contesto—. No sabía si ibas a venir.

—Quítatelo y ponte esto —me pide sin inflexiones.

Suspiro como si su actitud me cansara, que lo hace, pero no voy a pelearme con él. Me levanto el pelo por la nuca y le doy la espalda. Y esto me recuerda al hotel.

—¿Esto no te recuerda a nada? —Axel guarda silencio—. Miedo me da darte la espalda, ¿sabes?

—No me provoques, Becca.

—Te encanta esta posición —susurro solo para que él me pueda oír—. Seguro que ya sabes lo que tienes que hacer —le echo en cara con todo el veneno que puedo reunir.

Pasan unos segundos hasta que noto sus dedos trabajando en mi colgante. Me lo desabrocha; sus dedos rozan mi piel y mi vello se eriza.

—¿Crees que no iba a venir después de la multa que debía pagar si abandonaba el proyecto? Además, con todo lo que tú hablas con Fede, ya debes de saberlo. Me tiene bien cogido por los huevos. Por mucho que quiera dejar esto, no puedo. —Él mismo recoge el colgante de cuero negro para colocarme ese pequeño aparato oscuro que se asemeja a un candado de silicona.

Me acaba de dejar claro que está ahí a disgusto. Que si fuera por él, ya se habría ido. Son palabras amargas y difíciles de escuchar.

—¿Qué es esto? —pregunto apartándome cuando noto que vuelve a abrochar el collar.

—Es un localizador con alarma —me explica—. Si crees que estás en peligro, solo tienes que presionar el botón. Esto enviará una señal a mi programa, que me dará las coordenadas GPS del lugar donde te encuentres. A partir de ahora, las cosas se harán como yo diga.

Lo miro con interés. Es un aparatito casi del mismo tamaño que mi pokémon del amor. Axel sigue preocupándose por mí. Eso es bueno. Pero me siento fatal al no identificar ni un gramo de simpatía por mí en sus noventa kilos de músculo.

—¿Vas a seguir jugando a *El guardaespaldas*? —le recrimino.

—Está en mi contrato también, me pagan más por ello. Debería habértelo contado Fede.

—Y lo ha hecho —canturreo sin dejarme intimidar.

—Pues entonces sabrás que mi obligación es hacerlo cumplir, Becca.

—Claro, claro, esto es una grandísima obligación para ti.

—Mira, Becca, tú solo preocúpate de hacerme caso, y todos nos llevaremos bien.

Me encojo de hombros sin darle demasiada importancia a su amenaza.

—Yo solo te necesito como primer cámara y jefe de edición. Eso no quiere decir que no me sienta segura teniéndote cerca, Axel —reconozco bajando el tono—. Pero no me gusta trabajar bajo presión.

—Mi trabajo es el que yo decida —afirma sin titubeos, mirando alrededor de la caravana—. Puedo hacerlo todo. Y es lo que voy a hacer, ni más ni menos. Tú estás bajo presión porque hay un tío que te tiene entre ceja y ceja —me dice con dureza—. A ver si te queda claro de una puta vez.

Agacho la cabeza, rabiosa porque sé que él tiene razón. Debería agradecer que al menos se preocupa por mí y que no va a dejarme sola. Pero nuestros problemas personales me escuecen todavía.

—No hay más que hablar —zanja Axel—. Ingrid —mira a mi compañera por encima del hombro—, de ahora en adelante vamos a buscar aparcamientos privados. La caravana es un objetivo fácil para curiosos y tenemos que proceder con más cautela.

—Sí, Axel.

—¿Y Bruno? ¿Va a tardar mucho más?

—No; de hecho, ya viene —contesta mirando al frente.

Y así es. Bruno y su pelo negro, lacio, cortado en capas, se acerca a la furgoneta sin dejar de mirar a Ingrid intensamente.

Ella no le abre hasta que él no golpea la puerta. Me hace gracia lo maléfica que es.

Una vez dentro, Bruno la saluda y ella le responde, para justo después ignorarle.

Tras los saludos entre los miembros del equipo, Ingrid arranca la caravana camino de Cercedilla, y yo me doy cuenta de que no estamos en la caravana de Becca.

Los cuatro nos encontramos, sin lugar a dudas, en la caravana del desamor.

Cercedilla

En la sierra de Guadarrama se encuentra el municipio de Cercedilla. No he visitado el pueblo antes, pero sí que he ido a esquiar al puerto de Navacerrada, que queda muy cerca.

Esta zona a los alrededores de Madrid capital es perfecta para hacer senderismo y rutas en mountain bike. Es un paraje montañoso muy frío en invierno, donde suele nevar en abundancia, que deja paisajes bucólicos y blancos, dignos de inmortalizar con una cámara de fotos. En parte, me recuerda un poco a Cangas de Onís, salvando las distancias. Naturaleza y aire limpio.

Llueve y truena con fuerza. Tengo los pies helados y la nariz tan fría que pienso que se me va a romper, y eso que tenemos la calefacción de la furgoneta encendida a todo trapo.

Aquí, en Cercedilla, vive Eugenio, mi próximo paciente, al que Ingrid ha avisado con antelación para que esta misma noche nos reciba. Eugenio nos ha citado en una preciosa casa hostal que hay en el mismo pueblo serrano llamada El Ratatouille. Allí aprovecharemos para cenar con él y, más tarde, descansar en sus habitaciones.

Después de aparcar en el parking que Eugenio utiliza para su coche, nos hemos dirigido al hostal, que queda a unos treinta segundos de esa parcela privada y cubierta por un enorme porche que oculta los vehículos, ya sean altos o bajos, de la vista de todos.

Creo que la gente de pueblo es diferente de la de ciudad. Es cálida y complaciente, muy servicial, y eso lo comprobamos nada más entrar en el hostal, cuya fachada tiene un color bermejo muy marcado que resalta con la piedra que la reviste en la base y con la madera caoba que enmarca por igual buhardillas, balcones y ventanas. Por fuera, la casa es preciosa y apetece detenerse a descansar o a comer. Al entrar, hay un amplio vestíbulo presidido por una recepción de piedra envejecida, salpicada de enredaderas y rosas y recubierta parcialmente de madera. Huele a leña, a chimenea, a calor; relaciono ese olor directamente con la Navidad, con las mantas polares y las tazas de chocolate caliente. Y es que estamos a finales de noviembre, y ya no queda nada para esas fechas señaladas que tanto gustan a unos y tan poco a otros. Y los hay, los menos, que votan en blanco.

Yo soy de las que les encanta, pero es por una simple razón: puedo hacer regalos y gastar sin excusas. La Navidad lo vale.

El recepcionista nos acompaña a nuestras habitaciones, en la planta superior, y allí descubrimos el primer percance. Han reservado dos habitaciones dobles, en la misma planta. Tendré que dormir con Ingrid. Axel y Bruno descansarán en la habitación de al lado.

Fernando, que así se llama el recepcionista, nos informa que han decidido no reservar durante los días que estemos aquí porque no quieren sensacionalismos de ningún tipo, y a Eugenio no le gustan nada los mirones. Yo se lo agradezco con todo el corazón, porque lo que menos necesito es ponerme nerviosa con fans o twitteros que no dejan de colgar fotos de nuestra localización, una circunstancia que no solo dificulta nuestro trabajo, sino que también «me pone una diana de fácil acceso en el culo», como bien dice el demonio.

Por supuesto, Axel ni me ha mirado ni ha hablado conmigo en todo el viaje. Quiere fingir indiferencia, pero la verdad es que está más tenso conmigo que Eduardo Manostijeras poniéndose unas lentillas.

Yo lo acepto porque, en parte, es culpa mía. A ver. Él es un capullo porque así lo han traído al mundo, lo cual no quita que la lección que quiso darme no me escueza. Pero la verdad es que nunca pensé que me convertiría en la gilipollas de turno que busca problemas y haría la tontería de meterse ella sola en la boca del lobo. Como Bella, que está todo el día cortándose y desangrándose cuando está rodeada de vampiros, que te dan ganas de decirle: «A ver, alma de cántaro, lo tuyo no es ser torpe; eres, directamente, una kamikaze y te va el sado».

Pues así me siento yo. Carla tiene razón: no estoy acostumbrada a tratar con machos dominantes como Axel. Realmente pensaba que estos hombres estaban sacados de las novelas de *highlanders* como las que ella lee, cuyo argumento es mayormente: «Yo el hombre, tú la mujer. Ponte a cuatro patas». Siempre he pensado que son novelas sexistas y muy machistas, aunque nunca he leído una entera, y puede que mis suposiciones estén erradas; de lo contrario, no entendería jamás por qué las mujeres las leen tantísimo. Sería como echar piedras sobre nuestro propio tejado, ¿no? Así que hasta que no lea una entera no podré sostener mi suposición con una base empírica.

La cuestión es que en mis manos está remendar mis equivocaciones respecto a Axel, siempre y cuando él reconozca que fue un cretino conmigo. Y también veo difícil que don Orgullo y Prejuicio agache las orejas y me diga que lo siente.

Con todas estas ideas rondándome la cabeza, y con Axel ajeno a ellas y más pendiente de sonreír a la camarera pechugona que nos lleva hasta nuestra mesa que de mirarme a mí, entramos en el salón comedor, con unas vistas de cuento de hadas al bosque del valle de la Fuenfría.

—Estamos esperando a un señor llamado Eugenio.

—El señor Eugenio es el propietario de este lugar, señorita —me cuenta Pechuwoman, y yo me quedo pensativa y en silencio. Este dato no figuraba en la ficha de mi paciente. Un tipo con los miedos que él tiene nunca poseería un negocio que exige un contacto directo y continuado con la gente, sus clientes.

El Ratatouille está ubicado en las faldas de una ladera bastante pronunciada, atravesada por varios barrancos y arroyos. Es un paisaje lleno de fantasía y misticismo. Es especial. Afuera sigue lloviendo con fuerza, pero el exterior está iluminado por las luces decorativas ocultas entre las ramas de los árboles y las macetas en forma de botas de peregrino.

La pechugona, vestida elegantemente con un traje chaqueta y falda negra, nos guía hasta un reservado con las mejores vistas, y es como si oyera sus pensamientos en voz alta. Sé que está pensando: «¿De dónde han salido estos dos maromos?». Y es normal que piense eso, porque Axel y Bruno son dos ejemplares casi únicos, purasangres, que poco tienen que ver con bellezas elegantes o caballerosas. La de ellos es una belleza «bajabragas», así, sin paños calientes. De hecho, ni siquiera es belleza, es pura provocación.

Axel le da las gracias guiñándole un ojo, y yo siento que tengo ganas de escupirle. Pero las señoritas no hacemos esas cosas...

Presupongo que va a ser así de borde y desconsiderado mientras siga enfadado conmigo. Bueno, pues alguien tiene que decirle que no es bueno despertar los celos de la Reina de las Maras. Cuando menos se lo espere, le soltaré una fresca. Pero por ahora tengo que mantener mis nervios bajo control.

Cuando la camarera se va y tomamos asiento los cuatro, el silencio también se acomoda entre nosotros. Ingrid y yo lo rompemos al ponernos a hablar de lo bonito que es el restaurante, de la atmósfera casi mágica, acogedora e íntima que aporta la música de fondo de Enya, y de la iluminación que cae del techo como si fueran esferas de luz que simulan seres diminutos y feéricos.

No obstante, lo mejor está por llegar. Pechuwoman ha traído una bandeja con unos platitos a rebosar de setas que se parecen mucho a las casitas de los Pitufos: con la caperuza roja y topos blancos, y el tronco de la seta pálido. Hasta que me doy cuenta de que no son setas, sino quesos mozzarella cortados como si fueran los pies de un champiñón, y encima un tomate cherry cortado por la mitad simulando el sombrero, y salpicado de topos blancos de la misma mozzarella. La salsa al pesto que recubre los trampantojos representa la hierba verde. Es comida original y tan destacable como El Ratatouille.

Antes de que se vaya la camarera le pregunto abiertamente:

—¿Sabe si va a tardar mucho en aparecer Eugenio? Lo esperamos a él… —No a ti ni a tu botón abierto estratégicamente en el canalillo.

Ella me sonríe y mira a Axel de reojo.

—Eugenio desea que cenen tranquilamente. Él les acompañará en el café. —Nos llena uno a uno las copas de vino—. ¿Está todo a su gusto?

—Buf, qué buena está —dice Axel masticando la seta falsa.

Yo trago saliva, furiosa. Está jugando. No sé si se refiere a la seta o a Pechuwoman.

—Está todo más que perfecto, Raquel —continúa él, repasándola con lascivia.

Pechuwoman tiene nombre, por supuesto. Y lo luce en una plaquita metálica y dorada sobre su tetaza derecha.

Uy, no. Esto no va bien. Si Axel se cree que va a provocarme para que salte, no le voy a dar ese gusto. Pero jugaré, porque me encanta la competición.

—Anda, Axel, se llama Raquel… —murmuro meneando la copa de vino como si fuera una experta etnóloga, que no lo soy, porque para mí y mi distrofia en este campo, todos los vinos me saben igual—. Como tu esposa.

Ingrid arquea las cejas estupefacta, y Bruno agacha la cabeza para no reírse en su cara. El demonio se está imaginando las mil y una maneras que puede haber de arrancarme la piel a tiras. La ira de sus ojos verdes casi me deslumbra.

Pero no me importa. Me gusta armarle estas pantomimas y ver cómo intenta dominar los caballos desbocados de su rabia.

Miro a Raquel por debajo de mis pestañas.

—Raquel, su mujer —recalco—, no ha podido venir, la pobre —le explico como si fuera una amiga de toda la vida—, porque tiene que cuidar de sus dos hijos, Manolito y Casimiro, que tienen gripe. Pero estoy convencida de que este lugar les encantaría a ella y a los niños. —Bebo de mi copa y añado—: Es una auténtica lástima, ¿verdad, Ingrid?

Axel lanza una mirada fulminante a la maquilladora, pero la preciosa morena está de vuelta de todo y muy decepcionada con cualquier cosa que tenga rabo, así que sigue mi juego sin dificultad.

—Sí, son unos niños adorables —asiente con una sonrisa de oreja—. Más guapos que su padre —aclara—, aunque parezca casi imposible. Menos mal que Axel es un buen padre y un marido ejemplar; si no, con esa cara, nos metería a todos en más de un problema, ¿verdad, Becca?

—Ya te digo —afirmo resoplando y mirando hacia otro lado.

Raquel carraspea, se inclina diligentemente como si me pidiera perdón por alejarse, y da media vuelta para que comamos tranquilos los aperitivos.

—¿Te diviertes, Becca? —Axel se inclina hacia delante con un gesto nada pacífico.

—Mucho, gracias —contesto devolviéndole la mirada.

—¿Casimiro? Jamás pondría a mi hijo un nombre que empezase por Casi —sisea como si quisiera morderme.

—Bah, no tienes sentido del humor. —Me encojo de hombros.

—No juegues mucho, a ver si te vas a quemar.

—Sí, mira cómo ardo —le susurro enseñándole la mano con un pulso firme.

Vale. Estos días se me van a hacer muy largos y duros.

Los primeros platos y los segundos ya no los trae Raquel. Creo que la pobre se ha sentido intimidada por nuestra exposición sobre la paternidad de Axel.

De primero nos sirven una crema de calabacín con queso desmenuzado, que está deliciosa. Qué bien me sienta tomar algo caliente, no solo por el frío del invierno, sino por el helor que reina en la mesa. Si no fuera por Ingrid y los escuetos comentarios de Bruno, esto parecería un tenso velatorio con una familia que se odia.

De segundo, un cuscús emplatado con molde y decorado con choricitos y setas, con cilantro y perejil espolvoreado. Está tan rico que todos comemos en silencio, y no se debe a que no nos apetezca hablar entre nosotros, sino a que el momento merece que volquemos nuestra atención en el arte culinario del Ratatouille. Es curioso, porque desaparece en mí todo rastro de disgusto o rencor hacia Axel, y de repente, a cada ración de cuscús que engullo, noto cómo me invaden la paz y el bienestar.

Observo el plato detenidamente. Tal vez solo lo sienta yo, por mi empatía, pero juraría que quien ha cocinado estos platos ha echado mano de los sentimientos y emociones más bondadosos de su recetario. Es cocina de calidad hecha con verdadero amor, y eso, al final, deben percibirlo sus comensales.

Cuando acabo mi plato, me limpio las comisuras de la boca con la servilleta y me quedo en silencio, como si esa cena me invitara a la meditación y a la reflexión. A Ingrid le brillan los ojos igual que a mí; las dos sonreímos, pero no queremos romper este momento, por eso esperamos al postre.

Y el postre ya es el colmo de la delicia y el buen gusto. Se trata de un suculento vaso relleno de mascarpone dulce, nata, plátano, fresa y melocotón almibarado.

En el momento en que esa exquisita mezcla toca mi lengua y mi paladar pienso que el cielo debería saber a eso: a cielo. Me gusta comer, no lo voy a negar, pero creo que la cena de esta noche no solo era comida, no se trataba de engullir para alimentarse, sino de saborear la vida, con su dulzura, su agridulce, su amargura y su acidez.

Hasta tengo ganas de llorar cuando me meto la última cucharada. Y creo que aunque mis compañeros puedan no sentirse como yo, sí saben que la cena de esta noche no ha sido como las demás, porque de algún modo nos ha alimentado el alma.

Raquel se acerca a nosotros, con una media sonrisa, y la música de «Book of days» de Enya sonando de fondo. Es morena y tiene un caminar elegante, con el pelo recogido en un moño alto y estirado, y unas facciones clásicas que hacen que parezca interesante y atractiva. Vamos, como la típica profesora que pondría como un toro a cualquier hombre. Por eso me enrabieto más cuando veo que la tipa ha cogido impulso y vuelve a mirar a Axel con decisión. Lo que ella no sabe es que Axel no es un hombre, porque es Satán; y además habíamos quedado en que está casado y tiene dos hijos. Me dan ganas de decirle cuatro cosas a la jefa de sala del Ratatouille, pero me contengo.

—Eugenio se reunirá con ustedes inmediatamente.

—¿Por qué no nos ha acompañado? —le pregunta Axel seduciéndola con la voz.

Y a mí me dan ganas de romperle el vaso del postre en la cabeza y decirle si pregunta por él o por ella.

Raquel se relame los labios, coqueteando abiertamente y sin remordimientos.

¡Ouch! Por debajo de la mesa, Ingrid me da una patada en el tobillo y me lanza una mirada de: «¡Di algo, por Dios!». Yo le devuelvo la patada, pero le doy a Axel. He medido mal, ¡mierda!

Axel desvía su atención de Raquel y la vuelca toda en mí, toda esa testosterona encabritada, con esa sonrisa de lobo y actitud de carnicero. Lo más increíble es que me enciendo de decepción y también de excitación. Sus ojos hacen que recuerde cómo me ha tocado y lo mucho que me ha hecho sentir con tan poco. Desvío la mirada, humillada por lo débil que soy. Y me acongojo, aunque me sobrepongo, porque una Mara no llora. Una Mara golpea antes de que la golpeen.

—Supongo que es muy difícil que Eugenio se deje ver, ¿verdad? —digo interrumpiéndoles.

Estas palabras llaman la atención de Raquel.

—Sí, así es. Es un hombre muy… tímido. No se siente cómodo con la compañía de las personas.

Claro que no. Un hombre con episodios de agorafobia y fobia social es imposible que se sienta cómodo en ningún lugar que no sea su casa o su pequeño refugio particular. Lo que tendré que averiguar es el origen de ese miedo y esa inseguridad.

—Comprendo.

—¿Podrá darle la enhorabuena al chef? —pregunta Bruno mientras acaba su postre. El joven cámara no ha hablado demasiado, enfrascado como estaba en degustar los platos tan exquisitos y sorprendentes que nos han servido.

Raquel sonríe y afirma con la cabeza.

—En un momento podrán decírselo ustedes mismos —contesta; a continuación, se aleja y desaparece tras el marco de madera que separa el salón de las cocinas.

Axel y Bruno asienten y se levantan solícitos de la mesa para empezar a preparar las cámaras y colocarlas estratégicamente. La intención es grabar la entrada de Eugenio desde varios ángulos.

Ingrid, por su parte, me arregla el pelo rápidamente y me pone polvos en las mejillas, mientras yo me aseguro de tener los dientes limpios pasando la punta de mi lengua por ellos.

Las luces de la sala bajan considerablemente su intensidad.

—Esta iluminación no es buena —escucho que Axel le comenta a Raquel—. Necesito que enciendan las luces.

Raquel niega azorada.

—Lo lamento, Axel. Eugenio prefiere presentarse en un ambiente más… reservado.

—Eso no es posible, preciosa —arguye Axel con una sonrisa de seductor que no le cabe en la cara. Bah, si pudiera, me lo cargaba ahora mismo—. Tendré que encender la luz focal de la cámara. Los primeros planos son muy valiosos y debemos conseguir la autenticidad de sus reacciones.

—Proceded, entonces —dice Raquel—. Pero no te prometo que Eugenio quiera colocarse frente a ti.

La jefa de sala desaparece tras las cortinas de la cocina, y nos quedamos todos en nuestros puestos, esperando la entrada de Eugenio.

Afuera la lluvia ha amainado, y solo chispea, aunque a lo lejos, ocultos entre las espesas y negras nubes, los rayos alumbran con destellos rabiosos el cielo encapotado.

Detrás de las cortinas por las que ha desaparecido Raquel, oigo unos susurros que si no fuera por el halo de misterio que nos envuelve, me parecerían casi cómicos.

Raquel habla con un hombre, que susurra y dice cosas como: «¿Están detrás?... ¿Habéis bajado las luces?».

Frunzo el ceño y miro a Axel, que sostiene la cámara sobre su hombro y está completamente orientado hacia la cortina.

—¿Qué pasa? —le pregunto.

Él niega con la cabeza, como si tampoco entendiera nada.

Una mano masculina y pálida juega con la tela beige que hace de celosía. Indecisa, no sabe si descorrer las cortinas o no. Después, asoma un zapato negro y unos pantalones estrechos de pitillo. Es la pierna de un hombre, por supuesto.

A continuación, la tela es retirada por completo, el hombre da un salto vergonzoso hacia delante y se queda frente a Axel, girándole la cara, como si temiera enfrentarse con el objetivo.

Yo me levanto de la mesa para verlo mejor.

Un rayo crepita con fuerza sobre nuestras cabezas, y Eugenio mira al frente armándose de valor. Las luces del exterior refulgen con fuerza en la sala, y alumbran, probablemente, el rostro más horrendo que haya visto jamás.

9

Eugenio San Ignacio se acerca a mi mesa y camina inseguro, aunque intenta aparentar una valentía que en realidad no siente. Es muy alto y delgado, de piel pálida y pelo panocha, rizado y sin gomina.

Siento una fuerte conexión con él. A los que tenemos el pelo así nos unen vínculos especiales.

Por Dios, es muy feo, todo hay que decirlo. Pero lucho por que mis pensamientos no afloren, y aceptarlo tal cual es. Solo es su físico. Y lo que a mí me interesa es conocer al Eugenio interior.

—Buenas noches, Eugenio —le saludo dándole la mano con cariño—. Por fin nos conocemos.

Él la mira como si fuera un espejismo. Se nota que no lo tocan a menudo, o que él no toca a nadie.

—Buenas noches, señorita Becca.

—Me puedes llamar Becca, Eugenio.

—Así lo haré, señorita Becca.

Me mira y me sonríe con vergüenza. Ha repetido lo de «señorita» a propósito.

Parece que Eugenio, a pesar de todo, goza de buen humor. Su sonrisa, una mueca totalmente imperfecta y con una más que patente malformación, es sincera, auténtica y más veraz que los rayos del sol. Y aunque a él le falte muchísimo cariño, su gesto entrañable demuestra que tiene mucho por dar. Pero parece que nadie le da la oportunidad de demostrarlo.

No quiero precipitarme en mis conclusiones, aunque intuyo su problema. De hecho, salta a la vista.

—Y bien… —Le sonrío abiertamente—. ¿En qué te puedo ayudar?

Me devuelve la mirada con sorpresa, como si me dijera: «¿Es que no resulta evidente?». Yo le transmito que lo entiendo, pero que debo profundizar en su caso.

—¿Cuál es tu problema?

—Mi problema fue al nacer.

—¿Al nacer?

—Deje que le explique.

—Puedes tutearme, Eugenio.

—Es verdad, perdóneme, señorita Becca. —Me guiña un ojo ojeroso.

Su gesto me hace reír y comprendo que, por mucho que se lo repita, él aún no se tomará esas confianzas.

—Como quieras. Continúa.

—Todo empezó al nacer. Mi madre era de aquellas mujeres que no querían saber el sexo del niño hasta dar a luz. Ya sabe —entrelaza los dedos de sus manos—, quería llevarse esa sorpresa, la pobre. Cuando salí del vientre de mi madre, lo primero que le preguntó al médico fue: «¿Qué ha sido, doctor?». Este, al verme, puso cara de circunstancias y contestó: «Pues mire, lo voy a lanzar por los aires, y si vuela, es un murciélago».

Me quedo muy callada, asombrada por su relato. Sin embargo, a Axel le ha dado por reírse, y Bruno, que revolotea a nuestro alrededor grabando todo tipo de planos, está que se dobla aguantándose las carcajadas.

Yo todavía no sé si Eugenio está hablando en tono cómico o en tono circunspecto sobre él y su físico poco agraciado, por ese motivo intento ser lo más profesional posible y no reírme. Aunque el chiste me ha parecido genial.

—¿Cómo dices? Eugenio, me estás tomando el pelo.

—No, señorita Becca, lo prometo. Fue así. Y lo peor es que eso no fue todo.

—¿Ah, no?

—No. Cuando nací, yo no lloré, los que lloraron fueron los demás. Mi madre, el ginecólogo, la comadrona, la enfermera… Menos mal que al rato se les pasó, y entonces mi pobre madre, que en paz descanse —mira al techo—, cesó su llanto y se quedó pensativa durante un buen rato, pues no sabía lo que hacer.

—¿Lo que hacer? ¿Sobre qué?

—Ya sabe… No sabía si quedarse conmigo o con la placenta.

—Eso no puede ser verdad.

Ignoro la carcajada de Ingrid, que está entretenidísima con las ocurrencias de Eugenio. Incluso Raquel, que se oculta al otro lado de la cortina, mirándole el culo a Axel, sonríe con las bromas de su jefe.

Pero yo quiero saber hasta dónde llega el sentido del humor de Eugenio, y cuánto dolor real esconde su verdadera historia.

—Claro que no, señorita Becca. Yo nunca mentiría.

Le creo, pero estudio fijamente su expresión.

—¿Continúo? —me pregunta, serio.

—Sí, por favor.

—Como nací sietemesino, y menos mal —aclara abriendo los ojos—, porque si con siete meses en el horno saqué estas orejas, no quiero ni pensar lo que habría pasado si salgo con nueve. Me llevarían directamente al casting de los elfos de *El señor de los anillos*.

Esta vez no puedo evitar sonreír. Observo sus orejas, y tiene razón: son enormes y puntiagudas en la parte superior. Qué extrañas.

—Pero claro, también puedo hacer de orco de Mordor —añade señalándose.

No tengo que escuchar más para saber que Eugenio es un hombre increíble. Se esfuerza en contar su historia con humor, aunque su vida real lo haya llenado de miedos y resentimientos. Me clavo las uñas de las manos en las palmas para no ceder a la risa, pero el capullo de Axel no ayuda mucho, porque hace rato que se está descojonando y, además, le ha entrado hipo, que oigo a través del pinganillo.

Eugenio echa un vistazo a todos los que estamos en la sala, y sonríe cuando ve que su táctica funciona.

—Continúa, Eugenio —le pido.

—Pues lo que le decía… Que al nacer prematuro me tuvieron que meter en la incubadora. Pero para que no me viera nadie, me metieron en una con los cristales tintados.

—Eso es horrible —murmuro sin creérmelo.

—Después de un mes, salí de allí y me llevaron a casa. Mis primeros años fueron muy felices, aunque un poco duros. Siempre fui extremadamente delgado porque mi madre, en lugar de darme el pecho, me daba la espalda.

—Por Dios, Eugenio… Para ya —le pido tapándome la boca para no sucumbir a la carcajada.

—Ah, pero no llore —bromea—, que aprendí muy temprano a aguantar el biberón y a tomármelo yo solo. Cuando ya tuve unos añitos me aburría bastante porque no sabía con quién jugar. Nadie quería jugar conmigo. Y empecé a ir a concursos de feos para relacionarme con gente como yo, pero me echaron de varios por doping.

Ya no puedo aguantarme más; aun así, él continúa.

—Cuando jugaba al escondite, nadie me venía a buscar. Incluso una vez mis padres me ataron un trozo de carne al cuello para que el perro jugase conmigo…

—Vale, Eugenio —le detengo cuando veo que esto se nos está yendo de las manos y que Axel lo está grabando todo—. Fin.

—Tengo más…

—Me lo imagino. Tu repertorio tiene que ser muy amplio. Pero ya no me creo nada. Quiero que me cuentes la verdad. Todo esto ha sido muy divertido, pero ahora quiero la realidad.

Esta vez, los ojos negros de Eugenio se tiñen de insatisfacción, y ya no hay brillo de diversión en ellos. La verdad es siempre mucho más cruda.

—¿La verdad? —Se apoya en los codos sobre la mesa—. La verdad, señorita Becca, la tiene enfrente —admite con tristeza—. Varias malformaciones al nacer. Labio superior leporino, apiñamiento de los dientes que me obliga a cecear muchas veces... Paletas extragrandes y separadas, nariz como Cyrano y unas orejas tan enormes que hacen que parezca el primo lejano de Dumbo. Es malo ser un niño horrendo, pero es peor ser un adulto horripilante.

—Sin embargo, Eugenio, parece que sobrellevas tus malformaciones con mucho sentido del humor. ¿Es todo fachada?

—¿Y qué le voy a hacer? ¿Llorar? Créame que no es fácil.

—Entiendo.

—No, no lo entiende. Solo podría entenderlo si estuviera en mi misma piel.

Ahí se equivoca. Mi empatía me transmite las emociones de mis pacientes a la perfección; por eso, pongo mi mano sobre la suya, que está helada y sudorosa, como la de un hombre con ansiedad, y conecto con sus miedos, con ese calvario que no ha cesado ni un minuto desde que nació.

Eugenio observa mi mano con atención, y después fija su mirada profunda en mi pelo y en mis ojos.

—Fíjese, usted y yo somos dos versiones diferentes de dos clases de elfos: usted es Galadriel, y yo soy el elfo Dobby de *Harry Potter*. Usted se ha llevado la mejor parte. Yo, la peor.

—Depende de los gustos.

—A todos nos gusta la belleza —aclara.

—¿Hasta qué punto te ha afectado tu físico?

—Verá, vivo aquí encerrado porque el solo hecho de ser señalado una vez más me provoca taquicardias y arritmias, y unas ganas enormes de tirarme por un puente —reconoce, apesadumbrado—. En Halloween, los niños vinieron a hacer «truco o trato» conmigo con cruces y ajos en el cuello. Me llaman Frankenstein, señorita.

—¿Y qué es lo que quieres conseguir? ¿En qué crees que puedo ayudarte?

Todos vienen a mí porque buscan una salida a su desgracia, a su fobia. Pero Eugenio parece que quiera que yo le ayude con una cirugía, y eso no lo puedo hacer. Lo que sí podría lograr es que se aceptara tal y como es y que fuera feliz con todas las cosas buenas que tiene, que son muchas. Aunque habrá que trabajar en ello en estos dos días que tenemos por delante.

Mi trabajo raya siempre el límite. Y no sé si podré conseguirlo o no. Eugenio tiene mucho sentido del humor, pero está muy cerrado a salir al mundo exterior, y odia la compasión.

Tendré que llevarlo a mi terreno como sea.

—¿Usted puede ayudarme a cambiarme la cara?

—No puedo hacer eso. Yo trabajo tu cabeza y tu interior, y puedo hacerla más hermosa de lo que ya es. Puedo ayudarte, Eugenio.

No parece que le haya gustado la respuesta. Se le nota porque baja la vista y por la expresión de derrotado que luce su rostro. Pero ¿cómo va a sentirse derrotado si todavía no ha ido a la guerra?

—¿Puedo hacerte una pregunta personal? Estás en tu derecho de responderla o no.

—Dígame.

—¿Por qué tus padres nunca se plantearon la opción de operarte?

Eugenio sonríe compasivo, como si supiera que tarde o temprano iba a señalar esa cuestión.

—Estamos en Cercedilla. Venimos de familia judía, señorita Becca. Eran muy mayores cuando me tuvieron, pero siguieron adelante con el embarazo aun a riesgo de saber que yo podría nacer mal. El judaísmo, nuestra religión, considera que la cirugía es necesaria cuando hay algo que realmente hace peligrar la salud física del afectado. Cualquier otro retoque de bisturí se considera vanidad. Yo soy feo, de acuerdo. Tengo el labio superior abierto, pero no demasiado, seguramente sería algo que llamaría la atención si mi cara fuera normal, pero no provocaría que todos se persignaran al cruzarse conmigo. No obstante, no es mi único defecto, como usted puede observar. Digamos que en mi genética han confluido una serie de catastróficas desdichas... Y operarme la cara sería un gesto de vanidad.

—Pero eso no es justo, y perdóname si me meto donde no me llaman. Puede que físicamente no sean defectos que te impidan vivir bien... Pero tus problemas acarrean muchas grietas emocionales y mentales. Debieron permitirte buscar una salida.

—Mis padres me amaban con todo su corazón tal y como soy. Me aceptaban tal cual, señorita Becca —replica él, apasionado—. Como ellos lo hacían, ¿por qué no iban a hacerlo los demás?

—Porque, básicamente, el amor de unos padres es ciego y devoto, y totalmente incondicional. Pero nadie está obligado a amarte del mismo modo.

—Lo sé —reconoce con pesar—. Ahora lo sé... Sé que parece duro y egoísta por parte de ellos. Pero yo era su hijo, y nacer feo era un designio de Dios. No podían ponérsele en contra.

—¿Y tú? ¿No te opusiste?

—Ah, yo sí lo hice. Podía vivir bajo la protección de mis padres, pero cuando ellos faltaron y descubrí que tenía que enfrentarme solo al mundo, me planteé seriamente el operarme. Lamentablemente, tuve que invertir mucho en este castillo de fantasía —reconoce con sus ojos llenos de admiración por su casa—. Muchísimo. Invertí tanto que no dejé nada para mí. Dejé a un lado mi vanidad, por la promesa que les hice de tirar adelante con el hostal. Era el sueño de los tres, y eso he intentado. Tuve dinero para poder costearme la intervención quirúrgica, pero me pareció egoísta invertirlo en mí, en subsanar mis defectos, en vez de hacerlo en El Ratatouille. Ahora ya no tengo medios. Lo he gastado todo en intentar hacer de este lugar un emplazamiento único en la sierra de Guadarrama. Sin embargo, hice un mal cálculo. Un lugar tan maravilloso como este necesita una buena imagen. Y yo no se la puedo dar. Se ha corrido la voz de que en El Ratatouille vive un monstruo. Y no vienen clientes… —Sacude la cabeza contrariado—. Ahora es demasiado tarde… Las operaciones cuestan un dineral, y yo estoy sin blanca. Ahora que sí quiero operarme, ya no puedo.

—Nunca es tarde, Eugenio. Puedo ayudarte a que te sientas mejor.

—Señorita Becca, con esta cara nadie podrá ayudarme a sentirme mejor. ¿No lo comprende?

—Tú has aprendido a convivir con tu realidad, Eugenio. Tu problema es que te duele el rechazo de los demás, y no te han enseñado a enfrentarte a ello. —Aprieto su mano—. Hay que hacerte fuerte contra eso. Puedo enseñarte trucos.

—¿Cómo? Nadie nunca ha querido hablar conmigo jamás. Vino un psicólogo a casa, cuando mis padres aún vivían, y no aguantó más de una sesión porque decía que le daba miedo mirarme. Yo… Solo me siento seguro aquí. Este palacete era mi hogar; lo reconvertí para que fuera el hogar de otros y lo compartieran conmigo, tal era el deseo de mis padres. Por esa razón creé El Ratatouille. Mis padres querían que no me aislara, que intentara relacionarme, y eso fue lo que hice. Cocino para los demás, para que vean que incluso de la fealdad pueden salir hermosos platos. Me gasté toda la herencia en esto, señorita Becca. Y ahora me he quedado con esta cara y con varias fobias que me impiden vivir bien.

Es conmovedor. Conmovedor e injusto. Eugenio es un chef excelente, muy sensible, refinado en sus gustos y en sus platos. La cena que hoy nos ha servido ha sido mágica. Su universo ya es mágico de por sí. La ladera en la que está el hostal, las vistas de su restaurante… Todo. Nadie debería temer a la magia, aunque esta a veces tenga un aspecto feo.

—El problema es que tú no compartes nada, Eugenio —le rebato—. Estás oculto, no te dejas conocer, solo dejas que te teman… ¿Alguna vez has hablado con alguien igual que has hecho conmigo nada más presentarte?

—No. Me ven y huyen de mí. No tengo oportunidad de hacerles sonreír como a usted.

—Entonces, debemos hacer que sean ellos los que vengan a ti. Que no te teman, sino que deseen conocerte y probar lo que eres capaz de cocinar.

—Nadie viene por aquí, señorita Becca. El Ratatouille apenas me da para pagar a Raquel y a Fernando, mis dos únicos empleados. En la cocina, me basto y me sobro solo, pero no obtengo beneficios. El hostal se mantiene a duras penas…

—Bueno, en ese caso tendremos que esforzarnos en revertir esta situación.

—¿Cree que podrá? —me pregunta, esperanzado.

—Haré lo posible para ayudarte, Eugenio, pero tienes que confiar en mí. ¿Confías en mí?

—Es mi último cartucho —asume—. No tengo a nadie más.

—Con eso me vale —contesto a pesar de que no es la respuesta que más me gustaría escuchar—. Descansemos esta noche, y mañana empezaremos con nuestra terapia.

En mi habitación me tomaré mi tiempo para poder preparar los pasos que debo seguir con este paciente. Eugenio es diferente.

Y su tratamiento también debe serlo.

Me da pena pensar que los humanos podemos llegar a ser tan dañinos, y marginar a alguien que no sea bien parecido hasta el punto de abocarlo a una vida de soledad y rechazo. Me asusta creer que nuestra naturaleza nos obliga solo a valorar la belleza. Me asusta, pero lo acepto. Nos han enseñado a hablar bien de lo hermoso, no nos han animado a encontrar bondad y hermosura en la fealdad.

En la sociedad hay unos dogmas: llorar es mala señal y nos pone tristes, la tristeza es mala y no tenemos derecho a estar mal. Solo vale sonreír y ser feliz. Si eres guapo, triunfas y tienes las puertas más abiertas, al menos la de la aceptación social. Si eres feo, como Eugenio, prepárate para que te señalen y te den la espalda.

Este es un mundo de locos y materialismo descarnado. Hemos creado una sociedad tan superficial y vanidosa, que lucha por no envejecer, que se vale de la cirugía para borrar las arrugas de la experiencia y de la vida longeva, y que en su empeño por asemejarse a los anuncios publicitarios, vende su alma al diablo y en cambio olvida la única verdad universal que rige todo: la belleza no es externa, no la tienen los demás; la belleza solo reside en el modo de mirar.

Y Eugenio, a pesar de lo feo que es, no lo voy a negar, tiene una belleza especial. Le miras a los ojos y hay una luz oculta en ellos que está esperando a que alguien la descubra. Es la luz con la que él ve el mundo; un mundo que no entiende por su crueldad, un mundo que le condena al ostracismo, a vivir encerrado a perpetuidad y que le priva del amor de los demás. Y a pesar de todo eso, aunque se mire al espejo y no le guste lo que refleja, Eugenio sigue viendo belleza en todo: en su hostal mágico, en la decoración de sus bosques y sus jardines, y en su increíble comida. Utiliza sus platos para transmitir el amor y las emociones que siente. Utiliza su don para alimentar con amor a aquellos que se ríen de sus orejas, de su boca o de su nariz.

Y admiro a Eugenio. Admiro a mis pacientes por ser lo suficientemente valientes como para pedir ayuda. Y me encantaría poder ayudarle.

Sin embargo, esta terapia en concreto me desasosiega. Y es que la sanación de Eugenio no solo depende de él; depende de todas las personas que lo miran y le giran la cara. Son ellos, nosotros como personas, los que tenemos fobia a la fealdad, fobia a lo desconocido. Y no sé si podré incidir en ellos. Lamentablemente, solo debo centrarme en hacer que Eugenio encuentre la fuerza frente a las críticas, y en transmitirle la voluntad necesaria para que nunca vuelva a esconderse. Porque siempre habrá gente que querrá reírse de él y hacerle daño, aunque sea solo para sentirse más fuertes y mejores, e intentarán que nunca más vuelva a salir de su cascarón.

Pero no lo voy a permitir.

Hace media hora que me he acostado y no puedo conciliar el sueño pensando en todo esto. Estoy dando vueltas bajo el edredón como si fuera una croqueta.

A mi lado, Ingrid duerme como si fuera una momia, inmóvil y quieta, con los brazos rectos y tiesos pegados a su cuerpo. Lleva puesto un antifaz de seda negra. Temo que en cualquier momento se levante de golpe como por arte de magia y empiece a hablar en arameo. Si me hace eso, me hago caquita.

Decido ponerme los cascos de mi teléfono para escuchar música y relajarme, pero no me da tiempo porque alguien ha empezado a llamar a mi puerta.

Ingrid sigue en coma profundo, por eso me calzo las zapatillas y me levanto para abrir. Cuando llego a la puerta, mi corazón se encoge levemente por la anticipación. Es mi sexto sentido, esa intuición desarrollada de las Ferrer, la que me dice que Axel se encuentra al otro lado.

Abro y… efectivamente, es Axel, con cara de huraño, como si viera en mí todo lo que rechaza del mundo. Y me parece increíble que un hombre que me ha tocado y me ha besado con esa desesperación, con esa hambre casi enfermiza, sea capaz de mirarme con tanto odio.

Esos ojos que me tienen en vilo desde que los vi por primera vez se han clavado en mi pecho. Trago saliva y bajo la mirada. Tengo el botón de la camisa de pijama de Mickey Mouse abierto a la altura de la parte inferior de mis senos.

Mi parte golfa medita si abrocharlo o no. No está viendo nada que no haya visto ya… Y puede que así lo atormente un poco. Pero es mi parte Mara la que recupera la dignidad y decide taparse. Él ignora rápidamente la carne de mi cuerpo que se asoma entre los pliegues de la tela, y vuelve a mirarme a la cara, como si en realidad no viera nada.

—¿Qué quieres? —Le suelto lo primero que se me ocurre.

Axel desvía la vista al interior de la habitación, hasta que localiza a Ingrid, en posición de momificación. Frunce un poco el ceño, con esa cara de no saber si reírse o no que me vuelve loca.

—¿Ha muerto? —me pregunta.

—Está en ello —contesto rascándome el gemelo con el puente superior de mi pie izquierdo—. ¿A qué has venido?

—A asegurarme de que todo está correcto y de que llevas el localizador colgado al cuello.

Vale. Perfecto. No me miraba el canalillo. Buscaba el localizador en mi colgante. Menudo golpe a mi orgullo.

—Claro que lo llevo.

—No te lo quites ni para ducharte, ¿entendido?

—He decidido hacerte caso, Axel. Puedes estar tranquilo.

—Permíteme que lo ponga en duda.

—¿Querías algo más? ¿Un beso de buenas noches? —Carla y Eli me vitorearían y me harían la ola.

Axel ignora mi pregunta e inclina la cabeza a un lado, como si valorase mis palabras.

—No puedo, guapa —contesta cruzándose de brazos—. Estoy casado con Raquel, ¿recuerdas? Y mis hijos Agapito y Casimiro no soportarían un divorcio.

—Tu otro hijo se llama Manolito. —Pongo los ojos en blanco—. Menudo padre estás hecho —intento bromear—. ¿No te hizo sonreír ni un poquito?

Él niega con la cabeza.

—Qué poco sentido del humor tienes, Axel.

—Cierto. Hay cosas que no me hacen ni puta gracia.

—Vale, ya lo he entendido… Soy mala. Muy mala. —Necesito acercarme a él y que me explique por qué tuvo esa reacción tan neandertal conmigo en el hotel cuando él mismo dijo que no quería nada serio entre nosotros. A pesar de que solo me besé con David y no pasó nada más, aunque Axel no lo crea, su reacción fue desmedida, como la de un hombre muy celoso y furioso porque tocasen lo que consideraba suyo. Me tiene completamente descolocada—. ¿Algo más?

—Sí. —Saca un papel del bolsillo trasero de su pantalón, lo desdobla y me lo da.

—¿Qué es esto? —pregunto mirando lo que hay apuntado.

—Es un contacto. Conozco a alguien en Madrid que me debe varios favores. Es cirujano plástico.

—¿Qué quieres decir con eso?

Se encoge de hombros y esta vez sí me mira las tetas. ¿No será tan cretino de insinuarme que necesito más talla de pecho? Porque soy capaz de rebanarle la garganta con un peine…

—¿Bromeas, pedazo de…? —gruño entre dientes.

Ahora sí sonríe, sin demasiadas ganas, pero sonríe. Hace un mohín como si no le diera importancia a la vida y añade:

—Yo también sé gastar bromas.

—Tus bromas son de mal gusto.

—Da igual cómo sean. Esto es para Eugenio. Podría ayudarle con su… —hace un círculo frente a su cara—, su problema. Es muy bueno y no le cobraría nada, un estupendo aliciente para tu paciente.

Axel tiene esos golpes. Tan pronto te trata como una furcia en un hotel, como de repente se preocupa por medio mundo e intenta ayudarlos a su manera.

—¿Qué mensaje le estaría dando a Eugenio si le dijese que se opere? Se trata de que se acepte con sus defectos, y que los demás lo hagan también…

—Becca —me corta abruptamente—. No voy a darte la razón en esto. Puedes hacer milagros con tus terapias, pero no con él, y mucho menos con el mundo entero. Tal vez solventes su agorafobia y su fobia social, pero… ¿crees que no volverá a recaer cuando lo rechacen de nuevo? Puede que con una ayudita del bisturí, Eugenio entienda que ya no tiene motivo para temer nada. Además, no se trata de convertirlo en un top model.

—Sería imposible.

—Exacto. Se trata de rectificar un poco sus malformaciones, para que no sean tan aparatosas, ni para él ni para los demás.

—La fisura labial que tiene es muy grande, Axel… Necesita ortodoncia dental.

—Y que alguien le cosa las orejas.

—Eso también.

—Pero el labio leporino se puede operar. Viggo Mortensen y Joaquin Phoenix tenían labio leporino, y nadie se atreve a decir que no quedaron bien.

—¿Cómo sabes tú eso? —pregunto, asombrada. Desconocía ese dato.

Axel se estira muy tenso.

—Me gusta buscar información.

Me froto la nuca y siento cómo vuelvo a caer en sus redes, de golpe, sin protección ni nada. Es tonto si cree que no empiezo a conocerle. Súbitamente, veo al niño que llegó de muy lejos para vivir con un padre nazi y con un hermano diez años mayor que él. Solo, desamparado.

—Lo estás volviendo a hacer, ¿verdad?

—¿El qué?

—Involucrarte con mis pacientes. Intentas ayudarles. Como hiciste con Óscar, con Fayna, y ahora con Eugenio… En fin, con todos los que se cruzan contigo.

—No. Son solo pequeñas recomendaciones —aclara sin incomodarle que le mire como si fuera un ángel.

—No puedes aguantarlo, ¿a que no?

—¿De qué hablas?

Está muy claro para mí. No para él, pero para mí es algo evidente.

—Fede tenía razón.

—¿Qué pinta Fede aquí?

—Eres un protector, uno de los de verdad. No soportas que otros sufran e intentas ayudarles, ya sea de manera anónima o pública. Es superior a ti.

—No digas gilipolleces, rizos.

—No las digo, Sauron.

Su ceja partida se eleva hasta casi alcanzar el nacimiento del pelo de su frente. Es muy atractivo, el condenado.

—¿Sauron?

—Sí. Y no hace falta que te pongas a la defensiva.

—Fede no sabe lo que dice. Es inestable. Mi hermano está como una cabra, es un caprichoso y tiene muchas adicciones… Cuando bebe demasiado cree que habla con Elvis. No deberías hacer caso de todo lo que te dice.

—Yo creo que sí. Sé cómo es Fede, lo he tenido en mi consulta, y no te quito razón. Pero también sé que no ha mentido sobre ti, que dice la verdad.

—Me gustaría saber qué has hablado con él y por qué has tenido que investigar tanto, metomentodo —replica, enfadado.

—Eh, un momento, listillo. Yo no he investigado nada. Fue él quien me lo explicó todo en el hospital. —Me apoyo en el picaporte de la puerta y centro mis ojos en los suyos—. Y en todo caso, si tengo algo que decirte, te lo diré cuando estés dispuesto a escucharme y a hablar conmigo, y no a tratarme como si tuviera la peste o fuera una guarra. Odio que me mires así. No es justo.

Axel parpadea mientras asume las palabras que le acabo de soltar. Pueden parecer duras, pero son sinceras. Es lo que siento. Y él sabe que es verdad. Me niego a creer que piense que me merezco lo que me hizo.

Noto cómo aprieta los dientes por el movimiento muscular de su mandíbula.

Es un cabezón.

—¿Sabes, Axel? Las grabaciones de las cámaras InSight de mi casa —susurro intentando hacerle entrar en razón, bajando el tono, acercándome a él— se envían todas completas, día a día, a mi cuenta de Dropbox. Pero a diferencia de mi iPad, no tengo la aplicación grabada en mi teléfono, con lo cual no puedes acceder a los vídeos enteros. Dijiste que clonaste mi iPhone, un hecho —levanto el índice—, por cierto, por el que podría denunciarte, pero en mi teléfono no tengo Dropbox, por eso no puedes verlas. Has accedido a mis cuentas de mail, mi agenda, mi Twitter, mi Facebook, mi Whatsapp… Pudiste ver en directo mi encuentro con David, pero dejaste de verlo porque te ardía —le echo en cara—. Das por supuesto que me acosté con él.

Si quisiera, podría enseñarte el vídeo. Pero no lo voy a hacer, porque tienes que confiar en mí. La confianza es fundamental para mí.

—Becca, no me importa lo que hicierais tú y tu ex.

—Mentira. No fue indiferencia lo que noté en el Ibis. A pesar de la rabia y la frialdad que irradiabas, también había despecho. No te da igual. No finjas.

—No finjo. Lo que hay entre tú y yo no es importante. Puedo tenerlo siempre que quiera, con quien quiera. Ya te lo dije: siento haberte hecho creer que me importabas de otro modo. Yo estoy aquí para trabajar y para ocuparme de tu seguridad tanto como tú me lo permitas.

—Ahora te estás comportando como un gilipollas —murmuro, dolida—. No hace falta. Y por mí puedes meterte la seguridad por la puerta de salida.

Axel sonríe perniciosamente, afectado por el veneno que le provoca querer ocultar sus emociones, o no saber lidiar con ellas.

—A ti te va bien el mundo de David, Becca. ¿No lo ves?

—Cállate. No lo metas en esto.

—Te gusta esa seguridad, ese mundo descafeinado y de sacarina. Yo soy demasiado para alguien como tú.

—Vete a la mierda.

—Y de todos modos, rizos, no confío en ti. Ni en nadie.

—Ese es tu principal problema.

—Confié en ti una vez y por poco acabas muerta en el fondo de un río. No estoy para perder el tiempo con estas tonterías.

—¿Ahora soy una tontería? ¿Una pérdida de tiempo?

—No. Solo eres una inconsciente que me oculta información y que miente más que habla. Nada más.

Sus palabras me dañan de verdad. Pero me duelen, sobre todo, porque vienen de él. Nunca nadie me había hablado así, porque nunca di motivos para ello. Siempre fui muy buena y correcta. Y ahora creo que tampoco los he dado. Tal vez, al principio no fui consciente de la gravedad de la situación respecto a mi acosador. Pero ahora creo en todo lo que dice Axel, y necesito que vuelva a hacerse cargo de mí, a protegerme. A confiar en mí. Sin embargo, él se ha cerrado en banda.

Cuando nos despedimos en el hotel de Tenerife, antes de que me atacara Vendetta, sí había confianza en sus ojos, o algo parecido a eso. Parecía que había dado un paso al frente por mí. O eso quería creer.

Ahora no hay nada en su mirada. Solo rencor.

—¿Nada más? ¿No soy nada más? —pregunto con voz temblorosa.

—No.

De acuerdo, pues. Arrugo el papel en mi mano y asiento, sin aceptar su renuncia a mí, encajándola como buenamente sé. Que es fatal.

—Entonces, no hay más que hablar entre nosotros, Axel. Ya está todo aclarado. Gracias por el número de teléfono. —Tengo que resistir. No voy a llorar aún.

—De nada.

—Buenas noches.

Le cierro la puerta en las narices, pero controlo con el rabillo del ojo que Axel se ha quedado inmóvil y estático, como si no se decidiera a ir a su habitación.

Espero a que vuelva a tocar a la puerta y me pida perdón. Pero eso es como esperar a que Henry Cavill vestido de Superman te lleve a dar una vuelta.

Cuando me acuesto en la cama, las lágrimas bañan mi cara. Consigo mantener los hipidos en silencio, pero estoy tan sumida en mi pena que no me doy cuenta de que Ingrid se ha levantado y que, con el antifaz sobre la cabeza, sostiene un vaso de agua delante de mi cara.

—Cálmate, Becca —me pide mientras se sienta sobre el colchón—. No le des ese gusto.

Yo la miro asombrada. Me seco las mejillas con la manga de la camisa del pijama y me incorporo para beber.

—¿Cuánto has oído?

—Lo suficiente para saber quién es Axel y qué le une a Fede. No lo sabía.

—No se lo puedes decir a nadie.

—No te preocupes, soy una tumba —dice haciendo el gesto de sellarse los labios—. ¿Te enrollaste con tu ex? —me pregunta—. ¿En serio?

—No. Él... me besó. Hablamos un rato... y todo se acabó.

—Pues ese beso tuvo que ser de tornillo para que Axel se ponga así. Es un tipo muy territorial.

Me abstengo de responder. No quiero dar importancia a algo que no la tiene.

—Siento haberte despertado, In.

—No seas tonta. No estaba dormida —replica bostezando—. ¿Aceptas un consejo de una mujer que no vale lo suficiente para un aristócrata?

Eso lo dice por Bruno. De repente, tengo ganas de meter a Bruno y a Axel en un campo de concentración.

—¿Cuál?

—No te comas demasiado la cabeza ahora. Axel parece frío, pero es de sangre muy caliente. Y es un pelín controlador. Si ve que le haces caso, se suavizará. Está claro que le gustas —asume estirándose a mi lado.

—A Axel le gustan todas. Ya lo has visto.

—Ay, amiga... Pero no todas le provocan lo que tú. Su ego masculino y alfa se siente traicionado.

—¿Tú también crees que es un macho alfa?

—Por supuesto. Y de los grandes. Pero hay que saber lidiar con ellos. Por ahora tienes que hacerle caso en lo que a tu seguridad se refiere. Todos estamos al tanto de lo sucedido con tu acosador, Becca, y te vigilamos muy de cerca. No queremos que te pase nada malo.

—Gracias. Os lo agradezco, de verdad.

—Como él. Él también está preocupado.

—Él me odia.

Ingrid se ríe y niega con la cabeza.

—Qué va. Solo se siente amenazado y pisando un terreno algo desconocido para él. Meará alrededor, marcará el territorio contigo, y cuando vuelva a confiar en ti, podrás darle de comer de tu mano.

Me asombra la facilidad con la que Ingrid hace símiles de los hombres respecto a los animales.

—Ingrid.

—¿Qué?

—Tú eres demasiada mujer para un aristócrata —le digo con sinceridad.

Ella se encoge de hombros y mira al suelo.

Me da rabia que un pibón como Ingrid vacile en reconocer su valor.

Dice que podré darle de comer de mi mano cuando todo se relaje. El problema es que a Axel nadie puede darle de comer de la mano, o correrá el riesgo de recibir un buen mordisco.

Y un mordisco de los suyos es ponzoñoso. Lo digo por experiencia.

10

 @pocoyoypocotú #eldivandeBecca #Beccarias
Me parto. Yo también tengo una amiga que hace
fujitsus. Si la pagaran por dormir, sería millonaria.

En mi sueño le veo a él.

Vuelvo a notar sus labios sobre los míos, y de nuevo experimento el frío atenazador del agua y de la muerte. Pero son sus manos las que me sacan de mi fatal destino, y es su cuerpo el que me mantiene caliente.

No puedo ver nada. Solo oigo su voz, un eco reverberado y casi ininteligible para mí. Pero sé que es él. Las palabras se entrecortan y distorsionan. Y lo único que puedo escuchar es una súplica desesperada: «Esta vez no. No lo voy a permitir. No me dejes. Quédate conmigo».

El aire entra en mis pulmones y el agua que los atora explota en mi boca como una fuente, permitiendo que el oxígeno fluya, devolviéndome a la vida.

Amanezco con un sabor amargo mezclado con el salado de mis lágrimas nocturnas. No he dormido bien, obvio.

La conversación con Axel me ha afectado, me ha dejado muy tocada. Es en estos momentos cuando me gustaría tener la personalidad de una *femme fatale*, la típica mujer que deja corazones rotos allá por donde va y que hace llorar al más duro y seductor de los hombres. Desearía ser un poco como Carla y Eli, poseer el carácter suficiente como para que todo me resbale.

Pero mi don, mi empatía, nace por la capacidad que tengo de sentir mis propias emociones, conocerlas y saber canalizar e identificar también las de los demás.

Así que no. No soy fuerte, esta es la conclusión; y no puedo ser ajena a esta presión que siento en el pecho, porque me molesta y me duele.

Quiero descubrir lo que siento por Axel, de dónde nace esta obsesión enfermiza, y si tiene cura o no; de lo contrario, seré una desgraciada toda mi vida, porque nunca me había pasado una cosa así. Desconozco estas sensaciones, que son totalmente nuevas para mí.

Después de asearme y arreglarme para el primer día terapéutico con Eugenio, busco el papel que me dio Sauron con el teléfono del cirujano plástico. Lo encuentro sobre la mesita de noche tan arrugado y húmedo como lo dejé. En algún momento de mi depresión vespertina lo confundí con uno de los kleenex, y lo llené, literalmente, de mocos.

Mientras tanto, Ingrid, que ya está arreglada para bajar a desayunar, hace las reservas que le he pedido para las actividades de hoy con mi paciente; yo me adelanto y salgo de la habitación en busca de Axel.

Necesito el teléfono de nuevo —el del papel soy incapaz de leerlo— para contactar con el especialista y hacer mis propias indagaciones. Si fijo un encuentro con este médico para mañana, quedaré más que satisfecha y así podré darle otra alternativa más a Eugenio, que bien la necesita. Sus malformaciones podrían tener cura, solución, y voy a echar mano de todas las opciones a mi alcance para facilitarle la vida y conseguir una terapia eficaz y productiva.

Así que arrastro los pies por el pasillo, a regañadientes por tener que pedirle un favor al vecino borde, y me planto en su puerta, en la habitación que comparte con Bruno.

Me paso los dedos por mi cabellera caótica, que hoy está inestable como mi humor, y golpeo la puerta con los nudillos, con decisión. Espero unos diez segundos hasta que oigo los pasos seguros de Axel. Es un tipo tan soberbio que soy capaz de identificar hasta su modo de caminar.

Abre la puerta con cara de recién levantado, sin camiseta, con su orgulloso tatuaje luciendo impertinente sobre su cadera, y los músculos ondeando como olas superficiales a través de su piel.

De fondo oigo el agua correr. Bruno está en la ducha.

Por Dios, Axel es tan perfecto como sé que es... No voy a dejarme impresionar, porque estoy muy cabreada con su modo de llevar las cosas. Así que lo primero que hago es carraspear para aclararme la garganta y subir mis ojos, perdidos en algún punto entre su plexo y su ombligo, hasta los suyos.

—¿Rebecca? ¿Qué pasa?

Cómo odio que me llame así. Llamar a alguien por el nombre completo siempre es mala señal. Indica distanciamiento y soberano mosqueo.

—Hola, Alexander Gael

Juas. Se indigna visiblemente al oír su nombre entero. Vamos, que no me dejo ni una letra. Donde las dan, las toman.

—Necesito que me des el número de teléfono de tu amigo el cirujano.

—¿Otra vez?

—Sí, otra vez.

—¿Por qué? Te lo di ayer.

—Porque ahora está nadando entre una capa de mocos y ya no puedo descifrarlo.

Él pone esa cara de no entender ni una palabra de lo que le digo, pero se apresura a buscar un papel y un boli.

Esta vez oigo cómo Bruno tira de la cadena del baño y veo que abre la puerta del aseo. Y justo en el momento en que Axel se acerca corriendo a darme el papel, y yo estiro el brazo para cogerlo, Bruno aparece con una toalla sobre la cabeza, dos tetas como dos carretas bamboleándose de este a oeste, y un cuerpo en forma de ánfora que ni Marilyn en sus mejores tiempos.

Es Raquel.

Mi cerebro no ubica nada todavía, se ha quedado en el limbo. Tengo los ojos que se me van a salir de las órbitas, y la boca desencajada; y qué decir de mi mano congelada y suspendida en el aire... Al cabo de unos segundos cae por inercia y por la impresión, como si toda yo me quedara sin fuerzas.

Por la cara de Axel no cruza ni una emoción descifrable. En ese momento parece que esté hecho de acero o granito. De cualquier material que no tenga corazón o empatía, y me cuesta compararlo con el hombre protector que dije anoche que era.

Decía la verdad, el *hijoputation*. La decía. Yo no he sido especial, a pesar de que pensara que habíamos conectado de algún modo.

«Grandísimo, canalla... ¿Por qué me he autoengañado así?»

El ser humano tiene la capacidad de sobreponerse a cualquier situación traumática. Y yo tengo que hacerlo en unos segundos, para no quedar humillada y retratada de por vida, no ante él, ni mucho menos ante Raquel, que ha tenido la vergüenza de cubrirse el cuerpo curvilíneo y aún húmedo de la ducha.

—¿Qué pasa, Axel? ¿Te gustan los tríos? —le pregunto directamente—. Porque dudo mucho que hayáis echado a Bruno de la habitación... ¿No?

Raquel me da igual. Pero a Axel... Lo crujiría in situ.

Axel calla pero no deja de mirarme.

—Bueno, esto... Las habitaciones del hostal estaban vacías por vuestra llegada. Así que le di a Bruno las llaves de la habitación de la buhardilla. Él...

—¿Estoy hablando contigo? —le espeto con una impertinencia indigna de mi educación y de mí, provocada por la irritación que me despierta escuchar sus vanas explicaciones—. Por favor, vístete.

Todavía no sé de dónde saco el temple para juzgarla con mis ojos claros y perdonarle la vida, cuando lo que de verdad me gustaría es darle un cabezazo a lo toro bravo.

Raquel no sabe dónde meterse, así que recoge su ropa y se esconde de nuevo en el baño.

Axel y yo nos quedamos solos. Me siento pequeña, insignificante, como un duende al lado de una elfa de rompe y rasga. Esa chica tiene un cuerpo casi pornográfico. Al lado de ella, el mío es como el de Barbie Tabla de Planchar.

—Lo de la operación de pechos lo decías en serio, visto lo visto. —Y señalo con la cabeza la puerta cerrada tras la que se refugia Pechuwoman—. Doble airbag, ¿eh? —Qué manía con hacer bromas ácidas y malas cuando estoy a punto de romper a llorar.

Él ni siquiera tiene la delicadeza de sentirse mal. Al contrario, me ofrece el teléfono como si yo no acabara de descubrir que ha pasado la noche con otra mujer.

—Te acuestas con tías sin escrúpulos, ¿lo sabías?

—Tú tampoco tuviste muchos con tu ex.

—No ha pensado en tu esposa ni una sola vez. Menuda fresca...

—Soy yo quien debería pensar en ella. Y como no hay una esposa ni una mujer a la que deba fidelidad de ningún tipo, puedo hacer lo que me venga en gana, ¿no crees?

—Tú verás.

—Pareces celosa.

—¿Celosa? No —digo, rotunda—. Estoy decepcionada contigo.

—Entonces, ya sabes cómo me siento respecto a ti.

Cojo aire por la nariz para intentar suavizar la opresión que siento en el corazón, y la bola de congoja que amenaza con ahogarme.

Incrédula, comprendo que lo ha hecho para castigarme. No tuvo suficiente con el sucio polvo que me echó en el Ibis. Quiere darme una lección que jamás pueda olvidar. Y lo ha hecho bien, porque nunca nada me ha dolido tanto como esto. Ni siquiera cuando David me dejó. Son dolores diferentes.

Lo que sentí cuando mi ex me abandonó fue un dolor sordo y constante; día tras día era el mismo, hasta que fue menguando y poco a poco lo superé. En cambio, lo de Axel... En fin, ha sido una maldita explosión mortífera. Una flagelación que me ha dejado herida de muerte.

Agacho la cabeza y miro la punta de mis Moon Boots negras impermeables. Mira que son calientes, pero estoy tan fría que tengo los pies helados.

—De acuerdo. Está bien… —susurro forzando una sonrisa que estoy muy lejos de sentir—. Siento haberte fastidiado el polvo matutino.

—No lo has hecho.

Qué cabrón.

—Pues espero que la hayas disfrutado mucho y que al menos te haya valido la pena.

Axel se pasa la mano por el pelo y busca un jersey que ponerse. Seguramente, el mismo que le quitó ayer noche Raquel, antes de revolcarse con él en la cama.

—Ahora bajo a desayunar, Becca —me dice invitándome a salir de la habitación.

—No te he dicho en ningún momento que me acompañes. Haz lo que te dé la gana. Yo solo venía a por el teléfono —digo meneando el papel entre nosotros—. Ahora que lo he conseguido, me pediré un café abajo y me pondré a trabajar. Dile a Bruno que en una hora le esperamos afuera. Tenemos una actividad de exterior.

—No. Espérame abajo.

Estoy tan decepcionada y me ofende tanto que crea que puede seguir dándome órdenes, que mi paciencia tiene una fuga. Me encaro con él.

—Mira, capullo, no creas ni por un momento que puedes controlarme como quieras. —Sonrío irascible—. Yo desayunaré en la caravana mientras trabajo con mi iPad. Tú haz lo que te dé la gana. Después de esto, nuestra relación…

—Tú y yo no teníamos ninguna relación, Rebecca. Suele pasar cuando traicionas y mientes al otro. —Se pone el jersey negro de lana y cuello alto, con brío y mala leche.

—¿Y ya te sientes satisfecho? ¿Has hecho esto porque

crees que me acosté con David y me la querías devolver? —le increpo levantando la barbilla—. Piensa lo que quieras, Axel. Da igual qué relación tuviéramos tú y yo, o cuál creía que teníamos, porque con lo que acabo de ver, no va a avanzar más.

Axel sigue mudo, mientras se quita el pantalón del pijama.

—Adiós —le digo ante su impasibilidad y momentos antes de que se baje los calzoncillos, porque es tan descarado que lo puede hacer delante de mí sin ningún pudor.

O me voy de esta habitación o empiezo a lanzarle cosas y a soltar sapos y culebras por la boca.

Es hiriente comprobar que aquello que creemos importante, de repente deja de serlo y se convierte en lo más mundano y corriente.

O puede que sea una artimaña defensiva de nuestra mente para protegernos. Sea como sea, me voy a agarrar a ello, a esa convicción de que lo que pude tener con él no era tan mágico como yo creía.

Esta es mi idea cuando salgo de su habitación, con los ojos húmedos y llorosos, y un sollozo atragantado en la garganta.

Ser profesional consiste en mantener una actitud activa y consciente en tu trabajo, a pesar de tener el espíritu por los suelos y el amor propio un poco magullado.

Yo estoy intentando serlo, aunque es muy duro sentirme como me siento, y hacer que no pasa nada. Pero lo voy a conseguir por todas mis #Beccarias. Esas chicas, con muchísimo sentido del humor, que no dejan de animarme por Twitter y de agradecerme la labor que hago para con los demás, que han convertido el primer programa de *El diván de Becca* en el mejor debut de un reality en España. Sí, me entero de todas estas cosas, no porque esté conectada a las redes, que no lo estoy. Pero mis Supremas de Móstoles me informan de todo. Y Fede también, por la cuenta que le trae. Así que saco pecho, porque tengo hazañas de las que sentirme orgullosa.

Yo nunca me liaría con un hombre casado con dos hijos llamados Manolito y Casimiro. Y puede que no tenga demasiado pecho, pero mi corazón es grande y no voy a permitir que nadie me lo destroce, por muy especial que sea para mí y por mucho que me llame la atención, o por muy tonta que me ponga.

A veces las personas nos equivocamos. Y lo más probable es que yo me equivocara con Axel. Además, llevo una lista larga de errores a mis espaldas en poco tiempo, y ya empiezo a acostumbrarme al hecho de que meto la pata más de lo que quisiera.

En fin, he preparado una ruta por toda Cercedilla en quad. Quiero que Eugenio salga al exterior acompañado de gente que no lo juzga. Que se sienta respaldado y protegido dentro de sus posibilidades. Que compruebe y experimente lo que significa estar en la calle sin que a uno lo señalen, sin que la inseguridad que le generan sus malformaciones despierte el miedo al rechazo, eso tan cruel que a los seres humanos se nos da de rechupete mostrar.

Por una parte estoy feliz, porque Axel se siente inquieto y nervioso ante la posibilidad de que yo lleve un quad; ahora mismo me encanta todo lo que pueda provocarle una úlcera de estómago. Lo cierto es que nunca he conducido uno, pero sí he llevado motos, y no puede ser muy diferente una cosa de la otra, ¿no?

Las miradas que me echa rezuman advertencia. Casi puedo leer su mente, que dice: «No hagas tonterías con el quad. Te vas a romper la crisma… ¿Por qué se te ha ocurrido hacer una ruta de montaña aquí, cuando está todo nevado? Me tienes hasta los cojones».

Pero si se cree que voy a tenerle en cuenta a partir de ahora, va listo.

La razón por la que he elegido este medio de transporte es fácil: conlleva realizar una actividad al aire libre, de esas que

Eugenio se niega a practicar. No puedo caminar con mi paciente tranquilamente, porque no podrá soportar las miradas que le echen, aunque estemos nosotros al lado. Y, por encima de todo, lo que necesito es que se familiarice con la sensación de sentirse a salvo en el exterior, sin ser juzgado por su aspecto. Simplemente, quiero que disfrute y que mire a las personas que se crucen en su camino, sin pavor ni vergüenza porque vayan a girarle la cara. El casco le protegerá, pero no le privará de impregnarse de esas sensaciones positivas.

Y para lo que voy a proponerle, necesito que se agarre al sentimiento de libertad que le va a generar este pequeño viaje por la tierra que tanto teme y que no osa pisar.

Hemos llegado a un acuerdo con Cercedillaventura, que es la empresa que nos facilita los quads: ellos organizan rutas por toda la sierra de Guadarrama, y nosotros seguiremos con el monitor su itinerario más largo, que dura todo el día.

Ingrid viajará con Luigi, el guía hiperrubio con pinta de surfero que nos ha tocado. No hace falta ser adivina para darse cuenta de que a Ingrid le encanta. A Bruno parece no gustarle la idea, y más cuando Luigi empieza a coquetear abiertamente con ella. Yo no sé qué se han creído estos hombres, que parecen como el perro del hortelano.

Dos chicos más de la misma agencia llevarán a Axel y a Bruno para que puedan grabar en movimiento con total libertad y así obtener con más comodidad todo tipo de planos.

Yo me encargaré de llevar a Eugenio.

En el manillar de mi quad hay instalada una GoPro orientada a nosotros que grabará todas nuestras expresiones, o al menos las que se puedan ver a través de la visera de los cascos integrales de cross que llevamos.

Eugenio baja ya con el casco puesto para que los guías no le vean. Está tan incómodo con la idea de salir al exterior, que hemos pedido a los guías que sean ellos los que vengan a buscarnos al hotel.

Su trauma es tan pronunciado que relaciona el hecho de salir a la calle con exponerse a situaciones desagradables y, antes de subirse a la moto de cuatro ruedas, empiezan a sudarle las manos y comienza a hiperventilar.

De repente, se saca un botecito pequeño del bolsillo de su plumón negro con capucha y lo mete por debajo del casco, directo en su boca. Presiona dos veces hasta que casi se le empaña la visera.

Me estoy poniendo los guantes cuando le veo, y me planto ante él al comprender lo que le sucede.

—¿Qué es ese espray que te estás echando en la boca?

—Operación rescate, señorita Becca. Son flores de Bach.

—Las conozco. Pero no te las puedes echar como si fuera un inhalador asmático. —Lo miro horrorizada.

—Déjeme, que estoy haciendo esfuerzos por dosificarlo.

Me quedo con la boca abierta. Las flores de Bach dan resultado, y el Rescue Remedy es una buena opción para bajar de golpe un ataque de pánico, pero no se trata de meterte una botella entera en cinco minutos, por Dios.

—¿Te funcionan?

—No lo sé… Las pedí cuando me avisaron de que venía a hacerme terapia.

—¿Es la primera vez que las pruebas?

—Sí.

—¿Sabes que llevan brandy?

—Sí. Pensé que me tranquilizaría. —Hace un gesto de conformidad—. Cuando me dé por gritar y echar a correr, creo que puede irme bien.

Dejo los guantes en el manillar y le cojo del casco con decisión.

—Eugenio, escúchame con atención. No estás solo —le digo levantándole la visera para que pueda oxigenarse. Lo cierto es que cuando ya te has acostumbrado a verlo, su cara no parece tan impactante como al principio. Su nariz es muy grande y tiene la boca pequeña, pero la obertura del labio superior no es tan desagradable como él cree. Tiene ojos de niño asustado; son grandes y perfilados por unas larguísimas pestañas. Puede que sus cejas color caoba sean muy espesas, pero tienen una forma elegante y varonil, nada que ver con el típico pájaro del Partido Popular que algunos tienen por ceja; o sea, que no es unicejo. Algunos de los rizos pelirrojos del flequillo se le han quedado pegados a la frente, y me parece una imagen entrañable. De repente quiero abrazarle, porque sé que nadie lo ha hecho en años, y realmente lo lamento…—. Genio.

Eugenio me mira fijamente, como si acabara de darse cuenta de que estoy delante de él, como si me viera por primera vez.

—Genio… —susurra meciéndose hacia delante y hacia atrás, observando todo lo que le rodea como si fuera una amenaza—. Así me llamaban mis padres —admite, incrédulo.

—¿Y no te gusta que te llame así?

—Sí. Sí, por favor —me pide con humildad, sin dejar de bambolearse.

—Voy a estar contigo todo el rato. Los cascos disponen de un sistema de audio que, cuando considere que es útil para el programa, dejaré abierto para que lo graben las cámaras. Mientras tanto, tú y yo podremos hablar de lo que queramos. Incluso, como es bluetooth, he conectado mi teléfono para que podamos escuchar canciones durante nuestro trayecto. ¿Has hecho esto alguna vez?

—¿El qué?

—Salir a la calle con música.

—No. No salgo a la calle, ya se lo he dicho.

Obvio, Becca. Presta atención, por Dios.

—Bien. Pues es una buena herramienta, Eugenio. Porque la música nos enseña a relajarnos, y según qué vibraciones sedan nuestro cerebro y hacen que segreguemos serotonina y que nos sintamos tranquilos y en paz.

—Me gusta la música —admite prestándome toda la atención que sus nervios le permiten.

—Quiero entender cómo reaccionan tus activadores de la

agorafobia que padeces, para poder localizar cada uno de tus problemas y ayudarte a paliarlos. ¿Crees que puedes explicarme qué es lo que estás sintiendo ahora?

—Ni siquiera lo sé —niega, azorado—. No sé explicar lo que me pasa. Es como si… Como si me fuera a perder en cualquier momento o a desaparecer, a dejar de ser yo… Todo me parece muy grande y vasto para mí. No le sé decir. —Me mira desesperado.

Pero yo sí lo sé. La gente que padece trastornos de pánico —en este caso, agorafobia— se siente desvalida e insegura al salir a la calle. Sufren despersonalización por el estrés que les provoca asomar la cabeza fuera de su caparazón, como si no se sintieran en su propio cuerpo, además de taquicardias, sudoración fría, mareos y bloqueos, entre otros muchos síntomas.

Cuando tu cabeza siente que estás en peligro, segrega mucha adrenalina, te sobreexcita como si te estuviera preparando para una carrera de muchísimos kilómetros. Tu corazón se acelera, sientes opresión en el pecho, las pupilas se dilatan, como ahora las de Eugenio, y el punto álgido de toda esa tensión desencadena los conocidos ataques de pánico o crisis de ansiedad, a pesar de que no haya estímulos externos que los provoque, justo como en este momento con Genio.

El problema es que mi paciente ha sufrido muchos de estos ataques cuando la gente lo señalaba por la calle o se reían de él, y ahora su cabeza relaciona el exterior con el miedo y la desesperación de volver a vivir experiencias parecidas. Incluso sin haberlas vivido todavía, porque aún estamos en su hostal, con las motos, con el casco puesto, y ninguno de nosotros se va a reír de él, el cerebro desencadena las mismas sensaciones, los mismos recuerdos que activan su conciencia. Pero necesito oírle hablar de ello, porque quiero que se escuche y se dé cuenta de que hoy, conmigo, no hay nada que temer.

—¿Te mareas?

—No… Aún no. Pero veo borroso.

—Es por el miedo y el estrés. Es normal.

—Me va a dar algo.

—No. Nadie se muere de un ataque de pánico. A no ser que tenga trescientos de colesterol y las arterías obstruidas —intento bromear sin éxito.

—Me voy a morir.

—No te vas a morir.

—El pecho… Me va a explotar —intenta aguantar sus palpitaciones con la palma de la mano, como si así consiguiera mantener el corazón en su sitio.

—No te va a explotar. Todo lo que experimentas, Eugenio, te lo provoca la ansiedad de salir y el estrés. El pánico provoca reacciones físicas.

Él me mira intentando asimilar mis palabras.

—Llevo sintiendo esto desde hace años, señorita Becca. Y sin motivo, porque… Porque, como ve, aquí no hay nadie que me pueda juzgar.

—Sí hay un motivo. Tienes un trauma. El trauma te ha provocado fobia a salir al exterior y a las personas. El problema es que no has aprendido a controlarlo.

Eugenio se levanta del quad, a punto de perder el control, y me mira con una disculpa.

—Quiero volver adentro. Esto no va a funcionar.

—Ah, muy bien, Genio. —Me pongo las manos en la cintura—. ¿O sea que me has pedido ayuda para luego decirme que esto no va a funcionar y rendirte? No me parece bien.

—Pero usted no lo entiende —refunfuña como un crío.

Me hace gracia que me llame de usted cuando tiene dos años menos que yo.

—Claro que sí. Siéntate ahora mismo en el quad —le ordeno sin inflexiones.

Necesito ser autoritaria con él, porque Eugenio solo ha hecho caso a sus padres en toda su vida, y ellos le hablarían así. Él ha pasado por mucho, pero no es estúpido. También ha utilizado su malformación para sacar provecho y conseguir que no le obligaran a hacer lo que él no quería. Se ha salido con la suya muchas veces. Pero esta vez no puede ser así.

Me mira sorprendido con mi tono, y sonríe. La mueca del labio es casi divertida, nada horrenda ya.

—No se enfade.

—No me enfado. —Le bajo la visera de golpe y pongo cara de determinación—. Pero estoy aquí para ayudarte y tienes que hacerme caso.

—Lo intentaré. No le prometo nada... Pero si me encuentro muy mal, soy capaz de saltar del quad en cualquier momento.

—No vas a saltar. —Alzo una ceja y le muestro un cinturón que nos va a sujetar a los dos—. Si saltas, yo voy contigo, ¿comprendes?

—Usted no está bien, ¿no cree?

Me da risa el modo que tiene de suavizar las palabras. «Usted no está bien» es igual a «Se te ha ido la puta cabeza, Becca».

—Confío en que no vas a hacer nada que nos ponga en peligro a los dos. Así que deja que me siente delante y nos abrochamos esto.

—Confía demasiado, señorita Becca.

—¿Te fías de mí para conducir este cacharro?

—Sí.

Me echo a reír mientras le doy gas al quad.

—Entonces, tú sí que confías demasiado. Y me gusta.

—Si es una broma —contesta, alertado, dándole de nuevo al dispensador en espray de flores de Bach—, no tiene ninguna gracia.

Yo le ignoro.

Tengo una fe ciega en que no hará nada que de verdad ponga en peligro su vida. Porque Eugenio teme a la vida, pero más teme a no vivir más. En sus ojos todavía hay esperanza por revertir su situación. Quiere creer tanto en mí como yo creo en él.

Cuando abrocho nuestro cinturón, coloco las manos sobre el manillar y miro al frente. Bruno nos está grabando desde su quad, sonriendo como un chaval a punto de comenzar una aventura.

—¡Vamos, Eugenio! ¡Ánimo! —Levanta el puño para espolearlo.

Sin embargo, es Axel quien me preocupa. Ha dejado de grabar, se ha bajado de su quad y se ha quedado frente a mí, colocando sus manazas sobre el cuerpo metálico del manillar, como si así fuera a detenerme.

—¿Qué crees que estás haciendo? —me pregunta, visiblemente molesto.

—Mmm… ¿Trabajar?

—No. Deja de hacer locuras.

—Es justo lo que pretendo. Dejar de hacerlas —sentencio dándole a entender que no estamos hablando de la actividad con Eugenio, y sí de haber creído que entre él y yo había algo. Eso sí ha sido una locura.

—Quítate ese cinturón.

Cuando le miro se me aparecen los pechos de Raquel bamboleándose, y siento una rabia insana hacia él. Me apetece pasarle por encima con el quad. ¿Eso sería delito? Si realmente no le hiciera demasiado daño, juro que lo haría. Pero no puedo. Es el mejor jefe de cámara que tengo, por no decir el único.

—O si no ¿qué? —le desafío.

—Te lo quito yo. Os vais a matar.

—Si me tocas, juro que le doy al gas. —Buf. Estoy que trino. No se me va el mal humor del cuerpo, ni tampoco el malestar del chasco que me he llevado con él. Tengo que trabajar con la congoja, pero estoy decidida a sobreponerme. En cambio, si él no me deja en paz, mi autocontrol desaparecerá en menos de lo que canta un gallo—. Y estás sin protección ni airbag, con lo que a ti te gustan…

Tal vez no tenga derecho a exigirle nada: yo no era su novia, él me lo dejó claro. De hecho, no era nada. Pero puedo no ser nada para él y tratarme con respeto, ¿no?

—Becca, no me toques los cojones y quítate eso.

—No puede —interviene Eugenio—. Soy capaz de despeñarme cuando menos se lo espere.

Los ojos de Axel se oscurecen; le gustaría arrancarle la cabeza a Eugenio. Me revienta que tenga esa capacidad de protección y, en cambio, sea un insensible con las mujeres. Ya no con las mujeres; solo conmigo.

Echo un vistazo a Eugenio por encima del hombro y me sorprendo de que haya dicho algo así. No sé si Axel lo ha visto, pero mi paciente acaba de guiñarme un ojo y ahora ha pasado a ser mi cómplice.

Se lo agradezco enormemente, porque mi contundencia pende de un hilo cuando Axel me mira de esa manera.

—Esto forma parte de la terapia, Axel. Tranquilízate. Tú estás aquí para ayudarme a conseguir mis propósitos, ¿verdad?
—Quiero dedicarle mi mirada más determinante, y creo que lo consigo—. Eugenio tiene un largo viaje por delante, y lo vamos a hacer atados. No va a pasar nada.

—No puedes ponerte en peligro así. Es una inconsciencia.
—El verde de sus ojos destella con fuerza.

Cuando se comporta de este modo, estoy convencida de que le importo, pero eso me hace daño, porque me ha demostrado que no soy más que una cláusula, un contrato que cumplir al que también se ha follado, como a Raquel.

—Bueno, protegerme estaba en tu contrato. Eres chico para todo —sentencio, y percibo la ira hervir en mí—. Pues haz eso por lo que se te paga. Encárgate de que no me pase nada. Y ahora, apártate, por favor.

Sus fosas nasales se abren, cogiendo aire con fuerza. No está acostumbrado a que una chica lo ponga en su sitio. Le molesta sobremanera ceder o sentirse obligado a ceder ante mí.

—¿Te apartas o no? —le increpo.

Axel nos dirige una última mirada, pero retrocede en su propósito y se aleja hasta su vehículo, tan crispado que creo que va a explotar. Carga la cámara de mano y asegura con Bruno que el audio bluetooth de los cascos se oiga correctamente.

Yo me bajo la visera de mi casco integral y le sonrío con protervia, sabiendo que aún me ve. Me siento ganadora y sé cuánto le enoja perder.

—¡Luigi! —llamo al guía—. ¡Que empiece la excursión!

11

@avecesteescucho #eldivandeBecca #Beccarias
TDA es sacar el iPhone para ver la hora. Guardarlo.
Y seguir sin saber qué hora es.

No es una excursión cualquiera.

Vamos a estar todo el día fuera, con los quads, durante muchas horas.

El cielo de Cercedilla está completamente blanco, tapado por unas nubes colapsadas por un manto de agua helada que tarde o temprano empezará a caer. El suelo está cubierto de nieve, pero los quads calzan buenas ruedas antideslizantes y preparadas para estas condiciones. Hace mucho frío, el indicador de temperatura del quad señala que estamos a cuatro grados, pero vamos bien equipados. Llevamos ropa para soportar bajas temperaturas, y los pies bien cubiertos con botas tipo descansos, como mis Moon Boots. A veces, cuando las miro, me pregunto si Paula Echevarría llevaría una de estas alguna vez. La respuesta para mí es clara: seguramente, Pau no sea tan hortera como yo.

La sierra de Guadarrama me deja sin palabras. Las condiciones climatológicas de la sierra no permiten que crezcan demasiadas plantas; en cambio, contrarresta esta situación la aparición de pinares, piornos y sobrecogedoras praderas interminables, un paisaje que sin duda invita a la reflexión y a la más pura admiración.

—¿Qué pasa entre el cámara y usted? —Es Eugenio el que

me habla por el intercomunicador interno de nuestros cascos e interrumpe mis pensamientos.

Me quedo tan sorprendida por la pregunta que mi quad derrapa por el camino ascendente que nos lleva a uno de los valles. Observo que el indicador led instalado en el manillar derecho no esté encendido con la luz verde, eso significaría que el audio quedaría registrado en la grabación de la cámara. Bien, está apagado.

—No nos llevamos bien —contesto sorteando el tema de puntillas.

—Ah… Ya. Supongo que no debo meterme en sus asuntos —comenta, dubitativo—, pero yo no me llevaba bien con el que nos venía a traer la leche cuando era muy pequeño. Me subía a los árboles y le lanzaba piedras con mi tirachinas, apuntaba al culo y a la entrepierna.

—¿Hacías eso?

—Sí —admite sin pudor, dándole de nuevo al espray—. Y no creo que la relación entre ustedes dos sea la misma. A pesar de que parece que se lancen chinitas continuamente.

—¿Por qué percibes eso?

—Porque puedo ser un adefesio y un agorafóbico, señorita. Pero mi reclusión me convierte en alguien muy observador y muy paciente. Puedo no interactuar con las personas, pero se aprende mucho de ellas con solo estudiarlas de lejos.

—¿Y qué ves?

—Que los dos están heridos. Se han hecho daño.

—Vaya, Genio…, ¿te has planteado estudiar psicología?

—¿Quiere que se me vaya la cabeza más de lo que ya la tengo?

—No estás ido. —Río—. Solo estás pasando una mala época. Y, al fin y al cabo, todos tenemos miedo. A ti te está tocando enfrentarte a ellos. Eso es todo.

—Como usted diga.

Me gusta sentirlo tranquilo detrás de mí. Estamos en el exterior, en la montaña, y por primera vez no está huyendo. Nuestra charla parece balsámica y lo aleja de sus miedos. Ayuda el hecho de que no nos hayamos encontrado aún con gente.

—Yo no se lo he hecho —replico contestando a su pregunta. No voy a hablarle de lo lagarta que es su empleada, no merece la pena—. El daño, digo… Él cree que sí. Por eso ha decidido comportarse como un necio.

—Es horrible ponerse en las manos de otra persona que no te valora y te trata mal, ¿verdad? Es… complicado ser el débil por estar tan loco por alguien que no te corresponde.

Hay mucho dolor en esas palabras. Y también resignación. Parece que Eugenio ha estado enamorado de alguien que no le hace bien.

—¿Te han roto el corazón? —le pregunto con voz suave. Hay que tratar los temas delicados con mucha más empatía de la que tengo, o de lo contrario Genio podría cerrarse como una ostra.

—Me han roto el corazón muchas veces —contesta con voz apagada—. No hay peor dolor que el mal de amor. Y tengo que convivir con ello desde hace mucho tiempo, viéndolo cara a cara todos los días.

—¿A qué te refieres con viéndolo todos los días? —desacelero un poco, a pesar de que Bruno y Axel me siguen uno por delante y otro por detrás. Sé que les obligo a cambiar el ritmo, pero no me importa. ¿Sabéis esas señoras que hablan por la calle y de repente se paran cuando se dicen cosas importantes, y luego continúan, y van haciendo parones durante todo el trayecto? Pues así estoy haciendo yo, pero con el quad—. No lo entiendo… Si tú no tienes relación con nadie… No tienes vida social de ningún… Un momento, Genio. —Me callo de repente cuando veo la luz roja intermitente. Eso es que Axel quiere hablar conmigo. Abro su intercomunicador y le pregunto—: ¿Qué pasa?

—Eso me pregunto yo. Vas muy lenta. ¿Estáis bien?

—Sí. Estupendamente.

—Llevas activada la línea todo el rato. ¿Por qué no la abres para que vuestras conversaciones se oigan?

—Porque lo que hablamos ahora Genio y yo no le importa a nadie. Cuando conversemos sobre sus fobias, abriré el canal, lo prometo. Mientras tanto, no. Charlie, Tango.

Axel hace un ruidito como si se riera por lo bajo, y me odio porque me gusta ese sonido. Me agrada cómo se ríe. Aunque se ría de mí.

—Es cambio y corto —me corrige.

—Lo que sea. *Adéu* —me despido en catalán y apago nuestros intercomunicadores.

Los ojos negros de mi paciente me miran emocionados a través del casco.

—Gracias.

—¿Por?

—Por preservar mi intimidad... Veo muchos realities sensacionalistas y a menudo no tienen reparos en airear todas las vergüenzas e intimidades de sus protagonistas.

—Mi *diván* no es así. No lo permitiría. Yo respeto a mis pacientes.

—Gracias de nuevo.

Percibo cómo su cuerpo se relaja. Tal vez, en algún momento, barajó la posibilidad de que yo hiciera algo que no le gustara. Pero nunca lo traicionaría así, porque él está confiando en mí.

—De nada.

Entonces decido lanzarle la bomba, la conclusión a la que he llegado después de lo que me ha dicho.

—Es Raquel. La chica de quien estás enamorado es Raquel.

Cuando escucha su nombre, Genio suspira abjurado, sabiendo que no tiene ni una sola posibilidad con Pechuwoman.

—Sí. Me enamoré de ella en cuanto dejó de bajar la mirada cuando hablaba conmigo. Pensé que tal vez, tonto de mí, no sería tan feo para ella, si podía mirarme sin hacer muecas de asco o desprecio, ¿sabe?

—Comprendo.

—Ella está conmigo desde que abrí El Ratatouille. A mi lado. Intentando sacar adelante el hostal.

Esquivo un par de piedras en el camino y continúo volcando toda mi atención en él.

—Es mi mejor amiga.

—¿La consideras una amiga? —pregunto, estupefacta.

—Sí. Hablamos de muchas cosas. Ella dice que me adora, me cuenta todo lo que le pasa, ¿sabe? A veces nos tiramos horas charlando en la cocina mientras preparo los platos para servir. Es tan guapa...

—Así que eres el eterno mejor amigo de Raquel.

—Sí. Soy un pagafantas, ¿cree que no lo sé?

—No he dicho eso.

—No hace falta. Sé cuándo uno se convierte en un dependiente emocional de otra persona, aunque sea consciente de que jamás cruzará la línea que separa la amistad de otra relación más íntima.

Es ahora cuando comprendo que Eugenio no solo tiene una sensibilidad especial para la cocina, también ha leído más de lo que muchos hemos leído en toda nuestra vida. Su existencia de ermitaño le ha prodigado muchas horas de conocimiento, y se nota que está empapado de temas como la psicología transpersonal, entre muchos otros. Supongo que tuvo que leer mucho para comprender lo que le sucedía con sus fobias.

—Y para ti ya es suficiente...

—No, señorita. Pero me basta con que siga a mi lado, sin muecas de animadversión, sin cruzar a la otra acera, escuchando mis consejos. Raquel es la única persona con la que tengo contacto a diario, y su conversación, aunque a veces gire solo en torno a su persona, me parece revitalizante. Es luz para mi oscuridad. Pero aunque quisiera apartarme de ella, no sabría hacerlo. Porque trabaja conmigo y es una excelente jefa de sala y relaciones públicas... La necesito.

—Sí, lo de relaciones públicas no hace ni falta que lo jures...

—¿A qué se refiere?

—A nada. —Aprieto los ojos en un intento por borrar de mi mente la imagen de su desnudez. Solo imaginarme lo que han hecho esos dos me provoca ardores y acidez de estómago. Y lo peor: me destroza el alma.

—Somos el claro caso de la Bella y la Bestia, pero sin un candelabro que hable, ni un cepillo como perro.

—Ni una Bella virgen —espeto, demasiado impulsiva.

Eugenio se ríe de mi broma de mal gusto. Al menos es realista.

—Virgen o no… Yo soy la Bestia.

—No estoy de acuerdo —digo apasionadamente—. Si fuera así, Raquel se quedaría contigo por lo hermoso que eres en muchos aspectos. Pero está claro que no prioriza la belleza interior y sí la exterior. Bella dio más importancia al interior.

—Claro, pero al final el bicho se convirtió en un príncipe rico y guapo. Yo ni soy rico ni seré guapo jamás.

Nos quedamos en silencio. No puedo censurar a Raquel, porque yo haría lo mismo. Axel tiene un magnetismo que te hace creer en ángeles y en demonios, en un canalla que una desea reconvertir en una buena persona. Es normal que todas caigan a sus pies. Y, lamentablemente, entre Eugenio y Axel no hay ningún parecido. Pero ahora, tal y como me siento, si tuviera que decidir entre uno de los dos, me quedaría con el menos cabrón y dañino, y ese es Eugenio. Porque si las mujeres fuéramos más listas, no sufriríamos tanto en manos de tíos como Axel.

—Na-nadie me había dicho nada tan bonito como lo que… Lo que me ha dicho —susurra, emocionado.

Su emoción también me embarga, y siento que se me empañan los ojos. Pobre Genio. Qué injusto ha tenido que ser para él renunciar a una operación por no romper la promesa de sus padres.

—Te mereces muchas cosas buenas —le digo con tono serio y sincero—. Y antes de que me vaya, me aseguraré de que te sientas con el derecho de tenerlas, porque al final todo dependerá de ti. Será tu decisión. Y ahora, disfruta del camino, que no has tenido nunca ocasión de salir del hostal tranquilo.

Observo cómo su nuez sube y baja, en un intento por mantener el llanto a raya. Me mira de reojo y asiente avergonzado.

—Me gusta Malú —dice a bote pronto.

Pero estoy en plena sintonía con él, hemos conectado, y leo muy bien lo que me quiere decir.

—A mí también —admito.

Enciendo mi iPhone que está sobre el soporte del quad, bien anclado, con el GPS activado. Quiero grabar la ruta para un día que vuelva a Cercedilla poder hacerla de nuevo con calma. Busco en mi iPod una canción de Malú, y llego hasta «Guerra Fría».

—Malú, entonces.

Le doy al play y dejamos que las letras de su canción reverberen dentro de nuestros cascos. Sin mediar palabra, cantamos los versos desgarradores de su letra, sabiendo con plena conciencia que en realidad describen a la perfección nuestro estado emocional:

No quiero verte, no me apetece dar buena cara ni disimular.
No quiero verte, no quiero verte.
Estoy cansada, estoy herida, lucho por algo que no tiene
    sentido
y no quiero verte, ya es suficiente.
Y casi sin querer yo me enganché a tu piel
sin darme cuenta entonces de tu lado cruel.
Supongo que no lo quise entender...

Es verdad. Ya no me vale ser un objeto de usar y tirar. Es dañino sentirse infravalorada y tirada a la basura como un kleenex cuando yo di más importancia a lo que teníamos de lo que él le dio. Sé que Eugenio no puede permitirse alejarse de Raquel. Pero yo, o aprendo a ser fuerte, o acabaré abatida.

Así que, entre Axel y yo, guerra fría.

La ruta es larga, pero el objetivo es llegar hasta la Bola del Mundo, porque es ahí donde quiero hacer un ejercicio con Eugenio. Hemos pasado por Siete Picos. Allí hemos comido del picnic que ha preparado Ingrid para todos, y que además incluía café caliente en termo, que ha calentado ipso facto mis dedos entumecidos. Es que esta chica piensa en todo. Y Bruno es memo.

Hora y media después, con los quads de 250 cv que llevamos, hemos llegado a puerto de Cotos, que está tan cubierto de nieve que los postes que indican el camino que lo atraviesa, llamados cotos, apenas se ven. La de cosas que estoy aprendiendo...

En este lugar se encuentra el Club Alpino Español, donde uno puede alquilar material de esquí. Como no es esa la intención, nos hemos dirigido al restaurante Venta-Marcelino, a comer.

Me interesa estudiar el comportamiento de Eugenio fuera de su hostal. No había apenas gente y nadie se ha fijado en él de manera especial, entre otras cosas porque nosotros le estamos haciendo de parche. Ha comido su sopa caliente sumido en sus pensamientos, y, como si lo viera, saboreando los ingredientes de ese caldo de montaña. Creo que no le ha dicho nada en especial, porque cuando algo le gusta, se le iluminan los ojos, como cuando ha escuchado a Malú durante todo el trayecto. Sé que se siente mal e inseguro, porque le veo el sudor fino por debajo de sus rizos pelirrojos. Teme que le dé un ataque de pánico en cualquier momento, y lucha por controlar sus impulsos de levantarse de la mesa e irse. He hablado con él, sabiendo que las cámaras de mano que Axel y Bruno han dejado grabando frente a nuestros platos van a inmortalizar cada momento.

Genio me escucha con paciencia, pero el tic de su pierna revela todo lo que necesito saber.

—Es importante que comprendas, Eugenio, que tú no le temes al exterior y a estar en sitios como este —le digo con un tono afable cuyo objetivo es transmitirle sosiego.

—No es eso lo que siento. Ahora mismo estoy aterrorizado.

—Y estás haciendo unos esfuerzos notables, Genio, por comer con nosotros con tranquilidad. Eso es loable, y dice mucho de tus ganas por mejorar. Pero, como ves, aquí nadie te señala, ni te mira con reprobación. No es este restaurante el que te va a insultar. Sé que tienes una fobia social muy profunda por todo lo que has tenido que aguantar de pequeño, pero no todo el mundo es tan hijo de puta. Hay personas a las que tu aspecto les da igual.

—Y a todos los han matado, porque no hay ni uno en pie.

Me río y niego con la cabeza.

—Te he traído aquí para que comprendas que puedes hacer cosas fuera de tu hostal, y que no debes tener miedo de hacerlas, porque no es el exterior lo que te da pavor; las calles, las montañas, la ciudad, las casas ajenas… no son la amenaza. La única amenaza real que hay en tu cabeza es volver a sentirte como te sentías cuando eras pequeño y los niños crueles se reían de ti. Eso es lo que impide que puedas salir de ese cascarón de autoprotección que te has puesto encima, porque lo viviste tan a menudo que todo te recuerda a esos momentos y todo te conecta con esas emociones, disparando tus niveles de estrés y fobia.

—No solo hay niños crueles, señorita Becca. Los peores son los adultos, la gente que se supone madura —replica mirándome a través de sus pestañas largas y curvadas—. Que aun sabiendo que pueden hacer daño con sus comentarios, los hacen igual.

—Lo sé. No te lo voy a discutir. Pero dime una cosa: si dejas a un lado el terror que sientes por si sufres una crisis de ansiedad aquí mismo, en este lugar, ¿qué ves?

—¿Qué veo? —repite como si no comprendiera la pregunta.

—Sí. Si dejaras a un lado las razones por las que temes y analizas lo que te rodea…, ¿qué ves?

Eugenio frunce el ceño y sus cejas color caoba. Son casi del mismo color que las mías, y se arrugan dibujando un ave sobre sus ojos. Eugenio mueve la cabeza a un lado y al otro, investigando con su mirada inteligente, que completa la escena que está viviendo justo ahora. Después de analizar lo que hay, me contesta:

—Nada. Algunas personas sumidas en sus pensamientos y tomando café, el exterior nevado, y un restaurante calentito donde poder comer más o menos bien y donde el vino no es demasiado bueno, comparado con el del Ratatouille.

—Exacto. —Sonrío abiertamente—. No hay nada más. No pasa nada más. Tú mismo lo has dicho.

Eugenio se me queda mirando, hasta que su ceño se relaja y entonces sus labios dibujan una medio sonrisa. Bebe de su copa de vino, ese que no es demasiado bueno, y vuelve a dejarla sobre el mantel.

—Son trucos de mentalista —susurra para hacerme reír.

Y lo consigue, el condenado.

—Llámalo como quieras —murmuro—. Pero acabas de descubrir que la amenaza no está ahí fuera. —Golpeo su frente con mi dedo índice, y añado—: La amenaza real está aquí dentro.

—¿Y usted va a hacer que desaparezca?

—Lo voy a intentar. Pero necesito que te grabes en la cabeza lo que acabas de descubrir. Como si fuera un mantra, ¿de acuerdo? Cógete el dedo pulgar con los dedos —le pido.

—¿Que me coja el dedo pulgar?

—Sí; el de la mano derecha, por ejemplo. Cógetelo con el resto de los dedos, como si lo quisieras proteger.

Eugenio coloca la mano sobre la mesa y obedece a mi orden.

—Cierra los ojos.

Los cierra, pero abre el izquierdo para interrumpirme:

—¿Va a invocar a alguien?

—Sí, a tu conciencia. Voy a utilizar anclajes contigo.

—¿Qué es eso?

—Son activadores gestuales que en momentos de muchos nervios y ansiedad, si los pones en práctica, te devuelven la paz y la seguridad. Solo tienes que grabarlos en el cerebro para que estos actúen como necesitas. Por ejemplo, un olor, un color, una canción… te pueden hacer sentir bien inmediatamente, no solo porque te gusten, sino porque te llevan a recuerdos muy queridos por ti. Lo que pretendo es que puedas llegar a ese estado emocional de bienestar solo con un movimiento de tu pulgar. Cuando te lo cojas, eso activará tu conciencia, a niveles subconscientes.

—¿Y qué debo hacer?

—Lo que quiero es que cierres los ojos y agarres tu pulgar. —Cuando Eugenio me obedece, prosigo—: Bien. Ahora recuerda este momento, absórbelo. Recuerda nuestra ascensión en quad, admirando los paisajes de los valles nevados, escuchando canciones, cantándolas… ¿Las recuerdas?

—Sí.

—Agarra bien el pulgar —insisto—. Recuerdas el viento helado golpeándonos en la cara y la sensación de libertad. Los árboles copados de nieve, el jabalí que se nos ha cruzado…

—Sí.

—Grábate este momento, Eugenio. El aquí y el ahora. Estás en un restaurante, con gente sentada en diferentes mesas, a muchos kilómetros de tu hostal. Y ¿sabes qué?

—¿Qué?

—Que estás bien. Que no ha pasado nada. Que no ha pasado nada por salir afuera.

Genio asiente y su rostro se relaja. Es ahora cuando sé que está confiando plenamente en mí y que se deja llevar por mis palabras, como si la verdad me perteneciera. Pero no es así, yo no lo sé todo. Solo sé que puedo ayudarle, nada más.

—A partir de hoy, cada vez que hagas el gesto con tu pulgar, tu cabeza te recordará que estás bien, que no pasa nada. Te cogerás el pulgar y algo en ti se relajará. Quiero que repitas en tu casa este ejercicio, y que vayas añadiendo a tu anclaje más recuerdos positivos con los que te sentías bien estando en el exterior. Cuando no te importaba qué dijeran de ti o de tu aspecto. Cuando solo importaba que fueras tú mismo. Nadie más.

Genio mueve su nuez arriba y abajo; sé que está emocionado y quiere pasar con ese gesto todos los malos tragos de estos años. La mente es poderosa. Puede hacerte sentir un dios o un miserable. Pero las personas deberíamos conformarnos con sentirnos bien con nosotros mismos, no creernos ni mejores ni peores, y eso es tan difícil… Con tantos prejuicios uno cree que tiene que ser perfecto para encajar. Y no hace falta encajar en ningún lugar. Solo hay que encajar en nuestro propio corazón.

—Ahora, abre los ojos, Genio. Ya cuentas con tu primer anclaje.

Él asiente y deja caer la cabeza para que ninguno de los que estamos ahí veamos sus lágrimas de emoción.

Cuando levanto la cabeza y dejo de centrarme en él, me doy cuenta de que todos me miran: Ingrid, Bruno, Luigi… Y lo hacen en un silencio lleno de respeto e incredulidad, como si meditaran sobre lo que he dicho, sobre sus propios problemas.

Axel inclina la cabeza a un lado, igual que un animal que quiere entender a un ser humano pero que sabe que habla en otro idioma, y aun así, algo parece comprender.

Odio que haga eso, porque entonces me hace creer que realmente me ve. Que me ve a mí, a Becca, y no a lo que sea que ve cuando me mira. Y eso me descoloca.

Aparto mis ojos azules de los suyos y decido centrarme en mi sopa, que se ha quedado fría.

—Haces magia —susurra Genio por lo bajini.

—No. Nada de eso —contesto agradeciendo sus palabras.

Él y yo sabemos que, por pequeño que sea, ha dado el paso adelante que necesitaba, aunque quedarán muchos más. Y los que dé a partir de ahora marcarán el resultado de toda la terapia.

Durante el resto de la comida me he entretenido observando a Luigi e Ingrid, que han continuado con la tontería pegajosa, rondándose el uno al otro, para desgracia de un taciturno Bruno, que se ha convertido en un controlador más insistente que Axel.

¿Y a Ingrid le ha molestado? Para nada. Se ha movido como pez en el agua con ese nuevo registro suyo.

Axel ha comido en silencio, echándome miraditas furtivas destinadas a desengranar mi cabeza y todo mi ser, que yo me he forzado en ignorar, aunque Eugenio me ha ido avisando de cada una de ellas.

Me siento incómoda con él, y permanentemente ofuscada. Antes, cuando apenas le conocía, todas las células de mi cuerpo pedían a gritos estar cerca de él para descifrar todos los secretos que escondía. Pero después de todo lo que ha pasado, no puedo ser tan tonta de actuar igual, por mucho que mi cuerpo inconsciente lo desee. Porque si lo hago, el perro malo me volverá a morder. Y sus mordiscos hacen mucho daño.

Así que he tomado la decisión de no dirigirle la palabra en todo el día, aunque lo tenga pegado a mí, siguiendo cada paso que doy, fingiendo estar preocupado por mi seguridad.

Es mejor marcar distancias; cuanto antes, mejor.

A casi dos mil doscientos metros se encuentra la montaña de la Bola del Mundo. Hemos ido hasta ella después de salir del restaurante. Tenemos que darnos prisa porque quiero ver el atardecer y que Eugenio disfrute de esa estampa desde un emplazamiento único.

Accedemos a la cima a través del puerto de Navacerrada. Lo más característico de esta montaña son sus antenas que emiten señales de radio y televisión y que se ven desde muchos puntos de la sierra. ¿Lo más especial? La puesta de sol que vamos a contemplar. Lo sé porque lo pone en un foro de internet.

Axel acaba de preparar la cámara y se la carga al hombro, colocándose justo donde Eugenio y yo estamos de pie. En la cima. A mi espalda se visualizan las antenas enormes que se asemejan a una fortaleza metálica salida de una película de ciencia ficción. A nuestros pies queda el precipicio de considerable altura, y un más que hermoso horizonte barnizado de nieve, con pálidas praderas y valles sinuosos cubiertos de nubes. El sol con sus rayos las atraviesa, jugando a ocultarse, mientras sigue su camino de vuelta a casa, a dormir. Porque hoy para él ha acabado el día.

—Cuando quieras, empiezo a grabar —me avisa Axel.

—Puedes empezar ya —contesto, y me recoloco el gorro sobre la cabeza.

Eugenio observa maravillado el lugar en el que está. Sin duda, hacía muchísimo que no veía nada parecido, sin contar los documentales de televisión o internet. Sé que está muy enganchado a la red y que eso lo ha convertido en alguien con muchos conocimientos informáticos. Sin embargo, no se puede ni se debe vivir la vida a través de una pantalla. Tienes que salir al exterior a vivirla.

Observo su perfil, y del cariño que le he cogido ni siquiera me parece feo, y eso que tengo el perfil del labio leporino de cara. Genio se ha quedado contemplativo. Desvío mis ojos a su mano y advierto que se sujeta el pulgar. Sonrío para mis adentros porque sé que está haciendo un nuevo anclaje. Quiere recordar la sensación de estar en una cima del mundo, tranquilo, sin juicios abiertos, bañado de la belleza de la naturaleza.

—¿Qué hago aquí?

No sé si es una pregunta para mí o se la está haciendo a sí mismo. Aun así, respondo.

—¿Sabes por qué llaman a este lugar la «Bola del Mundo»?

—No.

—Porque estas antenas repetían una señal de televisión y radio muy antigua, de 1959, cuando solo existía un canal, cuya imagen era un globo terráqueo. Y del centro de España salían unas antenas que parecían cohetes y emitían ondas circulares. Estamos delante de unas instalaciones que conectaban al mundo, que hacían que estuviéramos informados.

—¿Qué tiene que ver eso conmigo? —Su gesto demuestra que está un poco perdido.

—Quiero que te dejes ir, Eugenio. Quiero que mires al abismo, a ese pálido horizonte que parece un lienzo por pintar, y que escribas en él lo que deseas para ti. ¡Quiero que lo grites en la cima de la Bola del Mundo! —exclamo abriendo los brazos para espolearle—. Y que estas antenas se encarguen de transmitirlo a los demás.

—Está hablando metafóricamente, supongo —dice mientras me mira como si tuviera ocho cabezas.

—Supones bien. —Le sonrío—. Es un ejercicio de liberación y reconocimiento que te será útil. Basta de represión y de ocultamiento, Eugenio. ¿Qué te gustaría ser? ¿Qué quieres cambiar de ti?

—Lo que quiero no es factible, señorita Becca. No mientras siga con esta cara. —Su respuesta no lleva un ápice de inquina, sino una total aceptación de su realidad—. Necesito dinero para operarme, dinero que no tengo. Y no lo voy a poder conseguir porque mis proyectos incluyen que yo salga a la palestra, que me muestre, y así… —se frota la nariz roja como un tomate por el frío— es imposible.

—No hay nada imposible. No estamos aquí para gritar que no puedes hacerlo. Estoy aquí porque creo que puedes. Y quiero que tú también confíes en ti. Además, si deseas que tus sueños se cumplan, tendrás que gritárselo a los demás.

Eugenio pone los ojos en blanco, con esa cara de «¿Me lo dices o me lo cuentas?».

—Ven, súbete aquí. —Tiro de él hasta colocarlo en la parte más alta de esa cima, un montón de nieve que Axel y Bruno han acumulado a modo de tarima.

—Suba conmigo —me pide tirándome del brazo.

—No, no… Yo no…

—¿Cómo que no? Me va a hacer gritar aquí como un tonto, y no tengo intención de hacerlo yo solo. Además de fobia social y miedo a salir a la calle, también tengo mucha vergüenza. —Sonríe disculpándose.

—A mí no me importa gritar —aclaro arqueando las cejas—. De hecho, tengo muchas ganas.

—Pues adelante.

Asiento. Cojo aire, y sabiendo que Axel está pendiente de mí y de que no me caiga ladera abajo, empiezo a gritar:

—¡Quiero que Eugenio salga adelante! —Coloco mis manos abiertas alrededor de la boca, a modo de altavoz—. ¡Quiero que vea que es hermoso por fuera y por dentro! ¡Que comprenda que nadie es mejor por ser más atractivo si tiene el alma podrida! ¡Que nadie es más rico por tener más dinero! ¡Quiero que sepa que tiene derecho a ser feliz! —Esto me encanta. Gritar, desinhibirme, desahogarme. Oigo mi voz hacer eco contra las montañas nevadas, y me imagino que cada palabra que digo es un puño directo al estómago de todos los que han prohibido a este hombre ser feliz, de todos los que menguaron su autoestima—. ¡Que hace magia con la comida! ¡Que sus platos están llenos de amor! ¡Y que… cuando permita que los demás le vean y le descubran, sin miedos, sin máscaras…, todos se enamoren de él, como nos ha ocurrido a los que tenemos el privilegio de conocerle!

Es agotador esto de gritar a pleno pulmón. Cuando acabo, respiro con fuerza y me pongo frente a Eugenio. Sé que debo de tener cara de loca y las mejillas rojas por el esfuerzo, pero la expresión de mi paciente bien vale esas puestas en escena. En su rostro se refleja una inmensa gratitud, teñida de aprecio sincero y humilde, y un abierto reconocimiento a mi esfuerzo, a que alguien haya hablado así por él, por primera vez.

—Joder… —susurra, compungido.

—Venga, Genio… Es tu turno —le digo bajándome del montículo de nieve improvisado para cedérselo por completo—. Comunica al mundo quién eres y lo que quieres.

Él se relame los labios, el del inferior tembloroso por la emoción.

—¿De verdad piensa todo eso de mí?

—No lo dudes ni por un segundo —contesto absolutamente convencida.

Mira al frente con los ojos de un niño al que robaron sus ilusiones, pero que se mantiene puro e inocente a pesar de todo y de todos. Por debajo del gorro de lana que lleva le asoman los rizos rojos, como destellos de valentía que él no sabe que posee.

Pero yo sí veo esa bravura en mi paciente; veo que, a pesar del miedo, quiere continuar luchando.

En el horizonte se aparcan sus monstruos, esas fobias que se asoman como dragones invencibles, y que solo él tiene la capacidad de vencer. Y lo hará, como san Jordi hizo con su dragón. Lo hará, como que me llamo Becca.

—Yo quiero… Quiero…

—¡Más fuerte, Eugenio! ¡Venga, tío! ¡Más fuerte! —lo anima Axel.

Me giro hacia él, asombrada por esa exclamación, por lo verdadera que ha sonado. Axel se oculta detrás de la cámara, de un objetivo que le muestra la vida tal cual es, con sus luces y sus sombras. Graba lo que hay al otro lado, ni más ni menos.

Es una pena que no utilice el mismo objetivo para todo.

Me devuelve la mirada de reojo, pero solo dura una milésima de segundo. El tiempo suficiente para que me dé cuenta del brillo de emoción que fulgura en esos ojazos verdes de fantasía.

—Quiero… Quiero dejar de tener miedo… —prosigue Eugenio, inmóvil, mirando al infinito, con los puños apretados.

—¡No te oigo, Genio! ¡Grita! —le insisto.

En ese momento, Eugenio coge impulso, con un ímpetu valeroso y lleno de la energía que tiene escondida y reprimida.

—¡Quiero dejar de tener miedo! —exclama con todas sus fuerzas—. ¡Quiero… Quiero dejar de llorar por las mañanas! ¡Quiero salir a la calle como hoy y disfrutar! ¡Quiero mirarme al espejo y no odiarme por ser como soy! ¡Quiero decirles a mis padres que… que me gustaría operarme, y que siento si eso les decepciona! ¡Quiero dejar de temer a la operación, y dejar de pensar que si lo hago, seré un mal hijo o un mal judío por ello! ¡Que no es fácil vivir así! ¡Me dejaron muy solo cuando se fueron! —Su voz se rompe y se tiñe de lágrimas, pero continúa—: ¡Quiero decirles que intento día a día levantarme con ganas de trabajar, de sacar el hostal adelante, y que por eso lucho! ¡Quiero… Quiero ser un buen chef reconocido, que las personas vengan a disfrutar de mi cocina y que El Ratatouille gane una estrella Michelin! ¡Y quiero… Quiero que una chica se enamore de lo que soy, no de cómo soy! ¡Yo quiero…! ¡Yo quiero…! ¡Quiero tener el derecho a ser feliz y libre, como todos los demás!

Al acabar, Eugenio se detiene y, por primera vez, veo que deja de estar tenso. Acaba de expulsar tantos miedos escondidos con esos deseos a voz en grito, que ahora parece otra persona, alguien liviano.

He detectado amor hacia sus padres, pero también un cierto reproche por no haber pensado en él y en lo difícil que le resultaría aceptar que siempre tendría esa malformación. Teme operarse, pero teme aún más no poder hacerlo y convivir con esos defectos físicos el resto de su vida.

Hay ambición en sus deseos: quiere ser un chef reconocido, y merece serlo, porque de verdad que sus platos tocan el alma. Son impresionantes. Y sí, también hay rencor hacia los demás porque ellos viven una vida plena, y él no.

Está claro que voy a recuperar a Eugenio. Así va a ser, porque quiere pelear, y me lo acaba de demostrar. No quiere seguir encerrado. Sin embargo, todo esto no servirá de nada, se encerrará de nuevo, si sale al exterior pensando que los demás lo aceptarán como nosotros. Lamentablemente, no va a ser así, porque la maldad es una realidad en nuestra sociedad. Y sé que no lo va a soportar, no soportará más malos tratos ni más insultos. Podría sobrellevarlos si él se aceptara, pero él no se soporta a sí mismo, ya no aguanta el reflejo que le devuelve el espejo, y eso sí que es duro. Por eso quiero darle la opción que no puede tener.

No sin antes ir a un último lugar. Para dar el paso definitivo, aún le queda lo más importante.

—Eugenio… —le susurro tirando de su plumón.

Cuando se da la vuelta, su cara brilla por las lágrimas que no cesan de rodar por sus mejillas. Corriendo, me abraza con fuerza y entierra esa cara fea y adorable en mi hombro.

—Tranquilo, Genio… Lo has hecho muy bien.

A mi espalda escucho cómo Axel, que ha grabado ese abrazo, apaga el foco de la cámara con cuidado y me permite que tenga un momento de intimidad con mi paciente.

Me sorprende su sensibilidad. Pero la agradezco.

Es justo lo que Genio necesita ahora, permanecer en silencio sobre la cima del mundo, con el cielo naranja y rosa por el reflejo de los rayos en el agua de la nieve, y el abrazo de una persona.

—Si me agarro los dos pulgares, ¿este anclaje será el más fuerte? —me pregunta con voz entrecortada—. Ojalá pudiera sentirme siempre así.

Yo me muero de la ternura por el larguirucho con cara de Dobby. Asiento y le froto la espalda. Hace tanto que nadie lo tocaba, que va a elegir ese recuerdo como uno de sus pensamientos positivos favoritos, y me alegra estar en un pensamiento feliz de alguien tan especial y con tanto talento.

Nos quedamos un rato más abrazados, antes de recomponernos y volver a coger los quads.

12

Al ritmo de «Deshazte de mí» de Malú, la diva cuya música se
ha convertido en la banda sonora de las nieves, descendemos
la Bola del Mundo para dirigirnos a nuestro último destino: el
monasterio de El Paular.

Ya ha anochecido, y las temperaturas han disminuido notablemente. Menos mal que los quads tienen luces delanteras potentes que alumbran bien los caminos que hay que seguir en
zona de montaña.

Cuando llegamos a la edificación cartuja, en Rascafría, nos
detenemos para admirar su esplendor.

Luigi se ha encargado de contarnos la historia del lugar.
Desde 1954 pasó de ser un monasterio cartujo a una abadía benedictina. Consta de monasterio, iglesia y palacio para el disfrute de los reyes de entonces, como Isabel la Católica, y en él
trabajaron muchos maestros arquitectónicos de la época. Guarda en su interior numerosas obras de arte, y su arquitectura es
una obra de arte en sí.

Yo no soy historiadora ni sé de arte, pero no hace falta ser
una experta para reconocer que la abadía y su entorno recuerdan a las leyendas artúricas, y que posee tanta magia como uno
le quiera añadir. Yo le añado mucha.

Lo cierto es que a estas horas estamos todos un poco entumecidos por el frío, pero el trayecto, la aventura y los resultados con Eugenio han valido la pena. He llegado a la raíz del problema. Sí, es cierto que mi paciente tiene muchas fobias severas, pero hay una que lo desencadena todo. Se siente mal por necesitar un cambio de aspecto. La estricta religión de sus padres respecto a la cirugía y la vanidad han arraigado con fuerza en sus credos, y mantienen una lucha constante con sus deseos. La culpabilidad por decepcionar a sus padres con sus anhelos provoca que se sienta mal, y despierta su ansiedad y sus fobias. Al mismo tiempo, el miedo a ser permanentemente señalado y rechazado le provoca serios trastornos. Así que se encuentra en un círculo vicioso, un pez que se muerde la cola y que solo tiene una salida.

Hay dos caminos que llevan a la abadía: uno es el que hemos seguido nosotros, y el otro es el Puente del Perdón.

Consulto mi reloj y controlo el tiempo de que dispongo. Pido a todos mis acompañantes que apaguen los faros de los quads y me quedo en silencio, mirando el puente construido sobre el río Lozoya, ahora congelado.

—¿Puedo grabarte explicándome qué hacemos aquí? —me pregunta Axel.

Yo le miro por encima del hombro. Está muy cerca; tanto, que me viene su olor a la nariz.

—Sí. Pero espera un momento.

Busco a Ingrid y la llamo para que traiga la bolsa y prepare a Eugenio.

—¿Para qué es esa bolsa?

—Axel, preguntas fuera de cámara, no —zanjo rápidamente su curiosidad porque no quiero hablar con él a no ser que tenga que ver con el trabajo.

Axel controla a Ingrid y la observa mientras la maquilladora habla con mi paciente. Quiere saber qué va a pasar ahora. Es un día de emociones fuertes para todos. Lo de Eugenio ha afectado y, al mismo tiempo, emocionado a todo el equipo, y queremos ver hasta qué punto puede evolucionar, y cómo va a acabar el día.

—¿Puedo grabar ya a la señorita? —insiste Axel, un poco irritado.

—Claro. —Me peino los rizos como puedo, que es casi nada, y más cuando están húmedos y mis dedos están fríos a pesar de llevar guantes—. Venga.

Axel da un paso adelante y recoloca mi gorro con un tirón hacia abajo.

—¿Por qué has hecho eso?

—Porque llevas el gorro como si fuera un condón con la punta hueca.

—¿Te han dicho alguna vez que eres más basto que la Veneno sin maquillar?

No contesta. Da un paso hacia atrás y enciende el foco de golpe, sin avisar, lo que provoca que me quede parcialmente cegada.

Cretino.

—Habla —me ordena.

«Becca, sé profesional. No le escupas. Sé profesional.»

—Esta es la última terapia de hoy para Eugenio —explico mirando a cámara, ignorando la mancha negra que flota ante mí—. Estamos delante del Puente del Perdón. Cuenta la leyenda que cerca de aquí había un cadalso donde ladrones, asesinos y demás eran ajusticiados. Caminaban por el puente sabiendo que al otro lado perderían la cabeza. No obstante, si por algún motivo los indultaban, se lo decían sobre el puente, y podían dar media vuelta e irse. Por eso lo llaman el Puente del Perdón. Las fobias, los miedos, los traumas tienen razones externas o internas, y muchas nacen de nuestra imposibilidad de perdonar nuestros pensamientos, sobre todo cuando son destructivos. Eugenio tiene una labor importante que hacer aquí. Una prueba definitiva, un puente que debe cruzar. Pero no lo hará solo. Va a pasar algo maravilloso esta noche —concluyo, cada vez más emocionada.

Con esta introducción es suficiente, no quiero desvelar más de la cuenta.

Axel me anima con la mano a que prosiga, pero niego con la cabeza.

—¿No vas a hablar más?

—No. No quiero adelantar nada. Tú solo encárgate de grabar.

Axel apaga el foco y lo baja de su hombro.

—Espero que no sea ninguna locura de las tuyas, Becca. Se acerca un temporal —dice señalando el cielo—, la temperatura cada vez es más baja… No quiero sorpresas.

—Axel, no me toques las palmas, que me conozco. Déjame hacer mi trabajo, que yo no me meto en el tuyo. Quiero que prepares las cámaras para que graben de lado a lado el puente —le ordeno—. No debéis perder detalle de lo que va a suceder. Y quiero a Bruno conmigo.

—¿A Bruno?

—Sí. Él lo hará bien. Yo me siento más relajada, y necesito que Eugenio sienta que estoy tranquila.

—No me jodas, Becca.

—No. Yo no hago eso.

Él y yo mantenemos una batalla titánica de miradas e intenciones. Hasta que cede.

—Espero no llevarme ninguna sorpresa ni tener que intervenir para sacaros de algún lío.

—Axel —acaricio mi barbilla con el índice—, ¿has desayunado All Bran?

Él entorna sus ojos claros. Con ese gorro negro de militar, sus ojos verdes resaltan aún más en su rostro. Se da media vuelta y me deja ahí, con mi sonrisa victoriosa, que oculta un grandísimo mosqueo con él.

Nadie sabe lo que va a pasar. Ingrid y yo, sí.

Por eso corro a reunirme con ella y con Eugenio, porque no solo se tiene que preparar mi paciente. Yo también me prepararé con él.

Cuando acabo de colocarme bien las mallas, me reincorporo y me topo con la mirada asustada y curiosa de Genio, que lleva la misma ropa que yo: gorro y tapabocas térmico —su cara está parcialmente cubierta, igual que la mía—, además de las mallas, la camiseta, el chaleco térmico, el polar, los guantes y el calzado de trekking.

He citado a Bruno detrás del monasterio. Quiero alejarme con Eugenio y caminar un poco con él, lejos del puente.

—¿Me puede explicar qué hacemos vestidos así?

—Pues verás. —Lo detengo y le pongo una luz frontal en la cabeza, además de ponerme la mía—. Esta misma noche van a rodearte más de ochocientas personas, justo aquí.

—¿Cómo dices?

—Sí. ¿No es maravilloso? —Tiro de él para que ascendamos una cuesta que nos distancie un poco más de la abadía.

—¿No nos estamos alejando demasiado? —pregunta Bruno sin dejar de grabar.

—No. Será un momento —respondo, y cojo a Eugenio de la mano.

—¿Qué parte de «tengo fobia social» no ha entendido? —insinúa a punto de tener un ataque de nervios.

—Mira, mis terapias son de choque, Eugenio. He podido desbloquearte un poco estando a solas, con un grupo reducido de personas con las que no te sientes amenazado. Y ha estado muy bien. Pero ahora quiero que des el último paso.

—Pero ¿qué paso? —Me mira como si acabase de salir del loquero.

—Quiero que corras conmigo, y con todos los demás, un tramo de la Carrera de las Luces. Una carrera nocturna que excepcionalmente ha organizado el Corte Inglés en esta época.

—¿Me toma el pelo? ¿Correr? ¿Yo? ¿Con gente? Ni hablar. —Quiere darse media vuelta, pero yo lo retengo.

—Sí. Correr. Tú.

De repente, los tres nos quedamos en silencio porque empezamos a escuchar los pasos acelerados y ágiles de los atletas que empiezan a encabezar la carrera de Cercedilla.

Miramos hacia atrás y contemplamos cómo el final del camino, en el horizonte, se ilumina con luces de diferentes tonalidades.

—No… No está bien esto —balbucea Genio—. Van a verme…

—Claro. El ejercicio consiste en que te vean y tú les veas. Llevas un tapabocas, nadie se va a quedar observándote. Se trata de correr junto a los demás y experimentar el hecho de estar rodeado de personas sin que nada malo pase.

—¿Correrá usted conmigo?

—Al principio, sí. Pero después tendrás que hacer el resto del tramo tú solo. Quiero que cruces el Puente del Perdón por tus propios medios. Y quiero que pienses en toda esa gente que corre contigo. Tal vez, algunas de esas personas hayan ido a tu hostal; tal vez, entre ellos esté uno de esos niños que te insultaron…

—No, por Dios. No me diga eso.

—Tranquilízate. Solo quiero que te impregnes del ambiente, de las luces, de la sensación de hacer una actividad en compañía de mucha más gente. Y quiero que hagas algo más mientras cruzas el puente.

—¿El qué?

—Quiero que les perdones. Que les perdones por lo que te han hecho, desde el primero que te insultó hasta el último que se burló de ti. Necesito que los redimas; de lo contrario, el siguiente paso que afrontemos lo haremos desde la rabia y la venganza, y no funcionará.

—Pero, señorita Becca…

—Genio —lo interrumpo levantando la mano—. No me cuentes milongas. Tienes un montón de compasión en ti. Si eres capaz de cocinar para desconocidos con tantísimo amor, también eres capaz de perdonarles por lo que te hicieron sufrir. Cuando cruces ese puente, quiero que pienses en tus padres y quiero que les perdones.

194

—¿Por qué? Ellos siempre me quisieron —replica sin comprender.

—Porque lo necesitas. Porque sé que te sientes así. Perdónales por obligarte a vivir como ellos creyeron que sería lo correcto, sin valorar si era lo mejor para tu bienestar.

Genio se frota la cara consternado por mis palabras, sintiéndose descubierto.

—¿Cómo sabe usted...?

—Soy mentalista, ¿recuerdas? —Sonrío al ver que por fin se vuelve accesible.

—No, no es mentalista. Es bruja.

—Eso también. Y ahora en serio. Se acerca la gente, el grupo de cabeza. —Los reflejos de las luces frontales de los corredores nos alumbran—. Empezaré a correr contigo hasta la mitad del trayecto, el resto lo harás solo. Necesito que los perdones a todos. —Le tomo de la nariz para reactivar su atención—. Busca en ti y perdona, porque también tienes que perdonarte a ti mismo.

—¿A *bí bisbo*?

—Sí. Por odiarte, por ser demasiado duro contigo, por sentir asco por tu propio reflejo en el espejo... La vida no es fácil para nadie, Genio. Ya lo sabes. Pero podemos elegir ponerle al mal tiempo buena cara, no con los ojos, sino con el corazón. Ha llegado el momento de que encares lo que te pasa. Mézclate con todas esas personas que tanto miedo te dan, y ponte a correr y a perseguir tus sueños.

Le suelto la nariz, entonces coge aire y el pecho se le infla.

—¡Venga! ¡Ya vienen! —Lo empujo y miro a Bruno—. ¡Empieza a grabar, Bruno!

—¡Estoy grabando desde hace media hora! —grita el segundo cámara corriendo detrás de nosotros—. Me cago en la puta, que yo no llevo calzado para correr... Esto no le va a gustar nada a Axel... ¡Becca, por Dios, no se te ocurra resbalarte!

Genio corre que se las pela, el tío. Y yo voy detrás de él, riendo como una desatada de la vida, por los nervios de que esa masa de personas con el cuerpo lleno de luces me alcance. Es como si nos persiguiera la Navidad, y corremos tan rápido como podemos. Deben de ser profesionales, porque aprietan como si les fuera la vida en ello.

—¡Nos van a arrollar! —grita Eugenio cogiéndome de la mano para tirar de mí—. ¡Corra!

Yo dejo ir una carcajada, y él se ríe cuando me ve.

—¡No te rías, maldita Galadriel tarada!

—¡¿Me estás tuteando?!

—¡Van a pasar por encima de nosotros como una estampida de toros detrás de una vaca! ¡Y tú te ríes!

—¡Deberías verte la cara, es muy cómica!

—¡Claro! ¡Como no me la veo todos los días!

Casi no puedo hablar de la risa.

—¡Déjate llevar, Genio! ¡No va a pasar nada! ¡Mira!

Por nuestro lado pasan corredores de todas las edades, hombres y mujeres muy abrigados, a una velocidad mucho más alta que la nuestra. El vaho de sus alientos los rodea. Sentimos el frío helado a nuestro alrededor y el viento que provocan sus cuerpos al pasarnos de largo. Hay tantas luces, de tantos colores… Y todas parecen que floten hasta el Puente del Perdón como espíritus flotantes, creando una estampa mágica y sugestiva que casi te obliga a detenerte y mirar.

Y estamos corriendo con ellos. Eugenio está corriendo, estupefacto por el simple hecho de hacerlo y por el resultado. Sigue vivo. No le ha pasado nada.

—Quedan pocos metros para alcanzar el puente —le digo, y justo entonces me suelto de su mano, ralentizando el paso—. Lo que queda, debes hacerlo solo. —Muevo la mano para que continúe.

—Estoy a punto de morir asfixiado. —Rezuma como un animal y apoya las manos sobre sus rodillas—. Yo no he corrido en mi vida…

—Tienes que cruzar el puente —le recuerdo.

—Crúzalo conmigo —me pide—. Hay mucha gente ahí.

—Te seguiré de cerca, pero tienes que estar solo. ¡Ánimo, tú puedes! —Levanto el puño en un intento por transmitirle confianza—. Mañana tu vida puede empezar a cambiar, Genio. Pero no lo hará si antes no te perdonas. ¡Cruza el maldito puente!

Eugenio me mira a mí y al puente alternativamente, como si uno de los dos fuera la elección correcta. Sabe cuál es la buena, y estoy convencida de que quiere esa nueva vida de la que le hablo. Hay que ser valiente para ir a buscarla. Y sé que este hombre lo es. Por eso no me sorprendo cuando empieza a correr con gran determinación, sin ocultar tampoco su miedo, pero aceptándolo con honestidad. No se va a morir por estar rodeado de personas, se siente seguro con el tapabocas, y es una experiencia única participar en la Carrera de las Luces.

Cuando veo a Eugenio cruzar esa vieja construcción que cruza el río, me maravillo de la ligereza con que lo hace. Y, pasmada, me doy cuenta de que se ha detenido en la mitad, ha abierto los brazos, ha cerrado los ojos y dejado caer el cuello hacia atrás, para sentir cómo la gente pasa por su lado a toda velocidad y cómo él no sufre ninguna consecuencia.

Pero no se detiene solo por eso. Lo hace porque tiene mucho que perdonarse y perdonar.

Es entonces cuando, en su media sonrisa de asombro, descubro que la luz interior de Eugenio es tan intensa que apabulla las leds artificiales del resto de los corredores.

Quiero ir corriendo hasta él, pero cambio de idea porque ese es su momento y no voy a interrumpirle. Estará ahí mucho rato, hasta que pase el último participante. Así que me detengo en el puente, sin cruzarlo, para contemplar su dicha.

Lo va a conseguir. Va a tener su nueva vida. Y yo le ayudaré a que sea así.

Habrán pasado unas cien personas, guardando una distancia prudencial las unas de las otras, cuando de repente siento que me empujan desde atrás y una nueva avalancha de corredores me engulle literalmente.

Son los perseguidores del grupo de cabeza.

13

 @mamasoloensueños #eldivandeBecca #Beccarias
Becca, mi marido tiene fobia a ser padre. Le pregunto
si le gustan los niños, y me contesta: Ah, qué monos
son los niños. De otros. Muy de lejos. En foto.
De carné.

Dios, esto es indescriptible.

Puede que haya pasado un cuarto de hora intentando levantarme sin éxito. Me están pasando zapatillas con leds intermitentes por encima de la cabeza, como si fuera un aquelarre de niños de cinco años desesperados por encontrar una Bola de Dragón. Me he hecho un ovillo para protegerme, porque es lo mejor que puedo hacer. Me sortean como si fuera un obstáculo. Alguno no es muy hábil, se tropieza con mi trasero y se cae delante de mí. Es una mujer.

—¿Qué coño haces en el suelo? —me pregunta—. ¡Corre! ¡Levántate!

—¡Intento levantarme, mamarracha! —le grito, ofendida. A ver si se cree que me encanta hacer de piedra en el camino.

Por un momento sufro por mi vida, hasta que alguien, después de no sé cuánto tiempo, me levanta de golpe, por las axilas, como si fuera un peso pluma. Menos mal, alguien bueno y que no le hierve la sangre por la competición.

Me he hecho un rasguño en la rodilla y en la palma de la mano sana, que me escuece horrores. Vaya plan. Qué torpeza la mía. ¿Es que la gente no mira por dónde va?

Cuando mi buen samaritano me da la vuelta, descubro que

es Axel, con esos ojos de «haz el favor de meterte en una habitación y no salir de ahí».

Sí. Él otra vez. Mi salvador barra torturador.

Me estudia de arriba abajo con ojos de médico y niega con la cabeza.

—¡Becca! ¿Estás bien?

—Sí. Solo me han pasado un poco por encima. Nada más.

—Tú en tu línea, ¿eh?

—Sí, claro. Ahora me dirás que es mi culpa que los demás vayan tan desesperados por ganar que no les importe atropellar a quien sea para conseguirlo.

Es sorprendente, porque resulta que a Axel todo el mundo lo rodea y lo esquiva, como si leyeran en su lenguaje corporal que es mejor dejarlo tranquilo.

No como a mí, que todo Dios me avasalla.

—Tienes la culpa de muchas cosas, Becca —gruñe, tremendamente colérico—. ¿Y tu gorro?

—¿Mi gorro? —Me llevo las manos a la cabeza y me noto los rizos con el triple de volumen de lo habitual—. Ya no está. ¿Dónde está?

Axel frunce el ceño cuando mira el cielo por encima de mi cabeza.

—¡Da igual! ¡Olvida el gorro!

—¡No me da la gana! —protesto como una repelente. ¿Por qué diablos tengo tanta electricidad en el pelo?

Axel cuenta hasta tres para no arrancarme la cabeza de un zarpazo. Lo noto. Hace un barrido periférico y lo encuentra en mitad del Puente del Perdón. Irritado, me agarra de la mano y me arrastra corriendo como una muñeca de trapo hasta recoger el gorro. No sé cuándo se ha levantado el viento, pero es muy frío y golpea con fuerza mi rostro.

Axel sacude el gorro contra su pierna, porque está lleno de nieve.

—Toma. Póntelo. Nos tenemos que ir.

—Pero ¿y los demás?… ¿Y Eugenio?

—Está con Ingrid y Bruno. Ya hemos grabado los planos pertinentes. Lo tenemos todo. ¡Se han ido cagando leches! ¡Vámonos!

—Pero hay que grabar a Genio y preguntarle cómo… —Axel da unas zancadas tan largas que no puedo seguirle el ritmo—. ¡Ve un poco más despacio!

—¡Becca! —Se da la vuelta y choco contra su cuerpo.

—¡¿Puedes dejar de gritarme?! —Los rizos se me han metido en la boca debido a la ventisca, y uno me hace cosquillas en la campanilla. Hago como que vomito por la sensación. Qué asco—. ¡Para!

—¡Mira! —Señala el cielo, oscuro, tan negro que parece la nada… Y de repente, un rayo lo ilumina—. ¡No corren solo por la puta carrera en la que nos has metido! ¡Es una jodida tormenta eléctrica lo que se acerca! ¡Han suspendido la carrera y están haciendo sonar las sirenas de temporal para advertir a los que queden en la sierra que busquen refugio!

Pero ¿de qué habla este muchacho? Mi boca se desencaja cuando veo lo que se aproxima por el horizonte. La Virgen… ¿Eso es real? Las nubes teñidas de blanco y carbón avanzan haciendo todo tipo de formas. Parece el fin del mundo.

—Hay que salir de aquí… —susurro.

Cuando me doy cuenta, el puente, que minutos antes estaba a rebosar de runners, ahora está completamente solitario. Ya no hay nadie. Solo quedamos Axel y yo, y el quad, que se está llenando de nieve, igual que los caminos en los que hasta hace un momento todavía se veía el suelo terroso.

Axel se quita la chaqueta y me la pone, ignorando mis protestas. Me va enorme, las manos me desaparecen entre las mangas. Y está tan caliente por su cuerpo… Huelo a él.

—¡Axel! ¡Te vas a congelar!

O nos gritamos o los relámpagos y el viento se llevan el sonido de nuestras voces.

—¡No soy yo el que va con mallas y zapatillas! —protesta.

Se pone el casco y me da el mío, pero como estoy nerviosa y

los dedos me tiemblan, no acierto a cerrármelo, así que me echa una mano. Luego sube al quad y yo salto con él, agarrándome fuerte a su cintura, pegándome a su ancha espalda. Le da al gas y la moto de cuatro ruedas derrapa dejando una estela multiforme a su paso.

Mientras corremos contrarreloj, con la nieve y el granizo golpeándonos con fuerza, el camino de vuelta cada vez se hace más duro. Encima de nosotros planea una increíble nube que trae consigo muchísima electricidad, además de lluvia y nieve. De lejos, oigo la sirena de la que me ha hablado el demonio. Escucho cómo los rayos crepitan contra los árboles, no muy lejos de nuestra posición. Los corredores han tomado otros caminos para huir, pero el quad solamente puede circular por la estrecha carretera por la que ahora vamos, y encima con un palmo de nieve, así que cada vez nos resulta mucho más difícil avanzar.

—¿Cómo?… ¡¿Cómo ha pasado esto?! —le pregunto, histérica y asustada, a través del intercomunicador—. ¡El día ha sido muy tranquilo!

—¡Las tormentas de nieve suelen ser silenciosas! —me explica—. ¡Pero avisan con pequeños destellos de luz! ¡Luigi ha puesto la radio después de escuchar a los corredores más valientes huyendo despavoridos para que no les alcanzara! ¡En la radio local aseguran que la tormenta se ha preparado durante la tarde, que algunos centros de observación han avisado de esos destellos sobre la sierra de Guadarrama, aunque estuvieran un poco camuflados por la luz del atardecer! ¡El viento ha desplazado las nubes eléctricas hasta Cercedilla, y ahora es como si estuviéramos en el ojo del huracán!

Vuelvo a mirar por encima de mi hombro, y clavo los ojos en el cielo.

—¡No sabía que una tormenta de nieve pudiera ser eléctrica!

—¡Casi nunca tienen relámpagos ni rayos! ¡El aire húmedo que se levantó desde el centro de la tormenta propició nieve,

nieve granulosa y hielo! ¡Las bolas de nieve ascendieron rápidamente y compartieron cargas eléctricas, como resultado de la fricción de dos partículas! ¡Hasta que la nube se carga por completo, y se origina la tormenta eléctrica de la que estamos intentando escapar!

Me quedo embobada con su explicación, porque yo, que soy un poco cazurra para los temas meteorológicos y demasiados físicos, lo he entendido a la perfección.

Y vuelvo a hacerme mil preguntas sobre él.

—¡¿Cómo sabes tú eso, Axel?! ¡¿Cómo puedes saber esas cosas?!

Mantiene la intriga y no me contesta hasta al cabo de unos segundos, un *impasse* que le sirve para esquivar un desnivel en el camino que hace que por poco yo salga volando y me encarame a la rama de un pinar, igual que un loro.

—No es la primera que veo.

Sí. Y se queda tan ancho. Y yo medio loca por querer saber más, porque soy incapaz de odiarle, aunque me duele lo que me ha hecho... Pero ¿cómo puedo odiarle?

Se ha quedado el último para sacarme de la marabunta de pies en la que me había metido, y se está preocupando por mantenerme segura.

No soy estúpida. Sé que está en su contrato. Pero... bajo una tormenta eléctrica, agarrada a él, puedo imaginarme lo que quiera.

Seguimos avanzando como podemos, pero no tan rápido como quisiera. Cada vez hace más frío. Estoy destemplada, tengo los pies helados y no me siento las rodillas.

—¡Estamos a dos kilómetros del hostal! —me informa—. ¡¿Cómo estás?!

—Con fr-frío.

Oigo cómo murmura algo muy feo entre dientes, parecido a «mecagoenlaputa», pero el castañeteo de los míos me impide oírle bien.

Esta es una de esas situaciones críticas que solo ves en las películas apocalípticas, en las que una se pregunta: ¿qué haría yo en esta situación? Aunque aquí no veo ninguna vaca volar como en *Twister*.

El quad aminora la marcha y se detiene de golpe. Yo me agarro a Axel buscando un poco del calor de su cuerpo, a pesar de que él está tan helado como yo.

—No me lo puedo creer…

—Axel, n-n-no te pares, por lo q-que más quieras… Co-corre.

—¡No he sido yo! ¡Es el quad! ¡No me queda combustible!

—¿Qué?

—¡Joder! —Da un puñetazo al manillar y se vuelve hacia mí—. ¡Joder! ¡Joder! Hay que correr, Becca… Se te van a congelar los pies. —No le gusta que lleve bambas de trekking.

—Apenas me los no-noto ya…

Un rayo pavoroso nos ilumina. Ha caído tan cerca que mi pelo parece estar poseído intentando rodear la totalidad del casco.

Axel no se lo piensa dos veces… Me despega del sillín del quad, sin soltarme la mano, y empezamos a correr en dirección al Ratatouille. Yo ni siquiera veo por dónde vamos, excepto cuando la tormenta eléctrica ilumina el cielo. Supongo que Axel también posee visión nocturna, como los lobos, de lo contrario no sé de dónde saca esa habilidad para ver en la oscuridad.

Los pies se nos hunden unos veinte centímetros en la nieve, espesa y dañina para la piel de mis tobillos, que está a la intemperie por las mallas. Una piel que se me enfría y me quema a partes iguales.

Corro con la misma intensidad que Axel, dejándome la vida en cada zancada, galopando, intentando no pensar en que quizá no salvemos el pellejo, pero es evidente que le ralentizo.

—¡No nos da tiempo de llegar al hostal! —me grita veinte minutos después—. ¡Hay que meterse en el cobertizo de madera del parking del Ratatouille! ¡En la caravana! ¡Tiene dos placas para rayos en su techo! ¡Nos protegerá! ¡Ahora mismo estamos cargados de electricidad, la tormenta avanza y es posible que uno de esos rayos nos alcance!

Ni siquiera tengo fuerzas para contestar, con mi cuerpo destemplado y disonante como lo tengo. Sé que el parking queda a unos trescientos metros del hostal, pero ya que hemos llegado hasta aquí, ¿por qué no hacer un último esfuerzo?

—Es demasiada distancia para ti —parece decirse a sí mismo, mirándome los pies, cada vez más preocupado.

¿Lee mi mente?

Axel se quita el casco, y luego me ayuda a quitarme el mío. Cuando ve mi cara, su expresión es de franca preocupación. No sé qué cara tengo, pero no debe de ser buena.

¿Axel? ¿Qué haces? Como veo que da resultado, le hablo mentalmente, porque ya no puedo articular palabra, tengo los dientes fríos y he perdido toda la sensibilidad en los labios, a pesar de haber llevado el casco hasta ahora.

—Estás entrando en hipotermia, Becca.

«No estoy entrando en hipotermia. Estoy entrando en Raticulín…», pienso un poco mareada.

—Tus pies no pueden tocar más la nieve o vamos a tener un serio problema.

Me carga en brazos y arranca a correr como si la nieve fuera fuego. Me abraza con fuerza y me susurra:

—¡Pégate a mí y no te duermas!

No hacía falta que me lo ordenara. Me abrazo a él como un koala. Mi piel necesita del contacto humano, que alguien le sacuda de encima la escarcha y el helor. A través de mi pelo enmarañado y de mi gorro torcido, veo el aparcamiento cada vez más cerca, y la caravana, con las ruedas cubiertas de nieve por la acción del viento.

Axel hace el último esfuerzo, abre la puerta con la copia de las llaves que cada miembro del equipo tiene, y nos metemos dentro, justo en el momento en que el cielo vuelve a rugir con sus rayos.

El interior de la caravana está igual de frío que el exterior, o puede que sea cosa mía, incapaz de entrar en calor. Aun así, agradezco estar dentro, cobijada. Lo prefiero a la intemperie blanca que de golpe se nos ha vuelto en contra.

Axel abre el sofá que hay a mano izquierda. Seguro que desde fuera uno no puede hacerse una idea de la de cosas que tiene dentro; entre otras, un sofá cama y dos camarotes al fondo que utilizamos para dormir durante los viajes si nos apetece, aunque yo nunca he dormido ahí.

Me gustaría poder moverme o decir algo, pero mi cuerpo no responde a mi cabeza: la sangre de mi cerebro se ha congelado. Intento focalizar la mirada en algo, pero todo vibra demasiado.

Vale, no vibra. Son mis temblores.

—Becca, tienes que entrar en calor gradualmente, ¿me oyes? Voy a coger mantas…

Sale del cubículo y al poco regresa con dos gruesas mantas polares de color negro que deja encima del sofá cama.

Dios. Estoy de pie, frente a él, y no tengo ni fuerzas para asentir. Me duelen los pulmones cuando cojo aire; me cuesta horrores respirar.

—Maldita sea… —oigo que dice.

Axel empieza a sacarse rápidamente la ropa. Yo no entiendo nada de lo que hace, ni siquiera oigo si me está hablando; la vista se me nubla, y no es porque se haya quedado en calzoncillos delante de mí.

A continuación, me quita el gorro y empieza a desnudarme de un modo ansioso y también muy impersonal. Me siento como una niña pequeña que ha hecho una travesura, como ensuciarse el traje de los domingos, y que desvisten para meterla en la bañera y quitarle la mugre. Solo que aquí no hay bañera y sí una caravana que se me antoja enorme, y justo enfrente, un hombre que me parece más grande aún de lo que en realidad es.

Me quita las zapatillas y me baja las mallas…

Me está desnudando.

—Dios, estás demasiado fría —murmura frotándome las piernas—. Tienes los dedos de los pies azules.

—P-Pi… Pitufa —balbuceo en un intento por sacarle hierro al asunto, pero de verdad que me encuentro muy mal.

Ni siquiera veo si sonríe o no. Solo quiero dejar de sentirme enferma.

Me deja puestas las braguitas. Qué detalle.

Me ha quitado toda la parte de arriba, dejándome en topless. Me cubriría con la manta si pudiera mover los brazos, pero mi cuerpo está tan tenso que parece que vaya a quebrarse si hago cualquier movimiento.

Axel se acaba de desnudar ante mí. Afuera, los destellos de los relámpagos alumbran el interior de la caravana. La lluvia arremete con fuerza contra el cobertizo de madera. Cuando mis sentidos dejan de atender lo que sucede en el exterior, se centran en el cuerpo moreno que tengo enfrente.

Axel lleva unos shorts blancos muy ajustados. Sé lo que ocultan… Pensar en ello sube un grado mi temperatura corporal

De pronto, me atrae hasta él cogiéndome de la cintura, me carga en brazos y me deja estirada sobre el sofá cama, para, a continuación, tumbarse encima de mí, cubriéndome con todos sus músculos. Nos tapa a los dos con las mantas y coloca su cabeza pegada a la mía, como si me abrazara íntimamente.

—No voy a hacerte nada. Tienes que entrar en calor, Becca. Sentirás mucho dolor cuando tus pies dormidos se despierten —me explica pacientemente al oído—. No te asustes, deja que el dolor pase… Poco a poco te templarás.

—Es-s-s-toy he-he… helada.

—Hay dos tipos de lesiones que causa el frío en las extremidades. Se llaman lesiones periféricas y la congelación es la más común.

Me dice todas estas cosas al mismo tiempo que me masajea con caricias y friegas arriba y abajo. Por los brazos, las caderas, los muslos. Con sus pies algo más calientes, apresa los míos y los cubre.

—Has llevado zapatillas y la nieve ha calado; hasta los calcetines tenían escarcha. El frío y la humedad ablandan la piel y pueden provocar lesiones que llegan hasta el hueso. Hay que hacer desaparecer los moratones de los dedos de los pies, Becca.

Es muy extraño lo que ha pasado hoy. Hace apenas una hora estaba corriendo con Eugenio. Y después de huir de una tormenta eléctrica, con nevada incluida, hemos tenido que ocultarnos en la caravana y no en el hostal, porque la distancia que los separa podría haber sido fatídica para mi fase de congelación. Y todo esto lo puedo explicar gracias a Axel.

De nuevo gracias a él. Siempre a él.

Está claro que mi vida depende de este hombre, que dolorosamente me ha marcado a fuego desde que lo conocí, para bien y para mal. Sin embargo, no tengo ni idea de cómo gestionar mis emociones, porque es de los que dan una de cal y otra de arena. Es un tipo de hombre con el que nunca me he topado, y del que seguramente siempre he huido, porque me asusta. Sí, Carla y Eli tienen razón. Estos hombres me asustan. Te ofrecen relaciones en las que pierdes totalmente el control. Como la torta que no ves venir porque antes te han dado un beso. Igual.

Sus mimos, su voz sosegada y paciente, el modo en que está cuidando de mí, me acongojan y me acojonan a partes iguales… Quisiera gritarle y decirle que deje de jugar conmigo y de volverme loca, que estoy bien y que me deje en paz. Pero no estoy bien. El hormigueo de mis extremidades empieza a ser insistente, y lo que antes parecía solo un cosquilleo, un suave despertar, ahora son como agujas ardientes que atraviesan mi piel. Me muevo inquieta para atenuar el malestar, pero estoy anclada al sofá por el peso de su cuerpo.

—El dolor no va a cesar porque te muevas. Deja que tu circulación se vuelva a activar —me ordena mirándome a los ojos.

—Me du-duele. —Procuro evitar el maldito puchero que dibujan mis labios sin haberles dado permiso.

Axel se queda a un par de centímetros de mi cara; parece que esté contando todas las pecas de mi nariz. Se remueve sobre mi cuerpo y coloca su pubis entre mis piernas, sin dejar de acariciarlas.

Noto su tremendo paquete contra mi sexo, pero no quiero darle ninguna importancia, porque si él está así, casi desnudo, es solo para hacerme entrar en calor, ¿verdad? No por nada más. Sería surrealista si… ¡Pero si está duro!

—No prestes atención a mi cuerpo. No lo puedo evitar.

—*Ssssss… Serdo.*

—Cuando dejes de temblar, el dolor irá desapareciendo y la sangre fluirá con normalidad. —Me habla como si fuera House; es decir, pasando de todo lo que en estos momentos me importa, como por ejemplo la erección que deja a la torre Agbar en un simple supositorio, y centrándose solo en el diagnóstico clínico.

—No sé si lo aguanto, esto…

«Esto» es todo en general. Porque todo es demasiado. Y el maldito dolor… Necesito que alguien me corte los pies, porque aún no logro identificar si me pican, me escuecen, me queman, me duelen, o todo a la vez. Y ni siquiera puedo mover los dedos de las manos.

—Pues tienes que aguantarlo —me ordena, y se cubre la cabeza con la manta negra, dejándonos a los dos en una oscuridad casi total.

Coloca sus manos, que ya están calientes de tanto magrearme, sobre mis mejillas y su calor me traspasa. Cierro los ojos por el placer de sentir esas pequeñas placas solares carnosas sobre mi rostro.

Un rayo cae a un par de metros de la caravana, e inmediatamente otro sobre el cobertizo. Se me pone la piel de gallina y me encojo, pegándome más a él.

—Va-vamos a morir como po-polillas…

—¿Como polillas?

—Fri-fritos.

—Chis… —Me abraza y habla con los labios pegados a mi frente—. Estamos bien. No voy a dejar que te pase nada malo, Becca. La caravana está preparada para protegernos de estos fenómenos atmosféricos.

Prefiero mantenerme en silencio y no expresar lo que estoy pensando.

Es un hipócrita. ¿Por qué me trata así ahora? ¿Por qué finge que le importo tanto? Es ridículo, y más después de haberse ido a la cama con otra mujer la noche anterior, teniéndome a mí al lado. No comprende lo que me hiere eso. No tiene ni idea. Pero el diablo no sabe de estas cosas, no tiene alma.

Para mí, estar con Axel debajo de una manta, solo con la ropa interior, es un momento demasiado íntimo, porque no hace mucho tuvimos sexo del tórrido en un hotel, y cualquier gesto o roce me recuerda a ese día.

Él baja la cabeza y observa mis labios, tan fríos y morados como me imagino que deben de estar. Me noto la cara ardiendo, no solo por sus manos, sino porque la sangre se me ha agolpado en las mejillas al excitarme y recordar cuán adentro ha estado en mi cuerpo. Y pienso que, aunque ya no lo esté físicamente, tengo que expulsarle a nivel espiritual. Tal vez haga una ouija.

Durante mucho rato, el que dura la tormenta, Axel continúa hablándome y diciéndome un montón de cosas que el dolor me impide prestarles atención. Por el modo que tiene de tocarme y de tranquilizarme, pierdo la noción del tiempo y me parece un suspiro narcotizado.

Aquí, bajo esta manta con él, no queda ni una pizca del rencor que he dejado ver durante todo el día. Ni tampoco un ápice del desdén que me ha dedicado desde aquel día en el hotel cuando me demostró quién mandaba de los dos.

Y es que ahora solo estamos Axel y yo.

Por eso me rindo a su contacto sanador y, entre lágrimas, me quedo dormida, aplastada por su cuerpo, enterrada en él.

Una podría morir así y disfrutarlo.

14

 @amorfoesunapalabradeamor #eldivandeBecca #Beccarias Tengo fobia al amor. Creo más en el odio a primera vista.

Sueño profundamente.

Sueño con Axcl, encima de mí. Siento cómo me besa las mejillas y cómo pasa sus labios por las marcas que han dejado mis lágrimas.

De repente su rostro se aleja, pero no tarda en volver a por mí. Sus manos suben por mi abdomen y rodean mis pechos, los acogen como si no le importara en absoluto que sean pequeños, y no el par de ubres de Raquel.

Su maldito toque es como fuego para la madera: me enciende y me consume, dos acciones que parecen retroalimentarse.

Noto sus pulgares sobre mis pezones, me los acaricia pasando la yema por ellos, y después los pellizca suavemente. Me abandono a él, puede hacer conmigo lo que quiera, porque no me puedo mover.

—Becca… —susurra.

Su voz, implorante, curativa, llega hasta mis oídos como música celestial. Mi pezón se humedece, e inmediatamente noto su lengua encima, lamiéndolo con pericia, y después acopla toda su boca en mi pecho, para absorberme y tragarme, como si quisiera robarme toda la energía vital.

Cuando se cansa de ese pecho, se centra en el otro, succionándolo de una forma bárbara, como pretendiendo arrancarme un grito de los labios. Pero no reacciono, ni siquiera puedo chillar.

Tiene tanta fijación con ellos y me los deja tan sensibles, que siento dolor cuando me los vuelve a tocar. Y lo hace una y otra vez.

Por un milagro de la vida, Axel permite que me recupere. Pero solo es una ilusión. No me va a dejar tranquila; quiere obtener respuestas de mi cuerpo. Sus dedos, que marcan mi piel como el hierro candente en un ternero, se deslizan por mis costillas y descienden hasta colarse por mis braguitas. Y esta vez doy gracias a mi hada por haber elegido las rojas y transparentes, con topitos negros, y no las que tenía descosidas de Mafalda. Todas tenemos unas bragas así, descosidas o agujereadas, para qué nos vamos a engañar.

Su mano, tan rebelde y juguetona, se interna por mi prenda más secreta y abarca todo mi sexo.

Jesús... Cómo me calienta. Cómo me arde su piel en contacto con la mía. Levanto el pubis pidiendo más y él responde a mi reclamo.

De un modo perezoso, abre mis labios exteriores, como si fuera un melocotón, y se interna en los interiores, mimándolos con una deliciosa suavidad.

—¿Qué me has hecho, Becca?

Esta sí que es buena... Si me lo tiene que preguntar a mí, vamos apañados, porque yo estoy exactamente igual.

Noto cómo introduce dos dedos en mi abertura resbaladiza ya por toda la excitación acumulada, y me penetra hasta los nudillos. Gimo feliz de que vuelva a tocarme así, como si yo le importara. Los saca, los vuelve a meter, los remueve como si quisiera moldear mi útero... Y con el pulgar me acaricia ahí. ¡Oh, sí! ¡Ahí!

Mi interior palpita y oprime sus falanges, que no deja de mover, de friccionar con la presión justa en lo más profundo de mi cuerpo. Me humedezco más y me contraigo, y disfruto de ese momento en el que toda razón y toda lógica se van a tomar viento, y solo quedan las sensaciones.

Y el orgasmo que tengo con sus dedos me envía de nuevo a la oscuridad.

Esa oscuridad me deja en silencio, en el silencio frío que solo se escucha bajo el agua, cuando se encharcan los pulmones y ves venir la muerte.

De nuevo, estoy en la pesadilla recurrente que tengo con Axel. Él repite una y otra vez los mismos gestos, y cada vez es más real.

«Esta vez no. No dejaré que pase otra vez. No te dejaré ir. Quédate conmigo.»

Lo único que puedo hacer es esperar a que me salve, porque yo sola no soy capaz.

Un rayo de sol.

Un rayo de sol se cuela por la ventana de la caravana a través de las persianas, y está churrascando mi párpado derecho.

Eso quiere decir que... ¡es por la mañana! ¡Todo ha pasado!

Abro los ojos como buenamente puedo y busco a Axel. Esa pesadilla es cada vez más realista, como si fuera un recuerdo vago en vez de una invención de mi subconsciente.

Me decepciona no encontrármelo a mi lado, y las tripas se me revuelven cuando me lo imagino de nuevo en la cama de Raquel. ¿Habrá sido capaz de irse a medianoche cuando amainó la tormenta para tirársela otra vez?

—No, Becca. —Golpeo mi frente con la palma de la mano—. Deja de pensar en él. No es nada tuyo. Te lo dejó muy claro.

Es verdad. No. Axel hizo ayer todo lo que un hombre que está a cargo de mi seguridad podría haber hecho. Nada más.

—No busques sentimientos detrás de sus actos o volverás a llevarte un chasco —me digo en voz alta, luego me levanto poco a poco y me cubro con la manta—. Ya estoy cansada.

Me desperezo como si todo hubiera sido un sueño, con una

extraña concesión de la realidad, como si lo de ayer noche no hubiese pasado. Pero estoy desnuda, la prueba fehaciente de que sí ha sucedido, y todo, cada secuencia de lo vivido, me viene a la memoria.

Muevo manos, pies y cuello, y no hay ni rastro de la profunda congelación que sufrí en la nieve, en el ojo de la tormenta.

Echo un vistazo alrededor y hago un inventario de todo. La última vez que estuve en la caravana fue ayer por la mañana, después de pedirme un café para desayunar y llevármelo a la furgoneta para comenzar a trabajar en la terapia de Eugenio con mi iPad, porque me negaba a compartir mesa con Axel.

Muevo mis ojos hasta la tablet. Está tal cual la dejé, sobre el teclado bluetooth, a modo de ordenador. Debería acostumbrarme a recoger mis cosas y guardarlas, en vez de dejarlas por ahí.

Bostezo y estiro los músculos de mi espalda. ¿Qué hora es?

Miro el reloj de muñeca y me asombro de que solo sean las ocho de la mañana. La hora perfecta para desayunar. Y, de paso, para lavarme, porque resulta que estoy más mojada que la panza de un caracol. Eso es lo que provocan los sueños húmedos.

Si me doy prisa y me ducho...

De repente, la puerta de la caravana se abre y entra Axel con dos cafés en la mano, humeantes y recién hechos de la cafetería. Huelo a cruasanes y donuts, y mi alma se ilumina.

Cuando le miro, no puedo disimular ni un momento lo que estoy pensando. «Este desalmado ha pasado la noche con ella otra vez.»

—Ah, estás despierta. —Se detiene justo al lado del asiento del conductor.

Incluso por las mañanas, después de ser el héroe de las nieves, está de un bueno que no es normal. Sus gafas Ray Ban de espejo reflectante envían destellos a mi cara. Lleva un jersey azul oscuro de cuello alto y una cazadora de piel encima. Y esos tejanos desgastados, cuyos bajos oculta dentro de unas botas de montaña, le quedan que ni pintados.

Y no es justo, en serio. Porque a ver: yo ayer me eché serum y frizz de larga duración para que mis rizos no se alborotaran como hooligans borrachos en un derbi. Hoy mi pelo todavía debería tener ese efecto, pero los serums de larga duración son una leyenda urbana, igual que las peluqueras que peinan bien el pelo rizado. Creo que todas esas fábulas han salido del mismo lugar; del País de Nunca Jamás, donde existen los unicornios, y si aplaudes, nacen miles de hadas.

Así que imaginaos cuál es mi aspecto y, a continuación, apagadme con el mando de la tele.

Sin embargo, Axel acierta cuando me sonríe sinceramente nada más mirarme a la cara; como hizo Richard Gere cuando, al día siguiente, descubrió que Julia Roberts era pelirroja natural, y no una putilla rubia con el pelo a lo Cleopatra.

Se quita las gafas y las deja sobre la mesa.

—Sí, estoy despierta.

—Perfecto. Tenemos que hablar.

—¿Quieres hablar conmigo? —pregunto mientras me abrigo más con la manta—. Qué raro.

—Sí, tenemos que hablar de muchas cosas. Entre ellas, de tu indiscreción y tu inconsciencia.

—Ah, ya. —Resoplo y pongo los ojos en blanco—. Lo que tú llamas hablar es uno de esos monólogos moralistas que te gastas en plan «yo mando y tú estás loca», ¿verdad? Pues lo siento —sonrío falsamente—, pero no me interesa.

—Pues a mí sí me interesa que lo comprendas. —Se aproxima con decisión—. ¿Una carrera popular? ¿Metes a Eugenio en una carrera popular? Y lo que es peor —deja los cafés y los bollos en la mesa, al lado de mi iPad—, ¿te metes tú, un personaje público, en una carrera con cientos de corredores, y encima con un acosador pisándote los talones?

Ignoro la mala leche que me está entrando, y me centro en lo único que puede dar sentido a mi vida. El café. No voy a soportar una discusión más con él, con mi estómago tristemente vacío.

Cuando estoy a punto de agenciarme mi café, Axel se me adelanta, coge los vasos y los levanta por encima de su cabeza.

—¿Qué haces? —pregunto, consternada—. ¿Ese café no es para mí?

—¿Qué tienes en la cabeza, Becca?

—¿Rizos?

—¡Joder! —exclama, hastiado—. ¿Cuándo piensas tomarme en serio? ¿Cuando ya no pueda sacarte de uno de tus líos? ¿Cuando no pueda salvarte del fondo de otro río?

Son palabras demasiado duras para espolear mi sentimiento de culpa. Un golpe bajo. No es que crea que tomo decisiones equivocadas, es que solo tengo mala pata, y siempre acaba pasando algo raro.

Mis ojos azules y claros se anclan a los suyos. Parpadeo una sola vez.

—Axel, ya me has dejado claro, por activa y por pasiva, que me consideras un mujer con poco seso… Ya lo he cogido. ¿Qué quieres que te responda ahora? ¿Que lo siento? ¿Que siento que todo se complique? ¿Que tengas que intervenir cada dos por tres para sacarme de un apuro? ¿Que no sea demasiado buena para tu inflexible escala de valores? ¿Que lo haga todo mal? Pues sí, Axel, lo siento. Quisiera no darte tanto trabajo, pero míralo por el lado bueno: así no te aburres.

Él sacude la cabeza como si no estuviera de acuerdo con nada de lo que he dicho.

—Becca, no me avisaste de lo que íbamos a hacer en el Puente del Perdón, ni me informaste de la carrera. Para que nos llevemos bien, solo tienes que decirme antes qué es lo que has pensado hacer. Ya está. Y yo haré lo posible por echarte una mano y evitar que pasen cosas como las de ayer.

—Claro, porque tú eres Dios, ¿verdad? —Me río por no llorar—. Eres capaz de controlar el tiempo. Seguro que si te lo hubiera dicho antes, tú habrías hecho un pacto con Thor para que desviase los rayos y la nieve a Cuenca. —Chasqueo con la boca de forma despectiva—. Venga, acuéstate.

—No he dicho eso…

—Mira, Axel, mi cerebro aún tiene escarcha de ayer —me presiono el puente de la nariz—, y me duele la cabeza, así que di la verdad.

—¿Qué verdad?

—A ti lo que te fastidia es que tuviste que quedarte aquí encerrado conmigo en vez de pasar la noche con la cara enterrada entre las tetas de la jefa de sala del Ratatouille.

Uy, lo que he dicho.

Pero me doy cuenta demasiado tarde. Así que, como no pienso disculparme, doy media vuelta arrastrando la larga manta por los suelos, justo como hace mi dignidad, y empiezo a buscar la ropa mojada que ayer noche él me quitó. Me importa poco que esté húmeda y fría. Tengo que salir de allí y no lo voy a hacer envuelta en una colcha polar.

La mano de Axel rodea mi brazo desnudo y tira de mí hasta que vuelvo a quedarme a pocos centímetros de su cara.

—Tú no tienes ni idea, Becca. ¡Ni idea!

Guau. Está muy cabreado. Nunca lo había visto así. Bien, porque ya somos dos.

—Ya lo sé. Me lo dices continuamente. —Miro su mano apresando mi antebrazo—. ¿Me sueltas, por favor?

—¡¿No lo entiendes?!

—¡No! ¡Claro que no lo entiendo! —Mi paciencia se va a dar una vuelta por donde amargan los pepinos—. ¡Un día me tratas bien, y al otro mal! ¡Un día parece que conectamos y que podemos ser más que amigos, y al otro me conviertes en una jodida enemiga tuya! ¡Claro que no lo entiendo! ¡Y ya está bien!

—¡Lo que trato de decirte, cabeza hueca, es que me pones nervioso y no me gusta!

—¡¿Cabeza hueca?! Vete a la mierda, *chingón*.

—¡De nada sirvió decírtelo en Tenerife, porque ignoraste por completo mis advertencias! ¡¿Crees que lo paso bien viéndote en apuros?!

—¡Sí, ahora véndeme que te importo!

—¡Claro que me importas! ¡No sé por qué, pero me importas!

—¡No es verdad! ¡Eres un mentiroso! —Ya está, al fin he explotado. Recojo la manta como buenamente puedo antes de que se me caiga al suelo. No sé discutir con las tetas al aire—. ¡Tú a mí sí que me importabas, Axel! ¡No eras solo una aventura, no eras solo curiosidad! ¡No me acuesto con los hombres por probar la variedad, porque esté soltera o porque tenga que sacar un clavo con otro! ¡No soy así!

—¡¿Y por qué debería creerte?!

—¡Porque no sé mentir, imbécil! ¡En cambio, tú me has dejado muy claro que lo nuestro era solo sexo, que no había nada más! ¡Y me remataste ayer cuando vi a Raquel desnuda en tu habitación! ¡Yo, en cambio, no me acosté con David!

—¡Te creo! —asiente, un poco perdido en la conversación.

—¡¿Que me crees?! ¡¿Que me crees?! —Estoy a punto de perder el juicio cuando por fin capto lo que ha dicho. Dejo de gritar, frunzo el ceño e inclino la cabeza a un lado—. ¿Qué crees?

—Ahora te creo —responde, algo más tranquilo.

No. No... esto no va así. ¿Por qué iba a creerme ahora y no cuando se lo dije?

—¿Como que me crees? ¡¿Ahora sí y antes no?! ¡¿Por qué?!

—¿Qué más da? Ahora sé que me dijiste la verdad.

—No, no. A mí sí me da. A mí sí me importa. ¿Por qué confías en mí de repente? ¿Es que ahora no te crees que me diera un revolcón con David?

—No —responde, y lo confirma negando con la cabeza.

—¿Y tú qué sabes? Pudo haber subido a mi dormitorio y allí mismo hacerme el amor sobre el colchón. Pudo haberme llevado al sofá y allí...

—No juegues, Becca —dice un poco ofuscado, con los ojos velados por lo que estoy dando a entender. Se lo imagina dentro de su cabeza y no le gusta un pelo—. Sabes que no pasó nada de eso.

—... allí pudo hacerme lo que quiso y como quiso. —Trato de pincharle, de molestarle por el daño que me ha hecho.

—No sigas por ahí.

—Y no una vez, sino varias...

—Mientes. Ahora sí mientes. —Lo dice muy seguro y, por fin, me suelta el brazo.

—Vete a la mierda, Axel. —Estoy agotada de sus intrigas—. Dime por qué te has levantado esta mañana creyendo en mí a ciegas.

Aprieta la mandíbula y medita si responderme o no. ¿Cuándo ha surgido ese cambio en él?

Entonces hace un gesto hacia atrás con la cabeza, como si señalara la mesa.

—Tu iPad.

—¿Mi iPad? ¿Qué le pasa?

—La cuenta de Dropbox.

—¿Eh? —No entiendo de qué habla.

—Dijiste que habías pasado todas las grabaciones de tu cuenta InSight a la cuenta de Dropbox, y que solo tenías la aplicación Dropbox en tu iPad.

No puedo explicar la sensación que recorre mi cuerpo cuando empiezo a asimilar lo que está insinuando, cuando comprendo qué es lo que ha hecho. No me cree porque haya confiado en mí. El muy hijo de puta me cree porque ha espiado mi cuenta de Dropbox y ha visto lo que en verdad ocurrió con mi ex, en el loft, en los vídeos que guardo automáticamente de todas mis grabaciones en movimiento.

De nuevo me siento violada y traicionada. Ni siquiera me hace feliz que al fin sepa la verdad, porque ¿qué valor tiene descubrirla así? Después de todo, eso no borra que haya pasado la noche con otra mujer.

Mis labios se estiran en una sonrisa incrédula. No sé ni qué decirle, excepto que siento una gran pena por cómo hace las cosas, invadiendo la intimidad de los demás, arrollándoles sin importarle las consecuencias.

—Vaya… Te dije que no te iba a enseñar el vídeo, que tenías que confiar en mí… —murmuro todavía en estado de shock—. ¿Sabes?, nadie me había decepcionado así desde David. Y aún me sorprende que duela tanto.

—Ya te advertí que no confío en las personas, Becca. —Intenta disculparse, luchando por acercarse a mí—. Solo creo en los hechos, no en las palabras. Por eso necesitaba comprobarlo por mí mismo. Si lo tenías grabado, lo podía ver… Porque en directo fui incapaz de llegar hasta el final del vídeo.

—Ni se te ocurra tocarme —le ordeno estirando el brazo entre los dos—. No me toques.

Su expresión es de sorpresa, y no sé si me lo estoy inventando, pero creo que también ha cruzado por ahí una sombra de arrepentimiento por haber actuado de un modo tan rastrero.

—¿Por qué eres así, Axel? ¿Por qué has hecho eso? —Mi voz trémula no tiene nada que ver con la indignación que me quema por dentro, y sí con la pena de saber que hay personas que, como él, nunca creerán en los demás. Y puede que jamás sepa el motivo, pero es triste darse cuenta de ello.

—Necesitaba verlo, porque no me dejaba dormir —reconoce con gestos nerviosos; nada que ver con el Axel dominador que conozco.

—Porque no crees en mi palabra. Por eso.

—Verte besando a tu ex… —Niega con la cabeza—. Lo tengo grabado aquí —se toca la sien, con esos ojos verdes propios del demonio— y no lo soporto. Me iba a provocar una úlcera. Me imaginaba que te hacía… cosas y… no me sentía bien.

—¿Sabes cuál es la diferencia entre tú y yo, Axel?

—¿Cuál?

—Que puede que yo sea una inconsciente y me sucedan cosas que escapen a mi control, porque soy bastante desinteresada y me dejo llevar en exceso. También soy despistada. Pero siempre procuro evitar que cualquiera de mis actos, sean los que sean, puedan herir a nadie, porque lo detesto. Pero tú…, tú sabes en todo momento lo que pasa, y sabes qué hacer para herir a los demás, porque lees a las personas y detectas sus debilidades. Y sabiendo el daño que puedes causar, por tu carácter vengativo y tu orgullo, lo haces igualmente. Por eso es peor ser como tú que ser como yo. —Mis ojos se llenan de lágrimas—. Y lo prefiero, me gusta ser así. Porque no sería capaz de acostarme con nadie solo para cabrear a otra persona. Sin embargo, tú lo hiciste anteayer, y hoy has vuelto a pasar una noche con Raquel para castigarme otra vez, porque nunca tienes suficiente...

—No he pasado la noche con Raquel —me corta abruptamente—. He dormido contigo, Becca. Tenías que entrar en calor.

—¿De verdad? ¿Y qué tengo que hacer? ¿Creerte como tú me crees a mí?

—Es la verdad —sentencia sin saber qué hacer—. Becca...

—Axel, cállate. Cállate ya. Me he comportado como una imbécil contigo, creyendo ver algo que en realidad no existe, que tú no eres. Lo cierto es que no sé quién diantres eres, no me cuentas nada sobre ti. Pero he permitido que me toques, que me beses y me ilusiones de un modo que ni yo comprendo... Ya ves... —sonrío encogiéndome de hombros, y me seco las mejillas con el antebrazo desnudo—, consecuencias de ser una inconsciente. Pero ¿sabes qué es lo peor? Que nunca he sido así con nadie. Y voy y lo soy contigo, porque..., porque soy estúpida. Porque... —«No lo digas. No digas que te estás enamorando. No le des más ventaja a este insensible»—. En fin. Ya no importa.

—No. Sí que importa. —Me coge de la cara, tomándome por sorpresa, y me obliga a levantar la cabeza—. Sí me importas.

Cuando me besa, noto un sabor desesperado e impulsivo en mi lengua, y es un beso diferente y extraño el que me da. Como si quisiera desprenderse de las riendas que sujetan al purasangre que hay en él. Lo intuyo en sus labios, en cómo me sostiene la cabeza y se pega a mi cuerpo. En el modo que tiene de pedirme perdón, porque parece una disculpa. Pero las disculpas llegan muy tarde para mí.

Intento apartar la cara, y él me obliga a regresar a sus labios exigentes.

Pero no quiero. No puede ser. Tengo que recuperarme y volver a encontrarme conmigo misma. Axel es una montaña rusa en la que tan pronto estoy arriba como estoy abajo… Y no me sienta bien porque siempre soy yo la que acaba mal y llorando como una tonta. Como ahora.

Por eso, al ver que no me suelta, le muerdo con fuerza en el labio inferior y él se aparta de golpe. Observo la perla rubí que asoma al exterior, y ni siquiera me arrepiento de haberle herido. Sé que tengo el ceño arrugado y que suelto chispas por mis ojos, y aunque él no me teme, me siento orgullosa de poder reaccionar así. Porque es muy duro rechazar uno de sus besos, y porque alejarlo me duele más a mí que a él.

—Sal de aquí —le pido.

—No.

—¡Que salgas de aquí! —le grito mientras le empujo con todas mis fuerzas por el pecho.

Supongo que me ve tan disgustada y fuera de mis casillas, que lo poco que tiene de sentido común hace que se aparte y retroceda hasta la puerta de la caravana.

—Becca, ¿qué puedo hacer para…?

—No puedes hacer nada.

—Pero…

—Quiero que te largues. No puedes hacer siempre lo que te dé la gana, revisar mi cuenta de Dropbox y solo creer en mi palabra cuando ya has comprobado que digo la verdad por un jodido vídeo —escupo con toda la rabia de la que soy capaz—. Quiero que desaparezcas de mi vista. Ahora.

Él agacha la cabeza y vuelve a ponerse las gafas de aviador.

—Está bien —murmura mientras baja de la furgoneta. Se detiene y me mira una última vez—. Estamos juntos en *El diván*. Voy a estar contigo hasta que quieras hablarme otra vez. Esto no ha terminado.

Sus palabras acaban por desesperarme del todo y me producen un dolor sordo muy fuerte en el corazón, así que cojo el vaso de café que él me había traído y se lo lanzo con todas mis fuerzas.

Pero él ya no está, y lo único que consigo es que la luna delantera de la caravana chorree unas enormes salpicaduras lechosas.

Me dejo caer en la cama de nuevo, abatida, derrotada. Me cubro la cara con mis manos y lloro desconsolada.

Son demasiadas emociones en pocos días. Y las que más me afectan me las provoca él. No puedo continuar con esto.

15

Es complicado trabajar en mi estado de desazón, ¿sabéis? En realidad, lo que me apetece ahora mismo es volver a mi loft de Sant Andreu, ocultarme bajo las sábanas y dejar que el dolor pase, hasta que el pelo me quede grasiento y huela mal.

En vez de eso, nos hemos puesto manos a la obra y vamos en la caravana con destino a El Paraíso, una residencia de lujo en las afueras de Madrid. Hemos recogido nuestras cosas del hostal porque ya no vamos a regresar más. Ni tampoco mi paciente. Le he dicho a Eugenio que se despida del Ratatouille por unos días. No le ha gustado nada la idea de ausentarse de su negocio, por supuesto. Porque lo de ayer, aunque ha traído consigo unos cambios en su forma de ver las cosas bastante significativos, aún no ha curado del todo sus fobias; eso sí, le ha provisto de algunas herramientas que podrá utilizar cuando lo necesite. Es consciente de que su problema sigue en el espejo, y mientras persista, sus fobias jamás desaparecerán por completo.

Él sabe que no le quedan más opciones que dejarse llevar por mí y ponerse en mis manos, así que, sin hacer preguntas, ha aceptado subirse a la caravana y viajar con nosotros a donde sea.

Axel sabe bien lo que vamos a hacer en el lugar al que nos dirigimos, por eso está más tranquilo y graba con presteza la conversación que Eugenio y yo estamos teniendo mientras nos tomamos los cafés y los bollos que me ha traído de buena mañana y que no he sido capaz de probar por culpa del nudo que tenía en el estómago.

—¿Estás nervioso? —le pregunto a Eugenio.

—Siempre lo estoy si no me encuentro en mi casa —asegura mirando la autopista a través de las amplias ventanillas.

—¿Ni siquiera sientes curiosidad por saber adónde nos dirigimos?

Eugenio, que lleva una sudadera del Atlético de Madrid, unos tejanos y unas Nike blancas, pone cara de no importarle demasiado.

—Me has llevado en quad por la nieve, has hecho que grite en la cima del mundo, me has apuntado sin yo saberlo a la Carrera de las Luces y me has obligado a cruzar el Puente del Perdón, sin olvidar que me has metido en medio de una de las pocas tormentas eléctricas de nieve que ocurren en España. He vivido algo único contigo, Becca. —Arquea las cejas y se ríe—. En un solo día he tenido más experiencias que en toda mi vida. Estoy cagado de miedo, pero créeme: donde sea que me lleves, seguro que será inolvidable.

—¿Te fías de mí?

—Siempre. A ciegas —me asegura sin dudarlo ni un instante.

Miro a Axel de reojo y tengo ganas de levantarle el dedo corazón en plan: «Aprende, capullo». Pero he tomado una decisión, y si quiero vivir en paz estos días, tengo que quedarme al margen de mis emociones.

Ingrid procede a maquillarme y nos retiramos hasta mi pequeño altar de la vanidad y los potingues.

Por lo bajini, mi morena, guapa y ligona amiga me susurra mientras me pone la base:

—¿Vas a explicarme por qué la luna delantera estaba manchada de café?

—Créeme, mejor no —le contesto cerrando los ojos.

—Bueno, tal vez no hace falta que tú me digas nada. Puede que yo lo adivine. —Sonríe mientras busca colorete en polvo—. Teniendo en cuenta que Axel fue a rescatarte de la marabunta de pies que te había engullido, y sabiendo que habéis pasado aquí la noche juntos…

—No ha pasado nada.

—¿Seguro?

—Seguro. —«Excepto que Axel ha violado mi privacidad y me ha hecho sentir muy mal.»

—¿Sabes? Lo veo muy pendiente de ti hoy. No te quita el ojo de encima cuando sabe que no le miras… Se preocupa de que no te falte de nada. Los cafés los ha traído él. Y le ha exigido a Bruno que encienda la calefacción de la caravana porque dice que ya has pasado frío suficiente, que tienes que mantenerte caliente.

—Caliente estoy —contesto—. Hecho humo.

—O sea que seguís cabreados a pesar de que te salvara la vida.

—Si lo dices así, parezco una bruja déspota.

—Cierra los ojos, que voy a ponerte sombra marrón oscura.

—¿Y tú con Bruno? —pregunto mientras hago lo que me pide. La sombra me hace cosquillas en el párpado superior.

—No hay un yo con Bruno. No abras el ojo todavía, que te lo voy a delinear.

—Claro… Ayer lo tenías que le iban a salir siete cabezas para controlar lo que hacías con Luigi.

—Luigi es mono, ¿verdad? —Saca la lengua y sonríe.

—Parece un surfero perdido en la montaña.

—Pues no se ha olvidado de surfear… —contesta mirándome de reojo, sin esconder que lo ha catado.

Mi mandíbula se desencaja y la miro asombrada a través del espejo. Pero ¿será posible que sea tan sencillo follar en Cercedilla? O sea, me paso la vida haciendo currículums de posibles pretendientes antes de irme a la cama con ellos (es decir, nunca) y resulta que aquí Axel se tira a lo primero que se le pone a tiro, e Ingrid ídem de ídem.

Estas cosas hacen que me sienta como un bicho raro. Tal vez soy tonta, una mojigata, una santurrona... O tal vez no me acuesto con cualquiera.

—Te ha dejado de gustar Bruno.

—La cuestión no es esa —replica mientras me pasa cacao por los labios—. La cuestión es: ¿por qué tiene que seguir gustándome alguien que ha elegido una carrera antes que a mí?

—Sí... —murmuro—. Te sigue gustando.

—Claro. Pero me lo voy a sacar de la cabeza aunque sea a polvazos.

—Pues bien por ti.

—Y tú deberías hacer lo mismo. Si Axel hace que tengas estas ojeras que no se van ni con la barra número tres, mejor que te lo pienses bien antes de continuar con él.

Lo sé. Y es justo lo que estoy haciendo. Pensar con la cabeza en vez de con la *patatona*.

El Paraíso, Madrid

Es una urbanización muy bonita donde vive gente adinerada, de eso no hay duda. Los chalets particulares parecen edificios enteros de tres pisos.

—¿Señor Gabino Tabares? —pregunto por el interfono plateado al llegar al número indicado.

—Sí. ¿Quién es?

Su voz es grave y parece que haya fumado mucho, o que siga haciéndolo.

—Soy Becca, del programa *El diván*. —Odio hablar por estos aparatos. Este tiene una cámara en la parte superior, así que saludo con la mano y muestro mi mejor sonrisa—. Teníamos una cita a las doce.

—¿Una cita?

Me dan ganas de decirle: «Toc, toc. ¿Hola? ¿Hay alguien ahí?».

—Sí. Vengo de parte de Alexander…

—Ah, sí… Gael. Sí, sí, pasad. Un momento. Uno, dos… —Nos detiene de golpe—. Pueden entrar máximo tres personas.

Las puertas automáticas se abren y Eugenio la mantiene abierta con el pie, mirándome sin saber qué hacer, si entrar o no. Axel y Bruno están preparando el equipo para bajarlo de la caravana.

—Esto… ¿Recuerda que vengo de un programa para la televisión? —Los conocidos de Axel están todos grillados de la cabeza, así que me aseguro de que el hombre es consciente de lo que vamos a hacer.

—Sí. Pero solo pueden entrar tres personas. Tres —repite, inflexible—. Tengo una pequeña manía con los impares. —Anda, me ha tocado uno con TOC. Este es el tipo de personas que atraigo. No hay más—. Y no me gustan las cámaras —añade.

—Está bien.

No me queda otra que ceder y elegir quién quiero que entre: los aspirantes son Axel y Bruno. Me froto las manos porque sé que al demonio le va a dar un ictus.

Axel se ha quedado en la caravana con cara de perro enfadado, observando por el monitor todo lo que graba la cámara de Bruno y hablando a través del intercomunicador para darle las indicaciones pertinentes.

No me apetece nada que nos acompañe. Ahora lo único que necesito es un poco de espacio vital, y eso solo lo conseguiré si no lo tengo a mi lado, rondándome. Además, tal vez pueda averiguar más cosas sobre él y entender qué relación le une a este señor.

Después de cruzar el interminable jardín y bordear una inmensa piscina, llegamos a un chalet elegantísimo. Allí hay un hombre vestido de blanco, con las manos a la espalda, sonriéndonos afablemente y saludándonos con la mirada.

Me recuerda al Bizcochito de *Ally McBeal*. Es bajito, con el pelo rizado y canoso, y tiene cara de buena persona. En el bolsillo de su camisa, que es tan larga como un batín, lleva prendido un boli de plata.

—¿Señor Gabino?

—El mismo. —Me ofrece su mano y toma la mía con convicción—. Así que usted es Becca… —Sus ojos marrones claros me estudian con la atención de alguien de su profesión. Se pone las gafas de ver que le quedan colgando en la punta de la nariz y, tal y como hace mi madre, levanta la cabeza para mirarme por encima de la montura—. Tiene una cara realmente armónica, Becca. Ojos grandes y bien alineados, pómulos marcados, hoyuelos… Aunque puede que con un retoque de nariz… —Se saca el boli y se dispone a hacerme unas rayitas sobre el puente.

Yo me aparto de golpe, estupefacta por su reacción. Pero ¿qué hace?

—No, espere… No soy yo quien necesita su ayuda, señor.

Bizcochito parpadea tan lentamente que creo que se va a dormir. Este hombre debe de tomar o valiums o diazepams o, en su defecto, cualquier narcótico que tumbe elefantes.

—Ah… ¿No es a usted a quien El Temerario quiere hacerle el favor?

—¿El Temerario?

—Sí. Axel.

Mueve los ojos como si tuviera un tic, a lo Marujita Díaz. Me está poniendo muy nerviosa.

—No.

—Ya me extrañaba a mí. Es muy guapa.

—Gracias. Bueno, en realidad no es a mí. Bueno, sí. Vamos, como si lo fuera.

—¿En qué quedamos? —Su sonrisa se ha congelado en la cara.

—El favor es para mi paciente —le cuento, y con la mano pido a Eugenio que se acerque—. Es él quien necesita de su sabiduría y su buen hacer.

El pobre Genio no comprende nada de nada, así que camina con pies de plomo hacia nosotros. Seguro que ahora se arrepiente de haber confiado en mí.

—Eugenio, bájate el tapabocas para que el doctor te vea.

Gabino entorna los ojos y entreabre la boca al vislumbrar parte de las facciones de su posible paciente. Eugenio se baja la prenda oscura con suavidad y agacha la cabeza como un niño vergonzoso.

—Levanta la cabeza, joven.

El hombre lo agarra por la barbilla y procede a explorar su cara como si fuera un animal del circo de los horrores.

No hay ni sorpresa, ni repugnancia ni miedo en su expresión, solo la valoración de un especialista y una eminencia en su campo.

—Ajá. Mmm… Ya veo.

Le levanta el labio superior y contempla su dentadura. Después toca su tabique nasal y tira de sus orejas unas diez veces, incluso las dobla como si fueran de goma. Yo, que odio que me toquen las orejas, ya le habría dado un sopapo. Pero Eugenio, no. Eugenio es paciente, y tan tímido y educado que no sería capaz de llamar la atención a nadie por mucho que lo ofendiese.

—¿Y bien? —pregunto.

—Hay que cortar.

No entiendo nada.

—¿Cómo dice?

—Sí, mujer… La cabeza. Hay que cortarle la cabeza y ponerle otra.

—Es una broma, espero —digo, pero no las tengo todas conmigo.

Gabino nos mira a los dos alternativamente, y entonces se ríe como un japonés, cerrando mucho los ojos, y le suelta una colleja a Genio que no entiendo cómo no le han saltado los dientes.

—¡Es una broma! —exclama, muerto de la risa—. Pasemos a mi consulta y allí hablaremos sobre las opciones de Eugenio. Si todo va bien, haremos el ingreso de inmediato.

—¿El ingreso? ¿Opciones de qué? —pregunta Genio, todavía un poco perdido.

—Opciones para operarte —le aclaro con una sonrisa de complicidad.

—Pero no tengo dinero. Yo no puedo permitirme…

—Tú, no —prosigo, e intento que su emoción no llegue a mis ojos o, de lo contrario, se me echará a perder el rímel—. Nosotros, sí.

En ese momento él comprende que era verdad cuando le decía que hoy su vida iba a cambiar. Todos los esfuerzos de ayer han servido para que hoy sea un poco más valiente y se plantee las preguntas que le voy a hacer.

—No… No lo puedo aceptar —dice Eugenio cerrándose en banda—. Es demasiado.

—Es demasiado lo que estás sufriendo —replico—. Y ya es suficiente. Te lo debes a ti mismo. Ni siquiera lo harás para que dejen de insultarte. Lo harás para que dejes de insultarte a ti mismo, para respetarte otra vez.

—Pero no me lo puedo creer. Esto… es imposible.

—No lo es.

—¿De… de verdad? —pregunta, alucinado.

—De verdad. Las preguntas son: ¿estás preparado para dar el paso?, ¿estás seguro de que quieres hacerlo, a pesar de tu religión y de todo lo que tus padres te inculcaron?

Eugenio asiente con las lágrimas cayéndole por las mejillas, tan emocionado que su cara se descompone y enrojece casi al mismo tiempo. Todo el mundo deberíamos tener la oportunidad de decidir cómo queremos vivir nuestra vida, y lo más importante: deberíamos tener el derecho de vivirla con dignidad; eso es lo que quiero para él.

—Sí, Becca —contesta—. Ayer me quedé en paz después de perdonar a tanta gente y de perdonarme a mí mismo por tantas cosas… Perdoné a mis padres porque, aunque ellos creían que me daban unos valores, la verdad era que me hacían daño. Ayer me prometí que, si tenía la oportunidad en algún momento de

mi vida de operarme, lo haría, porque mi situación es insosteni-
ble. Es mi vida, ¿sabes? —Me lo dice a mí, pero en realidad se
lo está diciendo a sí mismo, como si tuviera que oírlo para rati-
ficarlo—. Y tengo que vivirla como quiero. Pero… me había
mentalizado de que pasarían muchos años, puede que décadas,
antes de conseguir ahorrar lo que vale una intervención de este
tipo. Tal vez nunca lo hubiera logrado.

—Pues ya no tienes que esperar —le digo, feliz por él—.
Gabino es cirujano plástico —este le guiña el ojo del tic, con lo
cual parece que no le haya guiñado nada— y ha operado a gente muy importante.

—Hoy te ingresaremos —explica Gabino, hinchado como
un pavo real—. Te quedarás en mi residencia hasta que te dé el
alta. Una vez entres en mi consulta y firmes los consentimientos
informados, ya no podrás salir hasta que no tengas tu cara en
orden.

No creo que haya sido muy sutil esa expresión, pero parece
que a Eugenio le vale. Y si le vale a él, a mí también.

—¿Entramos? —pregunta Gabino.

—Estoy listo.

Eugenio traga saliva y se queda pensativo frente a la puerta
de ese chalet, que en verdad es la entrada de la clínica de cirugía
estética, como si fuera un falso oasis, un espejismo. Después
alarga la mano hacia mí y me pregunta:

—¿Cruzas la puerta conmigo, Becca?

—¿Te da miedo cruzarla solo?

—No es eso. Es que si la cruzas conmigo, sé que es de verdad.

Ay, es que me lo como. Tan bueno, tan honesto… Que hasta ya me parece guapo, porque he aprendido a mirarlo con el
corazón.

—Por supuesto —respondo, orgullosa de él y de su valentía.

—Crucemos, pues.

Respira hondo y damos un paso adelante siguiendo a Gabino. Bruno va detrás de nosotros sin perderse un solo detalle de
la improvisada reunión.

Durante el trayecto que nos deja frente a la puerta de la consulta del cirujano, me doy cuenta de que Eugenio tiene el pulgar de su mano libre oculto entre sus otros dedos.

Un nuevo recuerdo más que atesorar.

16

 @avecesSara #eldivandeBecca #Beccarias Tengo una
teoría sobre mi tío narcolépsico: en otra vida fue
un colchón.

Finalmente, no he podido entrar con Eugenio a la consulta porque Gabino quiere reunirse en privado con el que ahora será su
paciente. Además, este hombre tiene un TOC con los números
impares. Así que, como Bruno debe grabar algunos planos de
Eugenio con el cirujano, he dejado que sea él quien haga de tres,
un elemento imparcial en esta historia. Al parecer, si entraba yo
y sumábamos cuatro, moríamos todos, como en una maldición.
Lo cual no es ni mucho menos real, pero existe en la cabeza del
señor Tabares, y eso hay que respetarlo.

Médico y paciente se quieren conocer y entablar lazos de
confianza, lo que me parece coherente. No soy la madre de Eugenio, y él es mayor de edad; además, ha aceptado de buen grado quedarse a solas con el cirujano.

Ya no le veré más, hasta que salga de ahí con su cara nueva.
Me siento muy feliz por él, la verdad. Sé que El Ratatouille saldrá adelante, y pienso mover contactos para que se ponga en
órbita y tenga las visitas que se merece. Pero eso será más adelante.

Por mi parte, me he quedado en el despacho personal de
Gabino, donde él me ha traído. Me ha dicho: «Siéntese, que ven-
dré dentro de un rato para informarle sobre cómo voy a proceder con tu amigo». Y yo le he obedecido, cual chihuahua.

Pero no he podido permanecer sentada demasiado tiempo. Desventajas de tener un culo inquieto.

En su despacho hay una vitrina con todo tipo de marcos espectaculares y fotos de varias épocas, y yo soy muy curiosa. Algo llama mucho mi atención. Me quedo mirando una en la que creo reconocer a una persona... Tengo que pensar un rato para averiguar de quién son esas facciones, hasta que mi cabeza se ilumina y lo ubico, en otro tiempo y en otro lugar.

Es Murdock, el que nos facilitó el collar de descargas para Fayna, con cuarenta kilos menos. Vaya... Interesante. Gabino y Murdock se conocen.

Observo la ropa que llevan y el lugar donde se han hecho la foto. No puede hacer mucho de eso. Se encuentran en el exterior, en campo abierto, y hay una especie de carpa verde oscura a mano derecha. Murdock lleva una camiseta con las siglas M.A.M.B.A. No sé qué significan.

En ese instante, Gabino entra por la puerta y se detiene cuando me ve con las narices tocando el cristal de su vitrina. Se le hincha el pecho de orgullo y medio sonríe. Después camina por la moqueta hasta sentarse en su sillón de jefazo de su clínica privada de estética.

—Su amigo se va a quedar con nosotros durante una semana —me informa—. Le hemos dado una habitación y en el transcurso de los días le haré las intervenciones pertinentes.

Oh, qué bien. Cómo me alegro por Eugenio. Esto va a cambiar su vida por fin. Después tendrá que seguir trabajando sus miedos, pero con un rostro que no tema mostrar a los demás le será más sencillo poder salir airoso de las situaciones comprometidas.

—Supongo que Genio le habrá dicho que...

—Sí, sí. Nada de retoques vanidosos —contesta al tiempo que abre un cajón y saca un mechero metálico y dorado, con el que juguetea abriendo y cerrando la tapa con el pulgar—. Pero ya le he explicado que tengo que tocarle el tabique nasal desviado, porque es por eso por lo que no respira bien. Y hay que meter mano en su dentadura, o correrá el riesgo de tener problemas digestivos.

—¿Qué tienen que ver los dientes con la digestión?

—Mucho, señorita. Mucho.

De acuerdo. No voy a insistirle. Sea lo que sea, seguro que no lo comprendo.

—¿Le gusta mi vitrina?

—Me gustan las fotografías.

—Toda mi vida está ahí.

—Y veo que ha hecho muchas cosas.

—Las que me permitieron.

—Por las fotografías que hay, deduzco que ha operado a gente famosa, señor Tabares.

—Ellos vienen aquí porque soy muy escrupuloso con la confidencialidad. No quieren reconocer frente a los medios que se han retocado; si no, ¿qué gracia tendría lucir tan bien? Así que depende de lo que pidan, se quedan en mi clínica unos días y salen como nuevos. Y aquí no ha pasado nada.

—Desde luego, yo no conocía este lugar.

—Lo cual es una gran virtud, ¿no cree? —Abre y cierra la tapa del mechero a mucha velocidad.

En ese momento decido abordar la cuestión que me interesa.

—Yo conozco al señor que le acompaña a usted en esta foto. Se llama Murdock.

Gabino cruza las manos sobre su estómago y asiente mientras se balancea en su sillón adelante y detrás.

—El Loco.

—¿Lo llamaban El Loco?

—Sí… Siempre estaba haciendo inventos, a cual menos útil.

«Vale, Becca. Se te acaba de presentar una oportunidad. Tú decides si dejas de hacer preguntas, o averiguas lo que quieres saber sobre Axel. Si las haces, olvídate de dejarle de lado, porque no vas a poder.» Porque me conozco, y siempre querré más. Me gusta llegar hasta el fondo de la cuestión, y si Fede me colocó al tarado, lisiado emocional y trozo de hielo con patas de su hermano para que le echara una mano, es por alguna razón. Creía que yo podía ayudarle. ¿Y sabéis qué? Joder, es que no soporto frustrar las expectativas que la gente pone en mí.

—¿Dónde está Axel? —me pregunta Gabino de golpe, echando por tierra mi pensamiento de huir, en caso de que lo tuviera.

—Afuera, en la caravana, al mando de los controles audiovisuales. No ha podido entrar por... ya sabe, por su mención sobre las tres personas.

—Ya... ¿Y usted ha elegido al otro en vez de a él sabiendo que es a Axel a quien hago el favor?

El ruidito del sillón al mecerse me pone de los nervios, así que al ver la puerta abierta que me ofrece Gabino para hablar con él, la cruzo sin más dilación.

—Sí. Eso he hecho. —Me siento frente a él, al otro lado de la mesa pulcra y recogida—. Tengo preguntas.

—Y si las tiene es porque me imagino que Axel sigue tan impermeable como siempre.

—No es impermeable. Es... un búnker.

Gabino mueve la cabeza con gesto afirmativo, como si supiera de lo que le hablo.

—Axel no es de los que habla. Él prefiere actuar.

Que me lo diga a mí. ¡Y no veas cómo se las gasta!

—¿Qué es lo que quieres saber, señorita Becca?

—¿De qué conoce a Axel? ¿De qué se conocen ustedes tres?

No sé si Gabino está dispuesto a responder mis preguntas. Desde luego, su actitud es la de alguien que esquivará las que no le interesen y contestará con normalidad a las demás.

—Nos conocimos en la República Centroafricana, hace año y medio.

—¿En África?

—Sí.

—¿Qué hacían allí los tres?

—Trabajar —contesta jugando con el mechero—. Yo todavía seguiría allí si no fuera por la metralla que me alcanzó en la espalda y que no me permite hacer esfuerzos en los que haya peso de por medio.

—¿Metralla? A ver… Un momento. —No acabo de comprender lo que está diciendo—. ¿Qué hacían en África?

—Ya se lo he dicho. Trabajar.

—Disculpe mi indiscreción, pero esta clínica en la que estamos dista mucho de ser África.

—Yo era cirujano de guerra —me cuenta, muy serio—. He operado sobre mesas de cocina y entablillado piernas con trozos de madera. ¿Esto que ve aquí? —Abarca su despacho con una mano—. Es el paraíso comparado con los lugares a los que he ido para intervenir con el mínimo de equipo sanitario. Por alguna razón me llamaban MacGyver, señorita.

—Desconocía que le llamasen así. Ya sabe, cosas de Axel y su lengua suelta. A veces le tengo que decir que haga el favor de callarse porque no soporto su verborrea —ironizo.

Gabino deja caer sus ojos marrones sobre mí y frunce el ceño, estudiándome y valorando si soy una nueva especie.

—Debe de ser usted muy especial para Axel…

—¿Por qué lo dice?

—Está claro. Son polos completamente opuestos.

—Somos puro magnetismo. —Sonrío sarcástica. «Sobre todo cuando se tira a otras.»

Esta vez el cirujano sonríe de verdad. Sé que está valorando mi esfuerzo por averiguar algo más de su amigo El Temerario.

—Me cae bien. Usted le importa.

—No crea.

—Sí. Le importa —repite convencido—. Él nunca, jamás, ha pedido favores a nadie, aunque los demás le debamos miles. Pero con usted… está haciendo excepciones.

Trago saliva. ¿Será verdad? ¿Será verdad que hay un ínfimo rayo de esperanza para mí? ¿Será cierto que Axel me está pidiendo ayuda a su manera, abriéndome las puertas de su gente y de sus secretos? No puedo hacerme ilusiones otra vez.

—¿Sabe qué?

—Qué.

—A Axel le ayudará tener a su lado a alguien tan…

—¿Tarado?

—Refrescante. Y con el pelo así… —murmura otra vez ido en sus pensamientos fantásticos. Creo que también tiene déficit de atención, pero eso no es posible, porque si este hombre opera… Me lo imagino jugando a Doctor Operación: «Tengo que colocar bien el cuadro del despacho, que está torcido… ¡Uy, no!… ¡Eso es el ojo! ¡Meeec!».

Me llevo la mano a mi pelo. El comentario ha despertado mi inseguridad sobre mi esplendoroso e histriónico melenón caoba rojizo, aunque cada vez me importa menos cómo lo tenga. Ayer se cargó de electricidad en medio de la nieve… ¿Qué más puede pasar?

—¿Qué quiere decir con mi pelo?

—Las pelirrojas… Ya saben lo que dicen. —Se le pone cara de viejo sátiro—. Son puro fuego. Muy ardientes, como su color. Una vez tuve una novia tailandesa con el pelo rojo y liso que luego resultó ser un travesti…

—Por favor —le corto rápidamente—. Me estaba explicando lo que hacían los tres en África…

—Ah, sí, gracias. Murdock era miembro del Ejército del Aire. Igual que los hermanos Gero y André, con los que también teníamos buena relación.

—¿Gero y André? —Mi cerebro se enciende como una fogata.

—Sí… Lo último que sé de ellos es que tienen un negocio en Fuerteventura.

—De caída libre y paracaidismo.

—Veo que los conoce.

—Me tiré por uno de sus aviones. —Froto mi cara con fuerza. Todo encaja—. ¿Y Axel? ¿Qué pintaba ahí? ¿Era un madelman?

—No. —Se echa a reír—. Axel era el camarógrafo de guerra que cubría las noticias y los movimientos de nuestro destacamento.

242

La sangre se me congela al instante, y ni siquiera me preocupo por ocultar mi sorpresa. Axel estuvo en una guerra como camarógrafo. Y le llamaban El Temerario. Me imagino por qué. Aun así, lo pregunto.

—¿Por qué el mote de El Temerario?

—Si sigue igual, supongo que ya lo sabe. Axel actúa sin pensar.

—¿No me diga? No lo había notado.

—Cuando hay problemas, siempre se mete en medio sin importarle si está en mejores o peores condiciones para salir airoso. Pero al margen de su inconsciencia, el tío era increíble con la cámara… Consiguió grandes planos y secuencias de los ataques de los zaraguinas contra la población civil, incluso contra nosotros. Tiene premios profesionales y de gran prestigio en sus vitrinas, y la mayoría los consiguió por el trabajo que hizo en nuestro destacamento.

¿Axel? ¿Premiado por su trabajo de cámara en conflictos bélicos? Madre mía. Me lo imagino en peligro y algo se me encoge en el estómago.

—Axel no solo grababa —continúa Gabino—. Si podía, intervenía. Era un cámara interventor. Sí, eso era. Se coló en sangrientas batallas para proteger a mujeres y a niños. Señor… —Echa la cabeza hacia atrás y suspira—. Si tenía que coger un arma y disparar para protegernos a uno de nosotros, o para luchar a nuestro lado, también lo hacía. No le temblaba el pulso jamás. Era como si… no le importase arriesgar su vida, como si no le diera ningún valor, y en cambio sí se la daba a la de los demás. A la de todos menos a la de él. Por eso lo condecoraron por su valor con varias insignias militares.

¿Condecorado? ¿Premiado? Se me está poniendo la piel de gallina. Tengo a mi lado a una especie de héroe de guerra que ha pasado de grabar hechos realmente importantes en conflictos bélicos a participar en un reality sobre fobias. Me siento fatal y muy poca cosa en estos momentos. Con razón no me toma en serio.

—Nosotros tres hicimos muy buenas migas. Y tuvimos la suerte de salir de allí con vida.

—De ahí su fijación con el tres, supongo. Como si fuera un número de la suerte.

—Sí. Es mi TOC particular.

—Lo sé. No me imagino una cena de Navidad con todos sus familiares.

—Ni yo. Los zaraguinas atacaron nuestro destacamento e hicieron volar por los aires los módulos en los que trabajábamos. Después se liaron a tiros con nosotros. Axel lo grababa todo, hasta que vio que Murdock y yo estábamos en verdadero peligro. Al Loco lo había alcanzado una bala en la pierna, y yo tenía trozos de metal incrustados en la espalda.

—Qué horror... —No sé si quiero que continúe.

—Axel dejó la cámara a un lado... y en fin... —Lo explica como si lo estuviera viendo en ese preciso momento—. Entró en lo que quedaba de los dos contenedores donde teníamos todo el material de nuestra base, me cargó sobre sus hombros, porque tenía la espalda hecha polvo de la metralla y no me podía incorporar, y cruzó la nube de balas para ponerme a salvo. Como un jodido héroe. Y después hizo lo mismo con Murdock, que a punto estuvo de perder la pierna.

Es asombroso. Por muchas cábalas que pudiera haberme montado sobre la historia pasada de Axel, ninguna se acercaría a la versión que me acaba de dar Gabino.

—Ese es el favor que le debía... —susurro.

—Eso es. Salvó mi vida, señorita. Cualquier cosa que me pida Axel se la daré. Por eso no voy a cobrarle nada por la intervención a su amigo. Nunca le cobraré por nada, porque salvar mi vida no tiene precio.

—Muchas gracias, por la parte que me toca... Bueno, no a mí —aclaro—. Al programa.

—Déselas a Gael. —A veces lo llama por su segundo nombre. Gabino no me mira, está centrado en un punto ubicado sobre mi hombro derecho—. Es sorprendente que después de

244

haber estado en medio de una guerra, ahora grabe un reality de esos casposos que hacen hoy en la televisión. No acabo de entenderlo.

—Está hablando en voz alta, ¿se da cuenta?

—¿Eh? Sí, sí… Perdón. Bueno. —Se levanta con energía del sillón, preparándose para despedirme—. No quiero ser maleducado, pero tengo trabajo que hacer. Dele recuerdos.

—¿No quiere verle?

—Es mejor que no. Casi todos los que vivimos y participamos de una guerra, regresamos con estrés postraumático. Reencontrarme con mis ex compañeros me provoca ansiedad; es como un activador de mis recuerdos. Y a Axel le quiero mucho —reconoce sin subterfugios—, pero todavía no estoy listo para verle a él, o a Murdock, o a cualquiera de los que estuvieron conmigo aquel día que nos sorprendieron los zaraguinas. ¿Lo comprende? ¿Por qué cree que le envió a usted? ¿Por qué piensa que no me llamó él mismo?

—Lo comprendo.

—Seguro que Axel no tiene ningún trauma, ¿me equivoco? —Alza una ceja castaña.

—Axel tiene muchos secretos. Muchísimos —remarco levantándome poco a poco—. Pero su silencio y su hermetismo esconden un enorme sufrimiento. A veces no gritar, señor Gabino, no significa estar libre del miedo. En realidad, significa que se sufre tanto que el miedo le paraliza a uno.

El cirujano me escucha con atención y hace una mueca de conformismo. Mira el mechero metálico que aún sostiene en su mano, como si lo acabase de descubrir. Se acerca y me lo da con esa pena con la que uno se desprende de las cosas a las que tiene mucho cariño.

—Entréguele esto de mi parte.

El tacto del mechero cuando lo cojo de sus manos es templado.

—De acuerdo. —Lo guardo en el bolsillo de mis tejanos.

—Señorita Becca, espero que le ayude —dice en un tono

afable—. Mi amigo no solo es un héroe; es un diamante en bruto.

—Eso es lo que intento.

—No se rinda.

—Gracias.

—Ha sido un placer.

Yo considero a Axel más bruto que diamante, pero reconozco que después de lo que he descubierto, ahora le tengo mucho más respeto que antes. Y por eso me da tanta rabia que haya sido tan cabrón conmigo y que sea incapaz de hablarme y de abrirse a mí como hacen todos los demás.

Una vez Bruno y yo llegamos a la caravana, siento los ojos de Axel clavados en mi nuca. Todavía no sé cómo encajar y cómo reaccionar a todo lo que Gabino me ha dicho.

Creo que esperaré al transcurrir de los acontecimientos para afrontar con él todas estas cuestiones. No pienso sacarle el tema delante de Ingrid y Bruno.

Pero es él quien me sorprende por la espalda y me pregunta directamente.

—¿Cómo ha ido con Eugenio?

—Ya lo habrás visto a través de las imágenes recibidas de la cámara de Bruno, ¿no? —contesto sin darme la vuelta, molesta.

Agarro mi iPad y lo enciendo para empezar a trabajar en el resumen de la terapia de la ficha de Eugenio. Y molesta, ¿por qué? Pues, ¡por todo! Por su silencio, por su carácter, por miles de detalles a la vez, y por ninguno en particular, que hacen que me esté volviendo loca por un tío que me ha decepcionado, aunque parezca que en realidad es mucho más de lo que aparenta y que vale la pena de verdad.

Él ignora mi tono arisco e insiste.

—¿Cómo está Gabi?

—¿MacGyver? —le corrijo para que sepa que estoy al tanto de todo.

Sus ojos verdes, rodeados por esas pestañas largas y negras, chispean ligeramente en cuanto se ven sorprendidos por mi réplica. Antes de nada, ubico a Ingrid y a Bruno, porque no quiero que oigan nuestras frases cruzadas. Pero ¿qué van a oír ellos? Ya tienen suficiente con la tensión acumulada estos días entre los dos.

—Has hablado con él.

—No me ha costado nada.

—No es lo habitual. A Gabino le cuesta hablar de sus cosas. Pero tú consigues tirar de la lengua hasta a los muertos. No sé cómo lo haces, pero eres muy buena en lo tuyo.

Ahora me regala los oídos, el condenado. Y a pesar de todo, a pesar de cómo me siento, del daño que me ha hecho y de lo poco o nada que confía en mí, aquí estoy, con ganas de abofetearle y de besarle a la vez. Esto es una mierda.

—A ti no he conseguido hacerte hablar, excepto cuando me has insultado —respondo, muy seria.

—Tal vez mi manera de hablar contigo —reconoce tragando saliva— sea distinta. Algunos estamos más muertos que otros, Becca.

—Gilipolleces —gruño en voz baja mientras rebusco en el bolsillo del pantalón para coger el mechero; tomo la mano de Axel, le coloco la palma hacia arriba y lo dejo encima de un manotazo—. Esto me lo dio Gabino para ti.

Axel agarra el mechero dorado y lo observa con atención. Un conato de sonrisa cruza su boca.

Me muerdo la lengua para no preguntarle qué significa, porque no quiero más cortes ni tampoco más enigmas en el aire.

—¿Quieres saber qué es?

—Me da igual —miento, descolocada al escuchar su predisposición a explicármelo—. No tienes que contarme nada que no quieras. No estoy haciendo terapia contigo, aunque creo que la necesitas con urgencia porque no se puede vivir como tú lo haces —le suelto con inquina.

Él hace como que oye llover; mejor, porque no debería haber sido así de venenosa. Si me hubiese contestado mal, lo tendría bien merecido.

—Te lo cuento si me dejas que te invite a cenar esta noche. —Levanta sus ojazos del mechero y los ancla en los míos—. A solas.

¿A cenar? Lo veo un poco nervioso. Estudio sus gestos y valoro lo que le pasa.

Quiere cenar conmigo de verdad, quiere hablarme y recuperar el terreno que sabe que ha perdido... Odia sentir que las cosas se le van de las manos. Tal vez esté arrepentido por todo y busca un modo de redimirse. Sea como sea, tiene que aprender a aceptar que no se puede tener el control de todo, y que las personas somos incontrolables e imprevisibles.

—Me lo puedes contar sin invitarme a cenar. No quiero cenar contigo, y mucho menos solos —contesto. Antes de que pasara todo, me moría de ganas de pasar una velada con él. Ahora, me da un miedo atroz, porque sé que el lobo tiene los dientes grandes para comerme mejor. Y soy yo la que sale perdiendo—. Además, hoy mismo ponemos rumbo a nuestro próximo destino, y... ¿Qué... qué haces?

Axel se acerca a mí, llenando todo mi espacio visual, tan convencido y decidido que me recorre un escalofrío por la columna.

—Becca... Sé que piensas que soy un capullo —dice en voz baja.

—No lo pienso, Axel. Eres un capullo.

—Vale. Lo soy en muchos aspectos. Pero sé reconocer mis errores, y contigo lo he hecho mal. Déjame invitarte a cenar y hablaremos de lo que quieras.

—¡Becca! —Es Ingrid, con su iPhone en la mano. Observo cómo a Axel le fastidia la interrupción, igual que a mí—. ¡Fede al teléfono! ¡Es urgente!

Me quito de encima a Axel como puedo y corro hasta la parte delantera de la caravana para coger el móvil. Tengo tantas cosas que decirle a Federico, tanto que reprocharle... Entre ellas, que haya puesto a su hermano en mi vida y que haya creído que puedo ayudar a alguien tan complicado.

—¿Becca? ¿Cómo vas?

—De culo.

—Perfecto.

—Fede, tenemos que hablar.

—Luego. Ahora atiende. ¿Dónde estás?

—En Madrid. En El Paraíso.

—Madrid es un paraíso, ¿verdad, catalana?

—Sí, sus playas son maravillosas.

—Menos lobos, Caperucita. Bueno, atiende. Necesito que cambiéis urgentemente vuestra hoja de ruta.

—¿Por qué?

—Porque tienes que tratar a un amigo mío con urgencia.

—¿A un amigo tuyo?

—Sí. Y otra cosa.

—¿Más?

—Si. ¿Conoces a algunas chicas que puedan sacar de quicio a un tío que se cree el amo de todas las vaginas que se cruzan por su camino?

—Puede.

—Pues págales lo que quieran para que estén esta noche en Madrid. Pero que vengan ya. No hay tiempo que perder, el asunto es delicado.

—¿Perdón? Pero, un momento… ¿Qué problema tiene tu amigo?

17

@pasadadepeso #eldivandeBecca #Beccarias
¿Ser bipolar es morder a las personas para
demostrarles cariño?

Y así, con una simple llamada del jefe, hemos cambiado la hoja de ruta de *El diván*; todo por expreso deseo del Súper.

Acaba de pedirme un favor personal. Muy personal. Tiene un amigo de su círculo, de esos que estornudan y le salen billetes de quinientos por la nariz, que sufre lo que Fede denomina «pequeña obsesión» relacionada con las mujeres y el sexo y que le está afectando en todos los niveles, tanto en el personal como en el social.

No tengo ni su ficha clínica ni nada que me pueda orientar, porque nunca ha sido tratado. Es decir, que voy a ciegas con él. No sé de dónde le viene la obsesión, qué provoca su comportamiento... No sé nada. He lidiado con TOC y con obsesiones, sé trabajar con ellos. Pero tengo que conocer el origen.

He aceptado el caso porque se va a grabar igual, como parte de las terapias de *El diván* dentro de la programación del segundo trimestre. Para ello, he tenido que eliminar el caso de Juan, un minero gallego que padece graves episodios de claustrofobia que le han impedido seguir con su jornada laboral. Ya lo retomaremos más adelante.

Lo mejor: que no tenemos que movilizar todo el equipo hasta Galicia.

Lo peor: que, a pesar de que el nuevo paciente reside en el

lujoso barrio de Salamanca y que no nos llevará mucho dar con él, no sé qué tipo de obsesión tiene en realidad.

Está claro que lo que Fede dice puede distar mucho de lo que le sucede en realidad a su amigo. Porque Fede es un manipulador de tomo y lomo, y sabe cómo decorar las cosas para que parezcan mejores de lo que son. Véase «Anexo Axel».

A ver qué me encuentro.

Ingrid se ha vuelto loca buscando habitaciones libres. Las hemos encontrado en el hotel Barrio de Salamanca. Le he pedido que nos reserve cuatro suites, separadas. Yo hago muchas cuentas de la abuela. Lo que nos hemos ahorrado en las operaciones de Eugenio gracias a Axel no vamos a ahorrarlo en nuestra estancia en Madrid, ya que ha sido perpetuada por una decisión relámpago de Fede. Además, nos lo merecemos, ¡caramba! Y necesito fastidiar a Federico por involucrarme en el gravísimo e intenso conflicto emocional en el que estoy metida, aunque sea un poquito… El dinero no es importante para él, sé que le da igual que despilfarremos mientras le ofrezcamos grabaciones de calidad. Y las va a tener.

Sin embargo, me gusta pensar que cuando vea las cuentas, pueda reventarle alguna venita de los ojos.

Desde luego, el barrio madrileño de Salamanca es precioso y acoge a las principales familias de la burguesía de Madrid. En su diseño urbanístico cuadriculado, posee no solo importantísimas calles de la capital, sino museos, palacios y zona de ocio rebosante de cultura y tradición.

La caravana de *El diván de Becca* ha llamado mucho la atención incluso entre los ricos. De hecho, pegaba menos en la zona que Kate Perry en el anuncio de Adidas. Porque, ¿a alguien se le ha ocurrido pensar qué hacía ahí Kate?

En fin, son las típicas preguntas y divagaciones que me hago mientras el botones deja mis maletas y demás bártulos en la suite.

Me dejo caer en la cama *king size*, limpia e impoluta, solo para mí. Nada de dormir con un increíble dios del sexo y el hastío encima de mi cuerpo. Nada de sentir sus caricias, ni percibir sus suaves masajes, sus susurros de preocupación, sus...

Señor. Qué sola estoy.

Hemos coincidido todos en el mismo pasillo, y tengo a Axel justo en la habitación de enfrente. Sí. Ideal, ¿verdad? Pues no. Porque justo ahora, que tengo ganas de darme la ducha que todavía no me he dado, acaban de picar a mi puerta, y sé, sin la menor duda, quién es.

Me levanto tensa. No quiero sorpresas, ni tampoco frases que no pueda entender, o que no quiera comprender en estos momentos. ¿Es mucho pedir estar un poco tranquila y hacer mi *back up* personal?

Abro la puerta y me lo encuentro ahí, de pie, con esa cara de «soy Dios y tú no llegas a querubín».

—¿Qué pasa, Axel?

Él entra, por supuesto, sin pedirme permiso ni nada. Me trago las ganas de hacerle la zancadilla por detrás.

—Pasa, hombre, pasa... —le invito haciendo negaciones.

—Solo quiero comprobar la orientación de la habitación.

—Pues está orientada a los jardines del Museo Lázaro Galdiano —contesto—. Ideal para francotiradores. Gracias, ya te puedes ir.

—Tú y tus bromas... —murmura, disgustado.

—¿Has dicho que te vas?

—Aún no.

Entra en todas las estancias y comprueba que todo esté correcto. Las suites del hotel son como pequeños pisos de lujo, con vistas a zonas históricas del barrio.

—¿Sabías que en este hotel Juan Ramón Jiménez empezó a escribir su obra *Platero y yo*? —pregunta mientras mete la cabeza en mi dormitorio.

—Y el abuelo que tengo al lado de mi loft se pasea desnudo todos los días. ¿Y qué? —contesto cruzándome de brazos, impaciente por que se vaya ya y deje de pasear su escultural cuerpo delante de mi jeta.

—Yo también lo haría para llamar tu atención.

Me mira de soslayo, pero no voy a reaccionar a su insinuación.

Cuando acaba de inspeccionar la suite, se dirige a mí con pasos sigilosos. Me mantengo alerta, porque con él nunca se sabe. Hasta que levanta su mano y hurga entre el cuello abierto de mi camisa a rayas azules y blancas de YSL, que había elegido Ingrid para mi look de hoy.

—¿Llevas el localizador?

—Sí.

Sus dedos están demasiado rato en contacto con mi piel. Me incomodo y me caliento por igual.

—¿Y llevas el pokémon del amor? —me pregunta alzando una ceja negra inmisericorde.

Yo le aparto la mano de un manotazo.

—No toques ese colgante, tiene la virtud de convertir en sapos a los pecadores como tú.

Axel sonríe y todo su rostro se suaviza.

—Es tu amuleto, ¿verdad? Sabía que era importante para ti. Por eso lo rescaté del fondo del río.

—Sí, bueno… Gracias. Oye… —Me aparto de él—. ¿Querías algo más? De verdad que no tengo tiempo para esto y necesito que te vayas.

Él se cuadra ante mí.

—Quiero que me permitas invitarte a cenar. Y quiero besarte, Becca. No he deseado tanto algo en mi vida…

Estas son esas frases que me descolocan y que me hacen olvidar por qué debería mantener alejado a Axel. No me imaginaba que pudiese decir cosas semejantes. Pero tampoco debería extrañarme, porque su perfil es exigente.

Carraspeo para poder responderle.

—¿Qué pasa? ¿No has aprendido lo que te pasó la última vez que me besaste? Veo la marca de mis colmillos desde aquí.

—Prefiero eso a la indiferencia. Y no creo que yo te sea indiferente. —Se pasa la lengua por la herida rojiza del labio inferior.

—¿Por qué no me dejas tranquila?

—Porque no puedo —murmura—. Y porque tengo que cuidar de ti.

—Me has salvado la vida muchas veces, Axel. Conoces tu papel de héroe al dedillo y no hay nadie mejor que tú en eso. Pero entre los dos han pasado cosas… Y en ese aspecto no me has cuidado precisamente. Has pasado por encima de mí como un tanque. Te has burlado de mí, te has metido conmigo, me has tratado fatal. —Cuando me doy cuenta de que empiezo a alzar la voz, me calmo para tomar las riendas de la conversación—. No has sido ni siquiera un buen amigo cuando lo único que he querido ha sido ayudarte.

Axel suspira enfadado consigo mismo, reconociendo sus errores.

—Joder… Me he equivocado. Lo sé —reconoce sin mostrar vergüenza alguna—. Pero si me das la oportunidad de acercarme a ti otra vez, me portaré bien. Te lo prometo.

—¿Y por qué quieres ahora acercarte a mí? Yo no te importo lo más mínimo. Además, nos conocemos solo de hace unas semanas… —¿Quién se enamora en unas semanas?—. ¿Por qué ibas a tomarme en serio?

—Becca —ruge desde el pecho, como si lamentara más que yo esa situación—. No vuelvas a decir eso —me advierte.

Clavo mi mirada en la suya, lentamente, pero con firmeza. Quiero creerle, pero para mí es muy difícil hacerlo cuando sé que se ha ido a la cama con otra. No es que me haya sido infiel, no se trata de eso, porque él y yo nos estamos conociendo, aunque parezca que nos leamos el uno al otro desde hace una eternidad. Pero mis sentimientos hacia él han sido muy fuertes desde el primer momento, y por eso, el hecho de que se fuera a la cama con Raquel me ha hecho tanto daño. Quisiera poder explicárselo, pero sé que un tío como Axel, tan frío, tan cerrado, se mofaría de mis emociones y le restaría importancia a lo que siento por él.

Y resulta que soy muy sensible y que nunca me he sentido así por nadie, y no me gusta que la persona que ha despertado eso en mí me haya herido y tenga la capacidad de derrumbarme con un soplido.

—Axel, te has hartado de decírmelo. Porque lo repita yo unas cuantas veces no va a pasar nada, ¿no crees?

—Sí pasa —dice él dando un paso adelante y arrinconándome de nuevo contra la pared—. Sí pasa, maldita sea.

—¿En serio? —No me achico ni un centímetro—. ¿Qué pasa? ¿Que ahora al niño no le gusta que le lleven la contraria?

—No, no es eso… Es que…

—Es que ¿qué? ¡Habla de una maldita vez! —le exijo perdiendo la paciencia—. ¡¿Qué?!

—No es fácil para mí confiar en los demás.

—¡Dime algo que no sepa! ¡Ya sé que eres un muro!

—¡No es sencillo abrirme! ¡No soy un hombre fácil, Becca! Hasta hace poco… no había nada que me estimulara, nada que me hiciera tener ganas de relacionarme con los demás… Nada tenía sentido en la vida para mí. Hasta que…

—Hasta que ¿qué? —pregunto, absorta por su sinceridad.

—Hasta que te he conocido —dice buscando cuidadosamente las palabras—. He estado muchísimo tiempo alejado de mis emociones. Mucho, Becca. Pero tú estás consiguiendo que vuelva a conectarme con ellas, y todavía no las sé gestionar. Me equivoco… Y hago… tonterías.

Miro hacia otro lado porque no soporto verle vulnerable. Porque es hermoso cuando me habla así. Bello por fuera y por dentro, con su honestidad y su transparencia.

Sin embargo, a mí aún me escuece imaginarme las cosas sucias que habrá hecho con la jefa de sala del Ratatouille. Me quema. Y no quiero lanzarme a la piscina otra vez. Voy a meditar sobre la veracidad de sus palabras, aunque me piquen las manos por abrazarlo y perdonarle.

No puedo. Porque Axel representa el peligro.

—Para mí, Axel, no es una ninguna tontería que te hayas follado a Raquel —sentencio con seriedad y con los ojos humedecidos por el dolor de repetir esas palabras—. No lo es... —susurro—. Me has hecho daño.

—Lo sé —dice, afectado por verme así.

Mi barbilla empieza a sacudirse, haciendo su particular baile de San Vito.

—Por favor, necesito que me dejes sola —le pido, abatida.

—Becca...

—Lo necesito —le interrumpo—. Necesito una pausa de ti. No sé quién te ha hecho esto. No sé quién te ha convertido en lo que hoy eres... Pero no todas somos iguales.

Él me mira con energías renovadas, como si acabase de dar en la llaga y lo dejara en cueros ante mí.

—Puedo confiar en el Axel guardaespaldas, con él me siento a salvo siempre. Pero no en el hombre que no cree en mí, que cuando se enfada se tira a otra, y que solo cuando ve un vídeo en el que demuestro que digo la verdad, solo entonces —recalco— decide darme de nuevo su voto de confianza. No puedo confiar en ese hombre, porque no siempre habrá vídeos a los que poder recurrir. Y ese tipo castigador y desconfiado es el que está aquí, en mi habitación. Y es el que me da más miedo de todos. Nada nunca me había dado tantísimo miedo como tú.

—Puedes confiar en mí, no te volveré a decepcionar, rizos... —susurra con su boca a un centímetro de la mía.

Yo aparto la cara y cierro los ojos con fuerza.

—No. Ahora no. Vete, Axel.

El silencio que sigue a mis palabras es ensordecedor.

Dejo de sentir el aliento a menta en mi mejilla y en mi barbilla. Y cuando abro los ojos, solo hay vacío frente a mí. Soledad.

Axel ya no está.

Me resbalo por la pared hasta quedarme sentada en el suelo. Apoyo la frente en mis rodillas y me repito hasta la saciedad que estoy haciendo lo correcto al no creerle.

Una vez, puede pasar. Dos veces, es culpa mía.

Cuando me recupero del mal trago con Axel, me meto renqueante en la ducha.

Emocionalmente, estoy triturada.

Es increíble que mi vida se haya convertido en lo que es hoy, cuando unos meses atrás creía tenerlo todo bajo control: el tipo de hombre que quería, un trabajo muy respetable, cero dolores de cabeza y grados y más grados de seguridad.

Y ahora ya no tengo el control ni de mi cuerpo ni de mi corazón ni de mi vida ni de nada. Voy a la deriva, como una kamikaze inconsciente, y soy demasiado ilusa por pensar que pueda llegar a buen puerto, o que en algún momento sepa frenar lo que hay entre este hombre exasperante y yo. Porque no tengo ni idea. Es la primera vez para mí, y me han desvirgado a lo bruto.

Al salir del baño, recibo un whatsapp de Ingrid. Cojo el móvil que he dejado sobre el mármol del tocador, y leo lo que me pone.

De Ingrid:
Hoy te pones la gabardina azul de Burberry que tiene las mangas de cuero negro. Y debajo, la camisa de cuello de pico de Free People, la falda negra de Marc Jacobs, y las botas de Guess que te llegan por debajo de las rodillas.
Ahora mismo te lo preparo y te lo llevo. Hay que peinarte y maquillarte. ¿Estás lista?

Me miro en el espejo. No, no lo estoy. Creo que he perdido algo de peso debido al estrés, tengo ojeras de haber llorado y todavía necesito secarme el pelo.

De perfil, veo que se me notan los oblicuos más de la cuenta. Eso es por la pérdida de grasa que provoca estar al borde de un ataque de nervios las veinticuatro horas del día. Y también es porque... Eh, un momento.

—A ver... ¿Qué es esto? —murmuro frente al espejo levantándome ligeramente un pecho. Tengo dos chupetones del tamaño de una nuez. Uno debajo del pezón izquierdo y otro debajo del derecho, como si tuviera cuatro pezones. Abro los ojos hasta que están a punto de salirse de las órbitas y caigo en lo que ha pasado. Ayer noche no tuve un sueño erótico. Ayer noche, mientras estaba recuperándome de mi primera hipotermia..., Axel se aprovechó de mí. ¡Fue real!—. ¡Será hijo de perra! ¡Cretino succionador! ¡Cuando lo vea me lo cargo!

No. No, Becca, no.

No puedo dejarme llevar por la furia. No puedo darle más cancha a Axel, no debo permitir que estas emociones me arrastren. Tengo trabajo por hacer, y para ello, debo ignorar que él está a mi lado a sol y a sombra, aunque me cueste.

Voy a hacer como si nada. Como si no me hubiese dado cuenta de que tengo los pechos marcados por su boca y realmente aún creyera que soñé guarradas.

18

 @eduardamanostijeras #eldivandeBecca #Beccarias
Sabes que tu peluquera tiene TDAH cuando le dices:
Córtame las puntas, y sales de allí con el peinado
de Dora la Exploradora.

Café Gijón

Mi look parece ser muy del agrado de Axel, porque no me quita
los ojos de encima. Ingrid dice que tengo el estilo de Kate Bec-
kett, la compañera del pirado de Eric Castle. La verdad es que
cuando a una la peinan como hace Ingrid, la maquillan y la vis-
ten, recupera de golpe varios puntos de seguridad en sí misma.

Incluso me siento más alta con las comodísimas botas que
llevo.

Estamos esperando a Roberto Nadal.

Treinta y cinco años.

Un hombre de éxito que acude a nuestra cita de las seis de
la tarde en el café Gijón en limusina y con un traje que vale más
que una Burgman.

Rubio, con media melena y unos ojos azules que parecen
dos brillantes en su cara, atiende a su Rolex mientras entra en la
cafetería, y cuando nos divisa, sonríe como un cazador que está
de vuelta de todo.

Habría pagado una fortuna por que alguien nos hubiese
tomado una foto a Ingrid y a mí en ese momento. Si eres mujer
heterosexual o bisexual, es prácticamente imposible que no gires la cabeza para comértelo con los ojos.

El cambio entre Eugenio y Roberto es tan abismal que por un momento creo que me están gastando una broma. Pero no.

En esta zona de Madrid, la gente es muy educada y no se pone a hacer fotos con flash. Supongo que los mundanos como nosotros no debemos de importarles demasiado, y les trae al pairo que haya cámaras grabando de por medio.

La cafetería es preciosa, con la fachada exterior de mármol y de madera, con un toldo rojo. En el interior hay unas cuarenta mesas de mármol negro con fundas granate, como las de los sillones en los que siguen haciéndose tertulias. La pared está forrada de madera y decorada con muchos cuadros de pintores ilustres. Y el suelo es bicolor.

La terraza donde nos encontramos, recubierta también de paneles marrones, tiene tres ventanales y se encuentra frente al pasillo central del paseo de Recoletos. El café Gijón es un famoso cónclave en el que siempre se reúnen literatos, artistas e intelectuales.

Roberto, mi paciente en potencia, se sienta a nuestra mesa y cuando ve que Axel empieza a grabarle de cerca, levanta la mano, cubre el objetivo y se lo prohíbe.

—Antes de grabar, quiero conocer a la señorita Becca y hablar con ella de unas cuestiones. —Me dirige una mirada penetrante.

—Quita la mano del visor —le pide Axel con un tono nada diplomático.

Me extraña que le haya hablado así, pero lo voy a pasar por alto. Axel no suele ser tan estúpido. Con mis pacientes es un profesional muy serio, pero no un estúpido.

Roberto la retira inmediatamente con un gesto nada humilde.

—Yo soy Becca. —Me levanto y le doy la mano. Roberto me la toma como un caballero y me da un beso en el dorso.

—Un placer, Becca. —Me mantiene la mirada, hasta que yo la retiro.

—I-igualmente. —Tomo asiento de nuevo.

—Eres increíblemente guapa en persona —musita, asombrado—. Guapa de verdad.

Parpadeo medio hipnotizada por su presencia. Es un ligón. No hay más.

—Gra-gracias. ¿De qué quiere hablarme?

—No continuaré hasta que me tutees.

Le encanta dar órdenes.

—De acuerdo. ¿De qué quieres hablarme?

—Eso está mejor. —Sonríe y saca a relucir todo su atractivo—. Para empezar, yo no necesito ninguna ayuda. Esta idea absurda es cosa de Fede, no mía. Cree que van a caer miles de demandas de acoso sobre mi cabeza. Pero no va a ser así, ni mucho menos.

—¿Acoso? ¿En algún momento has acosado a alguien?

—No. A menos que quieran que la acosen…

Vaya. Esa es una contestación demasiado segura y sincera, pero puede que solo refleje la percepción de su realidad.

—¿Qué quieres decirme con todo esto? —No sé adónde quiere llegar—. ¿Que no vas a grabar nada conmigo?

Él sonríe maliciosamente.

—No pienso grabar un episodio de tu *diván*. Pero puedo grabar contigo cualquier otra cosa… Lo que quieras.

¡Zas! Ahí está. Es un seductor y no se corta un pelo.

—¿No quieres que te grabemos?

—No. No te voy a dar el permiso para hacerlo. Pero… —me mira de arriba abajo, sorprendido— accedo a la terapia, que ya es más de lo que estaba dispuesto a hacer antes de llegar hasta aquí. Así podré tener contento a Fede y, de paso, podré conocerte a ti.

—No hay mucho que conocer. ¿Qué relación te une a Fede?

—Soy socio de una de sus empresas. Y teme que mi actitud le ponga en un aprieto.

—¿De qué empresa estamos hablando?

—Del club nocturno más de moda en Madrid. El Chantilly.

—¿El Chantilly? —repite Ingrid con sorpresa—. Es un lugar muy exclusivo. Punto de reunión de muchas celebridades de la capital. Ahí no puede entrar cualquiera.

—Exacto —contesta Roberto, que se queda un instante apreciando la belleza morena de Ingrid—. Por eso me niego a salir en televisión. Soy una persona conocida.

—Las personas conocidas también tienen muchas fobias y obsesiones. Las que más, por cierto —puntualizo, sonriente.

—Fede ha exagerado. Lo mío no es para tanto —aclara creyéndose su propia mentira—. Y yo tengo prisa. De hecho, esta noche hay una fiesta privada en mi club… Y debería estar allí antes de las nueve, para coordinarlo todo.

Lo que está claro es que Roberto radiografía a todas las mujeres que hasta ahora ha visto.

—¿Podemos acompañarte?

Si el conflicto que tanto preocupa a Fede tiene lugar en su trabajo, quisiera ver cómo se comporta allí. Y creo que con lo poco que he visto de él, ya me lo puedo imaginar.

—No. —El tipo finge como si lamentara la respuesta, cuando veo a leguas que no le interesa en absoluto que conozcamos cómo se desenvuelve en su trabajo—. Ahora mismo no puedo estar por ti, preciosa —susurra orientando su cuerpo hacia el mío.

—No vas a estar por mí —le contesto, cada vez más cómoda con su juego.

—No vamos a ir al Chantilly —interviene un Axel inflexible y aristado.

—¿Por qué no? —pregunta Ingrid, apesadumbrada.

—Sí, eso —añado yo—. ¿Por qué no?

No hace falta ser una lumbrera para ver que Axel y Roberto son dos machos alfa, y las leyes de la física y de la naturaleza son claras al respecto: no puede haber dos en el mismo territorio. La mujer pasional que hay en mí quiere disfrutar con la pelea que se avecina. En cambio, la terapeuta va con pies de plomo.

—No es seguro —contesta el moreno de ojos verdes.

—¿Que el Chantilly no es seguro? —replica Roberto mirando a Axel como si este fuera tonto—. No hay un lugar más seguro que ese, campeón.

¿Campeón? Ni falta hace que Axel se ofenda. Ya me ofendo yo por él. ¿Cómo se atreve a hablarle así a un tío que te puede matar con una chincheta? Le dirijo a mi primer cámara una mirada de advertencia para que se controle y se serene, pero creo que no está por la labor.

Roberto tiene un discurso desafiante y soberbio. Le gusta que su palabra sea ley. Está acostumbrado a que todos hagan lo que él dice, y cuando lo dice.

Me va a costar tratar con él, porque hasta ahora no tengo ni un gramo de empatía con su persona.

—Demasiada oscuridad, Becca —continúa Axel.

Roberto se vuelve parcialmente hacia él. Y yo los observo totalmente abducida por la energía que ambos desprenden. Son diferentes. Axel parece un guerrero espartano, y Roberto es más un romano. El primero, salvaje y letal; el segundo, hermoso y vanidosamente endiosado.

—¿Acaso te hace falta luz para que te encuentres la polla, campeón?

A pesar de que Axel sigue siendo un misterio para mí en muchos aspectos, el roce y el tiempo que hemos pasado juntos me está enseñando a comprenderle y a anticipar sus reacciones. Y ahora estoy leyendo en sus ojos lo que va a suceder.

Por eso, para que no le meta al rubio el puño por la boca, me levanto de la mesa para que rompan el contacto visual y se centren en mí.

—¡Bueno! —Doy una palmada de atención—. Pues verás, Roberto —le digo como si nos conociéramos de toda la vida—, tenemos un problema.

El Adonis deja caer esos dos luceros azules sobre mi cara, mis hombros, mis pechos, mi cintura, mi vagina, mis piernas, mis caderas, mi vagina, mis pechos… Se relame. Y después, como quien no quiere la cosa, vuelve a mi cara como un hombre que ha retomado el camino de casa.

—¿Qué problema tienes tú, preciosa?

Madre mía. Creo que estoy madurando a marchas forzadas, porque esa caída de ojos haría que a más de una se le fuera el espíritu santo hasta los tobillos, y sin embargo aquí estoy, enterita y coleando.

—Yo no. Tú —enfatizo—. Fede te conoce y sabía que reaccionarías de este modo.

—¿Qué quieres decir?

—Ingrid —le digo a la morena—, ¿has traído las fotocopias que te he pedido?

—Sí —asiente, las saca de su maleta y me las da con premura.

—¿Qué es eso? —pregunta el rubio, un poco nervioso.

—Fede me ha pedido que te pase las hojas del contrato que ambos tenéis, donde él consta como socio mayoritario y accionista, y en el que la cláusula principal remarca que tiene total libertad de rescindir tu contrato siempre y cuando tu comportamiento no sea el apropiado y ponga en riesgo vuestro negocio en común. —Me ha gustado darle este toque de atención. Y sé que a Axel también—. ¿Le diste tú estos poderes?

—Sí —admite.

—Te está dando un ultimátum. O colaboras, o se acabó.

Roberto ni siquiera mira las hojas. Tiene la atención fija en mí, una atención intensa e incluso conminativa.

No me voy a arredrar. Me he comido a tipos como él para desayunar en muchas de mis terapias. Bueno, no como él, pero sí con problemas y actitudes peores.

—¿Y cuál es el plan, señorita Becca? —Entrelaza los dedos y adopta una postura nada flexible.

—Estoy aquí para ayudarte, no para juzgarte. Fede quiere lo mejor para ti y también para vuestro negocio. Lo único que te pide es que accedas a trabajar conmigo dos días, con absoluta sinceridad y colaboración por tu parte. Bajo mi total supervisión. Eso implica que me enseñes tu agenda y que yo decida qué podemos hacer, siempre y cuando nos sirva para tu terapia de choque. ¿Qué dices, Roberto? ¿Aceptas?

—¿Tengo elección? —replica, disgustado.

—No. ¿Estás dispuesto? —Le ofrezco la mano para cerrar el trato.

Él sonríe y un hoyuelo aparece en su mejilla izquierda. El azul de sus ojos se convierte en azul acerado y arrebatador. Se relame los labios de nuevo y arquea sus cejas rubias aceptando la mano y apretándomela ligeramente.

—¿En tu cama o en la mía?

Yo sonrío y comprendo que mi paciente se va a mostrar tal cual es porque le interesa conservar el Chantilly y la reputación que le da.

—De acuerdo —contesto—. Vamos a dar por iniciada tu terapia.

Nos estamos moviendo en la limusina de Roberto por todo Madrid.

En cuanto Fede me habló del caso de su amigo, decidí buscar información de todos esos lugares en los que podría aflorar el trastorno obsesivo que sufre. Tengo que ponerlo a prueba, y sé que el guapísimo rubio no se va a cortar ni un pelo, porque él cree que no tiene ningún problema y para él es natural pensar y actuar como lo hace.

Obviamente, voy sola con él en el vehículo, porque es a mí a la única que me ha permitido subir, ya que a los demás, según él, no les concierne lo que ambos hablemos. Sin embargo, Axel me ha obligado a llevar un pinganillo en el oído derecho para que esté al tanto de todo lo que sucede en el interior del coche de lujo. Es un dispositivo transparente, tan minúsculo que apenas se ve. En asuntos de seguridad, con él no voy a discutir nada. Es el que sabe y el que tiene siempre razón, y no pienso cagarla otra vez.

La caravana va pegada a la limusina, y no le concede ni un metro de margen.

Tengo que decir que Roberto huele bien; es un canalla muy

atractivo y me haría una selfie con él ahora mismo si no fuera porque su trastorno tiene un fondo misógino que no me gusta un pelo.

Una vez acusé a Axel de ser eso, un misógino de tomo y lomo. Pero me he dado cuenta de que él no tiene sentimientos despectivos hacia el sexo femenino, por muy mal que se haya portado conmigo. Respeta a Ingrid muchísimo, la cuida y la protege como a mí, y trató a Fayna con todo el cariño del mundo, haciéndola sentir bien. E incluso le dio una lección a Martita, la hija de Óscar, porque se preocupaba por ella... Es solo que, cuando las cosas se complican, es incapaz de reforzar esos vínculos y confiar en los demás como los demás sí confían en él. Su problema es más profundo de lo que parece.

Pero el de Roberto... El de Roberto tiene otras connotaciones, y las voy a tener que averiguar. Me he dado cuenta de que no deja de tocarse la pretina de los pantalones, y eso solo quiere decir una cosa. Los futbolistas lo hacen porque se les engancha el pito en los calzoncillos que no llevan, y Roberto lo hace porque, sencillamente, le crece el pene en presencia de una mujer. Es decir, que se excita. De hecho, está permanentemente excitado, y hago soberanos esfuerzos por ignorar la hinchazón que tiene entre las piernas.

Eli podría ayudarme con esto, porque ella trabaja la psicología en la pareja y la sexualidad, además de haber solucionado problemas de pacientes con trastornos sexuales obsesivo-compulsivos, con gran inclinación por tirarse a todo lo que se mueve.

Y ahora viene lo mejor. Fede me pidió que trajera a chicas capaces de poner en jaque mate a tíos como Roberto. Y yo conozco a dos muy íntimas. Carla y Eli han accedido a venir a Madrid. No les ha costado nada aceptar mi proposición, las muy sinvergüenzas. Tuve que hacerme de rogar para que me llevaran al loft a ver a David, pero para venir a Madrid gratis con todos los gastos pagados y pasar una noche de lujo, no han tardado nada en decirme que sí. *Bitches,* más que *bitches.*

Esta noche vamos a cenar todos juntos en un restaurante

con espectáculo incluido. Bueno, y menudo espectáculo nos espera. Quiero ver si puedo sacarle a Roberto ese lado acosador que tanto preocupa a Fede, y entender cuál es su funcionamiento.

No obstante, tengo que allanar el camino con él e ir directa al grano, porque tampoco es de mi agrado ir en una limusina con una especie de sucedáneo de Christian Grey en rubio, con trastornos y una hipersexualidad pronunciada.

—¿Tú crees tener algún problema? —le pregunto mientras me sirve una copa de champán cuya marca no conozco. Debe de ser carísimo.

Él parpadea hastiado.

—Para mí el sexo no es un problema, señorita Becca. Soy un hombre joven, fuerte y sano, y disfruto de los placeres de la vida. ¿Tú, no?

—Hay una línea muy delgada entre disfrutar de los placeres de la vida y que estos disfruten de ti.

—¿Crees que he perdido el control?

—Creo que sí. Las adicciones provocan la pérdida de la noción de lo que controlas y lo que no. Ellas te controlan a ti y limitan tu vida.

Hace una mueca con los labios y se echa el pelo rubio hacia atrás. Después, choca su copa con la mía.

—*Cheers*, preciosa.

—*Cheers* —contesto. El champán está delicioso.

Paseamos con la limusina por el centro de Madrid. Hay un ambiente espectacular en las calles. Han comenzado a decorarlas con las luces de Navidad y todo brilla con múltiples colores.

—Fede solo está mosqueado porque en nada tendrá que empezar a comprar viagra. Ese pedazo de mujer sueca que tiene lo está dejando seco.

Yo me río y niego con la cabeza.

—¿Tienes alguna hermana?

—No.

—¿Qué dice tu madre de tu problema?

—¿Mi madre? —repite—. Nada.

—¿Nada? ¿Acaso no lo sabe?

—A mi madre la he visto solo una vez.

—¿Cómo que las has visto solo una vez?

—Sí, primero me abandonó y después me reclamó porque no tenía dinero para sus drogas. Y como el Estado te da una ayuda familiar cuando tienes hijos, se acordó de mí y decidió que era el momento de que volviera con ella. Me acompañó una mujer de los servicios sociales a conocerla. Cuando la vimos, con el rostro pálido, compartiendo piso con más personas, todos yonquis como ella, dimos media vuelta —explica mirando al frente—. La casa de adopción me tuvo hasta los nueve años.

—¿Con qué edad conociste a tu madre biológica?

—¿A Merche? Con siete.

Debió de ser traumático para él que su madre no lo quisiera, y que cuando preguntó por él, fuese solo para recibir dinero del Estado, para nada más.

Mi empatía se despierta, y lo único que siento con él en la limusina es frío, una falta total de calor en sus palabras.

Estudio su semblante. Roberto tiene un mentón marcado y fuerte y una nariz casi perfecta si no fuera por una pequeña cicatriz imperceptible —no para mí— sobre el puente que la cruza horizontalmente.

Bueno. No es mucho, pero algo empiezo a sacar en claro por sus respuestas.

—¿No tuviste una madre adoptiva?

—Sí. Leyre. —Gira la cabeza hacia mí y sus ojos me devuelven una mirada lacerante.

Entiendo que es un tema delicado para él.

—Háblame de ella.

—¿Me vas a dar algo a cambio si lo hago?

—No —contesto, entretenida con su coqueteo. Nunca me he sentido cómoda flirteando, pero con Roberto lo estoy, porque no hay nada veraz ni serio en ello, y a mí me despierta cero interés.

—Eres muy difícil.

Abre un pequeño dispensador a mano derecha, y de él saca una especie de vaso ovalado que contiene fresas naturales. Es una ecuación infalible y presumo que a todas las mujeres se nos viene a la cabeza. Fresas y champán igual a *Pretty Woman*.

—Leyre y Fran —me cuenta mientras se lleva una fresa a la boca— me adoptaron cuando yo tenía nueve años. Al principio todo era maravilloso. Yo estaba bien y feliz, por fin me sentía en casa, tenía mis amigos, jugaba en un equipo de baloncesto... Pero cuando cumplí los trece, los que eran mis padres se separaron, porque Leyre le fue infiel a Fran. Automáticamente, ella se quedó con mi custodia, una custodia por la que él jamás luchó. De hecho, nunca más volví a saber de Fran. —La fresa desaparece en su boca de una forma terriblemente sensual—. Así que Leyre empezó a vivir en casa con su amante. A mí nunca me cayó bien —explica aceptando que las cosas no podían haber sido de otra manera.

—¿Cómo se llamaba la nueva pareja de Leyre?

—Cris. Le llamaba Cris.

—¿Qué pasaba con Cris?

—Básicamente, que Cris bebía más que hablaba y era un jodido maltratador. Pegaba a Leyre a menudo, pero yo siempre me metía en medio para que la dejara tranquila. Por suerte, empecé a crecer y a desarrollar un físico portentoso gracias a la natación. Un día, cuando regresaba del instituto, me encontré a Leyre haciendo de *punching ball* en el suelo, recibiendo patadas... Yo me interpuse para defenderla y le di una paliza de muerte al gordo seboso de Cris. ¿Sabes cómo me lo agradeció Leyre?

—Me lo imagino —murmuro lamentando la situación.

—Me denunció por agresión. —Sonríe, incrédulo todavía por el recuerdo—. Pasé varias noches en el calabozo hasta que retiró la denuncia. Y nunca más volví a vivir con ella. Jamás. Porque me lo prohibió. Me echó de su casa... A mí, que era el único que había dado la cara para mantenerla a salvo.

—Lo siento mucho —le digo, consternada.

—No lo sientas. Tenía lecciones que aprender, supongo.

—¿Volviste a saber algo de ella?

—No.

—¿Y qué lecciones son esas que debías conocer?

Roberto inclina el cuerpo hacia el mío, toma una fresa y me la ofrece.

—Esta es para ti.

—Estamos hablando de tus cosas, no quiero fresas…

—Ahora continuaré —me asegura—, pero antes, abre la boca.

Obedezco y muerdo la fresa sin ningún glamour ni ánimo de seducción, pero mis intenciones nada sofisticadas se dan contra un muro: un hombre que ve sexo en todas partes también verá insinuación en mi manera de abrir la boca, de saborear la fruta y de masticarla. Porque no puede dejar de pensar en otra cosa.

Oigo cómo hace un ronroneo de gusto que le sale del interior del pecho, y veo cómo sus ojos se vuelven a oscurecer de deseo.

—Hablábamos de tus lecciones —digo por fin, después de tragar precipitadamente.

—Ah, sí. Los palos nunca vienen solos, esa fue la lección.

Lo estudio con insistencia y mucha atención. En realidad, sí se llevó muchos palos, el pobre.

—Me pregunto si un tipo como tú ha tenido novia alguna vez.

—Sí. La tuve. Después de sacarme las dos carreras, conocí a Bea.

—¿Tienes dos carreras?

—Claro. —Sonríe—. No solo follo, señorita Becca.

—Me alegra saberlo.

—Tengo un máster en Dirección de Empresas y otro en Relaciones Públicas. Conocí a Bea durante las prácticas de esta última carrera. Los dos teníamos que gestionar un local de moda de Madrid. Estábamos juntos siempre, y al final pasó lo que tenía que pasar: nos enamoramos.

—¿Te enamoraste? —Sé que lo miro como si fuera imposible—. ¿Te enamoraste de verdad?

—Ya lo creo. Locamente. Para mí, Bea era la mujer de mi vida.

—¿Y qué sucedió para que no acabaras con ella?

—Que Bea conoció a Fede, y Fede... se la folló. De hecho, se divorció de su anterior mujer porque conoció a Bea.

—¿Me estás diciendo que tu socio..., o sea, Fede, se lió con tu novia?

—Entonces aún no éramos socios —explica con tranquilidad—. Yo quería que él me colocara en alguna de sus empresas. Bea y yo empezamos a frecuentar los locales por donde Fede salía. Él es el tiburón de los negocios, y si le entraba bien y nos hacíamos amigos, tal vez pudiera ofrecerme un puesto de trabajo a mi altura. Y nos hicimos colegas. Salíamos todas las noches juntos, nos íbamos de fin de semana a la sierra... Pero la jugada me salió mal, porque al final se quedó con mi chica. Aunque luego no duraron demasiado.

Esto ya es grotesco para mí. Conozco a Fede y sé que es infiel por naturaleza, casi como Axel, pero ser tan hijo de puta como para liarse con una chica a la que le doblaba la edad, y que además era la pareja de un futuro amigo suyo, me asombra y me deja sin argumentos para poder hablar bien de él.

—¿Y cómo te sentó lo que Bea hizo? ¿Cómo pudiste luego tener el poco estómago de trabajar con Fede?

Roberto pasa el brazo por detrás de mi espalda, apoyándolo en la parte superior del cabecero de piel del asiento. Inclina la cabeza a un lado y sonríe.

—Porque esperaba que pasase. Y porque Fede solo me demostró lo que yo ya sabía.

—¿Qué esperabas? ¿Y qué sabías?

—Esperaba que Bea me traicionara, como así sucedió. Las mujeres solo para un rato, señorita Becca. —Desliza los ojos a través del escote de mi blusa medio abierta, hasta que casi muestro el sostén, pero sin enseñarlo del todo—. Un rato… sublime.

—Bien. —Me aclaro la garganta y desvío la mirada.

—¿Y cómo llegasteis a trabajar juntos, después de todo?

—Porque no se deben mezclar las mujeres con los negocios, preciosa —contesta con seguridad—. Fede me abrió los ojos respecto a Bea. Era una guarra, una de las muchas que he conocido.

—Me parece poco respetuoso que digas eso —le suelto, censurándolo con la mirada.

—Y, sin embargo, Fede y yo queríamos seguir haciendo negocios juntos…

—Pero corrígeme si me equivoco: para trabajar con Fede uno debe tener capital para estar a su altura, y tú no tienes familia, ni herencias, ni nada…

—Supongo que los desgraciados en el amor y en las relaciones interpersonales somos muy afortunados en el juego —contesta sin más—. Se me daba bien el póquer y conseguí recaudar una pequeña fortuna en la Serie Mundial.

—¿Me lo dices en serio?

—Por supuesto. De hecho, cuando me aburro, juego de vez en cuando.

—Así que eres un misógino cornudo, desconfiado y ludópata.

Oigo cómo Axel se ríe por el pinganillo. Es la primera vez que da señales de vida desde que me subí a la limusina con Roberto. Ha estado en silencio todo este tiempo, atento a la conversación. Supongo que se ha quedado tan sorprendido como yo al escuchar la relación que une a Roberto y a su hermano. O puede que no. Puede que Axel sepa cómo es Fede mejor que nadie.

—Lo que tú quieras, señorita Becca. La cuestión es que, a pesar de todo, Fede me caía bien, como yo a él, así que, dejando a un lado el tema de las guarras, con dinero en mano, continuamos con la apertura de nuestro local especial en Madrid. Y de ahí nació el Chantilly. —Suspira satisfecho—. Hasta hoy.

—Delante de mí, vas a hablar bien de las mujeres —le ordeno—. No vas a llamarlas guarras nunca más, ¿me has oído?

Arquea una de sus cejas sin imperfecciones y se encoge de hombros.

—Comprenderás que si Fede me ha llamado —prosigo aún ofendida—, es porque cree que vuestro negocio está en peligro.

—Becca —baja la cabeza hasta casi rozar mi boca con la suya—, si conoces a Fede sabrás que cuenta las verdades a medias. Solo lo que a él le interesa.

—¿Me ha mentido? Cree que el Chantilly empieza a tener una publicidad un tanto incómoda.

—El Chantilly ha triplicado los beneficios desde que yo me encargo de él como director de eventos y relaciones. Lo que le da miedo a Fede es que deje de ser lo que era para convertirse en algo… mucho mejor. Y te aseguro que es cada vez más privado por la cantidad de personalidades que se reúnen allí, y no solo para relacionarse, beber y bailar entre gente de su clase. Sino para jugar.

—¿Para jugar? ¿Al póquer?

Roberto sonríe de verdad, y me parece tan sexy y bello que es casi insultante. Es el lobo con piel de cordero que atrae por su físico y te destroza con su actitud. Este tipo tiene la mala costumbre de menospreciar a todo lo que tenga pechos y vagina, pero no puede vivir sin ellas, y sin el sexo que les da. Es una relación de amor-odio altamente destructiva y viciada.

—Me gustas, señorita Becca —reconoce mientras coge uno de mis rizos entre sus dedos—. Me gusta tu estilo y me pone tremendamente cachondo tu modo de mirar, como si vieras bondad en todo lo que te rodea, o como si al menos esperases encontrarla.

Esta vez hay sorpresa en su rostro, como si él mismo no se hubiera esperado que esas palabras salieran de su boca. Muevo los párpados compulsivamente para salir de ese encanto pagado que tiene. ¿Acaba de decirme que le pongo cachondo?

—No te extralimites, Roberto.

—¿Por qué no? ¿No puedo decirle a una mujer bonita lo increíblemente sexy que es? ¿Ni lo bien que le queda la ropa? Aunque estarías mil veces más bonita sin ella, sobre mis rodillas.

—Dile al puto gilipollas que pare el coche —ordena Axel con voz cortante.

—¿Qué es esta bola que llevas colgada al cuello? —Coge con sus dedos mi pokémon del amor, regalo de mi sobri Iván.

—Es un pokémon del amor. Captura a tu pareja compatible...

—¿Crees que podría capturarme a mí?

—Capullo... —gruñe Axel—. Espero que no te esté tocando...

Yo me relamo los labios y pienso en cómo redirigir la conversación a mi terreno. Porque estoy convencida de que, si la limusina se detiene en un semáforo, Axel meterá el cuerpo por la ventanilla y sacará a Roberto de aquí para partirle la cara. Como si lo viera.

Y no sé cómo sentirme al respecto. ¿Alagada porque se sienta celoso? ¿O preocupada porque crea que soy suya? Mejor bebo champán, y apuro la copa de un trago.

—Eso es... Bebe. Te relajará. Toda una valiente —me anima el rubio.

Las burbujitas me suben por la nariz, enrojecen mis ojos y hacen que reaccione de golpe, antes de que Roberto intente hacer algo más conmigo y con mi boca. Estamos demasiado cerca.

—Ahora mismo no soy una chica como las demás. —Lo aparto con la mano y hago una mueca por el picor que me produce la bebida gaseosa en la garganta. Creo que me he pasado bebiendo—. Soy tu terapeuta.

—Mejor me lo pones. Tengo problemas que seguro que tú puedes solucionar... Tengo una incomodidad aquí. —Y se coge el paquete, el desgraciado.

—Deja de tocarte, Roberto.

—Me voy a bajar de la caravana —me advierte Axel—. O te bajas tú antes, o me bajo yo y te saco de ahí.

—Es tu culpa. Me pones como un burro —me susurra Roberto al oído.

—¡Basta de decir tonterías! —les grito a los dos. A Axel por inmiscuirse en mi trabajo, y a Roberto por saltarse todas las normas y por perderme el respeto—. ¡A mí me respetas, rubito! —le ordeno poniéndome dura—. No soy ninguna de esas mujeres con las que te has topado en tu longeva e hiperactiva vida sexual, ¿de acuerdo? Ni por asomo, así que ojito conmigo.

—Ya veo —murmura frunciendo el ceño, sin comprender por qué no le ha funcionado su seducción.

—Estoy aquí porque tienes un problema y tengo que ayudarte, o Fede cortará toda relación laboral contigo.

—Lo que tú digas. —Levanta las manos como si se rindiera—. Pero no tengo ningún problema.

—¿Y esperas que te crea, después de cómo me has avasallado? —Alzo las cejas y lo miro como una profesora que riñe a su alumno al que pone duro—. No te tomes confianzas. Respeta mi espacio.

—Entendido, gatita.

—Y nada de apodos, ni diminutivos.

El tío se ríe. Es como si lo viera: también le pone burro que le dé órdenes y me ponga en plan sargento.

—Me gustaría ver cómo te desenvuelves en el Chantilly —digo para terminar, y también para que Axel entienda que puedo controlar la situación.

Siento una curiosidad sana. No sé qué es el Chantilly, y me apetece descubrirlo.

—Tú mandas esta noche. —Roberto abre los brazos, dispuesto a acceder a mis peticiones—. Si es lo que deseas…

—Pero primero vamos a ir a cenar.

—¿Adónde? ¿Tú y yo solos?

—Ni lo sueñes, rizos —me advierte Axel a través del intercomunicador—. No te vas a ir con él a ninguna parte.

Yo me tenso al escuchar su voz. Joder, es como si estuviera en mi cabeza. No puedo contestarle ahí delante de Roberto.

—No. Al Chantilly iremos después de cenar.

—¿Quiénes?

—Eso —le digo ocultando mi sonrisa de satisfacción— ya lo verás.

—¿Adónde le digo al chófer que nos lleve? —pregunta Roberto con sumo interés

—A El Último Pecado.

19

 @nomehecasadocontumadre #eldivandeBecca
#Beccarias Mi suegra despierta mi lado psicópata.
Pero creo que no es un trastorno. Es una enfermedad
común.

Madrid, barrio de Salamanca
El Último Pecado

Antes de entrar en el restaurante, he subido a la caravana de
nuevo para elegir un vestido especial que ponerme esta larga
noche que se nos avecina. Antes de llegar al vestidor, donde me
esperaba una ansiosa Ingrid para recibir noticias sobre mi viaje
en limusina, Axel me ha barrado el paso. Así, sin más, con esa
cara de pocos amigos que sabe poner y que despierta en mi estómago un amasijo de nervios.

—Dame el intercomunicador —me ordena.

Ni hola ni nada.

Yo me lo quito de la oreja y se lo entrego, sin mirarle a la cara.

—No vas a quedarte a solas con ese tipo otra vez —me repite como si su palabra tuviera que cumplirse a rajatabla, seguro
de que así va a ser.

—Y tú no deberías haberme dejado chupetones y marcas en
las tetas —le echo en cara sin pudor—. Te aprovechaste de mí,
otra vez.

—No sé de qué me hablas.

Pero sí lo sabe, porque sus ojos chispean con regocijo, orgulloso de haberme marcado.

Pongo los ojos en blanco y suspiro, cansada de tanta testosterona, aunque secretamente feliz de ello. No obstante, negaré haber dicho esto alguna vez.

—Axel, haré lo que tenga que hacer, ¿de acuerdo? Es mi trabajo.

—Esto no forma parte de *El diván*. Es una pérdida de tiempo. Tendríamos que estar con el minero de Galicia…

—Es una orden directa de Fede. Y tú mejor que nadie sabes que lo que él dice, va a misa. Te ha obligado a continuar en el equipo, ¿no?

—Que yo esté aquí nada tiene que ver con las cláusulas de mi contrato.

—¿Y me lo tengo que creer? Da igual —murmuro, cansada—. Este caso para mí es trabajo igual. —Lo aparto y paso de largo.

—Ese tío solo quiere meterse en tus bragas, Becca —dice con desprecio, y se da la vuelta encolerizado—. Y a ti parece que te esté bien, que no te importe.

Veo que Ingrid se ha quedado tan de piedra como yo. Está demostrado que a Axel ya no le importa pasarse de la raya delante de los demás. Es como si no hiciera falta mantener secretos entre nosotros. Total, sabemos las miserias de todos; por tanto, ¿para qué disimular? Aun así, me ofende.

Me ofende que, después de todo lo que hemos discutido y todo lo que le he dicho, tenga el valor de insinuarme que me importa poco cómo me trate Roberto, o que incluso pueda llegar a hacerme gracia.

—Si eso es lo que quiere Roberto de mí, no sé de qué le culpas cuando tú quieres exactamente lo mismo.

—Si de verdad crees que voy a permitir que ese cerdo se crea que puede jugar contigo, es que no lees a las personas tan bien como piensas —replica desafiándome abiertamente.

Me doy la vuelta porque no quiero otra pelea con él, porque esta vez soy capaz de engancharme a su cabeza y meterle un dedo en el ojo, y porque si llego a la base de Ingrid, estoy en territorio seguro.

Oigo un ruido parecido a cuando un objeto choca contra una superficie dura, y, a continuación, la puerta de la caravana se abre y se cierra.

Ingrid me dice en voz baja, aún consternada por la breve discusión.

—Ha destrozado el intercomunicador, lo ha lanzado contra... Joder, Axel ha destrozado...

—Peor para él —contesto con el corazón a punto de salírseme de la boca.

—Está muy celoso —asegura Ingrid sonriendo maliciosamente—. Nunca lo había visto así.

—No lo creo —digo sacándome la gabardina por arriba y las botas con la punta de mis pies—. Lo que está es muy mosqueado porque no hago lo que él me dice. Los tipos como Axel odian que los planes les salgan mal.

—Piensa lo que quieras —musita Ingrid con la vista fija en la puerta por la que ha desaparecido el cámara—. Pero esta noche vigila cómo gestionas lo de estos dos. Con Axel no se pueden hacer tonterías porque, aunque no lo parezca, es muy sensible y no tiene filtro. Y podrían llegar a las manos.

No le voy a quitar la razón a Ingrid. Pero tampoco voy a dejar de actuar como crea oportuno solo porque a él, que no tiene ningún derecho sobre mí, le moleste.

Llegar al restaurante erótico del barrio de Salamanca, en plena calle Conde Peñalver, y encontrarme allí esperando en nuestra mesa a Eli y a Carla, hablando animadamente, hace que me sienta un poco como en casa otra vez.

He decidido entrar yo primero, así puedo ver cómo está dispuesta la sala. Es un local con un aforo de doscientas personas, y se va a llenar de hombres y mujeres deseosos de ligar y pasarlo bien mientras asisten a una serie de espectáculos subidos de tono.

A mano izquierda hay una tarima con un cartel que reza: EL TEMPLO DEL PLACER. Las mesas y las sillas son oscuras, pero las luces vierten sobre toda la sala un color púrpura llamativo. En el centro de las mesas hay un teléfono rojo para los comensales, por si a alguno le apetece llamar de forma anónima y coquetear con el personal. Me imagino la cantidad de barbaridades que se pueden llegar a decir.

El jefe de sala nos ha conducido a un espacio algo retirado de las demás mesas, para siete personas. Allí he encontrado las dos caras que más feliz me hacen y que me arrancan una sonrisa nada más verlas.

Madre mía, cuando Roberto las vea, le va a dar una rampa en el pene de las que cuesta bajar. Mis dos compinches han seguido mis instrucciones y se han vestido de forma arrebatadora.

Eli y Carla se levantan, y como llevan taconazos, corren dando pasitos hasta mí, felices por estar de nuevo conmigo. Nos abrazamos como si hiciera un siglo que no nos vemos.

Decimos cien cosas sin sentido, atropellándonos las unas a las otras: «Pero, madre mía, qué bien te queda ese vestido», «Carla, se te va a salir una teta», «Yo tengo el tanga que me llega a las axilas», «¿Y esos zapatos? ¡Qué bonitos!», «Bonitos mis juanetes, cuando me los quite»... Y así, en su sinfín de comentarios inconexos que nos hacen reír como locas.

Eli lleva un vestido plateado, supercorto y ajustado, que delinea sus curvas como una segunda piel, además de unos Manolos con tacones plateados y con brillantes. Lleva el pelo rubio recogido en una cola alta y extremada que engrandece sus ojos marrones, medio ahumados, con sombras negras y plateadas. Está de infarto.

Carla, por su parte, se ha dejado el pelo liso suelto, recto. Lleva un vestido rojo, con un escote infernal, con sutiles volantes que bailan alrededor de sus muslos, cerca de la línea del final de los glúteos. Parece que toda ella sea piernas, largas y moldeadas, en las que un hombre se perdería. Calza unos zapatos con un taconazo de doce centímetros, de color negro, de Guess. Son los que yo quería hace un mes. Y está claro que me siento orgullosa de que ese bellezón sea mi hermana.

Yo tampoco voy mal —todo gracias a Ingrid—, pero no me veo tan espectacular como ellas. No me siento cómoda con el canalillo del vestido de seda negra que llevo, que me llega hasta los abdominales superiores, y no sé si la falda es demasiado corta o le falta tela o algo...

—Becca, odio ser yo quien te lo diga, que soy la guapa de la familia —dice Carla llevándose la mano al pecho—, pero estás... increíble. Supersexy. Esa sombra negra con brillantina en los ojos... es espectacular. Me encanta.

—Y tu pelo como un poco crespado... —murmura Eli—. Cuando te he visto he pensado que eras una diablesa salida del Infierno. Estás muy guapa, de verdad.

Me toco el pelo, insegura.

—Y yo espero que lleves bragas debajo de ese vestido tan corto que luces —replico.

—Mira quién fue a hablar —dice para recordarme que mi vestido tiene de largo lo que Marilyn de santa.

—Muchas gracias por los piropos, chicas. Bueno, ¿ya os habéis hospedado en el hotel?

—Sí —responde Carla—. Nos han venido a buscar a Atocha. El taxista nos ha dejado en el hotel Barrio de Salamanca, y después nos ha traído hasta aquí.

—Gracias por venir, de verdad —les digo, agradecida.

—Gracias a ti por invitarnos a pasar un par de días en Madrid, con todos los gastos pagados —contesta Eli, feliz—. Necesitaba una desconexión. ¿Podremos pasar contigo algún ratito o estarás hasta arriba de trabajo?

—Lo intentaré. Por ahora, vamos a disfrutar de esta noche lo que podamos.

—Vamos al lío, entonces —propone Eli con entusiasmo.

—Sí —añade Carla—. ¿Dónde están los buenorros? —pregunta mirando a la sala vacía. Somos las primeras en llegar.

—Os aviso. El moreno con el pelo de capa es Bruno, y ha tenido un lío con Ingrid, que es la chica que nos acompañará esta noche. Así que a estos dos mejor los dejáis. El del pelo al estilo militar es Axel; ese se mira pero no se toca —aclaro igual de territorial que un perro.

—Me muero de ganas de conocer al tío póster —comenta Eli—. Quiero saber cómo es el hombre que te tiene tan… afectada.

—Sí, ya… Y el rubio de pelo largo…

—Ese es para mí —dice Carla levantando la mano, pidiéndolo primero.

Eli le echa una mirada capaz de congelar a Satanás. Me alegra que mi hermana no se haya dado cuenta.

—Veremos para quién es —dice Eli por lo bajini.

—Eli, necesito que lo estudies. Tiene un problema de adicción al sexo, además de un alto desprecio por las mujeres. Necesitaré tu opinión profesional.

—De acuerdo.

—Y Carla… Tú eres abogada.

—Si está bueno, solo por esta noche dejo de serlo —replica para dejarme claras las cosas.

—¿Que si está bueno? No. Lo siguiente. Pero atiéndeme: eres abogada y estaría bien que le recordases qué tipo de demandas le pueden caer por acosaros, que es exactamente lo que va a hacer.

—¿Nos va a acosar? —Esta vez, los ojos claros de mi hermana se oscurecen desafiantes—. ¿A nosotras?

—Créeme, lo hará. No lo puede evitar. No es consciente de sus impulsos.

—Bien, perfecto. Vamos a marcarle de cerca. —Carla me guiña un ojo golfo.

Pase lo que pase esta noche, creo que va a ser inolvidable para todos.

Según leo la carta y espero al resto del equipo, llego a la conclusión de que el menú de esta noche no es nada del otro mundo.

A ver, es una sala de fiestas, en las que solteros y solteras, y futuros maridos y esposas, confluyen para darse la última gran farra antes de que los cacen. ¿Creéis que les importa la comida? No. Lo que necesitan es barra libre de cerveza y sangría. Y eso es precisamente lo que va a haber esta noche.

Si Roberto bebe, se descontrolará más, y eso me ayudará a verlo tal cual es con las mujeres en general. Quiero oírle hablar sin filtros ni cordura para comprender qué es lo que le obsesiona y por qué.

Cuando los tres mosqueteros entran en la sala, donde ya hay varios grupos de mujeres en plena despedida de soltera riéndose de sus propios chistes mientras los penes de goma de sus diademas se mueven de un lado al otro como buscadores de oro, no hay ni una que no se calle o no se vuelva cuando pasan por su lado.

Parece de película, y estoy convencida de que más de una todavía no entiende cómo han ido a parar ahí, a esa sala de desesperados, tres especímenes como Axel, Roberto y Bruno.

Pero yo sí. Yo sí lo sé.

—Madre del amor hermoso… —dice Carla cruzándose de piernas, adoptando una pose de suficiencia—. ¿Son estos tres?

—Sí —contesto entre dientes.

—El telefonillo rojo va a arder a llamadas —conviene Eli sonriendo incrédula.

—Becca… —Carla sostiene mi antebrazo y me atrae hasta pegar mi cuerpo al suyo—. Axel está más bueno en persona que en póster. Eres una perra, mala hermana y peor amiga por no compartir.

—Cállate —la increpo y me aparto de ella.

En realidad, el rostro de Roberto no se mueve ni un milímetro cuando nos ve sentadas a la mesa, las tres vestidas así para él, de un modo tan provocador. Pero su mirada rapaz centellea como los ojos de los personajes de animes, y no me lo invento, todas nos hemos dado cuenta de ello.

Sin embargo, no puedo estar pendiente del rubio cuando tengo a Axel estudiando cada centímetro expuesto de mi piel.

Mi mente divaga entre mirarlo o no, entre prestarle atención o fingir que me importa menos que una mota de polvo. Sus ojos tan verdes y profundos no muestran ningún tipo de prejuicio o recriminación hacia mí, revisan cada recoveco de mi cuerpo y, al final, se posan en el pokémon y en el localizador que sigo llevando al cuello.

Sí. Lo llevo puesto. No me lo quito por nada del mundo. ¿Contento?, le digo mentalmente.

Él relaja sus facciones y se sienta a mi lado.

La mesa es redonda. Presento a Carla y a Eli a todo el grupo, y siendo como son, conectan enseguida con los demás, sobre todo con Ingrid, que se muestra feliz por tener a más chicas con las que hablar. La veo más fuerte, más segura de sí misma frente a Bruno, y esta vez creo que se han girado las tornas. Es él quien busca su atención.

La maquilladora recibe un mensaje de Whatsapp y lo contesta sin perder un segundo. Sonrío para mis adentros: he leído «Luigi» en la pantalla. Por eso Bruno aprieta la mandíbula y mira hacia otro lado. Está que le van a salir ronchas nerviosas por todo el cuerpo. Y creo que se lo tiene merecido, por jugar con ella sabiendo que no iban a tener nada más porque, sencillamente, es incapaz de ponerse en contra de su familia.

De repente, un tipo trajeado y muy engominado sube al escenario, agarra el micro y empieza a dar instrucciones a todos los comensales.

—¡Empieza la cena, señores! Tenéis los teléfonos a disposición de vuestros flirteos. Durante la velada dispondremos de numerosos juegos para todas las mesas. Nuestros strippers os harán visitas y realizaremos números eróticos en el escenario. ¡Es la fiesta de los adultos! ¡A pasarlo bien!

Empiezan a servir sangría, vino y cerveza por todas las mesas.

Roberto se ha sentado entre Carla y Eli, tal como tenía previsto, y en cuanto ellas le llenan el vaso de sangría y ponen en marcha su maquinaria para desmontarlo y descolocarlo, Axel se inclina hacia mí con disimulo.

—¿Qué? —le digo yo antes de que hable.

—Aunque hagas que me suba la tensión y que me estén saliendo canas…

—¿Es una broma?

—Tómatelo como quieras. Solo quiero decirte que de todas las mujeres que hay aquí, tú sin duda eres la más bonita, Becca —admite con una candidez especial.

Me dan ganas de reírme y hacer como que no me importa lo que me dice. Pero me importa. Él está… Él… No sé ni qué decir.

Lleva un pantalón de pinzas de color gris claro, con un cinturón de piel oscura, y arriba una camisa de traje CK de color marrón rojiza, True Navy, y unos zapatos botines de Belvedere. Sé todo esto porque en mi intento por ir bien vestida y combinar colores, además del blog de Pau, revisé muchos otros donde hablaban de marcas de gala. Y me gusta ver la ropa masculina e imaginarme lo guapos que están los hombres con unas cosas u otras.

—Gracias —digo en voz baja. Tengo que contestarle porque si conozco un poco al reservado de Axel, debe de resultarle difícil decirme algo así, y su esfuerzo hay que recompensarlo.

Mientras tanto, la mesa es el despropósito que pretendía que fuera. Roberto no sabe a qué pechos mirar, si a los de Carla o a los de Eli; Bruno lanza miradas incendiarias al móvil de Ingrid, y mi joven amiga sigue centrada en los globos que cuelgan del techo.

Esta noche promete.

20

 @enigma #eldivandeBecca #Beccarias Sois unas fantasmas. Aquí el único que se gana la vida con las fobias es el señor Roca, que tiene que aguantar a toda vuestra panda de cagados.

Después de las cuatro primeras sangrías y varias cervezas más, nuestra mesa se ha contagiado del espíritu de fiesta de la sala. «De noche y de día», de Enrique Iglesias, suena con fuerza sobre nuestras cabezas, y la gente se mueve a su ritmo, sentados en sus sillas.

El teléfono rojo no ha dejado de sonar desde que hemos empezado a comer, y esta vez es Carla quien lo coge.

—El teléfono del amor... ¿Hola? —Se ríe—. Me llamo Socorro. No. No tengo novio. ¿Y tú? Ajá. Ah, que tú tampoco tienes novio, qué ocurrente. No. No me interesa.

Cuelga con una sonrisa de oreja a oreja y vuelve a centrarse en Roberto, que habla con Eli, mirándola fijamente a los ojos. Ella se envara y lo coge de la barbilla para atraerlo a su territorio.

Las conozco desde hace mucho, y sé cómo controlan a los hombres y cómo utilizan sus armas para que hagan lo que ellas quieren. Pero lo de esta noche no es una batalla, es una guerra descarnada entre ellas por ver quién se lleva el gato al agua. Espero que no olviden el propósito de la velada, que es, en el fondo, estudiar a mi paciente.

—Tengo para las dos —contesta Roberto, todo loco.

El teléfono rojo vuelve a sonar. Y esta vez es Eli quien lo coge.

—El teléfono del amor… Soy rubia natural… ¿Y cómo sabes de qué color tengo los ojos?… ¿Y si soy estrábica?… Ya… Lo cierto es que me ves de espaldas, en realidad soy más fea que un tiro de estiércol. Venga, adiós.

Me da un ataque de risa al ver a Eli a punto de convertirse en Electra. No le gustan nada estas tonterías de los teléfonos.

Por otra parte, debo decir que Roberto no tiene un problema. Tiene muchos. Se ha dejado llevar por las Supremas, está nadando entre sus arenas movedizas sin saber que lo están desengranando para mí.

—No has comido nada —me dice Axel, centrado en su plato.

—No tengo hambre. Estoy trabajando.

—Ya veo. Te fijas mucho en el capullo salido —murmura.

—Es que, por si aún no lo has entendido, lo estoy estudiando a él, lumbreras.

Axel toma un sorbo de su copa de vino y después se apoya en el respaldo de la silla. Está satisfecho y ya no quiere cenar más.

—¿Qué es lo que hay que estudiar? Está empalmado desde que salió de la limusina. No hay más, es un puto pervertido.

—Siempre hay más.

—Sí, claro. Se cree que esta noche va a mojar contigo, con Carla y con Eli —dice, absolutamente convencido—. Con las tres a la vez. No incluyo a Ingrid porque ella está más preocupada de que Bruno vea cómo habla con Luigi por teléfono y no le interesa el rubio en lo más mínimo. Pero ellas están jugando con él… Incluso tú.

—¿Yo? —digo, sorprendida, mirándolo a la cara. Las luces dejan rastros multicolores en su rostro—. Si ni siquiera he hablado con él en ningún momento.

—No hace falta —replica mientras se limpia la boca con la servilleta, para luego lanzarla sobre el plato vacío con no muy buen humor—. Son tus ojos, Becca. Hablas con ellos. Y me dicen que también estás jugando. Le miras para ponerlo en tensión.

—No es verdad —miento un poco, porque sí es verdad: no miro a Roberto para ponerlo en tensión; le miro para poner a Axel en tensión, porque está encabritado y mosqueado conmigo.

—Sí lo es —me asegura—. Ten cuidado.

—¿Con quién? —digo, envalentonada—. ¿Contigo? ¿O con él? —Muevo la barbilla hacia Roberto, que en este momento disfruta de las caricias de Eli en el muslo.

Axel rota su cuerpo hacia el mío y coloca un antebrazo delante de mi plato, ocupando así todo mi campo visual.

—Ese tío no tiene mucho más que mostrar —murmura—. Pero hay aspectos de mí que desconoces.

—¿En serio? —digo con tono de aburrimiento.

—En esta mesa hay dos animales —susurra afiladamente—. Uno es un cazador y el otro un carroñero al que poco le importa lo que coma, mientras coma.

—Bueno, entonces ese tal vez seas tú. —Ya estoy cansada de tanta tontería—. A ti no te importa lo que comes mientras comes, ¿no? —Tomo mi vaso de sangría por hacer algo, para calmar mis nervios y mis ganas de pelea—. Desde que te conozco te has ido a la cama con tres mujeres distintas. Tres. Entre las que me incluyo —añado esto último sin ser capaz de camuflar mi rabia.

Él tensa la mandíbula y entorna los ojos, sin apartarlos de los míos.

—¿Y tú qué sabes lo que he hecho o he dejado de hacer con ellas?

—Ahora me vas a decir que jugasteis al parchís. No me…

El teléfono rojo nos interrumpe. Lo agarro con mal humor y exclamo:

—¡¿Qué?!

—Hola, soy el chico moreno de la número cinco.

—Mira, chico de la número cinco —por el rabillo del ojo veo cómo Axel está buscando al susodicho, y cómo lo localiza—, tienes una rima muy mala.

—¿Te casas conmigo? Podríamos tener hijos pelirrojos.

—No creo en el matrimonio.

—Entonces, sé mi amante. Te haría disfrutar. Serías feliz. Y tengo muchos juguetitos para los dos.

—Claro… Sí, sí… Pues te sugiero que te los metas por donde amargan los pepinos. —Cuelgo y a continuación dejo el teléfono descolgado. Miro a Axel de nuevo—. No me hagas hablar porque soy capaz de tirarte el vaso por encima, Axel. Otra vez.

—No tienes ni idea, Becca. —Se aparta de mí—. No sabes nada.

—Culpa tuya.

—Sigue jugando con el carroñero.

—¿Porque tú eres el cazador?

—Claro, nena. —Sonríe ocultando sus verdaderas intenciones, o peor, mostrándomelas una a una—. Y cuando aceptes mis disculpas y tengas valor para querer comprobarlo, te lo demostraré. Mientras tanto, escúdate en lo que te dé la gana para no enfrentarte a mí y no tener que escucharme. Porque aquí, y ahora, la única que huye eres tú.

Eso ha sido un golpe bajo. Me acaba de llamar rajada en mi cara.

Pienso en una respuesta igual de ácida para herirle ni que sea superficialmente, cuando de pronto las luces se apagan y una stripper aparece sobre el escenario; la mujer lleva unos cubrepezones rojos y un tanga rosa. Y entonces, como si el local hubiera comprado los royalties de Enrique Iglesias, ponen la canción de «Bailando».

—Rosa y rojo, *patá* en un ojo —murmuro haciendo un *Sant Hilari* con lo que me queda de sangría.

Voy a odiar a Enriquito durante un tiempecito. Toma rima.

La stripper no se dirige a la mesa donde están los hombres corrientes, no. La niña no es tonta. Moviendo su pelo rizado y rubio, clava sus ojos de viuda negra en nuestra mesa y los centra en Axel.

Perranca. Lagarta. *Serda*.

Camina moviéndose toda ella de un lado al otro, al ritmo de la música con sus curvas cero por ciento.

Sacudo la cabeza ligeramente. No quiero ver cómo Axel la magrea y disfruta del numerito que le va a hacer, pero me aparto cuando pasa por mi lado y le digo:

—Todo tuyo, bonita.

La mujer coge a Axel por los hombros y se coloca entre sus piernas. Levanta un muslo por encima del de él con intención de sentarse a horcajadas. Yo lo miro fijamente, para hacerme la fuerte, para intentar inmunizarme contra estas situaciones que sé que se repetirán con el muy cretino.

Sin embargo, Axel agarra la muñeca de la stripper y focaliza toda su intención en los ojos oscuros de la chica. Niega con la cabeza y añade:

—No, gracias. Ve a por el rubio. Él te recibirá con los brazos abiertos.

Rosayrojo se aparta un poco ofendida. Su cerebro habrá pensado: «Guapa y guapo igual a magreo». Pero Axel la ha decepcionado, porque no le conoce y no sabe lo que yo: que con él no valen las ecuaciones de ningún tipo.

Su estupor no tarda en desaparecer cuando centra su atención en la nueva presa, casi tan jugosa como la primera.

Roberto se relame cuando ella se acerca. Eli y Carla se separan de él para que disfrute del numerito y, expectantes, aguardan las reacciones de nuestro paciente. Digo «nuestro» porque ya es de las tres.

Y yo, que sigo estupefacta por cómo ha reaccionado Axel, intento recuperarme. Se ha quitado de encima a la stripper como quien espanta una mosca.

Lo miro de refilón, secretamente agradecida por que no haya hecho la brecha más profunda entre nosotros. Tengo un límite.

Se puede jugar sin hacer sangre.

Hemos tenido que salir escopeteados de El Último Pecado.

Ha pasado algo surrealista. No solo Roberto se ha sobrepasado con la stripper, de un modo que hasta parecía Octopus, tocándola por todos lados. Después, cuando han retirado las mesas y se suponía que empezábamos a hacer congas y a bailar, me han reconocido. A mí.

Aún no lo entiendo. Voy muy maquillada para que me reconozcan, no me parezco en nada a la Becca que sale en televisión, por mucho que me repita mi hermana que soy igual.

A Axel, mi jefe de seguridad, no le ha gustado que me tuvieran tan localizada ni que me acecharan para hacerse selfies y fotos conmigo. De hecho, a uno de los chicos que me han reconocido, y que ha resultado ser el último con el que hablé por el teléfono rojo, Axel lo ha sujetado por los hombros mientras se hacía la foto, y me lo ha sacado de encima de un empujón, de tal forma que el chico aún no sabe qué hace tirado en el suelo en la otra esquina del salón.

Por supuesto, nos hemos ido. El incidente con Roberto y el hecho de que me hayan reconocido me impiden moverme con naturalidad.

Y ahora vamos de camino al Chantilly, porque le he pedido que nos lleve allí. A él no le ha importado, pero me ha dicho que entramos por nuestra cuenta y riesgo.

Así que, hemos dejado la caravana en el parking del hotel y después nos hemos movilizado en taxis hasta el club de Roberto.

Ni que decir tiene que, cuando Eli y Carla han subido a ver la caravana, se han hartado de hacerse fotos, aunque no sonreían demasiado. Es la competencia sana por mi paciente. Quieren jugar y ver quién de las dos gana, pero son demasiado competitivas, y eso es malo.

He mantenido una pequeña charla con ellas.

Eli me ha asegurado que tiene un comportamiento obsesivo-compulsivo, que hace que responda a los estímulos de toda mujer que divise. Pero el trato que les da cuando las tiene en sus manos no es caballeroso…

—Mira, ese tipo debe de ser un toro en la cama. Un bestia. Pero me ha llamado «perrita» —me ha dicho Carla en tono reprobatorio—. He querido arrancarle la cabeza de un mordisco.

—Es uno de esos hombres que... atrae porque es divertido y, además, es un Adonis —me ha explicado Eli de camino a la limusina donde nos esperaba Roberto solo a las chicas—. Pero esconde mucho rencor en su manera de hablar. Es como si estuviera dolido y tuviera una cuenta pendiente con todas las hembras del planeta.

«Comprensible», pienso. Las mujeres de su vida —todas sin excepción— lo han traicionado y nunca lo han elegido como primera opción.

En la limusina he visto a un Roberto intentando sujetar las riendas de su deseo. No obstante, sé que las dejará ir cuando estemos en su local, que es donde se siente seguro, donde más le gusta estar, y donde, al parecer, tiene libertad para hacer lo que le venga en gana.

Barrio de Salamanca,
Chantilly

Llevo un rato pensando, y desde que hemos entrado en el Chantilly, un espléndido y fastuoso club nocturno ubicado muy cerquita de la calle Goya, no veo nada que relacione el nombre con el local.

Es decir, el Chantilly es ese tipo de merengue blanco y espeso con el que se decoran las tartas, o que sirve de plato de postre. Pero este club, además de sus sinuosas luces azuladas, su decoración modernista y a la vez chill out en blanco y en madera de teja, no me dice mucho. Es cierto que está abarrotado de gente rica y famosa, muy famosa. Gente que prefiere lugares como este para interactuar con personas de su categoría social, porque, posiblemente, la mundanidad ya les aburre, a no ser que tengan firmas con ellos y que se vean obligados a salir de su cascarón superlativo.

El armario que trabaja de portero en la entrada nos ha dejado pasar en cuanto ha divisado a Roberto a la cabeza del grupo. Le ha dicho: «Viene conmigo», y el otro se ha limitado a levantar la cinta roja y a asentir con la cabeza como si hiciera una reverencia.

Una vez dentro, mi hermana y Eli, que tampoco son unas pavas, se comportan como si nada de eso las entusiasmara demasiado. Aunque yo, que conozco a mis Supremas como si las hubiese parido, sé que están locas al vislumbrar entre la multitud a jugadores del Atlético de Madrid, nuestro segundo equipo del alma. Sí, somos del Barça y del Atlético, ¿qué pasa?

Además de jugadores multimillonarios, también hay actores y actrices de las series del momento tomando cocteles en pequeños reservados, cómodos porque nadie los señala, y también porque no ven cómo Carla les hace la radiografía completa. Y por otro lado están los desfasados, los que ríen, bailan como locos al son de «Bésame en la boca» de Lorca y se lucen, vitoreando mientras se echan por encima botellas de Moët, ninguna por debajo de los mil euros. Como si a una persona normal no le costase ahorrar esa cantidad en un año.

Este ambiente me ofende. Odiaría que alguna vez me mirasen y pensaran que solo por salir en televisión también me permitiera esas licencias. No podría.

—Tomad lo que queráis —dice Roberto, que ya ha hecho un barrido periférico de la situación y de las mujeres que ahí se encuentran.

De repente, clava la vista en el trasero de Elsa Pataky, y observo cómo se muerde el labio inferior con gusto, como si estuviera a punto de correrse. Hace el intento de ir hasta ella, sin mirar siquiera con quién está. Da la sensación de que sus pies y sus manos siguieran órdenes que poco tienen que ver con su sentido común, y sí con el sentido perianal.

Le agarro de la manga de su impoluta camisa blanca y él lo advierte frunciendo el ceño.

—¿Qué haces, señorita Becca?

—Ni se te ocurra arrimarle la cebolleta, que te veo, rubio.

—¿Cómo dices? —Sonríe porque sabe que lo he cazado.

—Lo que oyes. El marido de esa mujer es Thor. Yo que tú tendría cuidado.

Roberto se echa a reír y niega con la cabeza.

—Sí que me controlas.

—Ya te lo he dicho: quiero ver qué es lo que haces aquí.

—Lo que yo hago aquí es relacionarme...

—Dice Fede que, tarde o temprano, te van a demandar. Quiero saber por qué. Y si vas a la caza de culos como el de Elsa Pataky, ya tengo una posible respuesta.

—Joder con la terapeuta... —gruñe, divertido. Me mira de arriba abajo y suaviza los rasgos—. Relájate. ¿Qué quieres tomar?

—Un gin-tonic, gracias.

—De acuerdo. ¿Y vosotras? —Esta vez atiende a mis amigas, incluso a Ingrid, que está maravillada con el local.

Ellas piden lo mismo que yo. Mejor, así no lo liamos.

A Ingrid le entra un tipo que me cuesta unos segundos reconocer. Es un importante piloto de Moto GP. Bruno echa humo por las orejas, e intenta decirle algo que no logro oír, pero Ingrid le ignora como si fuera ruido blanco.

No sé si es que quiere que al pobre le dé una apoplejía celosa, o si realmente ya le da igual Bruno y está en proceso de olvidarlo. Supongo que su decepción fue mayúscula; no tiene que ser plato de buen gusto que les parezcas insuficiente a él y a su familia.

Lo mismo sucede con Eli y Carla, que mientras están charlando, un ejército de moscones que apestan a dinero y a gomina cara se apelotonan a su alrededor.

Y a mí... A mí nadie me dice nada. Tengo a Axel tan pegado y debe de dar tantísimo miedo, que ni se atreven a mirar hacia donde estoy. Cobardes. Pero como bien dice el dicho, los borrachos y los niños son los únicos inconscientes que dicen la verdad.

Se acerca uno a mí, me repasa con su vidriosa mirada un poco estrábica, y me suelta:

—Coño, pero qué buena que estás. ¿Vienes a hacer un trío conmigo y con mi mujer?

—Por lo visto, los gilipollas infieles salen por la noche, como los vampiros y los travestis —le espeto a la cara.

El borracho, que se parece al Albano de Romina con veinte años menos, se ríe medio tambaleándose, y después advierte a Axel detrás de mí. Esta vez sí agradezco que mi guardaespaldas particular esté cerca.

El borracho alza la copa de la que bebe y le dice:

—Yo recito, musculitos. Soy poeta.

Ay, por favor... Esto no pinta bien. Axel le da la oportunidad de huir. Deja caer la cabeza al lado izquierdo y sonríe sin que el gesto le llegue a los ojos. Si lo conociera, huiría corriendo y sin mirar atrás.

Albano está jugando con fuego.

—Pelirroja, si cuando vas a la feria, ves algo que mola... —se detiene para pensar un momento—, es que estás en la noria agarrando mi pistola...

Axel da un paso hacia él, dispuesto a... qué sé yo... A degollarle, por ejemplo. Pero yo le detengo porque no está bien matar a las personas en público.

—¿Te ha gustado?

—Casi me haces llorar.

—Tengo más —asegura Albano—. Tu cara es muy mona... —me señala, pero el dedo baila en círculos—, y tu amiga es muy maja —señala a Axel, el desgraciado—. Pero solo con tus tetas me haría una paja.

Vale, voy a soltar al pitbull, solo porque considero que este tío se merece un par de galletas.

—Ahora vengo —dice Axel.

Entonces lo agarra del pescuezo, y lo hace de un modo que parece que sean hasta amigos, pero Albano va encogido y está a punto de echarse a llorar.

En ese momento, Roberto llega sonriéndome solo a mí, y me tomo la libertad y la fantasía de pensar que es un príncipe al que realmente le gusto, porque todo él es una obra de arte. Sin embargo, no me voy a llevar a engaño; con Roberto podría reírme mucho: es un bandido, un truhán, pero para nada un señor. Ya está.

Se planta ante mí y me ofrece el gin-tonic. Lo tomo y le doy las gracias.

Y de repente, Axel, que acababa de desaparecer con Albano, alarga su gadgeto brazo por encima de mi hombro, hasta que siento su torso pegado a mi espalda descubierta. Cubre el combinado con su manaza y me lo quita.

—¿Qué haces? Dámelo —le advierto. Golpeo su barbilla con la parte superior de mi pelo, que tiene muchísimo volumen.

—No —contesta él, sin perder de vista a Roberto.

—¿Cómo que no? Dámelo.

—No vas a beber de ninguna copa que te traiga este tío

—¿Y por qué no? —pregunta Roberto, en actitud entretenida y cruzado de brazos.

Axel deja la copa sobre la barra de una columna, y cuando se da la vuelta otra vez, veo que sus ademanes no son nada amistosos.

Me doy prisa en detenerlo antes de que empiece una pelea de gallos.

—¿Sabe Fede la cantidad de polvos que permites en el Chantilly? —Axel habla sereno, sin inflexiones, dando un paso adelante—. Apártate, Becca —me pide.

—Ni hablar. —Lo empujo un poco, con disimulo, porque no queremos formar ningún numerito—. Roberto está haciendo terapia conmigo.

—¿A esto llamas hacer terapia? —replica sin ningún aprecio—. Estás en el Chantilly, rodeada de ricos, muchos de ellos se pasan papelinas y se están drogando en tu cara. Mira al borracho ese, va de popper hasta las cejas. No vas a beber nada directamente de ningún vaso. Deberían cerrar este pub.

—¿Drogas? —Miro alrededor, un poco perdida por no haberme dado cuenta de ese detalle—. ¿De qué hablas?

—El Chantilly es un lugar de desconexión y diversión para nosotros —contesta Roberto, incluyéndose él mismo en ese grupo selecto y sectario—. Yo no veo nada de lo que insinúas —asegura, tranquilo.

—Yo, sí —responde Axel—. Sé muy bien de lo que hablo. Solo tienes que observar en vez de dejarte deslumbrar. —Sus ojos se vuelcan hacia mí de nuevo, como si insinuara que estoy ensimismada con el lujo, cuando a mí me importa bien poco; es más, lo aborrezco.

—Axel. —Lo retiro un poco de Roberto y busco intimidad para hablar a solas con él. No la encuentro, porque está todo abarrotado, y acabo en el mismo sitio—. Necesito que te relajes y que no nos incomodes.

—¿Yo te incomodo?

—¡Estoy trabajando, Axel! —exclamo, nerviosa—. No puedes meterte entre mi paciente y yo.

—Ese desgraciado no es tu paciente. No está enfermo. Es amigo de Fede, y es un capullo integral.

—¡Claro que está enfermo! ¡Tiene una compulsión! Fede es mi jefe y el tuyo. Me ha pedido este favor y se lo voy a hacer. Te guste o no.

—Y como Fede es tu jefe..., si te pide que se la chupes, ¿también lo harás?

¡Plas!

Aún desconozco qué muelle ha disparado mi mano hasta su cara. Nunca he sido de dar bofetadas «telenoveleras». Nunca. Pero Axel saca la parte más latina y pasional que llevo dentro.

Lo cierto es que me sorprende esa visceralidad y esa rabia en él. No solo hacia mí, sino hacia todo lo que tenga que ver con este ambiente, con su hermano... No lo comprendo.

Él se recupera de la torta y cuando se vuelve, su expresión es mortífera y amenazante.

—Y si ahora te la devolviese, ¿qué pasaría? ¿Me encerrarían?

—Hazlo, si quieres. —Me cuadro sacando pecho—. Pero te la has merecido. Estoy harta de que me sueltes estas cosas y te quedes tan ancho. Estás siendo ofensivo —digo con incredulidad—. Esto… se te está yendo de las manos. ¿Ves? Es esto —lo señalo nerviosa de arriba abajo—, esto es lo que no me gusta… ¡Esta parte de ti enferma y controladora! —Sé que le he ofendido al llamarlo, de algún modo, loco, pero ahora no me importa. Está haciendo que me sienta mal.

—Soy así, Becca —admite sin más—. Y tú… Tú estás ciega. Todavía no sabes lo que es este lugar. Yo, sí. ¿Por qué no le pides a Roberto que te lo enseñe? ¿Que te enseñe lo que esconden estas paredes?

—¿De qué hablas? —Lo miro atónita.

Roberto me toca el hombro desnudo con su índice, dándome golpecitos.

—Oye, pelirroja —me murmura casi al oído—, ¿por qué no vienes a bailar conmigo un rato?

Axel da un paso adelante, los ojos le cambian de color a uno negro y furioso, y las aletas de su nariz se mueven airosas. Es como un toro a punto de embestir.

—¿Por qué no intentas meterte la cabeza por el culo? —Las palabras de Axel ya no advierten. Lo segundo que hará será sacar los puños a pasear.

—¿Me la vas a meter tú, G. I. Joe?

—¡No! ¡Parad! —exclamo; luego me llevo a Roberto y lo coloco detrás de mí—. ¿Estás loco, Axel? —le grito entre susurros—. ¿Quieres hacer aquí el numerito? ¿Por qué no te vas al hotel a descansar? —le sugiero, temerosa de que se monte una batalla campal. Los borrachos no razonan, y en el club hay mucho cliente pasado de vueltas que se uniría a una pelea solo por hacer algo diferente.

—Si te vas con él, olvídate de hablar conmigo luego.

—Ve al hotel, Axel. Necesitas descansar.

Observo cómo Axel cierra los puños, frustrado. Su aura es oscura y rebosante de reproche y decepción. Me salpica hasta herirme y hacerme sentir mal. Y entonces empatizo con él, justo en ese momento. Me llegan las oleadas de ira, los sentimientos de injusticia, las bofetadas llenas del sabor venenoso de la traición. Su silencio no se parece en nada a uno de los ladridos a los que estoy acostumbrada, pero muerde más callado que cuando habla.

Sus emociones, que han estallado en ese momento, ante mí, me han dejado un tanto descolocada. No he hecho nada para que se sienta así. No lo comprendo.

La única realidad es que odio hacerle daño, porque herirle a él es como infligirme daño a mí misma. Sus ojos piden que no me vaya con Roberto. Maldita sea, me lo están gritando.

Pero no puedo ceder a sus deseos ni a sus órdenes imperativas solo porque se sienta terriblemente inseguro respecto a mí, o a lo que sea que haya entre nosotros… Su miedo nace de ahí. Porque, en muchos aspectos, yo también me siento insegura con respecto a él, con mucha razón, y no por eso me convierto en una dictadora.

—Ven a bailar, bellezón.

Roberto me rodea por la espalda, camina hacia atrás, conmigo bien agarrada, y Axel desaparece de mi campo visual.

La multitud nos ha engullido. Igual que me ha engullido la oscuridad y la intensidad de las emociones de Axel.

21

@pocoyoypocotu #eldivandeBecca #Beccarias
Entonces @enigma ya están abiertas las inscripciones
para que te vayas a la mierda. Firmado: Señor Roca.

Roberto se menea al ritmo de la música, rozándose contra mi espalda y mis nalgas. El cretino está duro.

Entiendo su magnetismo para algunas mujeres. Es un hombre fuerte, grande, seductor, con dinero y huele muy bien.

Es la segunda vez que estoy en una discoteca, y que no bailo con Axel. Lo que me recuerda que estoy aquí para trabajar, no para pasarlo bien. La discusión con él me ha dejado tocada y angustiada, y necesito sacarlo de mi cabeza para ver a Roberto con los ojos con los que él parece verlo.

Pero estoy bailando con mi paciente, permitiendo que él me mueva como quiera, imaginándome que no es el rubio, sino el moreno de ojos verdes quien me tiene cogida, mecida y cuidada.

—*Dame tiempo y bésame en la boca y déjame la lengua rota, es mi pasatiempo* —me canta Roberto al son de la música.

—Roberto, espera…

—*Yo no quise darte tantas flores, ni subirme a los balcones… Pero me bajé los pantalones.* —Mueve la pelvis hacia delante y me golpea las nalgas con su verga.

Me doy la vuelta de golpe y me zafo de su presa.

—Roberto.

—¿Qué pasa? ¿No quieres pasártelo bien? Soy mucho más divertido que tu guardaespaldas.

Niego con la cabeza.

—Axel se fija en cosas en las que los demás no nos fijamos.

—Axel es un listo. Eso es lo que es. —Sonríe e intenta cogerme de la cintura de nuevo—. No sé qué haces con un tío como ese.

—Eso no es relevante ahora. —Lo empujo y lo aparto por enésima vez.

—Sí lo es —asegura—. Este lugar es único, Becca. Es especial. Y no lo estás disfrutando como mereces. Te lo estás perdiendo —susurra acercándose a mí—. Déjame enseñártelo.

—¿El qué?

—El mundo que se oculta aquí. El mundo al que Fede teme, el mismo que me da cantidades insultantes de dinero a final de mes. Así verás que no tengo ningún problema.

Axel me lo ha advertido. Me ha dicho que estas paredes esconden algo. Que Roberto no tiene ningún problema. ¿Y si dice la verdad?

Sea como sea, es mi oportunidad de descubrirlo.

—¿Quieres verlo? ¿Quieres ver cómo soy en realidad?

De acuerdo. Voy a recoger el guante y ver qué se esconde en todo este asunto entre Fede y Roberto. ¿De qué se trata?

—No te arrepentirás.

—¿Me lo juras?

—Palabra. —Se lleva la mano al pecho.

No le creo, pero accedo.

—Enséñamelo.

Hay una parte del Chantilly que se muestra a todo el mundo. Una cara superficial y cool de la noche madrileña, accesible a todos aquellos que tengan billetes en la cartera y quieran malgastarlos.

Pero hay otro Chantilly que nada tiene que ver con el blanco, sino con el negro. Un mundo subterráneo debajo mismo del club. Una realidad a través de la cual Roberto me guía, agarrando mi mano, tirando de ella.

Tengo los ojos abiertos como platos, y el corazón a mil por hora. Hay música, una música sexy y magnética, que se mezcla con sonidos de éxtasis femeninos, y otros que no sé identificar.

Roberto me sonríe. Parece estar convencido de que ha conquistado un trofeo, o de que ha cazado un animalito, igual que el orgulloso león que ha salido de caza en la sabana.

No me gusta.

Roberto se detiene y se da la vuelta. Saca una tela negra y dorada del bolsillo de su esmoquin y la extiende ante mis ojos.

—Tienes que ponerte esto.

—¿Un antifaz? —pregunto, temblorosa.

—Sí. Aquí cuidamos nuestras identidades.

—¿Dónde me llevas? —Le agarro de la muñeca, alertada por el olor que golpea mi nariz con fuerza. Huele a sexo.

—Tú has aceptado conocer mi mundo, ¿verdad?

—Sí.

—¿Vas a ser valiente?

—Sí —afirmo tragándome la cobardía.

Roberto me coloca el antifaz y luego hace lo propio con el suyo.

—Bien. Andando.

Las luces tenues son solo la antesala de lo que va a venir a continuación.

Llegamos a una sala circular en la que se muestra ante mí una escena dantesca. El suelo de moqueta roja está teñido de negro; es el color de las túnicas de seda negra que llevaban las personas que ahora están desnudas, fornicando entre ellas. Alrededor de la sala hay gente vestida con antifaces, mirando las escenas que allí se suceden.

Es increíble. Un hombre, atento a lo que ocurre en el centro del pequeño coliseo, bebe de una copa de champán mientras su acompañante le está haciendo una felación. Y en el medio hay algo que ni siquiera yo he sido capaz de ver en una porno; es una gang bang, una mujer para cinco hombres. No hay nada que no pueda hacer, la campeona: la penetran por delante, por detrás, por la boca, y al mismo tiempo, ella masturba a dos hombres a la vez con sus manos. Y gimen. Todos gimen, sumidos en el éxtasis del intercambio de fluidos, del contacto más íntimo y sexual.

Es una orgía.

Hay muchos participantes allí reunidos.

De repente, a mi derecha, un hombre levanta las faldas de una mujer y se pone manos a la obra, con la lengua y los dedos. La penetra y la lame al mismo tiempo, y ella grita de placer y sonríe pasándose la lengua por el labio superior. Entonces, el hombre empieza a jugar con su ano mientras come a la mujer.

No puedo con esto. Me quiero ir de aquí. Me quiero ir ya.

No estoy en contra del sexo libre de cortapisas, pero me gustaría presenciar una orgía de estas solo cuando a mí me apeteciera, no cuando a un tío le venga en gana hacerme una encerrona.

Cuando me doy la vuelta para escapar, choco contra el pecho de Roberto; su mirada enfebrecida parece comerme de arriba abajo.

—Has dicho que querías verlo —me recuerda, molesto por que me quiera ir.

—Ya tengo suficiente, creo.

—No, míralo bien. —Me agarra y me da la vuelta, tomándome por los hombros, anclándome al sitio mientras me obliga a observar la escena.

Hunde su nariz en mi cuello y se me pone la piel de gallina, no de gusto, sino de destemplanza. Si de verdad cree que puede conseguir que me abra de piernas para él, está loco.

—Fede piensa que estoy enfermo por organizar estas fiestas privadas —susurra rozando mi oreja con sus labios. ¿Lo que he notado es la punta de su lengua? Me aparto de golpe—. Yo solo creo que disfruto del sexo.

—Yo tengo mi propia opinión al respecto —murmuro.

—Becca... Eres tan inocente. Tan... diferente. ¿Por qué no disfrutas y te dejas llevar?

—Disfruto a mi manera. Y mi manera y la tuya son muy diferentes, Roberto.

—Quieres hacerme creer que no piensas como todas las mujeres que entran aquí. Pero en el fondo sé que eres como todas las demás.

—Lamento decepcionarte.

—No, Becca. —Frota su erección contra mis nalgas—. No estás aquí por el dinero ni para ver a quién puedes dar caza.

—Deja de arrimar la cebolleta, cerdo.

—Solo te mueve la curiosidad. Pero la curiosidad mató a la gatita, ¿no lo sabías?

—Estoy aquí porque quería ver cuál era tu compulsión. Porque necesito entender cómo es el ambiente en el que te mueves y conocerte en él. Y ahora ya lo he averiguado todo.

—¿Tú también crees que es una compulsión?

—Este tipo de sexo no es una compulsión. Pero el hecho de que estés obscsionado las veinticuatro horas del día con ello sí lo es.

Eso lo dices porque no lo has probado. No has probado ponerte en manos de los demás y solo recibir placer, como esa mujer —dice señalando a la invitada estrella con dos penes llenándole la boca.

—No, gracias. No tengo la boca tan grande.

—¿Seguro? ¿No te gustaría que varios hombres te poseyeran a la vez, probar varias pollas en tu boca...?

—Yo soy más de hablar y esas cosas —contesto haciendo una mueca—. Con la boca llena no se puede hablar.

—¿Y si me bajo los pantalones aquí, y tú te dedicas a trabajar solo conmigo con esos labios tan bonitos que tienes?

—Ya... —digo con su mismo tono seductor—. ¿Y si me arrodillo, te cojo un poco los testículos y te la como de arriba abajo? Eso te gustaría, ¿eh? Te gustaría verme en el suelo por ti, mostrándote pleitesía y volviéndome loca con el sabor de tu pene, ¿verdad? Como todas las que disfrutan contigo así.

—Por supuesto, preciosa —asiente creyendo que eso es lo que voy a hacer. Me toma el pelo con una mano suave pero insistente. Tiene la intención de que me postre, el cretino—. ¿Por qué no bajas y me la chupas?

Me da tanto asco la situación que me doy la vuelta, enfadada con lo que ha pasado, con estar aquí, con tener que soportar que un hombre me hable de ese modo cuando a mí no me gusta. Es como si me hubieran tomado el pelo. Como si Roberto hubiese jugado conmigo toda la noche. ¿Por qué Fede ha querido que tratara a su socio si él ya es feliz así?

—Yo no soy como tú. No vuelvas a decirme nada parecido —le advierto, visiblemente mosqueada—. No voy a seguirte el juego, guapo. Sigo creyendo que tienes una compulsión. Y sé cuál es tu problema.

Roberto me mira sorprendido.

—¿De verdad crees que tengo un problema?

—Ya lo creo que sí. Desde que has entrado, solo te has fijado en la mujer sometida por los cinco individuos. Alrededor hay más escenas sugerentes y muy explícitas, pero tú solo tienes ojos para ella.

—Y no tardaré en unirme a ellos, porque también quiero un trozo de ese pastel.

—Roberto, esto rige tu vida las veinticuatro horas del día. No voy a valorar tu satiriasis.

—¿Mi qué?

—Eres un sátiro.

—Ah.

—La adicción al sexo no tiene un diagnóstico clínico real; lo que para alguien puede ser sexo normal, para otro puede resultar demasiado. Es todo muy subjetivo. Pero sí creo que desvías tu verdadero problema hacia la dominación sexual.

—Ya te lo he dicho, señorita Becca. No tengo ningún problema. Y si te quitas la ropa, y dejas que te folle como realmente quiero, te enseñaré que solo quiero darte placer.

Para mí está más que claro cuál es el problema de Roberto. Él aún no lo comprende, pero yo puedo redirigir sus sentimientos...

Hoy, desde luego que no.

Ahora, ni por asomo.

Tiene una erección de escándalo, y solo quiere sumarse a la orgía.

Sonrío e intento ser todo lo comprensiva que puedo, aunque me cuesta. El olor a sudor y fluidos me está mareando y los gritos me distraen.

—Mañana nos veremos.

—No habrá mañana, señorita Becca —sentencia—. No quiero tu terapia. Hemos acabado.

Me encojo de hombros, doy media vuelta y digo:

—Si Fede te lo ordena, le obedecerás.

Me apresuro a abandonar el mundo de Sodoma y Gomorra bajo los techos del Chantilly. Ni siquiera me cuestiono qué personajes famosos están ahí, disfrutando de los placeres de la carne y el descontrol en grupo. Cada uno hace con su sexualidad lo que le da la gana. Y muchos de ellos lo hacen porque quieren, sin atender a posibles traumas o desviaciones.

Pero no es el caso de Roberto. Si me deja, le ayudaré.

Y si encuentro a Axel fuera del club, le preguntaré cómo sabía él qué clase de lugar es este. Y, de paso, admitiré que tenía razón.

Salgo de la planta secreta inferior del club como si me persiguieran los siete pecados capitales. Al menos sé que he cometido uno, la soberbia. Soberbia por creer que podía controlar todo tipo de situaciones, cuando en realidad, aunque he salido airosa, no he sabido serenarme allí abajo, con Roberto.

Necesito salir del Chantilly, y sacar a mi hermana y a Eli del antro de perversión que ahora sé que es. Recorro los pasillos y escucho de nuevo la música pop que me indica que he regresado al reino chic de los pijos ricos, que ignoran que pisan el mismo techo de la lujuria.

Un tío me dice que si me invita a algo, le digo que no mientras empujo a otro baboso que huele a colonia cara, uno de esos chulos de nivel que abarrotan el local. Cuando salgo del batiburrillo, busco a Axel, pensando que va a estar ahí, de pie, en el mismo sitio donde lo dejé. Pero soy una ilusa. ¿Por qué razón iba a esperarme? Al fin y al cabo, lo he dejado tirado mientras Roberto bailaba conmigo e intentaba aprovecharse de mí.

Me asusto porque no encuentro a ninguna de las personas que conozco. De repente me entran los nervios, y ya sea porque estoy alterada por lo sucedido con Roberto, o porque no me gusta estar sola, un sentimiento de desprotección y miedo me azota con fuerza.

El club se me hace enorme y pequeño al mismo tiempo, e intento salir a trompicones. Una vez fuera, diviso a Eli y a Carla.

No es difícil localizarlas, porque ambas son altas y de cuerpos muy estilizados, y allí por donde van llaman la atención. Están algo ocultas en la entrada de un edificio señorial.

Menos mal. A punto he estado de sufrir un ataque de pánico; así, de repente. Me acerco a ellas, que aún no me han visto, y advierto que están discutiendo.

—¡Eres una hipócrita! —le grita Carla a Eli—. ¡Has dejado que ese tío te besara porque sí!

—¡Yo no le he besado! ¡Ha sido su lengua la que se ha metido en mi boca! —se defiende Eli, mientras se abraza los hombros.

Hace frío. Las tres vamos con vestidos muy cortos y con chaquetas de piel que no nos abrigan demasiado.

—¡Mentirosa! ¡Lo has hecho porque te ha molestado que tonteara con Roberto!

Ya están las dos pavas. Ellas y su competitividad… Voy a meterme en medio o acabarán mal. Es que no tienen límites, son como dos crías que…

—¡No me ha molestado eso, Carla! ¡Me da igual que tontees todo el rato!

—Sí, ya...

Lo que digo. Crías inmaduras y malcriadas que...

—¿Sabes lo que me molesta? ¡Me molesta tu actitud, cuando fuiste tú la que hace un par de semanas, en Barcelona, me estampó contra la pared de mi casa y me besó! ¡Fuiste tú la que rompió el hielo y dio el primer paso, no yo!

¿Eing? ¿Perdón?

Me detengo de golpe y doy un salto, tirándome casi en plancha como un portero de fútbol, para ocultarme detrás de un coche aparcado cerca del portal. ¿He oído bien? No entiendo nada.

—¡No sabía lo que hacía! —se excusa Carla—. Fueron los tequilas...

—¡Y una mierda! —la reprende Eli.

Whaaat? Ay, Señor... Ay, Señor. Yo no debería oír nada de esto. ¿Qué hago? ¿Me tapo los oídos? No, joder. No puedo.

—¡Fue así, Eli! ¡No quieras ver cosas donde no las ha habido!

—¿Donde no las ha habido? —repite Eli, incrédula—. ¿Acaso no te pasaste toda la noche metida en mi cama?

Joder. ¡Joder! ¿En serio?

—Fue un experimento —se excusa Carla, indiferente—. Quería probar algo distinto.

—Pero ¿de qué me estás hablando? ¡Soy yo, Carla! ¡Estás hablando conmigo! —A través de las ventanas algo sucias del coche veo cómo Eli se pone la mano en el pecho y se emociona—. ¡Te conozco tanto como tú me conoces a mí! ¡Sabes lo que siento por ti! ¡Lo sabes desde hace mucho tiempo, porque no eres tonta! ¡¿Y me vas a decir que has sido tan cruel de hacer un experimento sexual conmigo porque estás harta de los hombres?! ¡¿Y he sido yo tu víctima?! ¿Así va esto?

—Ya sabes cómo soy, Eli. Soy una insensible, una fresca. La empática es mi hermana. No yo.

—Pero yo no estoy enamorada de tu hermana —murmura Eli, acongojada, con voz temblorosa—. Estoy enamorada de ti.

—Pues lo siento, pero yo no lo estoy de ti —replica Carla.

—¿Seguro? —pregunta Eli dando un paso adelante y metiéndose en el portal del edificio con mi hermana.

La conozco, su actitud ha cambiado. Carla puede ser una loba, pero Eli es igual de felina cuando se pone seria. Las dos son mujeres de caracteres fuertes, pero Eli es más madura que Carla, que es un poco más caprichosa.

—¿Eres capaz de decírmelo mirándome a los ojos? —Eli ha arrinconado a Carla contra la pared.

A mí no me van las mujeres, pero tengo que decir que la imagen de las dos juntas, tan guapas, es una estampa hermosa. Rarísima, porque se trata de mis dos mejores amigas, y una de ellas, además, es mi hermana.

—Eli, para… —le pide Carla.

—No voy a parar. Si lo hago, si paro… Carla, no llores, mírame. —La rubia pega la frente a la de la morena—. ¿Quieres que me vaya?

—No quiero esto. Esto es un problema para las dos.

—No hay ningún problema, por Dios. Escucha. He accedido a hacer este viaje contigo porque creo que nos debemos esta conversación. No iba a hacerlo, porque desde que nos acostamos, no te has dignado a preguntarme nada ni a hablar conmigo de esto. Has hecho como si no hubiera pasado nada. No te has interesado por mí. Era yo la que te llamaba.

—Lo sé…

—¿Y quieres que nos comportemos así? Porque yo no puedo —asegura dándole un beso en la mejilla—. No sé hacerlo. Me revienta que intentes tontear con todos, que te muestres tan dispuesta a estar con ellos, y que no quieras probar a estar conmigo, que soy la que mejor te va a cuidar y la que te puede dar todo lo que buscas, y más. ¿Sabes por qué?

—¿Por qué?

—Porque te quiero.

O sea, si Carla no acepta esta declaración de Eli, me la quedaré yo, y me casaré con ella, y nos quedaremos embarazadas juntas y viviremos en una casita en la montaña.

—No puedo, Eli. ¿No lo entiendes?

—¡Deja de comportarte como una cobarde! ¿Es porque soy una mujer?

—¡No! ¡Eso me da igual!

—Arriésgate, Carla. Arriésgate por mí. En la vida, quien no arriesga no gana. ¿Tanto miedo tienes?

—No es eso... Es que... yo lo estropeo todo.

Carla está llorando como nunca antes había llorado, y me afecta mucho verla así. Me gustaría salir de mi escondite y poner paz entre ellas, y que me expliquen cuándo, cómo y por qué sus vidas se han convertido en un episodio de *L-World*.

—Y un rábano... —susurra Eli—. Ven aquí.

Y entonces veo cómo mis niñas, es decir, mis Supremas, la Devo y la Jessi, se dan un beso en la boca que empieza suave, pero de repente se vuelve muy caliente.

Abro los ojos y la boca a la vez, y ahora que ambas tienen los suyos cerrados y parecen ignorar lo que no sea que ocurre en su particular microcosmos, aprovecho para salir de detrás del coche y huir de nuevo.

Correr. Sí. Necesito correr, encontrar un lugar seguro y meditar. Solo tengo que subir toda la calle Serrano y llegar a mi hotel. Porque debo poner mi cabeza en orden.

Sin embargo, cuando tomo la esquina para comenzar mi pequeña carrera, me topo con Ingrid y Bruno. Ella está sacando sapos y culebras por la boca, gritándole, intentando dejarlo plantado en su lugar, pero él no se lo permite. La coge del brazo y le da la vuelta para encararse con ella.

No puede ser... Esta noche no puedo ver todo esto. ¿Y si alguien me ha drogado en el Chantilly? Pero no es posible, no he bebido nada. Tal vez haya sido el olor a sexo, o quizá una droga nueva que se propaga por el aire. Ahora mismo no puedo ocultarme para escucharlos, porque los tres nos encontramos en la misma acera. Así que hago como que estoy dando un paseo casual por ahí.

—¡¿Por qué me persigues?! —le grita Ingrid a Bruno—.

¡No soy la chica adecuada para ti! ¡No tengo ni tu dinero, ni tu educación ni tu hipocresía!

—¡A mí no me interesan esas cosas, Ingrid!

—¡Eso díselo a tus padres, cagado! ¡Tiraste a la basura lo nuestro, que para mí fue precioso, porque tenías miedo de que papá y mamá te retiraran la paga!

Bien dicho, Ingrid.

—No te rías de mí… —le advierte Bruno—. ¡No es fácil ser hijo de quien soy! Mis padres tienen muchas expectativas puestas en mí. Si los defraudo…

—¿Decepcionarías a tus padres por elegir el verdadero amor y no una puta relación de conveniencia? ¿Cómo se llama la chica con la que te quieren juntar…? —Ingrid hace que se lo piensa, pero ninguna mujer olvida el nombre de su competidora, pues la odiará para toda la vida—. ¿Estefanía? Es muy guapa, ¿no?

Estoy tan cerca que veo sus ojos vidriosos por las lágrimas. Me duele por ella. Ingrid no se merece eso.

—No. No lo es…, comparada contigo —responde Bruno con un gesto de admiración hacia ella—. No es divertida, comparada contigo. No es tan inteligente como tú… Ni le gusta irse de picnic o de aventura.

Ingrid rompe a llorar, y entonces Bruno la agarra del rostro.

—Ni siquiera te gusta la política, Bruno. Vas a ser un infeliz toda tu vida… No me jodas… ¿Quieres presentarte para la alcaldía de Madrid? Lo harás si es el deseo de tu padre. Tú no tienes ninguna personalidad.

—No seas injusta. Dame un poco más de tiempo, te lo ruego… Pero no te vayas con nadie más.

Paso por su lado justo en el momento en que Bruno la besa y ella retira la cara. Me siento como Julia Roberts en el anuncio de Calzedonia, en el instante en que observa a una pareja discutirse y después besarse con la torre Eiffel de fondo.

Esta noche soy una simple voyeur. Una voyeur de orgías vacías de amor, de historias apasionadas y agridulces; una observadora de relaciones arriesgadas, que dan miedo y, a la vez, mucha satisfacción.

Me alejo, dejando atrás a Eli y su historia con mi hermana Carla; e ignorando el último rechazo de Ingrid a Bruno. Ellos han dado un paso adelante por las personas que quieren, o que necesitan querer, y unos han perdido y otros ganado.

Me dan tanta envidia, que yo también deseo que alguien apueste por mí, y me muero de ganas de apostar tan fuerte por alguien que no me importe si pierdo o no con tal de conseguirlo.

Corro calle arriba como puedo. Me quito los tacones, y continúo descalza, porque cuanto antes llegue al hotel, antes podré lanzarme al abismo.

Axel tiene la última palabra. Me debe muchas explicaciones, y puede que yo también se las deba a él.

Aun así, una cosa está clara.

Tengo que verle, y él tiene que dejarme pasar.

22

@moscardanegra #eldivandeBecca #Beccarias
Soy un incomprendido. A veces me siento solo.
Y otras veces me ayudan a sentarme. Jajaja.

Estoy frente a la puerta de su habitación, intentando llenar de aire mis pulmones, que los siento ardiendo después del sprint.

Me da igual qué pinta pueda tener, debo de parecer un espantapájaros hasta las cejas de crack y con el rímel corrido. ¿Y qué? Axel ya me ha visto en plan pitufo bajo los efectos de la hipotermia.

Golpeo con los nudillos la puerta de mi jefe de cámara, con insistencia e impaciencia.

Sabe que soy yo. Lo sabe. Pero no quiere abrirme.

—¡Axel! —Junto mi frente a la puerta y abro las manos para apoyarlas en ella—. Necesito que me abras. Quiero hablar contigo, por favor… Ábreme…

—¿Por qué?

Me doy la vuelta de golpe al comprobar que la voz viene de detrás, no del interior de la habitación.

—¡Joder! —Doy un salto y cojo aire por la boca precipitadamente—. ¿A-Axel? Definitivamente, quieres matarme a sustos…—digo, sorprendida y nerviosa. Lo miro de arriba abajo. Aún lleva la misma ropa que en el Chantilly, y juega con la tarjeta de su suite entre los dedos, mostrando una actitud recelosa en su mirada. Definitivamente, acaba de llegar al hotel; como yo—. ¿Qué estás haciendo aquí afuera?

—Asegurarme de que llegas al hotel sana y salva, ya que tú eres incapaz de pensar en tu seguridad.

Se me cae el alma a los pies. A pesar de haber visto cómo me iba con Roberto y de conocer lo que se cuece en la planta inferior del Chantilly, no me ha dejado sola un solo momento, siempre ha estado detrás de mí, velando por mi seguridad. Mi guapo y herido guardián incomprendido…

—Pensaba que te habías ido.

—Es lo que te mereces. Que me vaya y no vuelva más a por ti. ¿Por qué no te apartas y me dejas entrar en mi habitación, por favor?

Aprieto los labios y la punta de mi lengua empieza a temblar. Me golpea la imperiosa necesidad de soltar todo lo que pienso en ese momento. Sin filtros, sin pausas. Me viene a la mente mi hermana y Eli, Bruno e Ingrid… Ellos se han lanzado a expresar lo que sienten; han dado el paso sin perder cuidado de cómo reaccionará el otro.

Yo nunca me he declarado a nadie. Me parece mentira que vaya a hacerlo con Axel, alguien tan taciturno y que le cuesta un mundo mostrar sus sentimientos. Pero mi corazón no deja de pedir otra cosa. Tengo esta urgencia dentro y no puedo más con ella.

—No.

—¿No?

—No hasta que me escuches. Axel… Ya sé que me has dicho que no hablarías más conmigo si me iba con Roberto.

—¿Y qué haces aquí, entonces?

—Quería decirte que… tenías razón sobre él. No sé cómo sabes todo lo que sabes, pero eso ahora no me importa.

Él sigue cuadrado como un militar delante de mí, crispado por todo lo vivido. Dolido conmigo. Dios, ahora lo leo tan bien que me parece mentira no haber sabido hacerlo antes.

—Ya te lo dije.

—Y tenías razón también sobre lo de las drogas.

—Ya te lo dije.

—Sí, ya me lo dijiste. Pero hay muchas cosas sobre las que te has equivocado y sobre las que nunca has tenido razón. Yo al menos estoy aquí, disculpándome por ellas, pese a que tú no lo has hecho. Y antes de que me eches de la habitación y, posiblemente, de que te cierres en banda conmigo, quiero decírtelas. Porque si yo puedo perdonar tus ataques y tus afrentas... Tú... Tú también puedes disculpar mis patinazos.

Él saca el aire por la nariz y mantiene la boca firmemente sellada.

—No te he traicionado nunca —continúo—. Nunca. Puede que haya omitido cosas, y puede que te haya fallado al tomar decisiones que iban en contra de tu sentido del control, pero nunca lo hice para hacerte daño. Lo hice porque creía que era lo mejor. Y lo lamento. Lamento haberme equivocado en Tenerife. Lamento no haberte dicho que había recibido un nuevo mail de mi acosador... Lamento no haber sabido que David fuera a besarme. Pero no me acosté con él, como tampoco he hecho nada con Roberto, aunque eso creas por el modo que tienes de mirarme. Y me molesta... No sabes cómo me molesta que siempre dudes de mi palabra. Me hiere que me mires así. —Sorbo por la nariz—. Me he equivocado también muchas veces, y lo siento. Como esta noche, por ejemplo. Me hubiera gustado ahorrarme el trago de ver lo que hacían ahí abajo, pero lo he visto. Sin embargo, también tú tienes parte de culpa de lo mal que lo hago. Porque... Porque no sabes hablar conmigo, no sabes abrirte y contarme cómo te sientes. Sabes cosas y no me las dices. Siempre lo tengo que adivinar yo después, cuando ya he metido la pata. Cuando ya es demasiado tarde. Si sabías que Roberto jugaba de ese modo, ¿por qué no me lo advertiste en su momento? ¿Por qué todo contigo tiene que ser así?

—Ya te lo dije.

—¡¿Quieres dejar de decir eso?! —le grito, furiosa. Axel tiene que reaccionar, no puede ser tan frío. Soy puro amor y él no es capaz de verme—. ¡Mírate! ¡Estás ahí como un pasmarote, sin decirme nada, cuando yo estoy hecha un flan, delante de ti! ¡Intentando decirte cómo me siento contigo! ¿Y sabes qué es lo peor? Que a pesar de lo mucho que me haces enfadar, a pesar de lo mucho que me provocas, a pesar de que te hayas ido a la cama con otra por tu ataque de despecho y de celos... Cuando he salido de la planta baja del Chantilly... —malditas emociones, que se atoran todas en mi garganta y en mis ojos—, solo esperaba encontrarte. Solo quería que estuvieras donde te dejé.

—¿Has acabado?

—¿Sabes para qué?

Axel niega con la cabeza, tragando saliva. Eso es una compulsión, y demuestra que algo de lo que le digo le afecta.

—Porque quería bailar contigo. —Me seco las lágrimas con la punta de los dedos—. A pesar de todo..., quería bailar contigo, porque nunca me has sacado a bailar ninguna de las veces en las que hemos coincidido en una sala de baile. Y a mí... me gusta bailar. —Me cubro el rostro lloroso con las manos—. Y no me aguanto de las ganas que tengo de bailar contigo, Axel. —Me descubro y le sostengo la mirada todo lo que es capaz mi vergüenza—. De que solo por una vez, una, me demuestres que de verdad te importo, y me trates con la delicadeza y el cariño con los que tratas a todas las demás. A todas menos a mí.

—¿Has acabado ya?

Sonrío sin ganas. No sé por qué insisto en creer que Axel va a reaccionar a mis palabras, como si fuera una persona con un corazón normal.

Esta noche ha sido una mierda. He presenciado mi primera orgía —eso sí, engañada— y he comprobado por cuántos orificios puede ser penetrada una mujer. He visto a mi hermana y a Eli, unas auténticas devorahombres, comerse la boca la una a la otra en un portal. Y me he encontrado de frente con Bruno e Ingrid discutiendo, para que después Ingrid le rechazara.

¿Por qué iba a irme mejor a mí?

—¿Has acabado ya, Becca? —me repite Axel pasando la llave por la ranura, rozándome el brazo con su mano.

—Sí, patán. Ya he acabado... —¡Cómo odio su indiferencia!—. Me voy a...

—Bien.

Axel abre la puerta, me agarra de la muñeca y me medio empuja hasta meterme en su habitación.

Cierra la puerta y, sin mediar palabra, me da la vuelta y, ¡pum!, me estampa contra ella, pegando todo su cuerpo al mío. Me tapa la boca con una de sus manazas y se inclina hasta mi rostro, advirtiéndome que me hará cosas malas si hablo.

Huelo la menta de su aliento. Creo que tiene un acuerdo de por vida con Halls.

—Ya has hablado tú. Ahora me toca a mí y no quiero que me interrumpas. Me toca los cojones..., no te imaginas cuánto..., que creas que puedes cambiarme la vida como te plazca. Me cabrea que ignores mis advertencias, que sigas haciendo lo que te dé la real gana, jugando con tu vida, no teniéndola en cuenta.

—*Ioiiieeooo...mmmiiiaeueeeaaa...*

—Cállate, joder.

¡Uf! Sus ojos son enormes y muy claros. Y tiene tanta fuerza, tanto poderío, y está tan desatado..., que me encanta. Porque no tengo ni pizca de miedo, porque él nunca me haría daño, es incapaz de hacérselo a los más débiles. Axel podría romperme entre sus brazos, partirme en dos, pero aunque sus palabras y su rictus son feroces, nunca temería nada de él.

—¡Y sí! ¡Me molesta que te bese otro que no sea yo! —exclama sacudiéndome un poco. Si tengo alguna moneda encima, tiene que caer al suelo, fijo—. Me molesta tanto, que en aquel momento, cuando lo vi, cuando vi a ese pelele tocando algo tan brillante como tú, ¡deseé arrancarle la cabeza! Pero como no podía..., ¡lancé el iPhone contra la pared y partí la puta pantalla! —Axel se acerca más a mí, hasta unir su pelvis contra mi estómago—. Sé lo que es el Chantilly; recuerda que Fede es mi hermano y que yo no soy gilipollas. Y sé que Roberto pensaba que podría incluirte en sus juegos; es más, si conozco un poco al cabrón de Fede, diría que lo único que quería con el caso de Roberto era espolearme. Provocarme. Sé que no has hecho nada con él, porque te has ido de ahí muy rápido. Pero el solo hecho de que un narcisista como él te haya tocado o haya bailado contigo, me pone de los nervios. No lo soporto. Y a pesar de que has bajado con él a ese sitio, te he esperado. A pesar de imaginar cómo las miradas de Roberto te desnudarían, o cómo él intentaría algo más contigo. No me tenía por una persona celosa, Becca, nunca lo he sido, pero contigo puedo llegar a serlo, porque eres especial, y muchos son indignos de tu compañía. Él ni siquiera merece tener cerca a una belleza pura como tú, y si de mí depende, te mantendré alejada, tanto como pueda, de los que son como él, aunque te enfades, aunque rabies y aunque creas que lo único que hago es dejarte claro quién está al mando y afianzar mi hombría. No me creo superior a ti, tú me das mil patadas en muchos aspectos, o en casi todos. Pero tu rostro sale en la televisión casi cada día, y ahora mismo eres un caramelo para muchos. Y me estoy rompiendo los cuernos para protegerte de todo eso… —Aprieta los ojos con fuerza—. Porque eres la persona más mágica que he conocido y todavía no sé si eres real.

—Soy real.

—Hacía mucho que no me sentía así. De hecho, jamás me he sentido como me siento como cuando estoy contigo. Y eso me asusta. Estoy asustado de ti… ¡Y te odio y te odiaré por eso!

—¿Y… cómo te sientes cuando estás conmigo? —digo a través de su mano.

—Limpio. Como si no cargara con ningún pecado a mis espaldas. Débil. Y, también, el hombre más afortunado del mundo. Con todas las cosas que me han pasado, con todo lo que he hecho, no merezco haberme cruzado contigo. Tengo miedo de cagarla. Y sé que meteré la pata otra vez.

Mis ojos se humedecen y parpadeo consternada por la revelación.

—Mi vida en ningún caso ha sido fácil, y la mantengo a buen recaudo porque no quiero más escándalos —se sincera—. Hay muchas cosas que no entenderías, y otras que te revolverían las entrañas. Todo eso soy yo. Ya sabes más de mi vida de lo que me gustaría. Me han pasado cosas que me han convertido en lo que soy hoy. Y estoy dispuesto a hablar de las que ya conoces… Estoy dispuesto a hablar contigo. Pero dame tiempo, necesito tiempo para hablarte de todo… No quieras ser el maldito tsunami que acostumbras a ser, que arrasas por donde pasas. Porque has arrasado conmigo, y hay personas como yo que no sabemos dejarnos llevar por la marea —murmura apartándome con lentitud la mano de la boca, clavando su suplicante mirada en mis labios.

Ahora que puedo hablar, no sé ni qué decir. No tengo palabras.

Axel acaricia mi labio inferior con el pulgar, y lo tira hacia abajo.

—Sé que te hice daño con lo de Raquel. Lo siento mucho. Si te sirve de consuelo, estoy muy arrepentido, pero necesitaba vengarme de ti. Y necesitaba bajarme el calentón que me provocó el verte con ese pijama de Mickey Mouse y el camisón desabrochado, y como no podía tenerte…

—Sí podías —refuto, apesadumbrada.

—Pero no quería tocarte. Me agriaban las imágenes de David y tú en el loft, y creer que había pasado algo más entre los dos. No fui capaz de seguir viendo el vídeo. Lo siento. —Se relame los labios, sacudiendo la cabeza consternado y arrepentido—. Me molestó verte con él —reconoce.

Lleno de aire agradecido mis pulmones, y emito un breve sollozo. A Axel también le duelen las cosas. Es bueno saberlo.

—Lo siento mucho —lamento.

—Ya te he dicho que no sé cómo sentirme respecto a ti, y no controlo mucho mis emociones. Pensé que salías con ese pijama para torturarme. —Desliza su mirada ardiente a través de mi vestido—. Es muy triste acostarse con una mujer e imaginarse que es otra.

—No quiero hablar más de este tema —le pido. Me afecta.

—Y esta noche, por poco me quemo al contemplarte. ¿Tú te has visto?

—¿Qué? —digo tocándome el pelo nerviosamente. Con el maquillaje corrido y el pelo en plan Tina Turner en los ochenta debo de parecer una versión mala de Carrie.

—Les habría arrancado los ojos a todos los que intentaban flirtear contigo.

—No han intentado...

—Ya lo creo que sí. Me has vuelto loco, rizos. Y no quiero hablar más, joder. ¡Ya he tenido suficiente!

Cuando deja caer su boca sobre la mía y noto la invasión de su lengua, comprendo que el fin del mundo conocido para mí acaba de empezar.

Antes era fan de los besos. Ahora soy fan de los besos de Axel.

Creo que un beso dice mucho de las personas, del modo que tienen de acoplar la boca, de mover la lengua, de jugar con los dientes... Es un anticipo de lo bien que van a moverse en la cama.

Yo ya sé cómo se mueve Axel en la cama, pero si algo me excita más que todo lo que pueda hacerme en ella, son sus besos precedentes.

Besa con tantas ganas, con tanta intención, con tantísima pasión, que ellos transmiten lo que él no es capaz de expresar con palabras.

Sus manos bloquean mi cabeza, me cazan, y yo agarro sus muñecas y me alzo de puntillas, porque sin tacones soy considerablemente más bajita que él.

He decidido que me lo voy a comer. Le importo. Le importo. Me quiere, y sonrío por dentro.

Nuestras lenguas primero se pelean y después se acarician. Succiona la mía y me la muerde, y luego vuelve a besarme como si no supiera qué le gusta más de mi boca.

Me está haciendo enloquecer.

—Este vestido se va fuera… —gruñe, desesperado.

Cuela sus dedos por la parte superior y lo desliza, por los hombros, por mis brazos… Se me pone la piel de gallina, por Dios. Cierro los ojos.

Axel me está quitando las ligas, arrancándolas, rompiéndolas, y como si no tuviera tiempo que perder, se deja caer al suelo de rodillas, aparta la telita de mis bragas negras y hunde su nariz en mi vagina.

—Voy a comerte, Becca —me asegura—. Y te vas a quedar quieta.

Lo que me voy a quedar es tumbada en el suelo de un desmayo. Cuando noto cómo su lengua se hace hueco entre mis pliegues y me lame de arriba abajo, dejo caer la cabeza hacia atrás y entro en catarsis.

La sensación del sexo oral es increíble, y yo casi no la tuve con David; él era más tradicional. Pero lo de este hombre, lo de Axel, es espeluznante de lo bueno que es.

Su lengua resbaladiza masajea todas mis terminaciones hasta el punto de que me voy a correr en unos segundos apenas desde que empezó a chuparme.

¿Qué digo, unos segundos?

Soy lanzada fuera de mi cuerpo y exploto convulsionando con la lengua de Axel azotando mi vagina.

Antes de que me desplome, presa de las sensaciones del éxtasis, gimo sin fuerzas, pero él me coge en brazos y me conduce hasta la cama.

—Esto no ha acabado, preciosa —murmura sobre mi cabeza—. Esta noche no voy a tener suficiente de ti.

Me deja sobre el lecho, completamente desnuda, con los pechos marcados aún de cuando me los succionó en la caravana. Me abre de piernas y me acerca al límite del colchón, donde él vuelve a arrodillarse.

Primero me da un lametón. Luego dos. Y tiemblo. Tiemblo porque aún estoy sensible y porque me encantaría agarrarle del pelo, pero como lo tiene tan corto no lo puedo sujetar.

Otra vez inicia la tortura. Me acaricia con la nariz, arriba y abajo, y parece ronronear del gusto.

—Tan suave… Tan lisa… —susurra.

Abre la boca y me engulle de nuevo. Esto no es normal. Me mantiene las piernas bien abiertas, y yo, que no estoy acostumbrada a este tipo de sexo tan ajeno a los tabúes, arqueo la espalda sobre el colchón y sollozo de la impresión. Me agarro a la sábana, me cubro el rostro con la almohada para poder gritar a gusto, pero él me lo impide y me la quita de las manos.

—Quiero cada grito, cada gemido de tu boca. No te ocultes de mí —me pide lamiéndome—. No dejes de mirarme.

Incorporo un poco la cabeza, tanto como me permite mi columna flácida por el gusto, y lo veo ahí, entre mis muslos, con sus ojos tan brillantes y hambrientos como los de un animal. Me lleno de amor por él.

—Axel —gimo al notar cómo me introduce su lengua, tan potente, larga y juguetona.

Él me mantiene la mirada mientras hace que me hinche y que me estremezca. Que me moje como nunca lo he hecho hasta el punto de sentir la humedad entre mis nalgas, hasta manchar el colchón. Muerde mis labios exteriores con delicadeza, y apresa mi clítoris con tanta determinación que creo que voy a acabar encaramada al techo.

Y lo hago a un nivel astral, cuando me corro.

—Me encanta. Eso es… —asiente, feliz.

Axel alarga el orgasmo hasta lo indecible, y justo cuando empieza a dolerme de lo hipersensible que estoy, se aparta… para colocarse encima de mí.

—Quiero destrozarte, Becca.

Sí, lo sé. Debería sonar aterrador. Pero lo único que provoca en mí es que me vuelva a calentar más rápido que el motor de un Ferrari.

Se pone de pie y se desnuda, sin quitarme la vista de encima. Sus ojos barren cada rincón de mi cuerpo. Es tan fogoso… que estoy segura que se van a empañar las ventanas de la suite.

A través de mis pestañas, lo admiro. Porque Axel no se observa; se admira como una obra de arte. Su torso musculoso, su cintura en forma de uve, esos hombros tan hinchados. Las piernas que muestran cada uno de sus potentes músculos, como los de un potro.

Y su erección, que se alza orgullosa entre la mata de pelo negro de su pubis. Grande. Nunca creí encontrarme con un hombre con el pene así, y nunca imaginé que podría acogerlo. Las otras veces que lo he hecho con él no sé si se ha llegado a controlar un poco para no hacerme daño; es posible, porque sus dimensiones son poco comunes. Pero ahora quiero que me duela. Quiero sentir cada centímetro de él, de carne y de alma.

Sí. Quiero que me destroce.

Axel se acaricia frente a mí y alarga la otra mano libre, que me ofrece para que la tome. Es una invitación, tipo Aladdín: «¿Confías en mí?». Pues claro que sí… Acepto su mano sabiendo que este gesto significa mucho más. Vamos a forjar un vínculo, vamos a agarrarnos el uno al otro y a lanzarnos al abismo. Yo seré un tsunami, pero él es un huracán. Y entre los dos vamos a provocar un auténtico desastre natural.

Me quedo sentada en la cama y él tira de mí para que me levante. Pero no quiero cambiar de posición. Tengo a poca distancia su polla dura y erecta, y me apetece hacer algo que pocas veces me gusta hacer.

Quiero probarla.

Me dejo caer de rodillas para darle placer, como él ha hecho conmigo. Axel se tensa y está a punto de apartarse. Pero lo agarro de esa vara gruesa que no puedo abarcar del todo y lo detengo con mis ojos azules fijos en los suyos.

—No te vayas —le pido.

—No tienes que hacerlo —me dice él—. Yo soy feliz dándote placer.

—Quiero hacerlo —le aseguro—. Me muero de ganas.

Y es la verdad. Acerco mi boca al prepucio y saco la lengua tímidamente. Su tacto sedoso, su color, su olor, encienden algo posesivo en mí. Quiero ser salvaje. Quiero intentar darle todo lo que él necesita, y demostrarle que sí estoy hecha para él, aunque él tema por mí.

Axel me agarra del pelo suavemente. Yo abro la boca con ganas y lo engullo, no demasiado. Él acaricia mi cabeza hasta que la intensidad de mis succiones hacen que empiece a perder un poco la delicadeza.

—Relaja la garganta —me suplica.

Pero no sé cómo hacerlo sin que me dé arcadas, no porque me dé asco, sino por el roce con la campanilla.

Sujeta mi pelo hasta darme tirones en el cuero cabelludo y lo oigo gemir, cuando desliza su sexo adentro y afuera, rozando mi lengua y mi paladar.

Sí. Oigo a Axel gemir por mí, por lo que le estoy haciendo… Me siento poderosa por darle placer a un hombre como este.

Y sigo bebiendo de él, sigo mamando todo lo que puedo y más, hasta que me aparta y retira la verga pesada y venosa de mi boca. Quiero reprocharle que me haya privado de mi placer particular, pero Axel está como ido, sumido en un frenesí increíble. Se agacha y busca un condón en el bolsillo de los pantalones. Lo saca y lo abre con la boca, pero antes de ponérselo, se lo arrebato de los dedos.

—Dame —le ordeno mirándolo fijamente.

Nunca he hecho lo que me dispongo a hacer, pero ahora es justo lo que deseo. Me coloco la goma en la boca, agarro la base de su erección y la ubico en posición, para que se enfunde al mismo tiempo que yo adelanto mi garganta. Una vez lo tengo como quiero, me aparto y le sonrío.

—Oh, nena… —me susurra.

Luego me abraza, me sube a horcajadas sobre su cuerpo y me lleva hasta la butaca que hay pegada al balcón, frente a la cama.

Ni siquiera hemos encendido las luces, tan deseosos como estábamos por tocarnos y desnudarnos, y ahora solo la claridad de la noche alumbra nuestros cuerpos sudorosos.

Axel apoya su espalda en el respaldo del sillón orejero de color crema, me agarra de la nuca y me atrae hasta su boca para darme un beso tan apasionado que se me saltan las lágrimas.

—Necesito estar dentro de ti, Becca. Te voy a tener así toda la noche —dice con voz ferviente y atormentada.

Yo respondo a su beso y asiento, porque no quiero otra cosa que sentirlo sacudiendo mi cuerpo. Mañana ya compraré crema para la irritación, porque sé que me va a dejar magullada, pero lo mismo me da.

Agarra mis nalgas, las levanta y me pega contra su torso, sosteniéndome con una mano mientras con la otra mantiene recto su pene y sitúa la punta justo a la entrada de mi vagina. A continuación, me deja caer poco a poco. Sin embargo, no puedo ir lenta cuando estoy tan excitada y tan entregada a él. Es como intentar contener a un caballo deseoso de salir del establo. Axel está igual. Lo siento en todos los aspectos.

—Así —le pido yo, deslizándome hacia abajo hasta encajar por completo su verga.

—¡Te vas a hacer daño! —dice con preocupación, agarrándome por las nalgas.

—No... —contesto—. Te necesito. Te necesito mucho —murmuro sobre su boca, rodeándole el cuello con los brazos.

Experimento el ardor de mi carne al estirarse y acoplarse a su invasión. Mis músculos internos se hacen sitio y se aplastan, tan elásticos como son, para dejar que su carne gruesa y dura llegue al final de mi útero.

Noto el pinchazo de placer que raya con el dolor, un poco más arriba del ombligo, justo detrás. Ahora sí que tengo a Axel completamente dentro de mí. Sin caballerosidad, sin necesidad de ir con cuidado, sin delicadeza. Solo pasión, fuego y llamas.

Me siento tan viva, tan completamente poseída, que no me quiero mover. Sus ojos verdes, en cambio, me advierten de que me va a cabalgar durante mucho rato. Me besa, tira de mi labio inferior con sus dientes y me dice:

—Ten claro que quieres apostar por mí, Becca. —Adelanta las caderas hacia arriba y me estira hasta lo indecible—. Porque no hay misericordia para ti. Lo bueno y lo malo. Todo lo tendrás. —Agacha la cabeza y se lleva un pezón a la boca. Lo tengo tan sensible y dolorido de lo que me hizo la otra noche, que sentir de nuevo su lengua me eriza y envía dardos de placer a mi útero.

—¡Sí! —grito asombrada por lo intenso que es.

Cuando empieza a penetrarme con ese cetro del sexo que tiene entre las piernas, quemándome, dándome tantísimo placer, tan adentro en esa posición que no queda carne libre por introducir, llevándome al límite mientras amasa mis nalgas y oigo cómo sus testículos golpean contra ellas, sé que me va a marcar.

Es el alfa. El hombre del que siempre hui por parecerme demasiado salvaje y autoritario. El hombre al que ahora me entrego.

Es a él a quien permitiré hacer todo lo que desee con mi cuerpo, porque es el hombre de quien estoy profunda e irreversiblemente enamorada.

Y por él lo daré todo. A pesar de que me haga el amor hasta reducirme a cenizas, hasta convertirme en nada.

23

 @lagraciosadeturno #eldivandeBecca #Beccarias
Si no levantas cabeza, te ríes sola, no hablas con la
gente y cuando lo hacen no contestas. No es TDA,
joder. Es que tienes Twitter.

No sé si se le puede llamar follar a lo que hemos hecho. Mirarnos a los ojos durante todas y cada una de las veces que hemos llegado al orgasmo, con tanta sinceridad, con una expresión tan abierta y descarnada en él, no puede ser solo sexo. Es sexo tántrico, supongo, cuando las almas y las mentes de los dos amantes conectan entre sí.

Joder, es pensar en ello de nuevo y me emociono y me excito a la vez.

Axel está dormido, en la butaca, después de haberme taladrado sin cesar durante seis horas. Sin detenernos ni para beber agua, ni para comer un bocado... Me duelen todos los músculos inferiores de mi cuerpo, el vientre y los abdominales.

Creo que ha abierto una nueva línea de metro en mi útero.

La línea C12. Coito doce veces.

Me ha sacudido, una vez detrás de otra. Le he arañado la espalda, me ha tirado del pelo, le he mordido, me ha dicho palabras guarras al oído en plan: «Cómo me gusta follarte. Estás tan húmeda... Te voy a hacer esto todos los días, hasta que te hartes, hasta que me digas que ya no puedes andar». Y a cada frase suelta, más me excitaba y más palpitaba. Llegó un punto en el que, de lo hinchada que estaba, ya ni me cabía. Pero quería más, como una gumía. Le he marcado el cuello, y él me ha mordido varias veces los pezones… Nos hemos besado hasta casi irritarnos los labios.

Me paso la lengua por ellos, ahora que estoy recostada en el hombro de Axel, durmiendo tal cual me dejó en el último orgasmo, encima de él, con su pene, semiduro, metido bien adentro, en su madriguera.

Y pienso en el problema de Roberto. Y valoro la posibilidad de que yo desarrolle la misma compulsión siempre que vea a Axel. Querré comérmelo entero, querré follar con él siempre. Querré su cuerpo y su amor solo para mí.

No me atrevo ni a moverme, porque cualquier movimiento despierta a la bestia, y no soy capaz de aguantar otro asalto. Axel duerme tan profundamente como un niño. Por eso aprovecho para mirarle, ahora que está con la guardia baja.

Señor, su expresión relajada lo hace parecer más joven de lo que es. Sin esos ojazos abiertos y en guardia, sus labios adoptan un rictus suave, sus facciones se endulzan. Paso los dedos por sus cicatrices, la de la barbilla y la de la ceja.

Sé poco de golpes y cortes, y ahora que conozco una pizquita más de su pasado, juraría que no se las hizo al resbalar de la bañera. Me lo imagino dándose de puñetazos con algún militar del otro equipo, o salvando a sus compañeros del estallido de una granada… Así sí que pudo herirse, y no como él argumenta. Porque no hay nadie más ágil que Axel. La torpe soy yo, que me caigo pisándome los cordones. Pero ¿él? Qué va.

Solo espero que en esta tregua que hemos firmado y en la que ambos aceptamos que nos gustamos y nos deseamos, a pesar de nuestras diferencias, él se sienta lo suficientemente seguro conmigo como para hablar. Me ha dicho que lo haría. Por tanto, tendré que esperar a que él esté consciente y yo vestida, porque dudo que hablemos si los dos estamos desnudos.

Estoy cogiendo frío, tengo la espalda descubierta y el sudor se me ha secado.

Me incorporo un poco sobre Axel y miro hacia abajo. Estamos pegajosos los dos, prueba de las horas continuas de sexo.

Tengo su vello púbico tan unido a mi carne que parece que sea mío. Pero no lo es, yo no tengo pelo, y a él eso le vuelve loco porque dice que lo ve todo mejor. Axel es un mirón, de los que obliga a mirar. Me obliga a mí también a estudiar y ver cada movimiento de su verga en mi interior. No sabía cómo me ponía eso de caliente hasta que él y su dominancia me han mostrado lo que me calienta.

Aún me queda mucho por descubrir. ¿Y sabéis qué? Estoy deseando averiguar todo lo que él me pueda mostrar.

Cuando vuelvo a contemplar su rostro, Axel está despierto, con esos ojos que me tienen perdida entre cuentos de harenes moros clavados en los míos. Es tan hermoso que sufro un espasmo, no en el útero, sino en el corazón.

Le quiero. Por algún motivo que no acierto a comprender, yo, que nunca he sido de creer en flechazos ni en amores desgarradores e intensos, me he enamorado del tipo más peligroso y temerario de todos, para desgracia de mi tranquilidad emocional.

Y quiero que él, con sus luces y sus sombras, sus claroscuros, con todo lo bueno y todo lo malo, sea para mí.

¿Será posible que a partir de ahora podamos entendernos mejor?

—¿Tienes frío, rizos? —me pregunta con voz rasposa, mirando su reloj.

—Sí, me estoy congelando.

—Pobrecita. Ven.

Axel me coge en brazos y me lleva hasta la cama, sin salirse de mi interior.

—Es temprano aún, son las ocho —dice mientras me besa en la cabeza y se tumba encima de mí—. ¿Tenemos hora hoy para trabajar?

Yo niego con la cabeza.

—No lo sé, Roberto me despachó ayer. Así que hasta que no hable con Fede...

—A la mierda los dos, me tienen harto. Vamos a quedarnos aquí tú y yo, hasta que muramos por inanición... ¿Te parece?

Su verga se mueve insolente para avisarnos a ambos de que sigue ahí dentro, hurgando entre mis pliegues.

No puedo contestarle. No tengo fuerzas.

Axel sonríe y abre más un ojo que el otro, mirándome con atención.

—Te voy a dejar tranquila, solo para que duermas un poco y recuperes fuerzas —susurra cubriéndonos con la manta—. Voy a tener un pelín de consideración contigo. Para que veas que no soy tan malo como crees.

—Doy gracias a Dios… —Suspiro acurrucándome contra su pecho—. Pero luego no sé yo si podrás salir de ahí. Lo dejo a tu cuenta y riesgo.

Axel se ríe, me da un beso en la frente y otro en los labios.

—Duerme, nena.

Es tan buena esta sensación que tengo ganas de salir a la ventana y gritar: «¡Feliz Navidad a todos!».

Porque siento que Axel, mi demonio, mi Sauron… es, en realidad, como un regalo que hay que desenvolver poco a poco.

Un olor maravilloso penetra en mis fosas nasales y llega hasta el cerebro para despertarme.

El olor de la vida. Pan tostado, café con leche, chocolate y porras.

Abro un ojo (el otro aún lo tengo tuerto) y diviso la bandeja sobre la mesita de noche con un contundente desayuno. Antes incluso de empezar a respirar con normalidad, alargo el brazo, cojo una porra gorda y azucarada y me la llevo a la boca.

Oh, Dios mío. Qué rica. Esta noche he quemado todas las grasas de mi cuerpo, y necesito reponerlas con urgencia.

Cuando consigo abrir los dos ojos, contemplo a Axel, apoyado en la puerta del balcón, sin abrirla. Sostiene el teléfono contra la oreja y asiente pensativo. Está completamente vestido.

Lleva un jersey grueso azul oscuro y trenzado que lo hace parecer más musculoso de lo que yo y mis manos sabemos que es (bueno, y las manos de unas cuantas mujeres más, pero eso no lo voy a mencionar). Se ha puesto unos tejanos de esos desgastados que suele llevar, y las botas que siempre que se las veo me parecen muy molonas: unas Hugo Boss marrones con la suela de goma blanca. Las lleva desabrochadas, con los bajos de los pantalones remetidos por dentro.

Me gusta el estilo de Axel, pienso mientras me siento sobre la cama y me abrazo a la almohada. Me gusta él.

—Cuando tengas pruebas concluyentes y divises el número de serie del explosivo, me llamas, por favor. Gracias, Murdock.

Cuando oigo «explosivo», mis orejas se levantan como las de un bulldog francés. Es lo último que le dice antes de colgar.

Axel se da media vuelta y me sonríe, como si hace unos segundos no hubiera estado hablando de armas o de bombas. Es una sonrisa de buenos días, auténtica, y eso me transmite mucha tranquilidad y hace que mi corazón se abra como una flor regada por la luz del sol.

—¿Qué hora es? —pregunto.

—Son las doce del mediodía. —Se sienta en la cama, a mi lado, y me aparta los rizos de la cara—. Joder.

—¿Qué?

—Mira. —Me agarra la mano que no sostiene el churro y la coloca sobre la bragueta, y aunque la metáfora sea ocurrente, su porra ya está dura y preparada como un soldado, para dar guerra—. Me pones cachondo por la mañana, con solo mirarme, con este pelo indomable que tienes, tan vivo, tan loco como tú.

Yo trago la sabrosa pasta que tengo en mi boca, y me relamo el azúcar de los labios que se entremezcla con el sabor de su boca y de sus besos.

—Empiezas a quererme un poco, ¿a que sí? —le pregunto, divertida, alzando mi ceja y tomando el vaso de café que él tan amablemente me ha traído de la cafetería.

—Puede, pero solo un poco —contesta sumido en lo que sea que él ve en mi cara. Entonces, sus cejas se fruncen ligeramente y sus ojos se opacan—. Becca, tenemos que hablar.

—Sí. De muchas cosas —añado—. Pero empieza tú... ¿De qué me quieres hablar? —Me cubro un poco con la sábana, pero Axel me la retira de un tirón y niega con la cabeza.

—Nada de taparte. —Y me saca de debajo de la sábana para sentarme sobre sus rodillas—. Me gusta tenerte desnuda.

—Desnúdate tú también.

—No puedo. Tengo que pasar el programa de Eugenio a producción, y me quedan unos retoques. Pero antes necesito que te queden claras algunas cosas.

—¿Vas a reñirme otra vez? —le pregunto a la defensiva. Me parecería incoherente, porque estoy desnuda y a su merced, y no me gustaría que me diera lecciones ahora.

—No. Voy a mantenerte informada. Te quejas de que no hablo contigo, y esto es más importante que tú y que yo, porque se trata de tu seguridad, de tu vida.

Algo en su tono enciende el botón de atención plena. No sé por qué, pero tengo la sensación de que la conversación con Murdock tiene que ver conmigo.

—Dime —le digo seria.

—Tomé la IP del último mail que recibiste de Vendetta, y aún no he podido localizar el origen. Murdock está en ello, pero no es fácil, porque, sea quien sea el que te acosa, tiene amplios conocimientos informáticos, y sabe camuflarse muy bien. Estoy moviendo mis contactos todo lo que puedo y más para encontrar a ese hijo de puta lo antes posible. Pero el tío se mueve, como nos movemos nosotros.

—¿Qué quieres decir con que se mueve?

Axel me rodea con sus brazos, en un claro gesto de protección que yo agradezco.

—¿Recuerdas que en la tormenta de nieve nuestro quad se quedó sin gasolina?

—Como para olvidarlo —murmuro, y de pronto siento un escalofrío—. Lo pienso y me da frío.

—Bien, a la mañana siguiente, mientras dormías en la caravana, hablé con Luigi y le recriminé por qué razón, previendo

336

una excursión tan larga como la que íbamos a hacer por toda la sierra, no repostó todos los vehículos y los dejó con el depósito lleno.

—¿Y qué te contestó?

—Me dijo que todos los quads estaban al máximo de combustible. Que no podía comprender cómo el tuyo se había quedado a medio camino. Que no podía ser. Eso me extrañó. Así que regresé a pie para hacer el camino hasta donde se quedó nuestro quad. Y lo encontré boca abajo, hundido en la nieve, unos cuantos metros más allá de donde lo dejamos.

—¿Bocabajo?

—La parte delantera de la moto había estallado, pero la parte por donde se introduce el combustible estaba intacta.

—¿Cómo que estallado? ¿La alcanzó un rayo?

—No. Estalló por un artefacto. Una bomba casera. No oímos la detonación por los truenos.

Dejo de parpadear el tiempo suficiente como para comprender lo que me está diciendo. Que en la moto en la que yo iba alguien puso un explosivo. Que, básicamente, hemos estado a punto de ser víctimas de un atentado. Alguien nos quiere hacer mucho daño.

—Becca, mírame. —Me toma de la barbilla con suavidad y me obliga a centrarme en él—. La zona por la que se introduce el combustible estaba abierta. Sacó el tapón, por eso el combustible se vació antes de tiempo. Pero quien fuera que montó la bomba, calculó mal nuestro viaje de vuelta y el tiempo que iba a necesitar el quad para quedarse sin combustible, porque este explotó minutos después de que nosotros bajáramos. No sé qué fue lo que tenía pensado. Tal vez calculó que explotaría al llegar al hostal. En todo caso, quiero creer que no preparó bien su atentado.

—O tal vez nos controlaba en todo momento y ha sido un aviso para que sepamos que está vigilando cada uno de mis pasos.

—Puede ser. Pero, sea como fuere, al montar la bomba utilizó un termo metálico, un reloj despertador a modo de temporizador y de interruptor de la explosión, y, por último, pólvora casera, no militar.

—¿Pólvora casera?

—Sí… Se puede conseguir en algunas tiendas de pirotecnia, un poco de goma dos y…

Cuando ve que pongo cara de no entender nada, corta su explicación.

—La cuestión es que no utilizó un reloj cualquiera. Según los restos que encontré entre la nieve y que después comparé, utilizó un modelo conmemorativo de la cadena Serval, los hipermercados informáticos más grandes de las islas Canarias. Al parecer los están vendiendo a diez euros. Todos tienen un número de serie distintivo en su interior. Le he pedido a Murdock que intente averiguar el número completo, ya que la placa donde está grabado se ha ennegrecido por la explosión. Solo así podremos averiguar dónde y cuándo fue adquirido ese reloj. El número de serie nos conducirá hasta el tíquet de compra del cliente. Y sabiendo la hora en que se compró y la caja por la que pasó, podremos acudir al registro de las grabaciones del hipermercado.

—Y así veréis quién me está haciendo esto… Os estoy poniendo en peligro. Ese loco puso una bomba en mi quad… S-si llegamos a quedarnos en el vehículo… Yo…

—Chis, Becca, tranquilízate…

Empiezo a temblar sobre sus piernas, y él me abriga con la manta y me sujeta con fuerza.

Me debilita saber que ese tipo nos siguió hasta la sierra, que supo en todo momento dónde estábamos, y que eligió utilizar un explosivo para hacerme daño.

Me quiere muerta. Nunca imaginé que alguien quisiera desear mi muerte.

—¿Por qué no me lo dijiste ayer, Axel? —le recrimino.

—Porque no quería alarmarte demasiado. Habían pasado cosas entre nosotros y no quería darte el día con esto.

No, si al final va a ser que es más bueno que el pan.

—Algo así me lo puedes contar, ¿no crees? —Tengo que transmitirle que no soy una inconsciente, que sé todo lo que él está haciendo por mí, por mantenerme a salvo del sociópata que me está acosando—. Quiero decir, que no voy a montar una escena por esto, ni me voy a hacer un ovillo y a aislarme del mundo. Claro que me pone nerviosa, y no me gusta... Pero, aunque no lo creas, sé controlar los ataques de pánico y de ansiedad. Soy consciente de la situación en la que me hallo. Ese tipo estuvo a punto de matarme.

—Sí.

—¿Y crees que lo intentará otra vez?

—Probablemente. Pero esperará. Ahora se esconderá de nuevo y elegirá cuál es el mejor momento para volver a asustarte.

—¿A asustarme? No quiere asustarme. Quiere acabar conmigo. Pero si cree que voy a esconder la cabeza debajo de la manta, es que no conoce bien a su víctima.

Axel me mira, como valorando las palabras que salen de mi boca. Aceptando que digo la verdad. Crédulo totalmente.

—Ni siquiera estás asustada, ¿verdad? —Pasa su mano por mi espalda, y después, ni sé cómo, la coloca entre mis piernas.

—Claro que sí. Tengo miedo de que ese tipo no me olvide, o de que no lo lleguemos a localizar, o de que se salga un día con la suya —digo con gran entereza—. Tengo miedo de que haga daño a la gente que quiero...

—No tiene por qué pasar nada de eso.

—Pero no puedo permitir que alguien así rija mi vida. Por mucho miedo que tenga, debo convivir con ello.

—Me asombras... Me pone muy caliente que hables así. Eres tan valiente... —dice aprobando mi actitud, como si brillara o me acabase de descubrir.

Tal vez puedo hacer un perfil de mi acosador si tengo información sobre su manera de trabajar.

—¿Qué es lo que tenemos sobre él? ¿Qué has descubierto? ¿Y por qué crees que quiere hacerme daño? —pregunto—. ¿Y cómo demonios sabe montar bombas?

—Eso es lo que hay que averiguar. Es un tío listo —me explica cogiendo otro churro para dármelo él. Es observador, ya se ha dado cuenta de que me he comido el anterior. A pesar de las malas noticias, sigo hambrienta—. Pero no tanto como él cree. Hasta el momento, no había cometido ningún fallo. Camufla sus IP, los tipos a los que pagó de Cangas de Onís no le vieron la cara en ningún momento. Y el coche que alquiló en Tenerife para sacarte de la carretera lo contrató por internet. Estaba a nombre de un tío de Venezuela que no tardó en declarar al día siguiente la desaparición de su pasaporte y su permiso de conducir.

—Utiliza tapaderas para cubrirse las espaldas. No es valiente. No da la cara.

—Sí —afirma muy serio—. Pero al colocar la bomba casera en el quad, ha patinado ligeramente en su modus operandi.

—Me hablas como un militar.

—Porque tú me entiendes.

—Sí, es verdad. ¿Por qué crees que quiere hacerme daño? —Voy mordiendo el churro que él me da, al tiempo que mi cabeza baraja todas las posibilidades—. No tengo enemigos.

—Sí los puedes tener.

—¿Eh? ¿Y por qué? No soy de ningún interés y nunca he hecho daño a nadie.

—En esto te equivocas. Primero, porque eres un personaje público y seguramente eres admirada y envidiada por igual. A unos les agradarás, otros no soportarán tu éxito e intentarán hundirte. Unos cuantos se obsesionarán contigo...

—¿Todo porque soy un personaje público? Entonces, todos los que salen por televisión sufrirían acoso.

—Pues a muchos les ocurre, cuentan con acosadores fijos. Algunos los denuncian, pero otros... —chasquea con la boca—, otros no lo hacen porque no quieren problemas. Lo que no saben es que tener a un fan que tanto bien te quiere puede convertirse en tu peor suerte. Porque no puedes hacer que todo el mundo esté contento, y un día harás algo que a él o a ella no le gustará… Y se convertirá en tu peor enemigo, en tu máximo detractor.

—Creo que exageras —musito dando un sorbo de café.

—Las historias de los fans están siempre sobredimensionadas por ellos mismos. Algo nimio para ti, se convierte en algo de vital importancia para él. —Me retira un poco de azúcar de la comisura de los labios con el pulgar, y después se lo lleva a la boca, el condenado seductor…—. Pero son así, mira el caso de Selena, la cantante latinoamericana…

—Sí, sí. Pero ella no tenía a un jefe de cámara madelman y guardaespaldas como tú —digo apoyando la cabeza en su hombro.

—Piropos de buena mañana… —ronronea—. Me gusta.

—Solo dime una cosa.

—Lo que quieras.

—En estos momentos, ¿cómo de peligrosa es mi situación? ¿Debería huir a otro país?

Él mueve la cabeza, disconforme con esa opción.

—Mientras yo esté contigo, no. No voy a descansar hasta cogerlo por los huevos. Pero Becca, si veo que te tiene demasiado acorralada, tendrás que obedecer todas mis órdenes.

—¿Y no lo hago ya?

—A medias. Pero estás en ello.

—Bueno, al menos voy mejorando. —Axel está jugando con los dedos entre mi entrepierna, y eso hace que me aleje de lo que de verdad importa, que es… sus dedos en mi entrepierna. Me licua la mente, y me niego a luchar contra eso—. Axel…

—¿Sí?

Cojo aire, retiro con lentitud su mano perversa y dejo el café sobre la cama. Tengo que decírselo y demostrarle que valoro todos los esfuerzos y lo mucho que se ha implicado conmigo. Coloco mis manos en sus mejillas y centro su mirada.

—Gracias. —Es decir esa palabra y no saber qué más añadir. Un gracias lo expresa todo cuando se dice desde el corazón, ¿no?—. Te debo la vida muchas veces. Por eso, mil gracias.

Sé que no le gustan estas cosas. No sabe encajar los agradecimientos, parece que crea que no los merezca.

—Solo hago lo que tengo que hacer.

—No. No es verdad. Haces mucho más. Has hecho mucho por mí. Quiero que sepas que si no estuvieras tú conmigo, en este viaje loco de *El diván*, no habría sido capaz de continuar. —Le doy un beso en los labios. Me encanta notar su tacto en los míos—. Haces que me sienta segura —digo en voz baja para que solo me oiga él—. Eres mi protector.

Axel baja los ojos, avergonzado. Sí, percibo esa emoción en él, y esos gestos abiertos de cariño lo atribulan. Me parece tan mono que quiero bañarlo a besos.

Luego se abalanza sobre mí y se coloca entre mis piernas.

Ya está preparado.

—Estoy pensando que no te he dado los buenos días como te mereces.

—Entonces, ¿no vamos a hablar más? Tengo mucho que preguntarte.

—Y hablaremos. Pero antes… —Se baja la cremallera y, apoyándose en un codo, saca un condón de su cartera, lo abre y se lo coloca con rapidez—. Antes, quiero tres.

—¿Que quieres tres?

—Quiero tres… de esos orgasmos que hacen que grites…

Avanza su pene y lo cuela en mi vagina, donde hace presión hasta que entra entero —con insistencia, pero entero— abriéndose paso entre mis paredes hinchadas por la fricción pertinaz.

A él le gusta hacérmelo así, dominante, sin darme mucho margen para hacerme a la idea de que ya lo tengo dentro.

Y yo adoro que él sea tan auténtico y vaya tan directo conmigo. Es como intentar amortiguar el placaje de un jugador de rugby. Ya puedes ponerte todas las protecciones que quieras, que el impacto será espectacular.

Y así es. Hacer el amor con Axel es una experiencia entre infernal y religiosa. Porque el ardor que siento, lo bruto y fuerte que es, me enciende como una cerilla, muy rápidamente, pero me hace arder durante mucho tiempo, como el fuego de una buena hoguera.

Él quiere tres, y yo se los daré. Pero ambos sabemos que en la cama no mando yo; él es el único dueño y señor de mi cuerpo, y aunque me sorprenda admitirlo, también de mi corazón.

Tres. Cuatro. Cinco. Los que le vengan en gana. Y si quiere seis, los tendrá.

24

 @pocoagraciado #eldivandeBecca #Beccarias
Es un trauma ser feo, nenas. Para mí, todas las
mujeres están casadas, tienen novio, amante, amigos
y son lesbianas. Para mi amigo, todas están solteras.
#elguapoesunaespecieenextinción

Las burbujas de la bañera nos rodean, el olor a jabón nos extasía
y la música que hemos dejado encendida en la televisión del
salón, la canción de «Tu jardín con enanitos» de Melendi, nos
envuelve creando un microcosmos, un pequeño rincón de tregua, calma y muchas caricias, del que no quisiera salir jamás.

Después de tres orgasmos, de acabar con las tostadas, los
churros, los chocolates, e ir a por dos orgasmos más, hemos
decidido bañarnos juntos, por aquello de hacer algo distinto a
lo que suelen hacer los monos.

Estoy apoyada en el pecho de Axel, con el pelo húmedo. Me
lo está enjuagando con la alcachofa, después de haberme dado
un masaje que por poco me lleva a otra dimensión. Tiene manos
mágicas para todo: para golpear, para hacer el amor, para masa-
jear… Cierro los ojos entregada a sus cuidados, a sus mimos.

Me sorprende lo atento que es y lo bien que encajamos. Mi
empatía está relajada, atenta a sus movimientos, preparándose
para el interrogatorio al que le voy a someter, decidida a captar
cualquier sensación, buena o mala, que cruce por su plexo solar.

—Axel… —Tomo una de sus manos y la comparo con la
mía. Soy como un hobbit a su lado, y él es un avatar. Me hace
sentir femenina y poderosa el hecho de poder domar un poco a
una bestia como él.

—¿Mmm? —Está muy concentrado masajeando con su otra mano mi nuca y mis hombros.

—¿Qué significa el tatuaje que tienes en la cadera? No me digas otra vez que fue una noche de borrachera, porque tú no eres de los que cometes locuras inconscientes.

Noto cómo retiene el aire, y después siento los músculos de su pecho relajarse contra mi espalda. Va a hablar. Lo va a hacer porque acaba de renunciar a guardarme más secretos.

—*Pedes in terra ad sidera visus*. Me lo hice para recordarme que tenía que vivir con cabeza, y no olvidar nunca a los que se fueron antes que yo.

—¿Tu madre? —inquiero.

—Sí.

Es escueto, pero me vale.

—Ella era muy importante para ti.

—La que más. Alejandro, mi padre, me dio la vida y la formación que mi madre no hubiera podido darme en Bélgica. Pero fue mi madre, Ginebra, la que me enseñó lo más importante: me enseñó a ser quien soy.

Y me encanta esa forma de ser tuya, Axel. Aunque intimides, eres noble, fuerte, y no aguantas las injusticias, le digo mentalmente, porque no quiero asustarle.

—Tuvo que ser muy difícil para un crío de tu edad llegar a un país nuevo, con una familia nueva, un padre que no conocías…

—Asumí que esa era la vida que iba a tener —contesta hundiendo su nariz en mi pelo. Inhala profundamente, y percibo cómo sus emociones se calman. Yo le calmo. Es fascinante.

—¿Cómo es ahora la relación con tu padre y con Fede?

—Con Fede es más o menos cordial, pero sé quién es él y quién soy yo, así que guardo las distancias.

—Él se preocupa por ti.

—Tiene un modo muy extraño e incómodo de mostrarlo, ¿no crees? Le encanta jugar, ha recibido esa educación de a ver quién jode más. Es un capullo —dice sin ningún escrúpulo.

Supongo que esa educación que ha mamado Fede desde pequeño es íntegra de sus padres, de Claudia y Alejandro. Al parecer, se distancia mucho de todo lo que Axel recibió de su madre Ginebra. Y a mi protector no le gusta nada.

—¿Cómo te llevas con tu padre?

—No hay relación. Antes era fría, pero desde hace casi cuatro años es inexistente.

—¿Por qué? ¿Qué pasó hace cuatro años? —pregunto mientras juego con el grifo, que aún gotea de cuando hemos llenado la bañera.

—Lo que pasa en todas las familias. Desavenencias.

Rodea mi cintura con los brazos y apoya la barbilla sobre mi hombro.

—No me lo vas a contar, ¿verdad?

—Poco a poco, rizos. Tengo mi ritmo.

Vuelvo la cara hacia la de él, y lo encuentro ahí, mirándome embelesado, como si lo que ve le gustase tanto que le hiciera soñar.

—De acuerdo. Esperaré. —Le beso en la nariz.

—Gracias.

Hay que llegar a acuerdos. Cuando una se encuentra con una persona tan reticente a hablar de sí misma, y tan cortante cuando lo hace, lo mejor es esperar a que sea él quien dé el paso. Pero tengo tantas preguntas por hacer, tantísimas cosas por entender, que no comprendo…

—¿Te puedo preguntar más cosas? —digo tanteando el terreno.

—Vas a preguntármelo, de todas maneras. —Masajea mi vientre y después asciende sus manos por mi torso, hasta cubrirme de lleno los pechos. Sus manos están más calientes que el agua.

—He investigado un poco sobre ti. Después de lo que me dijo Gabino, no he tenido más remedio. —Es verdad. He buscado información sobre premios audiovisuales, y mi búsqueda ha obtenido sus frutos.

—Ese loco es un bocazas.

—Axel… —Cuelo mi mano entre mis piernas y las de él, y juego con mis dedos entre sus testículos.

Él gime y aprieta los dedos contra mis pezones.

—Tienes en tu haber muchos premios, Alexander Gael. —Él se encoge de hombros. Maldita sea, ¿cómo es posible que le dé igual todo eso?—. Aunque profesionalmente te haces llamar A. G. Persie.

—¿Cómo lo sabes?

—Intuición. Pensé que las letras A. G. respondían a tus iniciales y… había una foto, de cuando te creías Jared Leto, con el pelo largo y barba, en el destacamento M.A.M.B.A. —Sonrío tomándole el pelo—. Y… ¡bingo! ¡Te encontré!

—Chica lista.

—A veces. ¿Persie es… el apellido de tu madre?

—Sí.

Vale, no quiere decirme nada más sobre ella. Entendido. Tiempo, le daré tiempo.

—Fuiste reportero para cubrir conflictos bélicos, y gracias a ello te premiaron el año pasado como cámara del año para Royce Television Society por tu documental en la República Centroafricana. Y otro premio más por Yemen.

—Sí. ¿Y qué?

—¡¿Cómo que y qué?! —exclamo, sorprendida—. ¿También has estado en Yemen?

—Sí.

—Señor… —Me echo a reír, incrédula por su indiferencia—. Nunca fuiste a recoger esos premios que te otorgaron. Jamás. Quiero saber por qué.

—Porque, Becca…, no pienso celebrar nada que tenga que ver con la guerra. No estuve allí para que me dieran trofeos o placas o dinero.

Esta contestación me sirve para morderme la lengua de golpe. He tratado con militares que han desarrollado trastornos después de entrar en conflictos bélicos. No debe de ser nada agradable encontrarse en el foco de tanta violencia.

Sigo acariciándole entre las piernas, imaginándomelo en todo ese centro de dolor, sangre, rabia y crueldad, y se me encoge el alma.

—¿Qué hacías ahí, Axel? ¿Era eso lo que siempre quisiste hacer? ¿Cubrir ese tipo de historias?

—Alguien tenía que hacerlo. Y a mí me pareció bien prestarme para ello. Estaba preparado. Y quería aportar algo de verdad a mi vida.

Algo de verdad. Entonces, es que una parte de su vida fue mentira...

—¿Y la guerra es tu verdad, Axel?

—Aún no sé si era mi verdad o no. Pero me parecía más real ese mundo que las paredes de cristal en las que me hallaba. Estaba... —piensa la palabra adecuada que definiría su estado de entonces— desencantado. Aburrido de mi vida y de mí mismo. Así que decidí dar un giro de ciento ochenta grados. Romper con todo y trabajar para especializarme en ese tipo de reportajes.

La decisión de alguien de romper con todo, atenazado por el desencanto, está motivada por el aburrimiento de una vida monótona, o por un chasco emocional de aúpa. Axel pudo sufrir las dos cosas, y me viene a la memoria el día que lo encontré en la playa de Tenerife, borracho, cantándole a las estrellas. Sus emociones de entonces me arrollaron, y entendí que estaba exorcizando sus propios demonios. Aunque no sé si lo logró. Es más, ahora hay sombras en sus ojos que todavía le persiguen. ¿Qué le ha quedado pendiente por resolver? ¿Qué es lo que no puede superar? Tengo que trabajar mucho con él para que me lo diga. Y no será hoy. Ni mañana. No sé cuándo, pero aún queda mucho para descubrir al verdadero Axel. Esta es solo la punta del iceberg, y yo quiero hurgar en todo lo que hay debajo.

Decido centrarme en su reconocimiento profesional, o de lo contrario, el militar que hay en él se replegará en retirada.

—Y fuiste el mejor. Reconocieron tu trabajo.

—Lo sé. Pero yo no quería ser el mejor. Yo solo quería mostrar a los demás que el mundo tiene muchas realidades, que solo vivimos en una parte de él, y que depende de nuestra suerte estar en una buena o no. Sin embargo, que te toque vivir en la realidad en la que no hay conflictos no quiere decir que tengas que ser ajeno o ciego a las otras. Yo... sencillamente necesitaba vivir eso.

—¿Necesitabas experimentar dolor? ¿O necesitabas ir allí porque estabas en guerra contigo mismo?

—No lo sé. —Niega con la cabeza, sincero, como si de verdad no supiera lo que le pasaba entonces—. Es una época confusa para mí.

—Ya... —Este «ya» es como decir: «No te creo ni una palabra, guapo». Pero, por ahora, lo acepto. No voy a empujarlo más. Me doy la vuelta, sobre sus piernas, y acabo sentada a horcajadas sobre él—. ¿Cómo te sientes trabajando en *El diván*? No debe de gustarte demasiado..., acostumbrado a reportajes más serios —asumo con un poco de tristeza.

—¿Bromeas? Protegerte a ti me pone más nervioso que esquivar balas y obuses. Eres mucho más complicada que todo eso.

Le pellizco el pezón hasta que suelta un chillido. Él me aparta las manos riéndose, y con uno de esos movimientos ágiles de G. I. Joe, me las inmoviliza en la espalda.

—¿Y ahora qué? ¿Eh, manos largas?

—Suéltame, truhán.

—No. —Da un tirón a mis muñecas y eso provoca que mis pechos se bamboleen frente a él—. Y menos ahora que tengo esta vista...

—Soy capaz de matarte con un pezón, solo me hace falta apuntar a uno de tus ojos —le advierto.

Axel deja ir una carcajada, que suena a música para mis oídos.

Sea lo que sea lo que le hicieron, se lo hicieron a conciencia, sabiendo que le destrozarían. Si pudiera, daría caza a los que tanto daño le provocaron y les arrancaría las uñas.

—Menos lobos, Caperucita.

—Vale, no te puedo matar con un pezón, pero te cortaré las pestañas mientras duermes.

Axel me hace callar con un beso «aniquilaargumentos». Uno de esos que él me sabe dar. Me mareo y parece que floto. Intento liberarme de su presa, pero él no me lo permite.

Es así. Mandón. Exigente y arrollador.

Con la otra mano me agarra de los pelos de la nuca, y yo gimo, disfruto de su autoridad y primacía sexual sobre mí.

Después, me coloca bien sobre su pelvis y levanta las caderas para penetrarme sin dejarme ir las manos ni la cabeza. Me obliga a descender y cierro los ojos, abandonada a la dicha de ser tan deseada.

Es como vivir una fantasía erótica secreta. Mientras entra y sale de mi interior, me besa los labios con ansia y abre los ojos para observar cada una de mis reacciones. En cambio, yo no puedo abrir los míos. Mi cuerpo se ha acostumbrado a que me folle, a su invasión, y estoy hipersensible a todo lo que él me haga. El agua de la bañera se desborda cuanto más rápido se mueve. Y en ningún momento me ha permitido adaptarme a él o sujetarme a su cuerpo.

Es mi dueño. Él me guía, me lleva, y en las tres últimas embestidas, al golpear y rozar mi clítoris con su carne y su vello, consigue que me ponga a ver los fuegos artificiales tras mis párpados. Convulsiono con él bien adentro.

Sin embargo, él no se corre. Sale de mí justo en el momento en que empieza a liberarse entre mis nalgas, calientes por su mano.

Caigo hacia delante, aún temblorosa. Axel me abraza contra él y calma mis espasmos susurrándome todo tipo de tonterías al oído.

—Adoro ver cómo te corres.

—Me... me vas a matar.

—No. —Sonríe alzándome la barbilla. Besa mi mejilla, mis ojos y mi boca—. Me gusta mucho tu trabajo, Becca. Me gusta el formato, y me estoy riendo como hacía tiempo que no me reía...

Intento parpadear, con mi mejilla apoyada en su hombro.

—¿De verdad? —pregunto con la imperiosa necesidad de oír esas palabras.

—Sí. De verdad.

—¿De la buena?

—De la buena. De alguna manera…, tú, tu programa…, lo que nos está pasando, lo que estamos viviendo… —dice dubitativo, evidenciando que no suele reconocer sus emociones—, me está ayudando a despertar.

No puedo más. Lo abrazo con fuerza y me quedo ahí, en modo plasta, fantaseando con lo que me acaba de decir.

Axel es mi Bello Durmiente.

Y yo, la princesa que no dejará de besarlo hasta que se mire al espejo y contemple lo bueno que es.

25

 @mariaelamor #eldivandeBecca #Beccarias Cuando tu padre te pregunta si has fumado marihuana, y contestas que no, y él te dice: ¡Imbécil, soy tu perro! ¿Tomo la determinación de llamar a Becca o dejar de fumar maría?

Cuando me despierto de la cama, estoy tan dolorida entre las piernas que no sé si alguna vez mis músculos internos recuperarán la forma que tenían antes de conocer a Axel.

El sol del mediodía se cuela a través de las cortinas.

Axel no está. Ha tenido la decencia de dejarme descansar. Debía ir a la caravana a acabar de montar sus vídeos y, a regañadientes, ha salido del dulce cobijo que teníamos bajo las mantas.

En su ausencia ya me siento sola. Esto no es bueno.

Me llevo la mano a los labios y sonrío como una pava.

—Le gusto un poco… La, la, la… Le gusto un poco… —canturreo alzando el puño.

Es atento, cariñoso, menos cuando está dentro de mi cuerpo, saqueando toda mi despensa. Entonces es un salvaje que me deja la piel marcada y los músculos exprimidos.

Con todo, no voy a presentar ninguna queja. Porque me he hecho adicta a su forma de hacer el amor.

De soslayo, veo cómo mi móvil se enciende y se apaga. Me están llamando.

Es Fede.

Sinceramente, no me apetece mucho hablar con él. No sé qué intención tenía con el jueguecito de Roberto y el Chantilly, pero creo que no era nada noble.

No estoy segura. Tal vez me deje influir por la opinión de Axel respecto de su hermano… O tal vez no. Para solventar dudas, se lo voy a coger y voy a hablarle claro.

—Fede.

—¿Becca? ¿Cómo fue?

Me pongo boca arriba y contemplo el techo de la suite.

—Tú sabes cómo fue. Sabías cómo se iba a comportar Roberto conmigo, ¿verdad?

—Sí. Supongo que sí. Pero eso forma parte de la terapia. Tenías que ver lo que hacía y el tipo de adicción que tiene.

—¿A qué juegas, exactamente?

—No te entiendo.

—Axel sabía lo que pasaba en el Chantilly antes de que yo saliera corriendo de la planta inferior.

—Lo sé.

—¿Entonces? No lo comprendo, Fede. Primero, me endosas a tu hermano, un cámara premiado internacionalmente…

—Ah, ¿ya lo sabes?

—Sí, ¡y no me he enterado por ti! ¡¿Cuánto creías que iba a tardar en descubrirlo?!

—Entonces, yo tengo razón —murmura—. Axel se está abriendo a ti. Lo sabía. ¡Sabía que podrías hacerlo! —exclama, feliz.

—Déjate de milongas, Fede. Crees que puedo ayudar a Axel a superar lo que sea que tiene que superar, porque crees que soy especial para él y que conmigo puede cambiar. Pero, al mismo tiempo, le obligas a estar en lugares en los que haces que dude de mí y pierda la confianza que me he ganado, como si te gustara verle sufrir. ¡Basta ya y dime toda la verdad!

—No digas gilipolleces, Becca. —Nunca le había oído hablar en ese tono, tan seco y duro—. Axel es mi hermano, le guste o no. Y sea lo que sea lo que te haya dicho, yo le quiero. Me encantaría que saliera de ese caparazón de autodestrucción en el que vive escondido desde hace años.

—No es autodestructivo —replico defendiéndole.

—¿Ah, no? Y entonces, ¿por qué razón se enroló a hacer reportajes en zonas de guerra? ¿Porque le gustan las flores? No. Porque no le teme a nada, ni siquiera a morir. Es esa falta de miedo lo que lo convierte en un héroe. Se arriesga porque espera que algún día, de tanto caminar por el filo de la navaja, acabe cortándose de verdad.

Su reflexión me da que pensar. El apodo de Axel en M.A.M.B.A. era «El Temerario». Las hazañas que ha conseguido lo convierten en héroe, sin duda. Se puso en medio de un rottweiler que me iba atacar, y se lanzó por un puente para rescatarme. Y en la nieve… No solo fue un héroe, sino un enorme caballero.

Hay mucho más en su comportamiento de lo que puede verse a simple vista. Y lo principal es que todo lo que ha hecho hasta ahora no ha sido para herir a nadie, sino para salvar a los más desprotegidos. Fede me lo dijo en el hospital: Axel protege a los más débiles. Y con eso es con lo que me voy a quedar.

—Tu hermano no es un suicida. —Esa es mi reflexión más concisa hasta ahora. Es lo que más claro tengo sobre mi guardián particular—. Creo que le han hecho mucho daño, y por lo que él me ha contado, tú eres una de esas personas. Y tu padre también.

Fede no dice nada. Ni siquiera rebate mi última afirmación.

—Entonces, es cierto… —prosigo.

—Todas las historias tienen sus luces y sus sombras, Becca.

—Sí, en todas las familias cuecen habas. Yo también sé tirar del refranero.

—Sea como sea, me alegra que estés haciendo avances con mi hermano. —Si su cambio de conversación fuera una finta, ya me habría roto la cadera—. Pero ahora mismo quien me importa, y creo que necesita una ayuda más urgente, es Roberto. Me va el Chantilly en ello.

Me llevo la mano a la frente. Empiezo a tener un poco de migraña de todo el trajín. Y encima Fede me presiona con el rubio salido.

—No hay caso Roberto. Él no quiere colaborar.

—No me jodas, Becca. Tienes que echarme un cable. No conozco a nadie mejor. ¿Le has amenazado como te dije?

—Sí, mafioso. Pero creo que le ha resbalado ligeramente.

—Entonces es que no se lo has dejado claro.

Pongo los ojos en blanco. Obvio: cuando uno se niega en banda a hacer algo, la culpa es del mensajero.

—Tu amigo, el mismo al que le levantaste la novia —señalo, incisiva—, no encaja con deportividad que lo rechacen. Ayer me negué a participar en una reunión de amigos en pelotas, y no le sentó nada bien.

Fede se echa a reír sonoramente; tanto, que tengo que apartarme el teléfono del oído.

—No sé qué te hace tanta gracia.

—Debe de tener el ego por los suelos.

—No me importa. Pero es una pena, porque sí creo que le puedo ayudar. Estoy convencida de que encontré su fisura y sé por dónde le viene la desviación. Aunque me temo que no podré ayudarle.

—Tengo una reunión justo ahora. Le llamaré hoy sin falta. Tienes que seguir con él, Becca. —Habla rápido porque noto desde aquí que tiene prisa—. Haz lo que sea. Tienes vía libre para probar con él lo que te plazca. Pero consíguelo.

—Mmm… De acuerdo. Pero…

Me ha colgado.

Cómo me molesta que me dejen con la palabra en la boca.

No he mentido a Fede. Tengo claro que Roberto puede comprender lo que le pasa, y si accede a verme otra vez, con el permiso del Súper, voy a hacer algo un tanto especulador pero que puede funcionar.

Probablemente, yo también sea temeraria, después de todo.

Me he arreglado, preparada para agarrar a Eli y a Carla, dar una vuelta con ellas y meterles miedo sobre la leyenda de las tres amigas que no se cuentan nada entre ellas y al final la pelirroja es la única que sobrevive.

Necesito decirles que lo sé todo. Bueno, todo no. Pero sí lo básico. Compraremos algo de comer y después me reiré de todas las veces que me han taladrado con sermones sobre tener hombres al lado que les giren la cabeza, las pongan mirando hacia la Capilla Sixtina y bla, bla, bla… Cuando al final ellas se han decantado por una mujer.

En fin, después cogeré fuerzas para volver al trabajo y a mis informes psicológicos sobre Roberto. No sé si llegaré a cerrar su terapia, pero al menos lo intentaré.

Estoy a punto de salir de mi habitación del hotel, con mi chaqueta negra brillante con capucha, tipo plumón de cintura corta, unos tejanos bien ajustados, y mi calzado Nike Air Revolution Sky HI, de color rojo, porque hoy me llevo bien con mi pelo y creo que se merece algo a conjunto. Cuando Carla me las regaló, no imaginé que llegarían a gustarme tanto. Luzco una sonrisa de oreja a oreja, y tengo grabado en la frente: «El teto es un juego real».

Y en el momento en que abro la puerta, me doy de bruces con mi hermana, que está llorando a moco tendido, con una bolsa de comida japonesa en una mano y un pañuelo en la otra. No hay ni pizca de maquillaje en su rostro, lo que realza lo hermosa que en verdad es. Viste un holgado jersey negro cuyas mangas le van demasiado largas, y unos pantalones de pitillo marrones que culminan con unas Panama Jack más claras, de bota alta, las clásicas de toda la vida.

Siento el impulso de decirle: «No tengo el sushi *pa'* farolillos, *lisensiada*», pero no es un buen momento para dejar ir uno de mis juegos de palabras. Está guapa incluso cuando llora. Qué rabia me da. Y cuánto la quiero.

—Tengo que hablar contigo —me dice llevándose el puño a la boca, ocultándome sus mohines.

Y la dejo pasar, porque cuando ves a tu hermana así, tan desvalida e insegura, se te olvida lo enfadada que hayas podido estar con ella porque te robaba la ropa, o se acababa los tampones y no lo decía, o se ponía siempre tu sujetador favorito, o no te contaba que se había acostado con tu mejor amiga.

Para ella, soy y seré siempre toda oídos, pelo y corazón.

—La primera noche que Eli y yo nos besamos fue la noche de la Caja del Amor —me explica.

Ahora ya está más tranquila, después de haberse desahogado y llorado en mi hombro como una Magdalena.

Esa noche los astros decidieron confabularse para jugárnosla, porque yo conocí a Axel y ellas se lanzaron a su aventura amorosa.

Comemos el sushi que Carla ha traído y bebemos cerveza con sabor a manzana, porque a mi hermana le encanta. Hay que darle esos caprichos, como cuando estamos con la regla y nos tenemos que consentir.

—Pero, Carla, vamos a ver... ¿Cómo fue? ¿Cómo es posible que vosotras os engancharais la una con la otra? ¿Es que eres lesbiana?

—No. Nunca me han gustado las mujeres —murmura, sorprendida consigo misma—. Me gustan los hombres. Me fijo en los hombres. Me encanta el sexo con los hombres —argumenta—. Pero lo de Eli es diferente. Simplemente, pasó.

—¿A qué te refieres con que pasó? Puede pasar que mi peluquera se equivoque un día con el tinte, pero que dos personas decidan acostarse no es algo que suceda así como así. Hay un tonteo, un coqueteo, un arrebato...

—Pues no. Simplemente nos miramos cuando entramos en el baño y nos fuimos a retocar el rímel, y ella me besó.

—¿Ella?

—Vale, no fue ella. Fui yo.

—Tú la besaste a ella.

—Sí —admite.

—¿Por qué?

—Porque nos lo estábamos pasando bien, nos reíamos juntas hasta que se nos saltaban las lágrimas, ella estaba impresionante... Y tuve ganas de besarla.

—Y tú no sabes gestionar tus impulsos.

—No —reconoce metiéndose un California roll de mango y salmón en la boca.

—¿Y después?

—Después yo le dije que viniera a casa a dormir con nosotras porque ya era muy tarde para que volviese sola.

—Querías metértela en la cama... Serás lagarta.

—¡No, joder! ¡Soy así con los hombres, pero con Eli no!

—¿Y qué te dijo ella? Porque lo poco que recuerdo de aquel terrible amanecer resacoso fue que ella no estaba.

—Eli... —se peina el flequillo compulsivamente; cuando algo la pone nerviosa, siempre lo hace— me sonrió con esa cara de nórdica de los infiernos que tiene, y me dijo que no. Que mejor no. Porque no quería jugársela. Que se iría a su casa.

—Pero entonces, ¿a Eli le gustan las chicas?

—Nunca se había liado con una chica. Como yo. Pero después de esa noche, teníamos una tensión muy rara entre nosotras.

—Sí, sí. La recuerdo. Recuerdo que vuestra actitud era muy extraña, que apenas os hablabais y que no dejabais de lanzaros indirectas la una a la otra. Como si estuvierais picadas...

—Cuando salíamos a tomar algo, tanto ella como yo seguíamos tonteando con todo lo que se movía, pero ya no era lo mismo. Porque nos íbamos a casa muy mosqueadas.

—Celosas —la corrijo como una profe de lengua—. Un sinónimo de mosqueadas es celosas.

—Lo que sea. Y entonces vino Fayna. Y esa noche Eli tuvo que dormir en mi habitación, en mi cama...

—No me digas que ese fue el momento en que...

—¡No! Por Dios, Iván estaba ahí, con nosotras. —Da un sorbo a su cerveza y se cruza de piernas como un indio en el sofá—. ¡No soy tan liberal! Al día siguiente me fui yo a su casa.

—Claro, mejor en su casa que en la de la mama.

—Y... ahí pasó lo que tenía que pasar.

Me pellizco el puente de la nariz y me como mi última bolacha de arroz.

—¿Y desde entonces?

—Desde entonces, no hemos vuelto a hablar mucho más. Eli quería que nos viéramos otra vez, y yo era incapaz de afrontar lo que me pasa con ella... No soy capaz de mirarla a la cara sin echarme a llorar.

—¿Por qué? ¿Estás arrepentida, tata? —No quisiera eso. Porque entonces Eli y Carla se distanciarían, y mis Supremas pasarían a mejor vida. Se disolverían.

—¡No! ¡Por supuesto que no! ¡Estoy muerta de miedo! —Carla rompe a llorar y se cubre el rostro con las manos—. Muerta de miedo porque no me he sentido así nunca. Porque encajamos tan bien que me aterra, y porque es la única, aparte de ti, que me ve como realmente soy. Y no quiero perderla. Y siento... —la pobre no puede ni respirar—, siento que si lo nuestro sigue adelante, meteré la pata y todo me saldrá mal. Y lo último que quiero es perder a Eli, porque como amiga es básica para mí.

—Entiendo —murmuro, comprensiva. Claro que la comprendo. Es mi hermana y la siento muy adentro, y no hay nadie más franca y gráfica hablando que ella—. Como te da miedo perderla, prefieres no arriesgarte más y no continuar con lo que sea que ha nacido entre vosotras.

—No me mires así... ¡La vida es una mierda! —exclama teatralmente. Se deja caer sobre mis piernas y apoya la cabeza en ellas.

Ahora sí que parecemos paciente y terapeuta.

—A ver, levanta el culo. Quiero ver si pones huevos —la pincho.

—¡Tú no deberías decirme eso! —me grita limpiándose los moquillos y dándome un cojinazo—. ¡Eres mi hermana! Acabas de descubrir que tengo un affaire con tu mejor amiga... Y me estás llamando cobarde porque no quiero continuar con ella.

¿Qué hay de «No te líes con una mujer, que somos peores que los hombres»? ¿O «No alimentes más la mente calenturienta del papa»? ¿O peor… «No pienso mear delante vuestro jamás»? ¿Por qué no dices nada de eso?

—Por favor, madura. No te estoy llamando cobarde por eso. ¿Sabes? Eli y tú me hacéis gracia. Llevo toda la vida queriendo ser como vosotras, tan desenfadadas, tan echadas para adelante, con tanta seguridad en vuestras armas de mujer… Y resulta que cuando encontráis la horma de vuestro zapato, sois tan gallinas como lo puedo ser yo. —Sonrío, orgullosa—. En realidad, somos muy parecidas.

Carla parpadea consternada.

—¿Estás disfrutando de tu momento de gloria?

—No. Debe de ser el shock de saber que tú y Eli estáis liadas. Discúlpame.

—¿Y ya está? ¿No tienes nada más que decirme?

—¿Qué te voy a decir? —le pregunto acariciándole el pelo, sorprendida por su reacción—. Os quiero a las dos. Sois muy importantes para mí. Por eso considera que si habéis encontrado a esa persona especial la una en la otra, no lo dejéis ir por miedo al qué dirán o a que…

—¿Miedo al qué dirán? ¡Me importa un comino lo que digan de mí! La gente no me importa. Iván está enamorado de Eli…

—¡Anda, como tú! —Voy a disfrutar mucho haciendo estos comentarios con ellas.

—Lo único que me da miedo es que todo se vaya a la mierda como… Como con…

—¿Con el padre de Iván? Ni se te ocurra comparar a Eli con ese retrasado, Carla —le advierto—. Ella sabe cómo eres, te comprende, sois muy competentes, muy trabajadoras y es autosuficiente, no un grano en el culo como tu ex. No puedes comparar toda oportunidad de ser feliz con el fracaso que tuviste a nivel sentimental… Incluso no fue un fracaso del todo. De aquello nació el niño más maravilloso que conozco. Y tú como madre eres excepcional. Por tanto, tan mal no salió.

A ella le asoma una sonrisa de satisfacción y orgullo en los labios.

—Mi niño es un hombretón, ¿verdad?

—Sí, lo es. Hiciste muy buen trabajo.

—¿Qué hago ahora, Becca? —pregunta, perdida—. Me va a estallar la cabeza.

—Fácil. ¿Dónde está Eli?

—No la veo desde esta mañana. Creo… Creo que se ha ido.

—Y otra vez a llorar como una condenada.

—¿Dormisteis juntas?

Carla no contesta y mira hacia abajo.

—Vale. Dormisteis juntas —afirmo. Normal después del beso tan caliente que se dieron en el portal al salir del Chantilly.

—Pero yo le he dicho que no quería complicarme más la vida —puntualiza—. Ella no se lo ha tomado nada bien, y me ha dejado sola en la habitación. Y esta noche sale nuestro tren y no sé dónde está. ¿Te lo puedes creer? Así, sin más. Se ha ido, la muy…

Me lo creo, porque Eli es muy competitiva, tanto como Carla, y odia perder. Pero si la conozco como creo que la conozco, es imposible que se dé por vencida. Estará enrabietada y querrá hacer cambiar de opinión a mi hermana, si es que de verdad está enamorada de ella. Por eso espero que esto no acabe así.

No puede acabar así.

Y como soy pitonisa, alguien golpea a la puerta con insistencia.

Carla se incorpora de golpe y me mira alarmada. La tranquilizo y le pido con los ojos que se quede en el sofá.

Voy a abrir, sabiendo de antemano lo que me voy a encontrar.

Y no fallo. Es Eli, con el pelo rubio recogido en un moño alto, sus ojos oscuros enormes y enrojecidos de haber llorado, pero el rictus serio y severo.

Está muy enfadada. Ya le he visto esta expresión otras veces, y siempre ha sucedido algo grande cuando ha estado así; me refiero a acabar en una celda las tres, de madrugada, o poniendo reclamaciones y demandas como mandatos.

—Becca.

—Eli.

—Tengo algo que decirte.

—No me imagino el qué —contesto con ironía.

—Me he acostado con tu hermana. Y no me arrepiento.

¡Zasca! Es que Eli es así. Va directa, sin tonterías. Con sus pacientes tiene mucho tacto, pero conmigo ese tacto brilla por su ausencia. Soy su mejor amiga, así que para qué paños calientes.

—Al margen de lo enfadada que pueda estar con las dos por no decirme nada… Os vi ayer… —le confieso.

Su ligero parpadeo es suficiente para comprender que la he descolocado un poco.

—Ah… ¿Y eso cambia algo entre nosotras?

—No lo sé… No me gusta que me ocultéis las cosas.

—No es fácil.

Tal vez no sea el momento de hablar de ello. Eli está muy nerviosa, pero lo oculta en esa fachada de seguridad y competencia que tiene. Voy a ser buena y a ponérselo fácil, porque el hueso es mi hermana, no yo.

—¿Qué va a cambiar, Eli? ¿Que ahora eres mi cuñada? —tanteo moviendo la cabeza hacia atrás, al interior del salón, para que advierta que Carla está conmigo.

Eli y yo nos conocemos desde hace mucho y nos comunicamos con las miradas, no hay necesidad de hablar. Mi rubia estirada y esnob quiere a la insoportable y repelente de mi hermana. Es que son tal para cual.

—¿Esto va en serio? —le pregunto.

—Muy en serio, Becca. —Sonríe avergonzada—. Quiero estar con ella.

—Perfecto, entonces.

Yo asiento, Eli asiente, y antes de decir nada más que pueda estropear el momento, da un paso adelante y ambas nos abrazamos.

—Bien… —susurra, emocionada, intentando impregnarse de mi energía. Se aparta y a continuación carraspea—. ¿Está aquí la cobarde de tu hermana? —pregunta en alto.

—¡¿A quién llamas cobarde?! —grita Carla desde el sofá—. ¡No soy yo la que se ha ido!

Eli entra en el salón de la suite, que en realidad es mi suite, aunque presumo que ambas se van a apoderar de ella.

Se encuentra a mi hermana, atrincherada tras el sofá, compungida y asustada por lo que sea que está por venir.

Madre mía, menudo panorama. No sé qué hacer. No sé si irme o quedarme para ver el espectáculo.

Eli se vuelve, con toda esa energía y poderío que tiene, y me dice:

—Becca, déjame a solas con la cabezota de la abogada. Voy a disponer con ella las cláusulas de nuestro contrato. Después hablamos tú y yo.

Vale. Me voy.

Eli se acerca a Carla, rodea el sofá, y veo que mi hermana empieza a dar pasos atrás, alejándose poco a poco.

—No lo estropees —le suplica Carla.

—No lo estropeo.

—No seas tonta… Tú yo somos muy iguales. Nos vamos a matar. —Carla levanta la mano para detenerla, en plan «stop in the name of love».

Eli la coge por las mejillas y la acerca a su cara.

—Mira qué miedo me das. —Se ríe de ella, sin malicia. Lo hace con la confianza de quien conoce plenamente al otro.

—Te quitaré todo el maquillaje, y toda la ropa y tus zapatos —le advierte Carla como si la amenazara de muerte.

—¿Me quitarás la ropa? —Eli me mira de reojo—. Está tu hermana delante. Compórtate.

—Pues deberías temerme, Eli.

—¿Por qué iba a tener miedo de ti, Carli?

—Porque… Porque si al final haces que me decida por ti…, no voy a dejarte ir. Porque soy muy obsesiva. Y celosa. Y posesiva.

Eli le rodea la cintura y la besa en los labios.

—Pues me parece perfecto, mientras te obsesiones conmigo.

De acuerdo. Cierro la puerta de mi suite antes de que vea algo más de lo que pueda arrepentirme. Soy abierta de mente, pero no hasta el punto de convertirme en la voyeur de esas dos.

Y aunque no quiera ver más, nada me hace más feliz que saber que van a estar juntas y bien acompañadas.

De pronto, la vibración de mi iPhone me aparta de mis pensamientos.

Lo saco del bolsillo de mi chaqueta.

Sonrío como una lela. Es Axel.

—Hola —lo saludo con voz de azúcar. Me muero de ganas de verle otra vez.

—Hola, preciosa. ¿Has comido algo? ¿Quieres que vaya y te suba cualquier cosa?

—No hace falta. Acabo de comer con mi hermana... Y ha llegado Eli hace un momento y me acabo de ir de la suite.

—Ah. Entonces, ¿estarán haciendo guarradas?

—¿Intuyo voz de pervertido?

Son dos mujeres, sexis, guapas... Y yo un hombre. A cualquiera que se las imagine se le pondrá dura.

—Tú procura no pensar en esas cosas cuando estés conmigo.

Le escucho reír.

—Estaría loco si pensara en algo más que no fuera en ti, rizos. Estaría loco si pensara en algo más. Me tienes hablando solo, pensando en cuándo voy a volver a besarte otra vez.

Las puertas del ascensor se abren. Dentro hay un hombre trajeado y un chico vestido de sport con una gorra roja.

—¿Bajáis? —pregunto.

—Sí —contesta el señor más mayor.

—Oye, esto se va a cortar —le digo a Axel.

—Baja al parking. Estoy acabando el montaje del vídeo. Y tengo algo para ti.

—¿Ah, sí? —Le doy al botón del menos dos, en la segunda

planta del parking, donde está la caravana, bien escondida de las miradas de los extraños.

—Sí. Algo duro y caliente.

—Venga, hasta luego…

Cuelgo un tanto avergonzada. No quiero hablar de estas cosas por teléfono cuando hay gente oyendo la conversación. Me toco las mejillas, calientes por la sangre agolpada en ellas. Después llevo la mano a mi collar y acaricio la bola del amor, ensimismada.

El hombre trajeado se baja en la tercera planta.

El chico de la gorra aprovecha para picar al menos uno. Ambos vamos al parking.

—No me puedo creer la suerte que tengo —oigo decir al chico cuando se vuelven a cerrar las puertas.

Se me pone la piel de gallina, mis instintos se despiertan alarmados, y giro la cabeza hacia atrás, para mirarlo por encima del hombro.

—¿Perdona?

¡Plas!

El puñetazo que me acaba de propinar en el pómulo hace que lo vea todo negro y que pierda el mundo de vista, pero antes me ha dado tiempo de darle al botón de la alarma localizadora. Espero que Axel lo advierta y me encuentre antes de que sea demasiado tarde.

—Escúchame bien, zorra. —Se pega a mi espalda y creo notar el cañón de una pistola entre mis costillas—. Vas a hacer todo lo que te diga, ¿de acuerdo? Actúa con normalidad en cuanto las puertas se abran.

—¿Qué… quién eres? —pregunto a duras penas a pesar de lo mucho que me duele el golpe que me ha dado.

—Alguien que busca venganza.

26

 @pocoyoypocotu #eldivandeBecca Mi abuelo dice que tengo fobia al amor y que debo dejarme llevar. Pero mi abuelo también cree que las farolas le hablan y que las luces de las velas de las iglesias son hadas. #nocreastodoloquetedicen

No puede ser. Es Vendetta. Es él.

El tipo me arrastra por el aparcamiento hasta llegar a una furgoneta negra. Me encuentro desbordada, a punto de echarme a llorar. Las piernas no me responden, las rodillas me tiemblan, y mi acosador, al que aún no le he visto la cara, presiona demasiado el cañón contra mi cuerpo. Seguro que me sale un moratón entre las costillas.

Abre la puerta trasera del vehículo y me empuja adentro.

—Vamos, entra.

El interior huele a nuevo, y acabo en el suelo, que está cubierto de plástico transparente. Me quedo a cuatro patas. Reacciono rápido y me doy la vuelta, para agazaparme y hacerme un ovillo contra la parte trasera de los asientos delanteros.

—¿Qué quieres? ¿Por qué me haces esto? —pregunto intentando reaccionar.

El tipo se echa a reír, guarda la pistola, que es de plástico, y en su lugar saca un bate de béisbol que reposaba en la esquina trasera de la furgoneta. Luego coge el extremo con la derecha y con la izquierda sujeta la otra parte más gruesa. No hace falta ser adivina para comprender lo que me va a hacer.

El suelo cubierto de plástico para que no se manche con mi sangre cuando me golpee se vuelve más que evidente.

—¡¿No te acuerdas de mí?! —Alza el bate y golpea el respaldo del asiento del copiloto. Yo estoy justo debajo, agazapada. Dos centímetros más abajo y me hubiera dado; en cambio, ahora se dedica solo a asustarme—. ¡Porque yo sí que me acuerdo de ti y de la humillación pública a la que me expusiste!

—¿Yo? Yo no he humillado nunca a nadie… ¿De qué hablas?

—Claro que sí. Soy el ex de Lolo, la marica que va a ganar *Gran Hermano*.

Muevo los ojos a un lado y a otro intentando recordar, hasta que al final caigo. Es uno de los Cazafantasmas. El traidor que tanto daño hizo a Lolo, mi favorito para ganar el concurso. Al menos me alegra saber que está entre los finalistas.

—Rodrigo, a Lolo solo le di un consejo…

—Un consejo que ha hecho que me señalen por la calle y se rían de mí, todo porque mi ex me sacó de la casa de Guadalix a manguerazos. —Se quita la gorra con rabia y contemplo su cara, una máscara de asco y animadversión hacia mí. Es rubio y atractivo, una cara bonita y hueca para la enorme personalidad de Lolo. No lo merecía—. Sabía que os hospedabais aquí. Quería comprobar si la habitación era la correcta, y entregarte una carta… Pero la suerte me ha sonreído. Y cuando te he visto en el ascensor, ya no me he podido reprimir.

—¿Has sido tú todo este tiempo?

—Claro que he sido yo, perra. Y no voy a detenerme hasta que sientas una parte del dolor que yo he sentido por tus jodidos consejos. Haré que sientas vergüenza de tu aspecto y que no puedas salir a la calle, como no puedo salir yo.

Cuando levanta el bate, dispuesto a descargarlo contra mí, yo me cubro y, con un pie, consigo golpearle con fuerza en su rodilla. Rodrigo resbala hacia delante, lo que me permite incorporarme e intentar salir de la furgoneta.

Pero entonces siento su mano tirar de mi pelo y, después, lanzar mi cabeza hacia delante. Mi frente impacta contra la puerta metálica y caigo al suelo, mareada.

De pronto, escucho un pitido sordo en el oído y noto la sangre resbalar por encima de mi ceja derecha. Me he hecho un corte.

Él me tira de nuevo sobre los plásticos y se coloca encima de mí, con el bate preparado para entrar en faena.

Dios mío, me va a destrozar.

Voy a morir aquí mismo.

Y de repente, la luz. Las puertas traseras de la furgoneta se abren, y es Axel quien se abalanza contra el tipo de un modo salvaje y fuera de control.

El localizador ha hecho su función. Me ha encontrado.

Es increíble verlo en acción. El otro no tiene ninguna posibilidad de escapar de sus puños, ni tan siquiera de salvarse.

El plástico que recubre el suelo de la furgoneta se empieza a teñir de la sangre que salpica del rostro de mi acosador. Si continúa así, lo va a matar. Y no lo puedo permitir. Me recuerda a lo que hizo con el dueño del rottweiler. Axel no tiene freno. Una vez deja sueltos a sus demonios, nadie los puede detener.

—Axel… —susurro. Me duele la garganta. Caigo en la cuenta de que he gritado mucho de manera inconsciente—. ¡Axel!

Pero continúa soltando golpes, uno tras otro. Rodrigo ni se mueve.

—¡Axel, para! —le grito con la voz camuflada por mis lágrimas—. Por favor… ¡Para!

Lo cojo de los hombros, tensos, duros como granito. Su piel arde. Como no reacciona, le abrazo por la espalda, necesito que me sienta.

Acabo de rodillas, agarrada a él, a lágrima viva, expulsando todo el miedo que he pasado y todo el que aún tengo al ver a Axel de ese modo, enajenado dando mamporros.

Cuando él oye mis sollozos, levanta la cabeza igual que un animal cuando escucha los sonidos de la selva. Sus ojos verdes se esclarecen. Estudio su perfil, salpicado de la sangre de mi agresor.

—¿Becca? —Se da la vuelta y se aparta del cuerpo inerte que ha dejado a su paso.

De rodillas como yo, tira de mí hasta aplastarme contra su cuerpo. Le escucho el corazón, lo siento bombear con tanto brío que parece que se le vaya a salir por la boca.

—¿Becca, estás bien? —Hunde sus dedos en mi pelo y presiona mi cabeza contra su pecho, besándome los rizos con sentimiento—. Déjame ver… —Contempla el golpe en el pómulo y el corte en la frente—. Te ha hecho daño.

—Te juro que no ha sido culpa mía —digo atropelladamente—. Bajaba en el ascensor y él… Él subía a buscarme y… He apretado el localizador como me dijiste… Lo he hecho. —Las lágrimas inundan mis pestañas y se deslizan por mis mejillas.

—Chis… —Axel vuelve a abrazarme y me susurra—: Está bien. Está bien, nena. Tranquila. Ya ha pasado todo. Estás conmigo.

Aquí, entre sus brazos, después de salvarme la vida por enésima vez, solo sé que él me sostiene y me mece.

Que él me protege y me cuida. Que siempre vela por mí.

Axel es mi Daredevil particular, mi justiciero.

Y acaba de pasar cuentas con Vendetta.

Supongo que es normal que muera de amor por él.

Después de cuatro horas en las que Axel y yo hemos llevado al ex de Lolo al hospital, hemos estado hablando con los policías, con los que Axel, cómo no, tal y como sucedió en Cangas de Onís, parece tener muy buena relación.

He llegado a la conclusión de que la policía y, en general, todos aquellos departamentos en los que los hombres llevan armas o placas, reconocen a Axel como uno más de los suyos, o sea, un tío con autoridad, por eso le es tan fácil interactuar con ellos. O tal vez sea porque en su agenda tiene contactos hasta en el Infierno y eso hace que todo sea mucho más sencillo para él y que se mueva como pez en el agua entre comisarías, declaraciones, denuncias, números de placa y no sé qué más que ni siquiera logro entender...

Llamé a Fede para contarle que habíamos cazado a Vendetta. Se puso muy contento, porque por fin podríamos viajar tranquilos todo el equipo. Se mostró preocupado por mi estado; bueno, preocupado no, lo siguiente. Pero esta vez no me dijo nada de tomarme unas vacaciones, y eso quiere decir que ya me conoce. Sabe que no valgo para hacer reposo y que para las personas hiperactivas de mente como yo, y con tendencia al agobio, lo mejor es retomar el trabajo para superar mis traumas. Además, tuvo el tacto de no mencionar nada con respecto al diván, para que me recupere del shock. No obstante, tanto él como yo sabemos que mañana continuaré con mi trabajo.

Vendetta no podrá prestar declaración hasta pasadas veinticuatro horas, porque los antiinflamatorios tienen que hacerle efecto. Axel le ha roto varios dientes, la nariz, y le ha fracturado parcialmente un maxilar, y no puede hablar todavía.

No voy a entrar a valorar su brutalidad. Me trae sin cuidado lo que le haya hecho; me ha salvado la vida y no importa qué métodos ha empleado para ello. Ese hombre iba a darme una paliza con un bate; por tanto, en este caso, el fin justifica la causa.

Después de salir del hospital, hemos acordado que no íbamos a decirles nada de lo sucedido ni a Ingrid, ni a Bruno, ni a las Supremas. Con mis dos compañeros he hablado como si nada. Ingrid me ha contado que ayer noche se fue sola a su suite y que hoy había quedado con Luigi para tomar algo, ya que teníamos el día libre. Por su parte, Bruno ha sido parco en palabras. Está seriamente encabritado por lo de Ingrid, y ¿sabéis qué? Que se lo merece, por necio y retardado.

En cambio, me ha costado no explicarles lo ocurrido ni a Eli ni a Carla, pero bien mirado, ellas también me han ocultado su romance, así que no tengo por qué sentirme culpable. Su Ave salía esta noche, y me he tenido que despedir de ellas por teléfono. Les he mentido y les he dicho que tenía trabajo y que debía visitar a un paciente. Eli, que es terapeuta como yo, no se lo ha tragado, pero ha respetado que no les haya contado nada. Se ha despedido con un: «Ya hablaremos cuando regreses a Barcelona».

Después de las llamadas pertinentes, las declaraciones y mi revisión médica, nos han dejado volver al hotel.

Tengo una tirita en la frente de esas que pega la carne como si fueran puntos. La herida no ha sido ni profunda ni el corte muy extenso, lo cual me sorprende, porque el golpe que me dio Rodrigo contra la puerta trasera fue brutal. El pómulo no se me ha hinchado, pero me han recomendado que me ponga mucho hielo durante el resto de la noche, y también que tome ibuprofenos para la inflamación del día después.

Al llegar a mi suite, recuerdo la escena entre Carla y Eli, y sonrío aún estupefacta. Me parece que fue hace años.

Axel se ha mostrado muy cuidadoso conmigo, y eso que tiene los nudillos de las manos en carne viva de los puñetazos que le ha dado a mi agresor. En el hospital le han puesto betadine, y con eso y un bizcocho…

Me ha desnudado prenda a prenda, con suavidad, de un modo que me hacía sentir delicada y única. Y cuando nos hemos metido desnudos bajo las mantas, me he abrazado muy fuerte a él. No quiero soltarle nunca.

No me siento capacitada para ello.

Nos hemos mantenido en silencio. No un silencio cortante e incómodo, sino ese silencio placentero que llena el alma. No teníamos fuerzas para hablar. Solo para mirarnos el uno al otro, fijamente, cara a cara, tocarnos y besarnos.

¿Qué se puede decir después de lo vivido?

Axel no ha dejado de acariciarme la espalda hasta que me he quedado profundamente dormida. Y ni así, ni en sueños, he podido ser indiferente a él; ni entre la bruma de las pesadillas y las vanas ilusiones de mis fantasías astrales, le he dejado en paz.

Él ocupa todos mis pensamientos, incluso aquellos que ya no controlo.

Al amanecer me despiertan los besos de mariposa que Axel me da por toda la cara. Tardo en reaccionar porque quiero disfrutar de sus mimos. Cree que aún duermo, por eso alargo el momento, hasta que un espasmo nervioso en mi pierna, completamente involuntario, a la vez que inoportuno, hace que le dé un pequeño rodillazo en el muslo.

Abro los ojos consternada. ¿No os sucede que, cuando dormís o estáis a punto de dormiros, tenéis la sensación de que os caéis al vacío? Pues me acaba de pasar lo mismo.

—Perdona —murmuro—. Te he dado una patada.

—No importa. No me has hecho daño.

—¿Te he despertado? —Finjo no haberme dado cuenta de todas las caricias que me ha prodigado.

—No. No podía dormir.

No aparta su mirada de mí. Como el padre que necesita ver a su hijo respirar mientras duerme.

—¿Por qué no? ¿Demasiada adrenalina? —¿Cuáles son sus pesadillas y cuáles sus sueños? Es un enigma para mí.

Sus labios se elevan dibujando un amago de sonrisa, pero sus ojos reflejan tormento y preocupación.

—¿Cómo estás? ¿Te encuentras bien? —me pregunta, solícito.

Me pego a su cuerpo, que es como un radiador para mí. Con lo friolera que soy, me encanta sentirlo tan caliente. No suelo dormir desnuda, pero se ve que a Axel le encanta que yo lo esté bajo las mantas. No deja de acariciarme y de pasarme las manos por cada centímetro de mi piel.

—Me he asustado mucho cuando he visto la alarma de mi móvil activada por tu localizador… Ha sido angustioso.

—Estoy bien, Axel. —Alzo la mano y le acaricio la barbilla y la cicatriz con la punta de mis dedos—. Gracias a ti, vuelvo a estar sana y salva.

—Ojalá pudiera evitar que te pasaran todas estas cosas. Si hubiera estado contigo cuando…

—Claro. Y si yo fuera morena en vez de tener este pelo color Ariel de la *Sirenita*… —Él sonríe un breve instante, aunque no se deja llevar—. Seguramente, sería un blanco mucho más difícil para el tarado ese de lo que lo he sido.

—¿Puedes hablar en serio alguna vez?

—Hablo muy en serio —le aseguro.

—Becca —suspira—, si te llega a pasar algo…

—Pero no me ha pasado.

—Sí, pero si no llego a tiempo… No quiero imaginar lo que…

—Pero siempre estás ahí cuando lo necesito, Axel. Siempre. No tengo palabras para describir lo agradecida que me siento por tenerte… en mi equipo, conmigo.

Me quedo callada, meditando sobre los miedos de mi cámara favorito. Ha tenido que perder a mucha gente importante para él y se siente muy responsable de todo. Para reflejar esa carga en sus ojos, la culpabilidad ha debido de azotarle a diario. Ojalá supiera sanar sus heridas. En vez de eso, es él quien acaba haciéndose cargo de mí.

No es justo. Yo también quiero hacerme cargo de él. Pero no me lo permite todavía.

—Admiro tu entereza —dice con honestidad—. He vivido muchas situaciones límite de este tipo y sé cómo desenvolverme en ellas. Pero tú… Tú eres una de esas personas a las que llaman seres de luz.

—¿Seres de luz? —Debo de tener una cara bastante cómica, menos mal que estamos a oscuras y que no me ve bien.

—Sí, como se llamen. Tú no deberías pasar por estas cosas. Nadie debería querer hacerte daño jamás.

—Pero siempre hay gente dispuesta a lo peor. Tú mismo me lo dijiste. El mundo está repleto de gente trastornada y egoísta que no va a mi consulta para decirme que se encuentra mal.

—Vaya… —murmura con aprobación—. Si hasta me escuchas cuando hablo.

—Lo justo. Como te iba diciendo, siempre habrá individuos

que sean capaces de hacer lo que hoy ha hecho el ex de Lolo. Y he tardado en comprenderlo —reconozco—. Él me ha acosado, e irá a la cárcel por lo que me ha hecho. Lo he pasado realmente mal.

—Lo sé. Aunque soy de la opinión de que a un tío así no se le debe dar la oportunidad de ir a la cárcel. Hay que acabar con él, o reincidirá. Su conciencia ya está corrompida.

Me pone la piel de gallina oírle hablar de este modo, tan descarnado, sin escrúpulos. Pero Axel no tiene escrúpulos para la gente que hace el mal. Para el resto, solo intenta ofrecer su protección. Creo que tiene complejo de superhéroe.

—Cuando me lo dijiste —prosigo sin dejar de tocar su boca y su barbilla—, suponía que eras un paranoico incapaz de confiar en nadie. Ahora ya no creo que seas un paranoico, y entiendo que hayas perdido la fe en los demás. Pero si yo no tuviera fe y confianza y el mundo fuera como tú dices que es, gris, oscuro y muy indiferente, entonces no habría un Axel que me salvase cuando nadie pudiera oír mis gritos. Tú eres la prueba fehaciente de que podemos ser mejores de lo que somos. De que aún hay esperanza.

Axel aletea las pestañas un par de veces, absorbiendo mis palabras en su mente. Sus rasgos se suavizan, me atrae hacia su cuerpo, cuela una de sus piernas velludas entre las mías y me dice acercando sus labios a los míos:

—Ni tampoco habría una Becca que salvar de las garras de los malos. Una Becca que ve bondad y buenas intenciones en todo el mundo.

—Tal vez tenga que ser más selectiva a partir de ahora.

—Sí, eso sin duda hará que disminuyas los riesgos. Elabora un buen proceso de selección, nada de tipos como Roberto.

Sonrío maliciosa. Me gusta que pronuncie su nombre con rabia.

—Roberto necesita tratamiento. Creo saber lo que le sucede y sé cómo ayudarle.

Y ayudarle comporta hacer un viaje a Tenerife y quedar con

Fayna y su amiga. Puedo preparar una terapia bidireccional, aunque para ello tengo que recuperar su confianza.

—Hay casos perdidos, Becca. Eso es algo que deberías asumir lo antes posible.

—Entonces, tal vez a ti nunca pueda ayudarte. No te seleccionaría —bromeo acercándome para darle un beso. Cuando nuestros labios se tocan, yo me impulso y me coloco encima de él, para que mi pelo, útil en ocasiones como esta, nos oculte del mundo y nos permita estar en nuestro reservado particular.

—¿A mí no me harías terapia? —pregunta amasando mis nalgas con sus manos.

—No. Porque, aunque sé que jamás me harías daño, tienes un millón de pestillos por abrir, y no sé si me dejarías ayudarte como mereces. Puede que seas un caso perdido…

—Lamentablemente, señorita Becca. —Axel me da la vuelta y se coloca encima de mí. Besa mi garganta y retira el pelo de mi cara—. De mí ya no te libras.

Esta noche ya no me libraré de un nuevo asalto con él, puede que más de uno. La adrenalina nos ha excitado, y creo que ni él ni yo hemos necesitado de calmantes.

¿Para qué la química, si no hay mejor química que la que tenemos Axel y yo?

¿Para qué la medicación, si no hay nada que me relaje más que Axel haciéndome el amor?

Una caricia de este hombre es como una benzodiacepina.

Y estoy dispuesta a darme un chute tras otro de él.

27

 @tagtoc #eldivandeBecca #Beccarias Será que Fayna es un apio, como yo. Nunca encontraremos a nuestra media naranja, porque somos demasiado especiales.

A primera hora de la mañana ha llegado el momento de abandonar el barrio de Salamanca.

Mientras estoy preparando la maleta y observo el precioso escenario que aparece tras las ventanas de la suite, pienso en todo lo que tengo que hacer y en el objetivo que tengo que conseguir ahora.

Me duele la cabeza y me está saliendo un pequeño moratón en el pómulo, pero más allá de eso, el dolor es nimio comparado con la alegría que siento por saber que Vendetta ya está fuera de mi vida.

Axel está acabando de ducharse y yo ya lo tengo todo listo para bajar a desayunar e irnos. ¿Adónde nos vamos? Dependerá de lo que hable ahora con Fede.

Lo llamo por teléfono y, para mi sorpresa, escucho el sonido de su móvil, que es ese politono que se asemeja a un móvil estropeado y sin pilas.

Cierro la cremallera de la maleta y me detengo estupefacta.

Golpean la puerta tres veces y, con el móvil que aún hace la llamada en la mano, abro la puerta.

Es Fede, vestido a medio camino entre un alto ejecutivo millonario y un capo de la mafia. Aunque ahora que lo pienso, los dos estilos son iguales.

Me sonríe y arquea sus cejas canosas antes de dar un vistazo rápido al interior de la suite.

—¿Fede? ¿No te ibas a Estados Unidos?

—Sí. Pero al final les he hecho cambiar de parecer.

—¿A quiénes?

—¿Puedo entrar?

—Claro. —Me aparto y le dejo pasar.

—¿Estás sola? —pregunta justo en el mismo momento en que sale Axel del baño, ya vestido y afeitado, como si fuera el verdadero sol de la mañana.

Mi superhéroe se tensa cuando lo ve ahí, en su territorio, en el nuestro.

Fede le sonríe y veo mucho cariño en ese gesto. Pero Axel no le devuelve la sonrisa. De los dos, es Axel quien no se alegra de verle.

—¿Qué haces aquí?

—Venía a hablar con Becca. Necesitaba proponerle algo con urgencia.

Agradezco que ninguno de los dos haga mención al hecho de que Axel está en mi habitación. No quiero pasar más vergüenza de la que tengo en estos momentos.

—¿Qué me quieres proponer? —Me siento en el sofá y miro a Axel, pidiéndole en silencio que se siente a mi lado.

—¿Tienes whisky en el bar? —pregunta Fede.

—Sírvete tú mismo. —Levanto la mano y señalo la pequeña nevera recubierta con madera oscura.

—¿Quieres tomar algo, Axel?

Axel mueve la cabeza negativamente y se queda de pie, con las manos en los bolsillos, detrás del sofá donde estoy.

Al tiempo que Fede rebusca en la nevera, empieza a hablar.

—No habéis tomado nada. Cómo se nota que eres catalana.

—Lo sé —asiento con una sonrisa—. No entiendo cómo la gente puede beberse un frasquito de colonia de cincuenta mililitros y pagar doce euros por ello. Llámame tacaña, que me encanta. A ti te dará igual, porque te bebes hasta el agua de los floreros, ¿verdad?

Fede se ríe y asiente.

—Tengo placeres que no puedo ignorar, cuesten lo que cuesten. Bueno —abre la botellita de whisky y me mira sin atender a Axel ni una sola vez—, hablemos de negocios.

—¿Qué negocios?

—Hace una semana contactó conmigo el jefe de producción del canal americano de la MTV, George Smart. Estaba interesado en el formato de un programa que desde que empezó su emisión en España y Latinoamérica a través del canal de pago se ha convertido en trending topic mundial.

Me inclino hacia delante y cruzo mis piernas. ¿De qué está hablando?

—Me pidió que viajara a Estados Unidos para hablar de los derechos de compraventa y emisión. Pero a veces me da por pensar, ya sabes… Y tuve una idea mejor. —Bebe a morro de la botellita, como un auténtico alcohólico.

—¿Qué idea es esa, Fede?

—Le dije que viniera a España para presenciar en directo la grabación de uno de tus programas y que él mismo viera con sus propios ojos por qué engancha tanto nuestro formato.

Me levanto de golpe del sofá, pálida y más nerviosa que nunca en mi vida. ¿La MTV?

—¿Me estás diciendo que voy a tener a gente comprobando si hago bien o no mi trabajo?

—Exacto —afirma, pagado de sí mismo—. Estamos hablando de un contrato millonario. Si los americanos compran *El diván*, todos los países harán su propia versión, y nuestra productora —sus ojos se iluminan de alegría— se forrará. Es una oportunidad única para nosotros.

—Es mucha responsabilidad —asumo—. No me gusta tener público. Acepto a los miembros de mi equipo alrededor, pero a nadie más. —Quiero que él sepa cuál es mi opinión, aunque luego no la tenga en cuenta—. Prefiero estar relajada y no tensa mientras trabajo.

Fede me observa como si fuera el hombre más comprensivo del mundo. Pero entonces sentencia:

—Llegan a Madrid hoy por la noche. Así que dime qué plan de trabajo tienes preparado para que se encuentre con vosotros. Le ha encantado el caso de Roberto y quiere ver cómo trabajas con él.

—¡¿Cómo?! ¿Que vienen hoy?

—Sí. Eso he dicho.

—Pero, Fede…

—Tienes a Roberto, aún lo estás tratando, ¿no? Te dije ayer que lo consiguieras.

—No —niego rotundamente—. Claro que no lo tengo. Se cerró en banda en cuanto rechacé su orgía. ¡Tú lo sabes! ¡Te lo expliqué por teléfono! Y resulta que con lo que ha pasado, fíjate tú, no he tenido tiempo de llamarlo.

—Pero, Becca. —Parpadea sin comprender—. Te dije que tenías que hacerle la terapia sí o sí.

—Pues como no vayas a buscarlo tú, pistola en mano, me temo que ese ególatra no va a volver a contactar conmigo.

—Pues recupéralo —me ordena, tajante.

—¿Por qué no puedes hablar tú con él? —replico—. Tú eres su jefe, ¿no? Eres el socio mayor, y el que más acciones tiene del Chantilly. Debería obedecerte a ciegas.

—A Roberto no le hace falta el dinero. No puedo amenazarle con eso…

—Funcionó una vez —replico sin comprender sus explicaciones—. Le amenazaste con echarlo del Chantilly usando las cláusulas del contrato que firmasteis.

—Funcionó porque le gustaste y creyó que podría llevarse a la gatita al agua… Pero ha visto que no eres como las demás. Y está frustrado y cabreado. No le gusta que lo rechacen.

—Fede, ¿me estás diciendo que me utilizaste?

—Joder, Becca, entiéndeme; pensaba que tú podías volver a

camelarlo… No quiero desprenderme de un relaciones públicas tan bueno como Roberto. Solo quiero que le cures. Y ahora George viene con la esperanza de comprobar cuán efectivas son tus ideas terapéuticas, y se va a encontrar con que ya no tienes contigo al paciente que ha motivado su viaje a España.

—Soy la primera a la que le frustra que un paciente rechace mi ayuda —le aclaro—. Pero no tengo que camelar a nadie, y menos a alguien como Roberto. —Me levanto ofendida—. Podemos buscar a otro paciente, otro que tenga una obsesión parecida a la de tu amigo…

—No va a colar. George ya ha visto fotos de él —explica—. Le he enviado los informes completos de cómo trabajas con ellos y de lo que estabas haciendo actualmente.

—¡Joder, Fede! Pero ¿de qué manicomio has salido tú?

—Mira, Becca, móntatelo como quieras, gasta lo que te dé la gana, pero encuentra la manera de que Roberto esté contigo. No quiero quedar mal con los de la MTV. ¿Te sabes la canción de «euros euros dubidú»? Pues yo sí que los quiero, así que… allá tú. —Se bebe lo que le queda de la botellita y después, como si hubiera sido consciente de él en todo momento, mira a Axel—. ¿Qué tal estás?

—Bien.

—¿Cuándo piensas ir a ver a papá? Te dije que estaba ingresado en la Quirón.

Perfecto, acabo de entrar en un nuevo episodio de *Fringe*. Me quedo impactada por la revelación. ¿El padre de ambos está ingresado? ¿Por qué no lo sabía? Desvío mi mirada hacia Axel, que se muestra indiferente como una piedra. ¿Qué le ha pasado?

—Ya ves. No tengo tiempo —contesta chasqueando la lengua contra los dientes.

—Axel, papá está en la UCI —le recuerda Fede—. Por muchas diferencias que hayamos podido tener…, sigue siendo nuestro padre.

—¿Eso también va por ti, hermanito? —espeta Axel con

tono nada amistoso—. Porque contigo también he tenido mis diferencias. De hecho, todavía las tengo.

Fede mueve la mandíbula de un lado al otro, sin quitarle los ojos de encima a su hermano pequeño.

—Eres muy orgulloso. Cuando seas más mayor, tal vez veas las cosas de otra manera…

Increíble. Le trata como a un hermano pequeño e inmaduro.

—Si hacerme mayor es parecerme a ti o a papá, entonces prefiero ser siempre un niño —contesta, agriado.

—Si quieres te llevo en la limusina. Lo ves, y después puedes irte tranquilo —insiste Fede, ignorando la última pulla—. Él me ha preguntado por ti, Axel.

No entiendo muy bien el contexto en el que se está dando esta conversación. No sé cómo encajar la terrible tensión que hay entre ellos, y la animadversión creciente de Axel hacia Fede.

—No mientas. —El tono de Axel es como el aviso de una sirena antes de que caiga una bomba—. No juegues con esas cosas, estoy harto de tus manipulaciones.

—Axel… Será mejor que… —No debería meterme, pero ya estoy en medio de su partido de ping-pong.

—¿Axel, qué? —me corta—. ¿Sabes por qué mi hermano está aquí en Madrid? —me pregunta sin mirarme siquiera—. No solo es por lo que sea que esté negociando con la MTV, que no te engañe. Es porque se está asegurando de que mi padre, en última instancia, no cambie su herencia. Porque a Fede lo único que le importa es eso… El dinero. La reputación. ¿Verdad, hermano mayor?

—Tú siempre tan comprensivo —contesta Fede con una ironía aplastante.

—Yo no les doy importancia a las mismas cosas que tú. Tengo otros valores. —Axel se cruza de brazos, despreciando la presencia de su hermano.

Ambos se aguantan la mirada como dos cowboys preparados para desenfundar primero. Pero, por Dios, ¿esto qué es? ¿Falcon Crest? No entiendo nada.

—En fin, la compañía es muy grata —afirma Fede sin ningún pudor—, pero tengo que irme para controlar que mi padre moribundo —dice en voz alta—, porque papá está moribundo —vuelve a alzar la voz, remarcando esto último—, también se acuerde de ti en la herencia. —Estira el cuello como un pavo real y se recoloca la americana del traje sobre los hombros. Mira su reloj de oro, que es casi tan grande como el sello de su alianza matrimonial, y después se dirige a mí—. Becca.

—¿Qué?

—Móntatelo como te dé la gana. Pero mañana los americanos están aquí, y quiero a Roberto contigo. Ya no te persigue nadie. Tu acosador está ingresado en el hospital con varios traumatismos, y Twitter arde con comentarios sobre ti y tu siguiente terapia. Así que demuéstrame que eres esa increíble profesional de la que todos hablan...

—Sabes que lo soy —le suelto, pedante.

—Y haz que Roberto esté mañana contigo. Hay un gran contrato de por medio.

Aprieto los dientes con rabia, pero la frustración desaparece de inmediato cuando se va de la habitación, sin decirnos tan solo adiós, y cae sobre mí la conciencia de lo que acabo de presenciar entre los dos hermanos.

Una auténtica pelea psicológica de gallos. Vamos, que al lado de Axel, el profesor Xavier no es nadie.

—Axel, ¿qué... acaba de pasar? —le pregunto señalando la puerta con el pulgar.

Él se comporta como si nada. Relaja su pose y se encoge de hombros.

—¿Tu padre está en la UCI y no le has ido a ver ni una vez? —insisto.

—Ya te dije que no tengo relación con él —responde mientras saca su iPhone del bolsillo delantero de su pantalón tejano.

—Axel... Pero es tu padre. El mío no es el mejor padre del mundo —le aclaro acercándome a él—, pero no puedo borrar el hecho de que sigue siendo mi padre y que...

—Becca, por favor —me hace callar de golpe—. No quiero que me sermonees respecto a este tema. Mi padre está en la UCI cada dos meses desde hace tres años, porque se le encharcan los pulmones de líquido. Los médicos le tratan y después sale. La pena es que ninguna medicina puede tratar el veneno que corre por sus venas.

«Un veneno, entonces, que también puede correr por las tuyas», pienso.

—¿No quieres hablar de ello?

—No.

—¿No? ¿Charlie, Tango? ¿Tan fácil te resulta dar carpetazo a tus asuntos?

—Becca. —Trastea en su teléfono—. Te dije que necesito tiempo para hablar de todo, si es que alguna vez necesito abrirme tanto. —Uy. No me ha sentado nada bien lo que me acaba de decir, pero quiero creer que se siente amenazado por la tensión que ha despertado Fede en él con sus palabras—. Y no es Charlie, Tango. Es Cambio y Corto. —Me sonríe divertido, pero sus labios descienden de golpe cuando ven que yo no me río ni pizca, que mis ojos azules no están de humor.

—Ha sido todo muy violento.

—Mi familia es así de violenta. No tiene tacto —añade toqueteando la pantalla táctil con sus dedos.

—¿Puedes dejar de mirar el móvil mientras hablas conmigo?

—¿Por qué no te acercas y ves lo que tengo para ti en vez de poner esa cara de peleona que tienes, y que, por otra parte —aparta sus ojos verdes de la pantalla y los fija en mí—, me pone tan burro?

Axel utiliza muy bien sus dotes de seducción conmigo. Sabe que soy débil cuando me dice esas cosas y que me ablando cuando me sonríe con tanta verdad como ahora.

A regañadientes, arrastro los pies hasta acercarme a él.

Me muestra la pantalla rota de su teléfono, el mismo que reventó contra la pared cuando vio que me besaba con David, y lo que contemplo a través de la grieta, provoca una sonrisa instantánea en mí.

Es Roberto durante la noche de ayer, en la mesa, cenando con Carla y Eli. Se ve perfectamente lo que hace y las guarradas que les dice al oído. Y después me pone un audio que me recuerda al viaje en limusina con él. Joder, no es que me lo recuerde… Es la conversación que tuvimos, ni más ni menos.

Abro los ojos con estupefacción y regocijo.

—¿Lo grabaste todo? —le pregunto.

—Claro que sí.

—¿Por qué? ¿Cómo?

—Con una pequeña cámara tipo boli que va conectada a mi teléfono.

—¿Por qué?

—Porque no me fiaba de él. Es un sátiro salido, y no quería que te pusiera en ningún compromiso.

—Al final voy a creer que te gusto un muchito —murmuro mirándolo de frente, esto es, echando la cabeza hacia atrás todo lo que puedo y más. Es muy alto.

—Piensa lo que quieras.

—Aguafiestas. Pero una cosa: esto es un poco ilegal, ¿no?

—Las cosas o son ilegales o no lo son.

—Entonces, esto es un delito —digo señalando el iPhone.

—Puede ser. —Axel se echa a reír—. Pero aquí tienes la posibilidad de obligar a Roberto a que haga todo lo que tú quieras, o de lo contrario, pones esto en antena.

—Pero… ¿esto es chantaje?

—¿Y?

Me muerdo el labio inferior, miro de reojo el móvil y cuento hasta tres antes de hacer algo que nunca pensé que haría.

—Pásame los vídeos y el audio —le pido a mi morenazo.

La Reina de las Maras ha vuelto. ¡Que viva la extorsión!

28

 @mulaneraboyo #eldivandeBecca #Beccarias
Buscar la felicidad es un camino espinoso y
turbulento, exactamente como el que hace mi dedo
meñique del pie por la noche, que es un radar
localizador de muebles.

Madrid,
Aeropuerto de Barajas

El diván de Becca no es un programa fácil de realizar. Nuestros desplazamientos y grabaciones requieren de la caravana para que nos dé soporte técnico e informático, entre otras cosas.

Ingrid y Bruno tienen que desplazarse con ella hasta Cádiz, y desde allí, viajar en ferry a las islas Canarias de nuevo. El motivo por el que tienen que hacer esto es sencillo: tengo a Roberto, con cara de comer limones, a mi lado. Sí, muy guapo, muy bien trajeado y muy moreno para la época del año en la que estamos, pero no se soporta ni a sí mismo debido al cabreo que tiene.

Gracias a mi insignificante extorsión, y para alegría de Fede, Roberto ha accedido a hacer la terapia completa conmigo.

No me habla demasiado, y contesta solo con monosílabos, pero sabe que tiene que cooperar, y yo conozco muy bien mis capacidades. Al final, nos llevaremos bien.

Por otra parte, Axel está ensimismado con su Mac sobre las piernas, trabajando con las entradas de los programas y toqueteando líneas de tiempo… Para mí, observar su pantalla es como intentar leer las tablas sumerias.

A él tampoco le agrada que tenga que viajar con Roberto. Pero sé que va a marcar su territorio y que no va a dejar que el rubio se propase o se tome libertades conmigo que no tocan. De hecho, Roberto ahora me llama de usted, nada de apodos lascivos ni falsos tuteos.

Mientras espero a que nos avisen para embarcar, preparo con mi iPad el plan de acción a seguir para que le terapia bidireccional que quiero llevar a cabo tenga éxito y dé sus frutos, que no son otros que Roberto y la amiga de Fayna se conozcan y se sanen mutuamente. Las fobias de ambos se complementan, y las dos tienen una base que pueden ser soluciones a sus problemas.

Espero no equivocarme. Porque va a ser muy complicado trabajar con dos personas con fobias tan dispares, y que ambos crean que puedan ser ayudados. Que confíen en mí.

Para más inri, tendré a los de la MTV como observadores.

La tensión para todo el equipo será máxima, pero no tengo dudas de que podremos superarlo si trabajamos juntos y en la misma dirección.

Vuelvo la cabeza a la derecha y me encuentro a Axel, concentrado en su trabajo, con ese perfil tan perfecto y cincelado, y esos labios que no me harto de besar.

Él aún no lo sabe, pero estoy loca por él.

Le paso la mano por la nuca y le hago cosquillas con los dedos. Después, me inclino y le doy un beso en la mejilla.

—Por si no te lo he dicho hoy aún: gracias por salvarme la vida. Porque seguro que me salvarás de que una maleta me golpee en la sien y me quede tiesa en el acto, o algo parecido…

Axel se vuelve, fija sus ojos ardientes en los míos, y luego en mis labios.

—Siempre que pueda. Siempre que estés en peligro. Déjame una señal en el cielo, y ahí estaré, nena. —Me guiña un ojo y mi sostén se desabrocha automáticamente.

Mi chulo coqueto que ni siquiera es consciente de lo adorable que es…

—Siempre me he preguntado —lo miro de arriba abajo—

dónde esconden las capas los superhéroes como Batman y Superman. ¿Me vas a decir dónde las guardáis?

—No soy un superhéroe.

—Para mí, sí —susurro al tiempo que mi corazón se llena de amor por él—. Y no vas a hacerme cambiar de idea.

Él suaviza su mirada y después levanta la cabeza para estudiar el panel de los horarios de embarque y controlar la hora.

—Porque me gusta hacerte el amor con tiempo —me dice en voz baja y, con disimulo, me da un beso en la nariz—, que si no, ahora mismo te metería en el baño y te follaría hasta dejarte sin sentido, Becca.

Eso es. Ya está. Ya tengo el corazón a mil por hora y mi cuerpo revolucionado imaginándome mil posiciones obscenas que quiero experimentar con él.

Ojalá que en las islas podamos tener tiempo para estar los dos a solas, aunque yo ya disfruto de él sabiendo que lo tengo al lado.

El teléfono de Axel empieza a sonar, justo en el instante en que nos avisan para embarcar.

Es Murdock.

—¿Qué pasa, tío? —responde levantándose del sillín— Sí. Aunque creo que no nos hará falta. De todas maneras, pásame el número de serie. Perfecto. Muchas gracias, nos vemos en Tenerife. Ya te llamaré en cuanto llegue. —Cuelga, y cuando ve que estoy expectante, me dice—: Era Murdock.

—Ya. ¿Qué te ha dicho?

—Ya tiene el número de serie completo del reloj que usó Vendetta como detonador.

—Bueno, ya no nos hace falta…

—Claro que sí —afirma Axel—. Con ese número podemos saber si se compró por tarjeta o en efectivo, el número de tíquet, la caja por la que pasó y la cámara que lo grabó. Murdock se está poniendo manos a la obra para entrar en el programa informático de la cadena y hallar la imagen de la cámara que inculpa a Vendetta directamente. Todo son pruebas concluyentes —me explica muy serio—. Así lo relacionaremos también con el atentado que sufrimos en la sierra y que no llegó a consumarse, por suerte para nosotros.

—¿Y cuánto crees que tardará en obtenerla?

—Nada. Seguramente hoy por la tarde ya lo tengamos —vaticina mirando la cola que se está formando para empezar a embarcar—. Necesito ir al baño antes de subir al avión. Ahora vengo.

—Vale. No tardes mucho, que ya embarcamos.

—Si no vienes conmigo, estoy en un minuto. Eres tú la que me retrasas siempre —murmura acercándose a mí y prodigándome una caricia disimulada en el trasero.

Axel desaparece de mi vista con una sonrisa en los labios. La misma que tengo yo cuando me pongo a la cola.

Me abrocho el cinturón de seguridad. Roberto ha sido todo lo caballero que puede llegar a ser si se lo propone y ha subido mis maletas en los cajones superiores.

Axel aún no ha llegado.

No entiendo por qué tarda tanto.

Lo he estado llamando al móvil desde hace diez minutos, pero no me lo coge.

Miro mi reloj. En cinco minutos embarcamos.

—¿Dónde está el militar? —pregunta Roberto mirando desinteresadamente el folleto del catering del avión.

—No es militar.

—Como si lo fuera. ¿Dónde está? El avión va a despegar en nada y está histérica, señorita Becca.

—Supuestamente, en el baño. Ahora vendrá.

Roberto sonríe con malicia.

—Espero que no sea tan estúpido de dejarla conmigo a solas en un viaje.

—No me vengas con tonterías, Roberto —le corto inmediatamente.

—Es tan difícil —lamenta con tono melodramático—. Y dígame: esa mujer que voy a conocer, ¿está buena?

Lo miro aborrecida. Y él se echa a reír.

—Es solo una pregunta. Relájese. Axel vendrá y la protegerá de mí.

No me gusta que me hable de usted, pero prefiero eso a las salidas de tono que acostumbra a tener conmigo.

Intento hacer oídos sordos a sus provocaciones, pero mi inquietud crece. No me cuadra que Axel, siendo como es, sea el último en embarcar. Algo le ha tenido que pasar.

Saco el móvil por enésima vez y lo escondo de la vigilancia de las azafatas, que están asegurándose de que los cajones superiores están todos correctamente cerrados. Afuera, deben de estar haciendo la última llamada a los pasajeros del vuelo, y Axel debe oírla.

En ese momento recibo un whatsapp.

Es de Fede.

Lo abro con una extraña opresión en el pecho. El mensaje es claro y contundente, y me deja sin respiración.

> **Del Súper:**
> Becca, mi padre ha muerto. Hace un rato he hablado con Axel, y no ha sido capaz de articular palabra ante la noticia. Si estás con él ahora, haz que se quede en tierra. Tenemos un funeral que celebrar.

Mi primer pensamiento es para Axel. No sé dónde está. No sé por qué no me ha dicho que su padre ha muerto, ni por qué no ha pensado en llamarme nada más saber la noticia. No ha subido al avión, y dudo que lo haga ahora.

Me va a dejar viajar sola.

Me habría gustado estar a su lado para consolarle, pero más me gustaría que subiera al avión y que se sentara a mi lado, en el asiento que está vacío, para que supiera que puede apoyarse en mi hombro y llorar, en caso de necesitarlo.

—Procedemos a cerrar las puertas —anuncia la azafata.

Una de ellas pasa por mi lado y yo la agarro de la falda.

—Perdone.

—¿Sí?

—Es que mi compañero aún no ha llegado. Le estamos esperando y creemos que le ha pasado algo.

—Señorita, llevamos veinte minutos de retraso. Y en este tiempo se han realizado las últimas llamadas pertinentes —me explica con educación—. No podemos retrasar más el vuelo.

Le suelto la falda y se la aliso un poco, disculpándome por ser tan bruta.

Estoy tan nerviosa que no sé qué hacer.

—No insista, señorita Becca —me repite Roberto—. Axel no va a subir. Si no lo ha hecho ya… —Las puertas se cierran herméticamente—. ¡Ups! Ya no lo hará.

—Hazme un favor —le digo entre dientes—. ¿Por qué no te pones la mascarilla de oxígeno y te callas, Christian Grey?

No sé ni por qué le contesto. Roberto disfruta provocándome. Miro a través de la ventana, deseando que pronto estemos en tierra, en las islas, y pueda utilizar el móvil para llamar a Axel y saber dónde está.

A pesar de que quiere fingir indiferencia con su familia, él no es indiferente. Seguramente estará solo y un poco confundido por sus emociones ante la pérdida de su padre.

Triste y a punto de llorar por él y por la situación que está viviendo, me dispongo a apagar el teléfono, porque no quiero ser responsable de interferencias indeseadas. Pero en ese preciso momento entra un mail sin remitente a la bandeja de mi correo.

Lo abro compulsivamente, pensando que es Axel el que me está dando una explicación exprés y concisa del motivo por el que me ha dejado tirada en el avión; un motivo, por otra parte, comprensible por la defunción de su padre.

Mis dedos se quedan congelados al abrir el correo.

Es un vídeo de Vendetta.

Cuando veo su rostro moviéndose de un lado al otro, el estómago me da un vuelco y me entran ganas de vomitar.

El mensaje que hay escrito y pegado en el mail es claro:

El crimen perfecto no es aquel en el que no encuentran ningún cuerpo; es aquel en el que culpan a otro de tus propios pecados. Pronto daré contigo y recibirás tu merecido, puta.

Dejo el móvil boca abajo sobre mis rodillas y lo apago con dedos temblorosos.

Debo de estar pálida, porque me noto la cara fría, al igual que el sudor que exudan mis manos.

No sé quién demonios es Vendetta.

Lo que sí sé es que no es Rodrigo, el ex de Lolo.

Vendetta, para mi desgracia y la de mis nervios, está libre y sigue tras mis pasos.

ESTE LIBRO HA SIDO IMPRESO
EN LOS TALLERES DE
ROTAPAPEL S.L.

MÓSTOLES - MADRID